T0268200

Bella Rosalina

Bella Rosalina

Natasha Solomons

Traducción de Ana Momplet

Rocaeditorial

A mi hermana, Jo, y a mi hija, Lara:
ojalá estéis a salvo de Romeos

¿Rosalina?... Olvidé ese nombre y sus tristezas.
ROMEO Y JULIETA, acto primero, escena tercera

La Verona de Shakespeare

← a Mantua

J

F

K

A Casa de Julieta
B Casa de Rosalina
C Tumba de los Capuleto / cementerio
D Celda de Fray Lorenzo
E Basílica de San Pedro
F Casa de los Montesco
G Teatro
H Casa de campo de la familia de Rosalina
I Casa de campo de los Montesco
J Jardín de los Monstruos
K El convento

¿Qué hay en un nombre?
Aquello que llamamos rosa
olería igual de dulce
con cualquier otro nombre.

Acto segundo, escena segunda

1

Allí donde reinaba la peste

*E*l entierro se celebró al alba, poco más de una hora después de que *madonna* Emilia Capuleto abandonara este mundo. Rosalina iba tras el féretro, desconsolada por la pérdida. Su padre y su hermano la habían reprendido varias veces diciéndole que se quedara más atrás, ya que el cadáver de su adorada madre estaba apestado.

Los únicos portadores dispuestos a acarrear el féretro eran seres hediondos y harapientos, poco más que mendigos, e incluso a ellos habían tenido que pagarles generosamente. A Rosalina le prohibieron lavar el cuerpo. Un sacerdote acudió con un ramillete de hierbas aromáticas en la boca y roció agua bendita sobre el rostro de la difunta antes de salir despavorido. No hubo tiempo para encontrar una mortaja dorada o púrpura con la que envolverla. Nadie entonó la endecha y ningún pariente acudió a la casa ni acompañó a la familia hasta la tumba. El lamentable cortejo fúnebre avanzó ante la mirada de otros Capuleto y los vecinos, escondidos tras la puerta de sus casas, oliendo flores y naranjas con clavos para ahuyentar la peste, y ofreciendo plegarias y confesiones apresuradas. Solamente iban Rosalina, su padre, que lloraba desconsoladamente apoyado en su brazo, y su hermano, Valencio.

—Merecíais más —dijo a su madre en un murmullo.

Uno de los portadores del féretro se detuvo bruscamente a quitarse las pulgas del muslo, soltando una de las asas.

—¡Patán! ¡Desgraciado! —rugió Masetto Capuleto, que, si no hubiera temido que el hombre dejase caer el ataúd, le hubiera asestado una patada.

Rosalina reprimió una sonrisa. A su madre le habría hecho gracia, le deleitaba lo mordaz. Dos perros callejeros habían empezado a seguir a la patética comitiva, esperando tal vez que cayera algún despojo. Rosalina decidió incluirlos en el cortejo; así eran un número más respetable, a pesar de lo peculiar de los congregantes. Tampoco lamentaba la ausencia de los vecinos: eran todos unos hipócritas y unos mentirosos. Mamá les había enviado presentes al nacer, había enjugado sus lágrimas y les había limpiado el trasero cuando eran niños, pero no los quería. «Me quería a mí». Con ese pensamiento, Rosalina se mordió el labio con fuerza para no llorar, y notó el gusto a sangre.

La misa en el panteón familiar fue breve. El fraile parecía aterrado y miraba constantemente el féretro mientras recitaba por encima las plegarias, trastabillándose por las prisas. Rosalina observaba cómo el sudor iba acumulándose en los pliegues de grasa de su cuello, a pesar del frío que hacía en el sepulcro. No había habido tiempo para comprar velas de cera acordes con la alcurnia de *madonna* Emilia Capuleto y la oscuridad bañaba el sepulcro. Habían abierto un nicho en el muro para disponer el féretro, y un olor fétido a muerte y a pôdredumbre se mezclaba con el hedor de otros huesos enterrados mucho tiempo atrás. En la oscuridad, el negro agujero esperaba bostezando hacia las escaleras que conducían al inframundo. Rosalina quería gritar y aferrarse a su madre, igual que se agarraba a sus faldas de niña. ¿Cómo iban a bajar a Emilia Capuleto a aquella oscuridad? Se ahogaría en aquellos vapores venenosos, no podría ver en aquel pozo negro. Tendría miedo. Necesitaba una vela, pero ¿qué ocurriría cuando se apagara, dejándola a oscuras? En el fondo, Rosalina sabía que ni el miedo, ni el dolor ni el amor afectaban a su madre ya. Que debía descansar aquí, entre los fantasmas de otros Capuleto fallecidos tiempo atrás.

Rosalina notó que su padre le tiraba del brazo, sollozando, y sintió una punzada de rencor mientras acariciaba su cabeza para consolarle y este la apoyaba sobre su hombro. No era un hombre amable ni bondadoso y, sin embargo, Rosalina debía dejar a un lado su dolor para atenderle. Él, que jamás la había apreciado, ahora exigía que le cuidara, cuando lo único que ella deseaba era quedarse sola con su pena.

Sus padres semejaban un juego de candelabros, dispuestos desde siempre a ambos extremos de la repisa de la chimenea, perfectos en su refinada simetría. Ahora únicamente quedaba su padre, y solo, parecía desubicado, pequeño y perdido. Rosalina le cogió de la mano, sintiendo la fragilidad de sus huesos bajo una piel transparente como la vitela, y él respondió apretándole la mano y besando sus nudillos. Intentó decir algo, pero solo emitió un sollozo.

—Calla —dijo Rosalina, calmándole como si fuera un niño, consciente de que sus papeles se habían cambiado por un instante.

A pesar de sus fallos, y por una vez no quiso enumerarlos, Masetto amaba a su madre. Su matrimonio había sido dichoso, y el dolor que sentía era real y profundo. Por ello le compadecía.

El fraile empezó a balancearse de un pie a otro como si tuviera que orinar. La familia le observaba, confundida y perdida en su dolor. Por fin, Valencio echó mano de su bolsa y sacó unas monedas. El fraile se las guardó, balbuceando una rápida bendición.

—Disculpad. Tengo otras almas desgraciadas que enterrar.

«Almas no —pensó Rosalina—. Solo sus cascarones rotos y putrefactos. Su alma ha abandonado este osario».

Cuando el triste cortejo regresó a casa, la guardia les esperaba en la verja de entrada, cuya puerta lucía ya la cruz roja de la peste. El jefe asintió en señal de saludo a Masetto, pero se mantuvo alejado, tapándose con una cataplasma, y declaró:

—Un miembro de esta casa ha sido infectado, de modo que permanecerán veinte días encerrados. Se han designado vigilantes para evitar que quebranten este decreto. Que Dios se apiade de ustedes.

Rosalina vio a su padre encogerse de hombros, derrotado. Era inútil discutir. Ahora solo podían resistir y mantener viva la esperanza. Mientras entraba por el callejón hacia la casa, oyó cómo clavaban la puerta como si se tratara de un féretro.

A partir de ese día, vio desde su ventana cómo iban pintando cruces rojas sobre las puertas de las casas de su calle, conforme la peste se extendía por la ciudad. Por las tardes sacaban una procesión de reliquias sagradas por las calles para ahuyentar la enfermedad, mientras los frailes entonaban plegarias incensando y los vecinos abrían sus ventanas de par en par y se asomaban a los balcones para unirse al rezo, suplicando al cielo.

Rosalina veía a su padre deambular por la casa en su túnica amarillenta, murmurando oraciones por su difunta esposa como un fantasma diurno. Tropezaba constantemente y en la oscuridad lo veía avanzar a tientas por los pasillos, aferrándose a un bastón, insomne. Sin embargo, era incapaz de ofrecerle una sola palabra de consuelo. De no haber sido por él, Emilia no estaría muerta. Su conmiseración estaba enturbiada por la rabia y rasgada por su propio dolor.

Pronto su vida se vio reducida a su alcoba y el incesante tañido de las campanas de la basílica. Siete veces al día durante veinte días sonaron, conminándola a orar. Pero Rosalina no rezaba.

Al vigésimo día volvió la guardia, acompañada de varios rastreadores para inspeccionar a todos los residentes de la casa, en busca de síntomas de infección.

Una mujer entró en la alcoba de Rosalina y le dijo que se desnudara.

—Tu piel es más oscura que la de tu padre y tu hermano —dijo.

—Soy hija de mi madre —contestó Rosalina, que odiaba ese tipo de comentarios.

—Y una bella flor, a pesar de tu tez, aunque la belleza oscura no está en boga.

Rosalina se encrespó de irritación. Su madre no toleraría esa clase de comentario.

—No pienso consentirlo. Puede que en otra época no se considerara hermosa la tez oscura, pero la belleza de mi madre transformó la moda del momento.

Rosalina tenía la misma piel dorada de su madre, que en verano cobraba el color intenso de la terracota. Su hermano se parecía más al padre: eran como dos terneros. Rosalina se alegraba de haber heredado el físico de Emilia, algo de su madre que nadie podría arrebatarle.

La mujer se agachó a examinar sus partes más íntimas.

—No veo nada. Ni en la espalda ni bajo el brazo o los pechos. Tampoco tenéis marcas en el cuello. No estáis infectada.

—¿Y Caterina, está bien?

La mujer retrocedió.

—¡Preguntad a vuestro padre!

Rosalina se encogió de hombros.

—Están todos limpios —añadió la rastreadora—. Pueden abrir la casa.

Rosalina sonrió por primera vez en veinte días.

—No permaneceremos en Verona —dijo Masetto Capuleto—. Aquí ya no hay nada para nosotros. Nos iremos a las montañas hasta que este maldito azote haya pasado.

Una punzada de rabia deslumbrante y afilada atravesó el corazón de Rosalina. Emilia había discutido con su marido pidiéndole que abandonaran la ciudad en busca de aire más fresco y escapar así de un enemigo al que no podían ver ni combatir. El resto de las grandes casas ya estaban vacías, más allá de uno o dos sirvientes, e incluso estos abandonaban sus puestos a diario viendo cómo iban sacando cuerpos a la calle, para dejarlos allí tirados. Sin embargo, esta parte de la familia Capuleto se había quedado en Verona, porque Masetto no quería dejar su negocio.

Si se hubieran ido antes, dos meses antes, tal y como le pedía su madre, ahora no yacería en su tumba.

—Sí —contestó Valencio—. Debéis marcharos. Es una excelente sugerencia.

La familia de Valencio había huido varias semanas antes buscando refugio en las montañas, y vivía tranquila en una casa rodeada de un mar de campos de trigo ondulantes, lejos de la desgracia. Ahora bien, él no se había puesto del lado de su madre y su hermana ante el padre cuando ambas se lo pidieron insistentemente. Sus joyas, sus amores, ya estaban a salvo. La rabia ardía como la yesca dentro de Rosalina, que bajó la mirada, incapaz de mirar a su padre y a su hermano.

Por algún motivo, Masetto interpretó su gesto como modestia y señal de docilidad, trazas poco habituales en su hija. Suspirando, le acarició el hombro y ella deseó apartarle la mano.

—Sí —dijo Masetto—. Emilia lo hubiera querido así. Iremos todos a las montañas y la lloraremos allí. Coge solo lo necesario. Partimos al instante.

«Mi madre era necesaria», pensó amargamente Rosalina. Sabía que muchas personas habían perdido a ambos padres siendo más jóvenes que ella, que no había cumplido los dieciséis. Sin embargo, se sentía huérfana. Su padre estaba asfixiado por aquel nuevo lastre de dolor. Miraba a su alrededor sin ver, pensando únicamente en su esposa, y cuando sus ojos por fin se posaban en Rosalina, era con desconcierto e irritación.

La joven apretó los puños, clavando las uñas en la pálida piel de la palma de sus manos. El dolor le recordó que seguía presente, que no había desaparecido, aunque su padre deseara que así fuera.

Rosalina estaba acurrucada en un rincón de su alcoba, con la barbilla apoyada en las rodillas. Una vez metidos en el fondo de su baúl un libro de Dante, otro de Petrarca y otro de Boccaccio, su adorada y desgastada copia de los cuentos de Ovidio y su laúd, había dicho que su equipaje estaba preparado.

Caterina no parecía tan convencida.

—¿Dónde están tus medias calzas? ¿Vestidos? ¿Y un chal?

Rosalina se encogió de hombros.

—Me doy por contenta con solo tener libros y música.

—¿Música? Ahora no puedes pensar en tocar. No mientras estamos de luto. Hay límites, niña, incluso para ti.

Rosalina metió más cuerda en el baúl, por si se rompía alguna del laúd.

—Procuraré que nadie me oiga.

—¡Al diablo, bella desgraciada! —siguió lamentándose Caterina, refunfuñando mientras metía prendas en el baúl apresuradamente. Rosalina cogió el libro de Dante y se sentó en el suelo a releer sus visiones del más allá. Se preguntó dónde estaría su madre y la recorrió un hormigueo de intranquilidad, como si saliera de bañarse en el río un día de verano y el sol se hubiera escondido. Dante describía el cielo como un lugar sin alegría. La eternidad allí amenazaba con el tedio. Por contra, la alternativa era un fascinante tormento entre los pecadores, o el frío y el olvido del purgatorio.

—No deberías leer. Da fiebres a las mujeres. Lo sabe todo el mundo.

Rosalina besó a su querida sirvienta y la pellizcó en la mejilla rolliza.

Rosalina iba sentada en el carruaje que avanzaba a sacudidas por la calle hasta llegar al camino de tierra, dejando atrás la ciudad. Veía los cuartos traseros aterciopelados de los caballos moviéndose al tirar del carruaje, oliendo a sudor y a polvo de paja, con sus arneses tintineando y repiqueteando. Caterina viajaba detrás, con la cara lustrosa por el esfuerzo. Las hileras de cipreses parecían rozar el cielo resplandeciente de color lapislázuli. Sin embargo, la peste había dejado huella sobre la tierra: campos enteros estaban sin cultivar y cubiertos de maleza; un viñedo se inclinaba hacia el sol con diminutas uvas grises, y Rosalina vio a dos mujeres tratando de reparar unos postes caídos y apartar las malas hierbas para que no asfixiaran a las vides. Ya no quedaban hombres para ayudar con el trabajo pesado.

Las ruedas del carruaje iban magullando la ulmaria y la consuelda a su paso, impregnando el aire con su perfume. «Todos quieren una cataplasma contra la peste —se dijo Rosalina—. Hasta la propia naturaleza».

Valencio conducía el carruaje, golpeando con una fusta los hombros musculosos de los caballos en cuanto pensaba que holgazaneaban. Su padre viajaba al lado de Rosalina, con los hombros temblando cada vez que rompía a sollozar.

Ella no lloraba. La piedra de rabia dura y seca que llevaba dentro había quemado todas sus lágrimas.

Valencio maniobró para sortear a un buey que estaba montando a una vaca con aspecto de aburrimiento en medio de un campo descuidado. Rosalina se quedó mirando el apareamiento con curiosidad. Tras mucha súplica e insistencia, su madre había prometido hablarle sobre el apareamiento entre un hombre y su esposa. Dos días antes de enfermar Emilia, Rosalina había visto a dos perros en la calle; los gruñidos de la hembra, los movimientos frenéticos del macho, y luego a los dos ya enganchados, gimiendo y cojeando en la canaleta mientras los transeúntes les soltaban patadas. Rosalina quería saber si los hombres y las mujeres quedaban en un estado tan lamentable y degradante después de la consumación. Emilia le aseguró que no, que la gente no se enganchaba como los perros, y que pronto le contaría todo cuanto tenía que saber. Pero pronto no llegó nunca, porque Emilia cayó enferma y falleció. Rosalina se preguntaba quién le contaría todo aquello ahora.

Masetto se metió la mano en la chaqueta y le entregó

21

una cadena de oro, que estaba calentita por el contacto con su piel:

—Tu madre quería que la tuvieras.

Rosalina la cogió entre sus manos. Su madre lucía aquel colgante todos los días. Siempre le había parecido parte de ella, como un dedo, sus ojos marrones o su incisivo mellado. En el centro tenía una esmeralda verde y gorda, resplandeciente como la efervescencia del ala de una libélula, y estaba engastada en oro reluciente. Rosalina olió el colgante, con la esperanza de que aún guardara el perfume de su madre, a escaramujo y a salvia, pero solo olía al cuero de la chaqueta de Masetto y a su piel rancia y sin lavar. Se la colgó al cuello.

—También te dejó una carta. —De nuevo rebuscó dentro de su chaqueta y sacó un trozo de pergamino doblado.

Rosalina se quedó mirándolo un momento. Su madre no sabía leer ni escribir. Debió de dictársela a su padre. Entonces, él ya sabía lo que decía. Masetto se relamió los labios, asomando la lengua como una serpiente.

—¿Qué dice?

—Léela.

Sus lágrimas se habían secado y ahora parecía evasivo, como un perro sorprendido robando pollos que rehúye la mirada de su amo.

Rosalina cogió la carta y empezó a leer mientras la invadía una sensación de terror.

—Dice que debo ingresar en un convento. ¡Esto es mentira! ¡Ella no deseaba esto! Esto es vuestra voluntad, padre. ¡Queréis ahorraros mi dote!

Rosalina sintió un dolor punzante en el oído y tardó un instante en comprender que su padre la había golpeado.

—Olvidas que puedo hacer lo que desee contigo. Pero no. Este era realmente el deseo de tu madre.

Rosalina se quedó mirando a Masetto con el sabor de la sangre aún en la boca. Él la observaba, sorprendido de su propia violencia.

Era evidente que, aunque aquello fuera deseo de su madre, la elección de Emilia tampoco desagradaba a Masetto. Las dotes eran caras. Meter a una hija en un convento costaba dinero, más aún si deseaba que viviera bien, sobrada de comida y en una celda agradablemente amueblada, pero eso eran minucias en comparación con el ruinoso gasto de una dote.

Rosalina se frotó la oreja dolorida mientras releía la carta. Estaba llena de frases amorosas, pero todas ellas estaban transcritas por la mano de su padre. ¿Le habría costado registrar aquellas migajas de ternura, las sobras de la mesa de una moribunda? Rosalina las devoró ávidamente, pues ya no habría más. «Se ha quedado hasta el último pedazo de ti —pensó Rosalina—. Hasta tu último mensaje solo puede verse a través de él». Era como ver la imagen de Emilia a través de las llamas de una hoguera. ¿Había trascrito aquellos mensajes de afecto solamente para que pareciera que la orden de ingresar en un convento venía realmente de su madre? Un pensamiento todavía más desolador inundó la mente de Rosalina como una fría marea de primavera.

¿Y si Masetto Capuleto decía la verdad? ¿Y si su adorada madre quería que su única hija quedase recluida en un convento?

Sentía las lágrimas como agujas en sus ojos. Estaba condenada, si no al infierno, al purgatorio.

Cuando llegaron a la villa en las montañas que presidían la ciudad de Verona, Rosalina se retiró rápidamente a su alcoba. Se tumbó en la cama baja de madera y se quedó contemplando las vigas plateadas del techo. Un ratón recorrió una de ellas y se quedó vacilando atento justo encima de ella. La habitación olía a humedad y a viejos fuegos, como siempre, el viento hacía cosquillas a los alerones y las vigas gemían como un barco en el agua. Afuera, en el jardín, Caterina sacaba agua del pozo, que salía silbando y caía en un chorro al cubo. Estaba todo igual y, sin embargo, todo había cambiado.

Rosalina pensó en el convento de Mantua que debía ser su destino. El edificio se encontraba en lo alto de una montaña, como un sombrero que no cabe, apartado de la ciudad. Sus gruesos muros estaban hechos de piedra arenisca de color gris púrpura venida de los Alpes. Era una fortaleza para el alma. De noche, ningún ciudadano se atrevía a acercarse. Antiguamente se decía que las monjas de la orden podían volar y hacían hechizos, no siempre benévolos.

Un día, siendo niña, la llevaron al convento a visitar a las hermanas de su madre. Tuvieron que engatusarla para que entrase en el locutorio, una sala de visitas con una celosía de hierro que mantenía a las monjas aisladas y a salvo de los peligros carnales del mundo. Los visitantes pegaban el rostro contra el frío metal y metían los dedos a través de la rejilla, tratando de acariciar desesperadamente a sus adoradas hijas y hermanas, que se habían entregado a Dios. Rosalina lloraba desconsolada y aterrada mientras su madre la envolvía en una manta, la colocaba en un torno llamado *ruota* y lo hacía girar para que las monjas la cogieran sigilosamente al otro lado y se la llevaran a las entrañas del convento. Sus tías la metieron a escondidas, enjugaron sus lágrimas con abrazos y la colmaron de dulces y caprichos de todo tipo. La *ruota* estaba diseñada para pasar productos como huevos, bizcochos o galletas, no sobrinas, pero a menudo se usaba para mercancías ilícitas, y después de aquella primera visita, empezaron a pasarla clandestinamente a menudo, para mimarla y toquetear sus mejillas como si fueran una masa recién fermentada y lista para cubrir de besos.

Cuando pensaba en aquellas visitas no recordaba ninguna plegaria ni penitencias: todo aquello se lo ocultaban. Las hermanas de su madre solo le mostraban aquello que creían que podía interesarle o divertirla, como unos gatitos recién nacidos, con el pelo aún pegajoso del parto y los ojos cerrados, o una cría de gorrión que se había caído de su nido en el claustro, metido en una cajita, con gusanos de alimento hasta que creciera lo suficiente para volar. Su madre reparaba en cada detalle de aquellas visitas, procurando que se repitieran una y otra vez, hasta que Rosalina se cansó de tanta reiteración. Sin embargo, ahora comprendía que, a base de ensayos, se habían quedado grabados en su mente como los vivos colores del cristal de Murano.

Las visitas se prolongaron durante años. Al principio, Rosalina no comprendía que todas aquellas mujeres estaban arriesgando su alma y se exponían a la excomunión al meterla a escondidas, quebrantando la inmaculada santidad del convento. Ahora bien, estaba segura de que, de habérselo preguntado, sus tías habrían contestado sin dudar que valía la pena pagar cualquier precio, incluso su alma, a cambio de aquellos coditos rechonchos con sus hoyuelos, y aquellas rodillas redonditas y mugrientas.

En la última visita, Rosalina ya era demasiado grande, y al sacarla quedó atascada más de media hora en la *ruota*, hasta que lograron liberarla. Nunca más tocó ni abrazó a sus tías.

Comprendía por qué su padre deseaba que ingresara en el convento. No era un hombre afectuoso. En las reuniones, la gente se deleitaba contándole lo mucho que les sorprendió que se casara por amor con su madre, una mujer de aspecto antiguo y dote pequeña. Y la extrañeza al verlos juntos no había disminuido, pasados veinte años.

Por desgracia para Rosalina, todo el amor de Masetto se había agotado con su esposa. Su hijo le complacía, pero ella no le gustaba. La belleza que en Emilia le fascinaba, le irritaba en Rosalina: por ello le insistía en que no se expusiera demasiado al sol, para evitar que las mejillas se le oscurecieran aún más, aunque Rosalina no le hacía caso.

Ella sabía que su padre creía en el proverbio de que las mujeres necesitan o bien un marido o bien los muros de un convento. Sin embargo, hasta ahora, no pensaba que su madre también lo creyera. ¿Por qué no se lo había dicho? ¿Sería por cobardía o porque le faltó tiempo? ¿Tenía intención de confesarle sus planes, y le sorprendió la rapidez de la muerte? Una vez enferma, no le permitieron entrar en su alcoba, por temor a los gases fétidos.

Rosalina suspiró, pensando que ya daba igual que no conociera los detalles del lecho matrimonial, sus terrores y su gozo. Jamás lo viviría por sí misma.

Incorporándose en la cama, vio que el sol empezaba a ocultarse en el jardín, hinchado y rojo como un forúnculo a punto de ser sajado. Tenía la garganta seca, dolorida. Tomó una espiga de lavanda que había cogido el año anterior de un jarrón en el vestidor. Aún guardaba el perfume de tiempos mejores. Con un gesto de amargura, la deshizo entre sus dedos.

Enfurecerse con los difuntos era inútil. Rosalina cogió el jarrón y lo arrojó contra la rejilla de la chimenea donde se hizo añicos entre las grises plumas de ceniza. Por primera vez en varias semanas, sucumbió al dolor, y gritó. Tenía la cara ardiendo y las costillas le dolían como si le hubieran dado una patada. Pero no encontró liberación alguna en el llanto, ni tampoco consuelo.

Poco a poco se fue calmando, escuchando el ruido de los ratones correteando por las vigas del techo y un búho ululando a la luna en el jardín. La oscuridad bañaba todas las alquerías y Rosalina se quedó contemplando el palio del cielo adornado de estrellas, mientras sentía el bálsamo de la brisa sobre sus mejillas. Cerró los ojos.

Cuando los volvió a abrir, notó que había una luz encendida en casa de los Montesco. De haber sido en cualquier otra, aquel destello de luz amarillenta le habría ofrecido consuelo, el agradable pensamiento de que otra alma infeliz seguía despierta a aquella hora irreverente y malsana. De pronto, la luz empezó a parpadear hasta apagarse por fin.

Por un instante, Rosalina sintió que ya nunca vería la luz. Notaba una cadena invisible enroscándose alrededor de su pecho, supuso que era como la cuerda que la Inquisición usaba con los herejes, y se preguntó si iba a morir. Ella no quería quedar oculta detrás de un muro. Ella deseaba vivir el mundo, con todas sus glorias, sus miserias y su podredumbre. ¿Cómo se atrevían a arrebatárselo?

No se lo permitiría. Hasta que llegara el momento y la encerraran, se deleitaría con todos los placeres posibles. Escupiendo en el suelo, se lo juró a sí misma.

Al alba, el sol volvió a levantarse, y con él Rosalina. El rocío había cubierto la hierba, limpiándola y dándole una pátina brillante y morbosamente indiferente a su desgracia. Las abejas buscaban con diligencia polen entre los lóbulos de jazmín mientras un pájaro carpintero exigía su desayuno a golpes. Caterina subió una bandeja a la alcoba de Rosalina y la convenció de que tomase algo de pan y un poco de leche. No mencionó su rostro hinchado ni sus párpados amoratados y, una vez vestida, le ató cintas negras en las muñecas y cubrió sus hombros con una capa de duelo negra.

Rosalina salió de la casa desoyendo las protestas de Caterina, y corrió por los campos en busca de Livia, la esposa de su hermano, que estaba esperando a dar a luz por sexta vez.

Al llegar, la encontró en una alcoba de la planta de arriba, luchando con la nodriza y sus tres hijos vivos. Su rostro se encendió de alegría al ver a Rosalina, pero, cuando recordó su desgracia, se contrajo de tristeza.

Incorporándose con dificultad, Livia estiró una mano buscándola.

—Oh, mi querida Rosalina. Que el alma de Emilia descanse con la Virgen y todos los santos y un millón de plegarias. Era demasiado buena para este mundo. Y hacía las mejores tartaletas de almendra.

Rosalina asintió aturdida, prefiriendo callar para no romper a llorar de nuevo.

Livia le apretó la mano. Su piel parecía papel fino sobre sus huesos, pero tenía una fuerza sorprendente en las manos.

—Yo he perdido a mi madre, a mis hermanas y a tres hijos. El dolor no mengua, pero te acostumbrarás a su peso.

Rosalina se abrazó al cuello de Livia y besó su pálida mejilla, inhalando el olor dulzón a sábanas sin lavar y a aceite de rosas. La protuberancia de su próximo hijo se veía bulbosa e irradiaba calor bajo la camisola. Sus pechos hinchados dolían a la vista, con las venas azuladas como una confluencia de ríos. Tenía bolsas profundas bajo los ojos.

—¿Estás comiendo suficiente? —preguntó Rosalina, aliviada de pensar en el sufrimiento de otro.

Livia sonrió.

—Tu hermano me trae todo tipo de delicias.

—Sí, pero ¿te las comes?

—Lo intento, lo intento.

Rosalina miró a la nodriza que amamantaba al hijo menor de Livia, un niño de casi un año, que tenía el pezón agrietado en su diminuta boca.

—Parece útil y buena.

Livia asintió.

—Sí, cuida de todos con poco esfuerzo. —Bajó la voz con tono de complicidad—. Antes era rastreadora.

La nodriza lo oyó y alzó la vista hacia ellas.

—Prefiero esto. La vida antes que la muerte.

De pronto, se abrió la puerta y entró Lauretta Capuleto contemplando la estancia atestada con aires de autoridad, como si todos sus ocupantes fueran rollos de seda que estaba considerando para hacerse un vestido. No se oía nada, aparte del ruido húmedo del bebé rechoncho mamando del pezón de la nodriza. Rosalina se tensó y vio a Livia cubrirse con la manta. Ambas desconfiaban de Lauretta como de un áspid. Estaba casada con el hermano mayor de Masetto, el viejo Capuleto, cabeza de la familia.

—¿Dónde está Julieta? —dijo la señora Capuleto—. Creía que estaba aquí, jugando con tus hijos.

—Ya no, tía —contestó Livia—. Estuvo aquí una hora o más, con su ama, jugando. Pero ya se fueron.

La señora Capuleto siguió observando la alcoba, como si Julieta pudiera estar oculta bajo la ropa de cama o detrás del biombo.

—Siento haberme perdido a la prima Julieta —dijo Rosalina—, me habría gustado verla.

Su tía frunció el ceño.

—Debería estar aquí. Qué cría más fastidiosa. —Entonces, recobrando la compostura, añadió—: Lamento lo de tu madre. Emilia era una mujer de *virtù*. Que descanse con la Virgen en lugar eterno. Honrarás su recuerdo al ingresar en el convento.

Rosalina sintió que el dolor se enroscaba en su estómago y fue incapaz de contestar.

Lauretta Capuleto se quedó mirándola un instante y llamó a un sirviente para que trajera vino.

—Mi sobrina no se encuentra bien. Será efecto del dolor, no de la peste, ¿verdad? —dijo, volviéndose otra vez hacia Rosalina, de pronto asustada.

—¿Sabíais que me envían a un convento? —dijo Rosalina.

La señora Capuleto se sentó incómodamente al borde de la cama, con gesto confundido.

—¿Qué iban a desear para ti si no, querida? Tu hermano no para de engendrar herederos. Tu padre no necesita más. Tú no puedes dar continuidad al nombre de tu padre. No necesita que paras. ¿De qué vas a servir?

Rosalina se pasó la lengua seca por los labios de papel.

—Pero a Julieta sí la van a casar.

—Dios solamente nos concedió una hija. Todas nuestras esperanzas están depositadas en ella, por mucho lastre que sea.

Rosalina no contestó. Era demasiado joven para recordar a la hermana de Julieta, fallecida a causa de una fiebre, ni a sus hermanos, que murieron al nacer. Se volvió hacia su cuñada postrada en la cama, con la tripa hinchada. Cada año paría un hijo, y se lo entregaba a la nodriza para que Valencio pudiera montarla otra vez y dejarla embarazada antes.

Eso sí, los niños debían ser útiles; Rosalina no servía para nada.

—¿Qué querías, Rosalina? Si no tienes más que quince años. ¿Esperabas un marido? —dijo la señora Capuleto, acercándose con genuino interés.

Rosalina no se sentía obligada a contestar. Pensó en sus padres. No sabía si su madre realmente amaba a Masetto, ni siquiera si consideraba necesario el amor. Él ya amaba por los dos. A veces, cuando había bebido demasiado vino en la cena, Emilia se mofaba de él, algo que nadie osaba hacer. Rosalina estaba segura de que su madre había vivido momentos felices junto a él, como perlas de rocío salpicadas en una tela de araña. No eran menos valiosos por ser frágiles y efímeros. En ese momento, decidió que quería aprender algo sobre el amor antes de que la encerraran, fuera con o sin marido.

2

Su nombre es Romeo

$\mathcal{L}$a peste se retiró como el agua en unas inundaciones, dejando las acequias rebosando muertos enterrados a la carrera. Las cosechas se pudrían en los campos y los puentes se encontraban en ruinas porque no había hombres para hacer leña de los árboles, ni carreteros para llevar a los ríos los tablones sin cortar, ni carpinteros para arreglar las vigas deterioradas.

Rosalina contemplaba asombrada a su padre arrodillado, dando gracias al Todopoderoso por salvarle. Ella no daría gracias. A Dios le había complacido arrebatarle lo que más quería, y dejar un mundo destrozado y patético.

Sin embargo, varias veces por semana, la obligaban a meterse en una pequeña iglesia atestada de penitentes y suplicantes agradecidos, que daban gracias a todos los santos que recordaban por haberles salvado. Rosalina veía que los congregantes de la edad de su padre rezaban con más fervor. Los más jóvenes reprimían los bostezos, distraídos, ignorando hasta al cura que predicaba escupiendo baba en su acaloramiento. Observaba entusiasmada esperando ver a quién golpeaban aquellos coágulos de celo y oración lanzados por el mensajero de Dios. Los cánticos acostumbrados eran alegres, pero Roma había prohibido la armonía en las iglesias porque inspiraba pensamientos profanos y lujuriosos. A Rosalina, el canto llano le parecía precisamente eso: plano y tedioso. Volvió a pensar en su destino en el convento. Enfrentarse a una vida de oración y monotonía. ¿Cómo iba a soportarlo?

Después de misa, fue a buscar a su padre, que estaba en su despacho revisando las cuentas.

Pero no lo encontró revisando el libro mayor, sino contemplando un retrato en miniatura de Emilia y acariciando su perfil esmaltado con el dedo.

Rosalina aprovechó la oportunidad.

—Si me concedéis un año de aplazamiento, cuando acabe ingresaré en el convento, si no es voluntariamente, al menos sin poner objeción.

Su padre frunció el ceño.

—¿Por qué iba a negociar contigo?

Rosalina señaló el retrato de su madre.

—Ella no deseaba que fuera infeliz.

Masetto volvió a mirar la diminuta imagen que tenía entre las manos.

—Ni yo, hija. Aunque no lo creas.

—Lo creo —contestó, tratando de sonar como si así fuera y buscando su mano, pero vio que aquello era demasiada intimidad y le soltó.

—Un año de techo y comida no es barato.

Pero su padre era un hombre con medios y los gastos le importaban poco. Solo quería que se marchara.

—Tu madre deseaba que ingresaras allí. Aunque no quieras oírlo.

—Y lo haré. Pero concededme un año más en el mundo. Dejad que me empape de él antes de perderlo para siempre.

—Mejor apartarte pronto. Sellar la herida con fuego. De ese modo será más fácil.

Rosalina se arrodilló y cubrió de besos la mano de su padre.

—Os lo ruego.

Masetto se quedó unos instantes considerándolo en silencio. Parecía desdichado, vacilante.

—Me gustaría que nos conociéramos un poco mejor, hija.

Ella asintió con entusiasmo.

—Y cuando te admitan en el convento, ¿dejarás que vaya a visitarte? —dijo, con una nota de tristeza en la voz—. He perdido a una esposa, ¿perderé también una hija?

—No lo haréis —contestó ella.

—Tienes doce noches.

Ella alzó la vista, confundida.

—¡Tan poco! Eso no es suficiente.

—O eso o marchas de inmediato. No olvides que, a pesar de mi generosidad, me perteneces, y puedo hacer lo que desee contigo.

Ella asintió, parpadeando a pesar de las lágrimas.

—Dentro de doce noches a partir de hoy, ingresarás en el convento sin súplicas a la familia ni escenas dramáticas, sino aceptando discretamente tu destino, ¿has entendido?

Rosalina era incapaz de hablar. Tenía un nudo de carne, lágrimas y pánico cerrándole la garganta.

—Sí —contestó con voz ronca.

—Júralo, Rosalina.

—Lo juro.

Quería oír todas las campanas de Lombardía tocando a muerto de pronto, o una cacofonía de grajos anunciando la calamidad de su desgracia, pero no se oyó nada, solo los golpes lejanos de las herraduras de los caballos sobre la piedra del patio y el alegre trino de un pinzón.

Su padre ya no la miraba, sino que había vuelto a su ábaco y el libro de contabilidad. Ya la había despachado. Rosalina salió corriendo del despacho. Tenía doce días para ser parte del mundo. Doce días de color, de luz y de música. Los aprovecharía. Corrió a la cocina en busca de Caterina, como hacía desde niña cada vez que se encontraba en un apuro y no estaba su madre. Sin embargo, aquello no era una rodilla magullada, y no había *posset* ni manzana de caramelo que pudiera arreglarlo.

Caterina estaba preparando una empanada de anguila. No la vio entrar y seguía hiñendo la masa mientras canturreaba para sí. Rosalina se quedó en el umbral de la puerta, muda, perdida. Viendo a Caterina con los brazos cubiertos de harina, igual que la había visto mil veces, se sentía extraña, como si pudiera ser cualquier momento en sus quince años de vida. Pero en cuanto le dijera que debían partir y oyera gritar a Caterina, el reloj de arena se volcaría y el tiempo volvería a correr. No estaba preparada, aún no.

Aguardó un segundo más. Se quedó observando los largos lomos de anguila sobre la mesa de madera, sus cuerpos babosos y resbaladizos, inhalando su repugnante olor a río. El destello del filo del cuchillo manchado de sangre. La harina cayendo al suelo en espiral. Probaría aquella empanada, y tal vez la siguiente, pero, para la siguiente a esa, ella ya no estaría aquí. Rosalina se aclaró la garganta.

Caterina paró y dejó a un lado la empanada, al ver la palidez de Rosalina y sus ojos llenos de lágrimas.

—¿Qué ha ocurrido? ¿Qué pasa, mariquita?

Mientras Rosalina le contaba, Caterina exclamaba y se pasaba la mano llena de barro y vísceras de anguila por la frente. Se abrazaron con fuerza. Entonces Caterina la apartó y le puso un trapo en las manos para secarse los ojos.

—Ven, siéntate. Livia ya ha parido. Vino un mensajero buscando a tu padre. Ha sido niño.

—Me alegro doblemente. Porque, en este mundo, es mejor ser varón.

—No para de comer. Entre él y su hermano, puede que necesiten otra nodriza. Tal vez puedas visitar a Livia mañana.

Caterina abrió la despensa, buscando confites. Con un gruñido de satisfacción, sacó un paquete de cerezas y ciruelas cubiertas de azúcar.

—Toma. Pero resérvate para la cena —la reprendió.

Rosalina cogió los dulces agradecida y engulló un puñado. Caterina seguía hablando sobre el recién nacido para distraerla.

Rosalina se metió más ciruelas azucaradas en la boca. Tal vez, cuando los niños fueran lo suficientemente mayores, pero no demasiado, Livia los llevaría al convento a visitarla, los iría colocando en el torno uno a uno y ella los metería en la abadía durante una o dos horas. Era lo máximo a lo que podía aspirar.

Caterina seguía parloteando como un gorrión.

—No podrá haber un bautismo como Dios manda por lo de tu pobre madre. Pero los vecinos han estado mandando regalos, ¡y tu hermano ha estado dando audiencia como si fuera el mismísimo príncipe de Verona! Aunque el nacimiento de un niño tiene que celebrarse. Todo el mundo ha enviado algo. Bueno, casi todo el mundo. Los Montesco no han mandado nada, claro.

Los Montesco. El mismo nombre era como una isla extranjera, lejana y apartada. Poderoso y cargado de pecado. Epítome de la maldad y lo espantoso. Cada vez que Rosalina se portaba mal, la amenazaban con que los Montesco se la llevarían, aunque nunca quedaba claro cómo lo harían. ¿Se la enviarían envuelta como un paquete de carne? ¿Aparecerían en su alcoba cual demonios danzando en un círculo mágico? Rosalina se santiguó.

Mas, como el mismo Lucifer, los Montesco no siempre habían sido malos, y los Capuleto tampoco les odiaron siempre. Hubo un tiempo en que las dos grandes casas de Verona, si bien no eran grandes amigas, sí coincidieron en la prudencia de formar una alianza. Se celebraron varios matrimonios entre ambas. Sin embargo, hacía ya muchos años, cuando el abuelo de Rosalina era joven, se prometió y acordó un enlace, pero la novia Capuleto acabó siendo rechazada. Aparentemente, el novio optó por la Iglesia y el amor a Dios antes que por su prometida, y pronto ascendió al rango de cardenal.

El agravio nunca se olvidó, sino que se fue retorciendo, creciendo y calcificando hasta convertirse en un odio, más enconado con cada año que pasaba. O eso era lo que se decía. Rosalina estaba segura de que había algo más que aquel desaire detrás de la enemistad, pero nadie parecía dispuesto a decirle de qué se trataba.

Caterina roció la mesa con una nube de harina.

—Los Montesco celebran un baile de máscaras. ¿Te lo puedes creer? Todos en la iglesia van dando gracias y bendiciones y ellos organizan un baile. Y los muertos por la peste apenas enterrados en sus hoyos. Así son los Montesco. Al menos, no tenemos que ir, ni tampoco excusarnos. Que Dios los castigue como guste.

Rosalina ya no estaba escuchando. Las fiestas de los Montesco eran famosas en toda Verona y la República de Venecia: tragafuegos, bufones, malabaristas, los mejores músicos que el dinero podía permitirse (y a los Montesco les sobraba), banquetes con empanadas de pichón, venado, ancas, montones alpinos de ostras apiladas, granizado de naranja y limón, y bailes hasta el amanecer. Y todo como si nada. Las fiestas se celebraban en el jardín de los Montesco, una gruta laberíntica llena de monstruos y maravillas que ni ella ni ningún Capuleto había visto en persona.

Se decía que los jardines habían sido construidos un siglo antes por un Montesco que enloqueció tras la muerte de su esposa. Aterrado por la idea de que esta se perdiera en los horrores del infierno, creó los siete círculos en la ladera arbolada que rodeaba su casa para así poder ir a visitarla en sueños. En noches de carnaval, hombres y mujeres festejaban embriagados una pesadilla consciente de visiones creadas por un alma atormentada y esculpida en piedra y musgo entre inmensos bosques de cedros, sicómoros y pinos.

Rosalina sabía todo aquello por comentarios de vecinos y conocidos. Antes de casarse con Valencio, Livia había asistido a una fiesta junto a su familia, y Rosalina le hacía repetir los detalles de los jardines una y otra vez. Evidentemente, tras emparentarse con los Capuleto, Livia era persona *non grata*, y nunca más podría experimentar aquellos placeres. Ningún Capuleto se plantearía asistir.

La promesa que su padre le había sacado a regañadientes resonaba ahora en el corazón de Rosalina: «Doce días y noches». Si tenía que renunciar al mundo pecaminoso, antes se hartaría de sus placeres. Solo pensar en los Montesco la horrorizaba, pero disponía de muy poco tiempo. Tenía que ser valiente. Aunque el mismo diablo hiciera de anfitrión, Rosalina iría a esa fiesta con lazos en el pelo.

Rosalina caminaba de un lado a otro de su alcoba. Una máscara sería útil para ocultar su rostro a Dios, pero para las criaturas terrenales, que la habían visto por Verona y que podían reconocerla, prefería una guisa más aparatosa. No debían descubrirla. Su padre le había concedido un aplazamiento de doce noches, pero sabía que no esperaba que las dedicara a esto. Si el mínimo rumor llegaba a sus oídos, la enviaría al convento de inmediato. No solo por haber asistido a un baile sin carabina, sino en casa de los Montesco, una familia contra la que su rencor se había convertido en odio ulcerado. Pero ¿qué disfraz podía conseguir a esas horas? Ninguna de sus prendas serviría.

Miró un arca al pie de la cama de madera. Aquella habitación era de Valencio antes de casarse, cuando aún no tenía su propia casa de campo. De pronto, se le ocurrió una idea y su corazón se volvió un pájaro con las alas desatadas, golpeando contra los barrotes de sus costillas. Abrió bruscamente el arca. Olía a rancio, y una fina capa de polvo de carcoma cubría las sábanas en la parte superior.

No había gran cosa. Las alas rotas de una polilla muerta hacía mucho. Una sábana amarillenta por los años. Algunas prendas viejas de cuando Valencio era joven. En vez de dejárselas a algún sirviente, como era costumbre, se habían guardado allí, probablemente con la esperanza de que las luciera algún hijo, si es que los había. La chaqueta tenía las mangas negras de terciopelo rasgadas y comidas aquí y allá por las polillas. Las calzas eran grises y ribeteadas con brocado plateado, de un tejido suave al contacto con los dedos. Iría al baile disfrazada de Valencio. O, más bien, del joven Valencio.

Enmascarada y con calzas, nadie la reconocería.

Se desabrochó el vestido con los dedos impacientes y lo arrojó al suelo. Dejándose el corpiño, se miró el pecho. No merecía la pena vendarse. Lo poco que tenía quedaría perfectamente oculto bajo la casaca. Se la puso, junto con las calzas, abrochó los lustrosos botones de nácar, y ya estaba lamentando no tener un sombrero para recoger su larga y traicionera trenza negra en la nuca cuando Caterina entró y gritó como si se hubiera dado un golpe en el dedo gordo del pie.

—¿Parezco Valencio? —preguntó Rosalina, satisfecha.

—No. Eres demasiado hermosa. Tu tez es demasiado morena y te falta la barba.

Rosalina estaba de acuerdo. Era inútil.

—¿Y por qué quieres pasar por tu hermano?

Rosalina sacudió la cabeza, negándose a contestar.

—Dime, Rosalina. Soy tu amiga desde antes de que te destetaran.

Rosalina dudó. No quería revelar sus intenciones, no tanto por miedo a una traición, sino por las posibles consecuencias para Caterina si llegaba a ser descubierta. Sin embargo, al mirarse las calzas grises, se vio los pies, con sus elegantes pantuflas de pimpollo y, llevándose la mano al pelo, se dio cuenta de que había olvidado quitarse el velo de doncella, que seguía colgando en su cabeza.

Caterina soltó un grito, al comprender lo que estaba ocurriendo.

—Te lo ruego, chinita, ni se te ocurra ir, ¡y sola! ¡Ese lugar está lleno de peligros para una mujer, y más para una niña como tú! ¡Una Capuleto… sin carabina, que sabe menos que nada! —Se llevó las manos al cuello, nerviosa y consternada—. Eres una cría.

—No lo soy —contestó Rosalina—. No sé lo que soy. Jamás seré una mujer. Van a encerrarme para que marchite lentamente, como un melocotón sin recoger, que se pudre en el árbol.

—Las monjas del convento son mujeres.

—¿Lo son? Están casadas con Dios. Renuncian a toda voluntad, deseo y pensamiento. Yo no tengo carácter para ser sierva de Dios. No soy dócil ni obediente. Deseo demasiado.

Era evidente que Caterina era incapaz de discutírselo, y simplemente repitió:

—No vayas. No es seguro.

—Voy a ir. La pregunta es: ¿me ayudarás o se lo dirás a mi padre?

Más tarde, mientras caminaban por el sendero oscuro a través de los campos hacia los jardines de los Montesco, *maese* Rosalina intentaba no saltar con cada rumor de la brisa entre las hojas del sicómoro o cada aullido de un zorro. La noche era densa y tibia como la leche calentada, las cigarras chirriaban y los sapos croaban en las fétidas acequias que bordeaban los campos. Rosalina avanzaba a tropezones con sus botas prestadas, espantando a los mosquitos que zumbaban junto a sus orejas. Estaba aterrada, pero un cosquilleo de emoción recorría todo su cuerpo. Su padre podría encerrarla, pero antes, viviría. Tal vez incluso pudiera escapar… Quizá podía zafarse aún de su horrible destino.

Pero aquella esperanza era vaga, como una luciérnaga que se confunde con una estrella fugaz en una noche nublada, y Rosalina la reprimió.

41

—Esto no va a salir bien —murmuró Caterina—. Te azotarán y te enviarán al convento al instante, y yo… —No terminó la frase, por miedo a decir en voz alta lo que le ocurriría si se descubría el ardid de Rosalina.

Rosalina le puso las manos sobre los hombros.

—No sabrán que tú me has ayudado. Lo juro. Pero ahora debes regresar a la casa. A partir de aquí estoy a salvo.

Caterina miró hacia delante.

—Te acompañaré hasta la entrada, diablilla. Eres la niña más dulce que jamás he cuidado, y la más traviesa.

—Querrás decir, el más travieso.

—Si fueras un chico, no tropezarías con tu propia espada. —Caterina sonrió—. Ven, deja que te apriete el cinturón. Lo llevas demasiado bajo. Y ponte así, con las caderas y las piernas separadas. Así.

Rosalina lo intentó, pasando un pie sobre la tierra blanda de una topera, y el otro al borde de la acequia.

—Mejor. Pero parece como si nunca hubieras visto a un hombre. ¿Acaso no hacías duelos con espadas de madera con tu hermano?

—Valencio me golpeó una vez en la cabeza, se declaró vencedor y ahí acabó todo.

Caterina le ajustó el ángulo del sombrero y se quedó mirándola. Rosalina se revolvió, incómoda bajo su escrutinio.

—Estate quieta. Los hombres no se retuercen tanto. Mejor. Pero incluso en la oscuridad, tienes los mofletes demasiado rosados para ser un chico.

Caterina se agachó y, metiendo los dedos en la tierra desmigada de la topera, le frotó un poco en la mejilla.

—Tendrá que hacer las veces de sombra de barba. Y bebe algo de vino o parecerá raro. Pero no demasiado. Y no reacciones si maldicen delante de ti.

—¡Voto a Belcebú que no lo haré!

—¡No digas eso o irás de cabeza al infierno! —contestó Caterina suspirando, abatida—. Pero ¿por qué quieres ir a esa espantosa casa? No lo entiendo.

Rosalina sonrió.

—Me sugiere oscuros placeres.

Casi habían llegado al final del sendero, donde la casa de los Montesco y el camino que conducía a los jardines estaban iluminados por un desfile de antorchas que se disolvían en la noche. Se oía música y voces cantando entre las sombras. La respiración de Rosalina se aceleró y agarró de la mano a Caterina, apretándola fuerte, bajo sus guantes prestados y demasiado grandes.

—Si tienes miedo, aún podemos volver a casa —dijo Caterina, esperanzada—. Nadie sabrá que hemos venido.

—No —respondió Rosalina—. ¡Escucha la música! ¡No hay nada aterrador en ella!

Soltando la mano de Caterina, siguió el sonido, llevada como un hambriento que huele una pieza de carne en un espetón.

—¡Espera! Deja que te ate la máscara.

Alzó la máscara. No era el hermoso antifaz blanco que había lucido en carnavales y bailes anteriores, sino una máscara curva y negra, propia de un disfraz masculino. Esperó impacientemente a que Caterina se la atara bien, apoyando una bota sobre la tierra. Había rellenado la punta con papel, porque le quedaban muy grandes.

La máscara encajó cómodamente alrededor de sus ojos, dejando sus mejillas, su nariz y su boca al aire.

—Me pica.

—¡Te rascas!

Rosalina dejó que Caterina terminara de atarla y entonces, despidiéndose de su angustiada compañera con un abrazo, fue hacia la música con paso apresurado.

Se detuvo a escuchar al borde de las luces. El resto del jardín permanecía oculto, con los cipreses bordeando el camino de entrada como plumas altas teñidas por la densa tinta de la noche. Llegaba más tarde que la mayoría de los invitados y lo hacía sola. Una figura enorme y grotesca apareció entre las sombras obstaculizando su camino. Era un ogro inmenso, con unas fauces cavernosas abiertas del tamaño de un hombre, y un par de antorchas ardiendo en las garras. La observaba maliciosamente con ojos macilentos y cadavéricos, y tuvo que reprimir el instinto de darse la vuelta y echar a correr. Pasado un instante, comprendió que la música atravesaba el negro agujero de su boca. Junto al titilar de las antorchas, alcanzó a leer las palabras que había escritas en la frente del ogro: «*Lasciate ogni speranza*». Abandona toda esperanza.

Si quería entrar en la *festa*, debía pasar por la boca del Infierno. Rosalina respiró hondo y atravesó las fauces del ogro.

43

Llegó a un claro lleno de dioses delirantes retozando y luchando. Hércules arrojaba a Caco de bruces al suelo, mientras una esfinge observaba a las Furias. Grandes dragones peleaban con leones aullando, y trataban de hacer retroceder a unos sabuesos enajenados. Una tortuga gigante con una ninfa subida a su cascarón descansaba junto a una cascada donde se bañaba una diosa del río. Pero todos habían quedado petrificados, como atrapados por la mirada de Medusa, hacía ya mucho tiempo. Sus rostros estaban cubiertos de musgo negro y líquenes plateados, y la hiedra extendía sus largos dedos por los bordes de sus túnicas de granito.

Rosalina recorrió el claro, observando a las estatuas, fascinada. Los jardines estaban repletos de gente con máscaras, pero nadie la miraba. Varios ogros la observaban con las fauces abiertas desde las sombras a la entrada de la arboleda; algunos tenían bandejas de piedra en vez de lengua, dispuestas con viandas y bebida. Pero Rosalina no sentía hambre ni sed, porque allí en el claro también estaba el origen de la música.

Buscó a Pan, o a Puck, no podía ser otro quien tocara música en aquel mundo. Sin embargo, allí los músicos eran mortales, unos hombres robustos y sudorosos. En sus flautas, violas y laúdes sonaba un motete afinado, que acompañaba a una mujer cantando con voz rasgada y acaramelada.

Rosalina estaba muda de la alegría. Escuchando aquella música, la noche se llenó de color; veía las notas alzarse y llenar el cielo con puntos radiantes. ¡Ah, por fin oía música de verdad! Aquello no se parecía nada a los tristes cantos piadosos de la iglesia. ¿Cómo no iba a preferir Dios aquel retablo dorado de sonido? Era música divina, aunque danzara en torno a una imagen desbocada del infierno. Siguió acercándose, abriéndose paso con los codos hasta alcanzar la primera fila de la multitud de asistentes, como un perro que busca el lugar más calentito de la casa en una noche de invierno.

Viendo tan embelesada a *maese* Rosalina, la cantante se animó e hizo como si interpretara para ella. Alguien le puso una copa de vino en la mano. Dio un trago y a punto estuvo de escupirlo. Sabía amargo, como moras poco maduras, y le hizo torcer el gesto. Al instante, le rellenaron la copa y ella se la bebió, temblando. Las antorchas ardían y empezaron a dar vueltas. La música seguía sonando y la gente bailaba entre los árboles y las estatuas, aullando de placer.

El vino atenuó su nerviosismo. Rosalina empezó a mirar a su alrededor con curiosidad en busca de rostros conocidos, pero la mayoría eran máscaras (blancas, negras, rojas, arlequines y algún que otro demonio cornudo). Varias personas llevaban una máscara con el pico curvado y capa oscura, igual que las que lucían los médicos durante los brotes de peste. No era agradable verlos: ensombrecían la fiesta cual fantasmas de los difuntos, recordándole lo efímero de aquel deleite.

45

Según avanzaba la noche y la fiesta se hacía más salvaje y báquica, las máscaras empezaron a soltarse o directamente eran arrojadas entre los árboles; Rosalina reconoció al señor Martino, y a Lucio, que vivían al otro lado de la montaña. Pero aún se preguntaba dónde estarían los famosos Montesco. ¿Serían las figuras encapuchadas de la Muerte y sus compañeras, la Desesperación y la Peste, que rondaban entre los invitados? No sabía. Había un sujeto espigado con una máscara de diablo. ¿Sería un Montesco? ¿O tal vez aquel? Se quedó observando a un hombre que estaba besando la línea del cuello de una mujer, y luego lamía su esternón, con la mano perdida bajo sus faldas mientras ella se revolvía profiriendo gritos ahogados. Rosalina nunca había visto una exhibición carnal como aquella, y siguió mirando, horrorizada y fascinada, a la desvergonzada pareja retozando junto a la fuente del dios Poseidón, que los contemplaba imperturbable, con su tridente en la mano.

Las antorchas escupían cera y atraían polillas, y los músicos por fin dejaron de tocar para unirse a la fiesta. Se hacía tarde. Rosalina se quedó mirando un laúd que habían dejado debajo de un banco. Parecía estar llamándola. Quitándose los guantes, lo cogió y empezó a pellizcar las cuerdas. Una sensación de sólida serenidad la invadió al instante y su cabeza, que daba vueltas por el vino, se calmó. El instrumento era excelente, su sonido dulce y profundo. Sabía que no debía cantar o descubrirían su secreto, así que simplemente tocó, con dedos ágiles y certeros. Un pequeño grupo de personas se acercó a escuchar mientras la música caía de sus manos como la lluvia, fresca y restauradora en el calor y la angostura de la noche.

46

Un hombre se acercó. No llevaba máscara. No era ni demasiado alto ni demasiado bajo, tenía la altura perfecta, y era delgado y musculado. Inclinó la cabeza para oír mejor. Al hacerlo, Rosalina percibió una intensa expresión en sus ojos, como si su música le conmoviera. Bajo el sombrero, su cabello era casi tan oscuro como el de ella. Con cada pieza que terminaba, sus vítores eran los más altos, su aplauso el más sentido y riguroso de todos.

Tras media hora tocando, Rosalina empezó a sentirse acalorada y algo mareada; la máscara le apretaba demasiado y, con el sudor, se le pegaba alrededor de los ojos. Quería quitársela, pero no debía. Alzando la mirada, vio consternada a un amigo de Valencio que la reconocería y podría delatarla, y se le hizo un nudo ardiente y ácido de pánico en el estómago. Dejó el laúd y buscó con la mirada un lugar para esconderse, pero, antes de que pudiera levantarse y huir, el desconocido la rodeó con su brazo, firmemente pero sin violencia. Olía a pino y a cuero.

—Vamos, buen hombre. Retirémonos un rato. Conozco un lugar —dijo, notando su desasosiego y apartándola de la multitud, hacia una parte más tranquila del jardín.

La condujo por un sendero que corría junto a un arroyo con estatuas de dioses romanos menores, hasta una figura de Pan tumbado desnudo bajo el dosel de unos sicómoros. El desconocido no tenía prisa y caminaba con estudiada soltura. A pesar de su agitación, Rosalina no pudo evitar observarle, y vio que era esbelto y lucía una capa favorecedora. Su piel era más pálida que la de ella.

Él notó su mirada y sonrió con una dentadura blanca y perfecta.

—Era tal la perfección de vuestra música, tanta su verdad, que podría derretir un corazón de piedra.

Rosalina, que no estaba acostumbrada a recibir cumplidos como aquel, se rio.

—¿Quién sois, buen hombre? —preguntó él.

—Un caballero de Verona —contestó Rosalina tartamudeando, incapaz de mirarle a los ojos, avergonzada, pero encantada de sentirse observada por él.

El desconocido hizo una reverencia.

—En tal caso, encantado, caballero de Verona. Ya somos dos. Mas he de decir que vuestro rostro me resulta desconocido.

La estaba mirando fijamente, y Rosalina notó que sus mejillas se encendían bajo tanto escrutinio. Agradeció el manto de oscuridad de la noche.

—¿Cómo iba a reconocerme? Llevo el rostro oculto.

—¿Su nombre, pues?

Rosalina volvió a reírse.

—¿De qué sirve la máscara si luego revelo tan fácilmente mi nombre?

Él inclinó la cabeza y sonrió.

Rosalina no había hablado con muchos hombres, y

desde luego con ninguno como aquel. Le recordaba a un cuadro de san Sebastián que había visto en la catedral de Padua, un Sebastián perfectamente simétrico y de labios encarnados que aparecía desnudo y herido con flechas que ensangrentaban su pecho. Aquella imagen la cautivó, y estuvo toda la misa mirándola, incapaz de concentrarse en el sermón o en el cura. Ahora, tenía que obligarse a apartar la mirada de aquel desconocido, como si temiera abrasarse los ojos por mirar directamente al sol. Era su cortesía, la dulzura de sus palabras y, ay, su hermosura. Ni la misma Venus lo habría creado más bello.

Rosalina pensó avergonzada en los agujeros de polilla de sus calzas y el barro que llevaba en las mejillas. Y sus palabras no sonaban poéticas, sino torpes y lentas, se le atascaban entre los dientes.

Él sacó una petaca de la chaqueta.

—Tomad, bebed algo, amigo.

Rosalina negó con la cabeza.

—Gracias, buen hombre, pero creo que ya he bebido suficiente.

Soltando una carcajada, contestó:

—Un poco más ayudará. —Le puso el odre en las manos. Era tan amable, tan insistente que, a pesar de la pesadez de su estómago, Rosalina bebió. El vino era fuerte y dulce.

Parecía contento.

—Un sorbo más.

—No creo que pueda. O tendremos un percance.

—En tal caso, debéis comer.

Rosalina se dio cuenta de que estaba oscilando de lado a lado, como si estuviera a bordo de un barco. Si comía algo, temía vomitar, y no quería hacer algo así delante de aquel caballero. Aquel caballero de mirada tan intensa y luminosa. Además, tal vez los hombres vomitaban de un modo distinto a las mujeres, y eso podría delatarla.

Él estiró un brazo para sujetarla, agarrándola del brazo y haciendo que se sentara con sumo cuidado a los pies de Ceres, sobre la hierba ya humedecida por el rocío. Allí había una mesa dispuesta con comida bajo los árboles, y él seleccionó varios trozos y se los acercó en un plato, con un poco de pan y una copa de hidromiel. Rosalina se reclinó y cerró los ojos, mareada.

—Comed —insistió, sentándose a su lado—. Y esta bebida no es fuerte. Os ayudará.

Ella lo cogió y, mientras comía, empezó a sentirse mejor. Notaba la cercanía de su cuerpo, su calor. Prácticamente se estaban tocando.

Él se reclinó y acabó por estirarse, completamente a gusto.

Rosalina se preguntaba qué edad tendría. Era mayor que ella, eso seguro. Veinticinco años. ¿Tal vez treinta? No importaba. Hasta el tiempo se detenía en aquel lugar. La arena había dejado de caer.

Ella señaló las estatuas medio escondidas entre la hondonada de árboles. Inhaló su olor seco.

—Me siento como si estuviera atrapado en un sueño o como si me hubiera raptado la reina Mab. Es aterrador y, al mismo tiempo, no quiero que amanezca —dijo.

—¿Nunca habíais visto este lugar y sois de Verona? —dijo él, sorprendido.

Rosalina temía haber revelado que era una Capuleto.

—¡Sí! Quiero decir, por supuesto que he estado. Mas cada vez que vengo me parece distinto. Uno no es la misma persona cada vez que entra.

—Desde luego que no. Y la razón no es lo único que hay que abandonar al entrar. ¿Veis lo que dice aquí? —Señaló otra inscripción cerca de la diosa de la fertilidad—. *Solo per sfogar il core.*

—El corazón debe desfogarse —dijo Rosalina, leyéndolo despacio.

—¿Y qué es lo que apesadumbra vuestro corazón, amigo? —preguntó él, con voz suave y llena de comprensión.

—¿Por qué creéis que soy infeliz?

—Nadie toca música como vos lo habéis hecho, a no ser que su alma esté llena de plomo.

Rosalina lo miró sorprendida. Era la primera bondad que le había mostrado un hombre, aunque en aquel momento no supiera que ella era una mujer. Llevaba tiempo acostumbrada a la apatía de su padre. Y para su hermano era totalmente indiferente; pensaba más en sus perros. Sorprendida por las repentinas atenciones del desconocido, Rosalina ansiaba confesar su infelicidad. Las lágrimas le escocían en la garganta. Era culpa suya, por haber bebido demasiado vino, pero él la observaba con tanta dulzura, y una mirada tan abierta y franca, que también quería hablarle de la muerte de su madre, contarle que iban a enviarla al convento. Decirle que a veces parecía que la única que la quería era Caterina, a quien pagaban por ello, y Julieta, que era demasiado pequeña. Pero no podía, porque revelaría que era una mujer, y las mujeres no salían de noche, sin carabina, a encontrarse con desconocidos. Debía marcharse. La idea del amanecer empezaba a acariciar las copas de los árboles. Rosalina se puso en pie.

—No pretendía ofenderos —dijo el desconocido, levantándose—. No os vayáis.

—Es tarde. O temprano, no sé. Pronto despertarán en mi casa y debo estar en mi cama.

—Por favor. Quedaos. Solo un minuto más.

Rosalina dudó.

—¿Qué daño hace un minuto con un amigo?

—¿Pueden ser amigos dos desconocidos?

—Desconocidos como nosotros, sí. Hemos partido el pan juntos. Hemos oído música extraña. Hemos yacido uno al lado del otro, una noche de verano, bajo el pálido rostro de la luna. Yo espero que eso nos convierta en amigos.

Rosalina se sonrojó al oírle decir que habían yacido juntos, pero sabía que lo decía con inocencia, porque seguro que así era, ¿no?

—Cuéntame, amigo. ¿Dónde aprendiste a tocar el laúd? —preguntó él.

Hablar del laúd hizo que Rosalina pensara en su madre, y no podía soportarlo.

—¡Pardiez! Cuántas preguntas —contestó.

—Muy bien. Pregúntame algo tú. Pero quédate.

Rosalina lo pensó. Solo había una cosa que deseaba saber.

—¿Podrías señalarme a algún Montesco?

Él no llegó a reírse, pero parecía confundido.

—Podría, ¿por qué?

—Quiero ver uno.

—¿*Uno*? Lo dices como si fueran bestias, no hombres.

—Si lo son, entonces son todos malvados. Monstruosos. Como este jardín que se hicieron construir.

—Tal vez sea salvaje. Asombroso. Pero ¿malvado?

Por un instante, Rosalina se quedó muda e indecisa.

—He oído decir que son libertinos y retorcidos con los hombres.

—¿Por qué?

Rosalina frunció el ceño.

—No lo sé, pues no conozco ninguno.

Al oír eso, el desconocido se irritó. Apartó la mirada de ella, mientras jugaba con la empuñadura de su espada.

—¿No lo sabes? ¿No conoces ningún motivo?

Rosalina negó con la cabeza, resistiéndose a explicar el origen de la enemistad y revelar que era una Capuleto. Él volvió a acercarse, hasta que se vio obligada a retroceder.

—Lanzas insinuaciones e indirectas, sugiriéndome, a

51

un desconocido, los rumores trillados, viles y despiadados que hacen correr por toda Verona nuestros enemigos, los Capuleto. Y sin embargo vienes aquí, a casa de los Montesco, a comer sus viandas y beber su vino, a mezclarte con sus invitados, y a repetir estas ignominias.

Rosalina le miró confundida, sin saber si todo aquello era un juego. Si lo era, no entendía las reglas.

Él se detuvo, agachando la cabeza.

—No me dejas elección. Me has deshonrado, a mí y a mi familia.

Al decirlo, con voz baja y llena de resentimiento, volvió a avanzar hacia ella haciéndola recular.

Rosalina no podía creer que le hubiera causado agravio; debía de estar bromeando. Ella no podía batirse en duelo. La simple idea era absurda, tanto que estaba a punto de echarse a reír.

—¿En qué modo te he deshonrado, señor?

Sus ojos se encontraron.

—Soy Romeo Montesco. —Su mano descansaba relajada sobre la empuñadura de la espada—. ¿Te niegas a luchar? ¿Deshonrarás a tu familia, joven veronés?

Ella sacudió la cabeza, incapaz de hablar. Tocó su espada; ya no tenía ganas de reír. Sus dedos estaban pegajosos sobre la empuñadura. Debía de haber perdido los guantes. El corazón le rugía en los oídos. Romeo parecía más alto ahora, más corpulento que antes, y danzaba hacia ella prácticamente de puntillas. Su sonrisa relucía con la primera luz del alba.

Rosalina miró hacia atrás y vio que habían alcanzado una torrecilla que parecía descaradamente inclinada hacia un lado, como una pieza de ajedrez a punto de rendirse y caer. Al principio, pensó que el ángulo de la torre era solo producto del vino que había bebido, pero cuando Romeo la hizo retroceder hacia la oscura entrada, vio que realmente estaba inclinada, casi derruida.

—¿Vamos? —dijo él, señalando la entrada—. Aquí tenemos un lugar tan bueno como cualquiera para batirnos en duelo.

Rosalina estaba mareada. No conocía bien las reglas de un duelo, pero estaba bastante segura de que tenía derecho a delegar en otra persona. Pero ¿a quién podía llamar? ¿Quién acudiría en su ayuda? Valencio no. ¿Caterina?

No estaba dispuesta a revelar su sexo para evitar el duelo, aunque eso significara morir entre aquellos monstruos y apariciones.

—Después de ti, *signor* —dijo Romeo.

Rosalina entró a trompicones en la torre inclinada, y al instante quedó desconcertada. Por la ventana se veía el horizonte escorado en un ángulo extraño y el suelo se retorció, haciéndola tropezar y casi caer. El mundo estaba patas arriba, descompuesto, y se preguntó si tal vez había caído en el inframundo.

Se volvió a mirar a Romeo y vio horrorizada su espada desnuda.

—Desenvaina —dijo él, con voz suave y falta de ira.

Obedeciendo, Rosalina cogió aire, preguntándose si aquella sería su última respiración. En una fracción de segundo, él le arrancó la espada de la mano y Rosalina cayó estrepitosamente al suelo. Cerró los ojos y esperó el golpe que debía llegar. Solo deseaba que no doliera, o que el dolor no durase demasiado.

Pero lo único que sintió fue un tirón en las cintas que ataban su máscara en la nuca, los cálidos dedos de Romeo y su respiración. Alzó la mano para detenerle.

—No, *signorina*, has perdido.

Ágilmente, le quitó la máscara y, cogiéndola de una mano, la condujo hasta la ventana donde la luz del alba empezaba a asomar. La miró y tomó su rostro entre las manos. Acarició suavemente sus mejillas con la almohadilla de los pulgares, luego sus cejas, y siguió bajando por el perfil de su nariz hasta su labio superior. Suspiró.

—En verdad, no te conozco, pues recordaría un rostro como este —dijo—. Ay, la diosa Venus orbita sobre nosotros en el cielo.

Señaló hacia arriba, donde las últimas estrellas ya se habían extinguido, y solo quedaba Venus parpadeando en el cielo del amanecer.

—¿Lo ves? Ella es testigo del momento de nuestro encuentro. —Besó su mano.

A Rosalina nunca le habían hablado de aquel modo, y se quedó mirándole, confusa y excitada.

—¿Sabías que no soy un hombre?

Romeo se rio.

—Estos labios…, dos capullos de rosa…, no son los de un hombre. Esta mejilla… —Hizo una pausa, frunciendo el ceño—. *Signorina*, tienes mugre en tu perfecta mejilla.

Rosalina tragó saliva, viéndose de pronto atrapada en aquella torre extraña con un desconocido. Sin embargo, confiaba en Romeo, o quería confiar en él. El duelo no había sido más que un juego. Su corazón seguía latiéndole a golpes bajo el pecho.

Romeo se apartó sonriendo y se apoyó contra el muro.

—A ver, dices que los Montesco somos diabólicos, depravados y nos deleitamos en el pecado. ¿Estás segura de ello?

—Si digo «sí», ¿prometes no retarme a luchar de nuevo?

Romeo volvió a reír.

—Lo juro. Tú también me has desarmado, *signorina*.

—Solo digo lo que he oído. No voy a mentir. Eres el primer Montesco que conozco. Así que tendrás que mostrarme la verdad tal y como es, *signoro*.

—Muy bien. Aquí estamos solos, pero estás a salvo. —Se acercó un poco, y volvió a acariciar su mejilla con el pulgar—. No deseo nada a cambio de guardar tu secreto. No quiero un beso. Ni siquiera deseo saber tu nombre.

Cogió su máscara y volvió a ponérsela, atándosela con agilidad.

—En tal caso, confío en ti —dijo Rosalina, mirándole a los ojos—. No creo que me vayas a traicionar, aunque seas un Montesco.

Rosalina recorría su pequeña alcoba mientras se quitaba las calzas y trataba de desabrocharse los botones de la casaca. Por primera vez desde la enfermedad y la muerte de Emilia, sentía una palpitación en el pecho de algo parecido a la felicidad. Era frágil, como las alas de una mariposa, y el viento más leve podría llevárselo.

Se sentó al borde de su lecho con su corpiño de lino e intentó no pensar en Romeo. La había acompañado a través del monstruoso jardín mientras el alba tanteaba las copas de los árboles con sus dedos rosados. Dioses y gárgolas contemplaban imperiosamente a los borrachos dormidos a sus pies. Romeo insistió en que no fuera sola, pues solo quedaba la escoria de los invitados y no se fiaba de ellos. Juntos atravesaron la boca del ogro, pero, al llegar a ese punto, Rosalina le dijo que debían despedirse, para que no viese el camino que había seguido hasta allí; de lo contrario, sabría dónde vivía.

No quería que supiera que era una Capuleto. Le gustaba que pensara bien de ella, y no quería que se enturbiara el hechizo. Dado que no volvería a verle, prefería mantener la ilusión.

Ahora, después de regresar a la casa sin que nadie la viera, no podía estarse quieta. Iba de un lado a otro como si tratara de medir las brazadas de su habitación. Estaba a oscuras. Nadie la había admirado antes. O tal vez la admiraran como a una taza de porcelana, que si se mellaba

55

se estropearía y perdería todo valor. Su reputación y su honor solo eran apreciados porque, en caso de mancillarse, traerían la deshonra al nombre de los Capuleto. Lo que importaba era el nombre, no la propia Rosalina. Sin embargo, a Romeo sí parecía gustarle. Sus dedos. Su mejilla. Sus labios. Aunque fuera un Montesco. Y aunque no volviera a verle.

Pero ¿y si volvía a verle? ¿Y si Romeo podía salvarla del camino que le habían impuesto? Era el hombre más apuesto que jamás había visto, y también se mostraba amable con ella, pero, ante todo, le había devuelto la esperanza.

Rosalina se encamó, pero no cerró los ojos. Caterina subiría pronto a comprobar que había vuelto sana y salva. De todos modos, no podía dormir.

Afuera, el viento golpeaba las contraventanas, al principio suavemente, luego con más insistencia. Pasado un momento, comprendió que no era el viento, sino alguien llamando.

Una voz exclamó:

—¡Rosalina!

Se bajó de la cama y corrió a la ventana. No podía ser. ¡Imposible! La ventana de su alcoba y el pequeño balcón al que daba estaban debajo del alero en lo alto de la casa. Quienquiera que llamara tenía que haber trepado por los manzanos de enfrente, para luego deslizarse por el estrecho muro. Su corazón latía como un tambor contra su pecho. Sentía un hormigueo recorriendo su piel, que ardía de miedo y expectación. Abrió las contraventanas.

—¡Rosalina! —dijo de nuevo la voz, con urgencia y suavidad.

—¿Quién va? —contestó ella, susurrando.

—¿Cómo? ¿No me reconoces ya? ¿Acaso ha pasado tanto tiempo? —dijo él.

Rosalina abrió la ventana y salió al estrecho balcón. Al

principio no vio a nadie bajo la suave luz, las sombras se fundían unas con otras y se mezclaban con los troncos de glicinias y hiedra. Entonces vio una mano agarrada a la hiedra y tuvo que reprimir un grito.

—Ayúdame, prima. ¡Qué lástima de juventud y belleza si cayera ahora mismo y me rompiera el cuello contra los adoquines!

—¡Teobaldo!

Ella le agarró de una mano y tiró, arrastrándole al balcón. Teobaldo cayó con agilidad y sonrió. Rosalina se arrojó a sus brazos, empujándole contra la barandilla, y al instante reculó con timidez. Se quedó mirándole, sorprendida al pensar en el tiempo que había pasado desde su último encuentro. Estaba más alto, aunque sus carnes no llenaban los huesos de su cuerpo, y una sombra de barba asomaba en su mentón.

Teobaldo también la observaba atentamente.

—Ya no eres una niña —dijo, con una mezcla de admiración y miedo.

—Ni tú.

Se miraron anonadados, y llenos de un repentino recelo, al darse cuenta de que su antigua cercanía debía volver a forjarse. Quienes no les conocían, a menudo pensaban que eran hermanos, tal era su parecido en la tez y la picardía, y ahora se buscaban a sí mismos en el rostro del otro. La sonrisa de Teobaldo le recordaba a la suya propia y a su primo de niño, pero la figura que tenía delante ahora era alta, y sus hombros eran los de un hombre. Le resultaba familiar y desconocido a la vez, con los mismos movimientos rápidos e inquietos.

Rosalina tomó dolorosa conciencia del tiempo que llevaban alejados el uno del otro, de los años que ya no volverían. Se preguntaba si Teobaldo tendría aún aquella cicatriz en la rodilla, la que se hizo cuando fueron a pescar carpas juntos, y se cayó en las rocas, haciéndose un corte profundo. Lloró amargamente viendo lo mucho que sangraba, y le hizo prometer que jamás se lo contaría a Valencio, por miedo a que su primo mayor se burlara de él. Ahora estaba en el balcón de su alcoba, cubierto de barro y hojas, con un ojo oculto bajo el sombrero, incapaz de sostenerle la mirada. Pero el color marrón intenso de aquellos ojos era el mismo de siempre. Como un río después de la lluvia.

Ojalá hubiera sido Teobaldo su hermano, en lugar de Valencio. Si así fuera, él jamás permitiría que su padre la enviase a un convento. Pero como primo, no podía hacer nada.

Por fin, Teobaldo se aclaró la garganta y la miró.

—Siento lo de tu madre. Que Dios la bendiga mil veces. Emilia era mi tía preferida. Fui a buscarte en cuanto lo supe. Pero la carta tardó semanas en llegar a Padua, y para entonces, ya estabas encerrada.

—Me alegro de que estés aquí ahora —contestó ella, sintiendo la sinceridad de sus palabras—. ¿Te quedarás unos días?

Teobaldo asintió.

—Sí. He terminado mis estudios. Vuelvo a Verona. Me alojaré con Valencio.

—Lo encontrarás igual que siempre, aunque más gordo. Siempre ha sido un glotón, mas ahora se nota.

Teobaldo quedó huérfano siendo niño, y desde entonces había pasado de un Capuleto a otro como un resfriado, eliminado con rapidez y entusiasmo, sin llegar a pertenecer nunca a nadie.

La única que le quería era Rosalina. Se parecían en la edad, la disposición y el aspecto; solo el género los separaba.

—¡Ay, cuánto te he echado de menos, prima! Pero ahora tenemos tiempo —dijo Teobaldo.

«No lo tenemos», pensó Rosalina. Ahora bien, como

no parecía estar al corriente de su inminente ingreso en el convento, prefirió no decírselo y enturbiar así la alegría por su regreso. Finalmente, dijo:

—Sí, primo, como en los viejos tiempos, mas ahora tienes que partir. Mira, es casi de día. Caterina vendrá en cualquier momento. No puede encontrarme contigo. Ya no somos niños. ¿Por qué no vuelves por la mañana, y, como es costumbre, entrando por la puerta?

Con un gruñido bienhumorado, Teobaldo dejó que le ayudara a bajarse otra vez del balcón. Pasó ágilmente sobre la barandilla y trepó por la pared hasta los manzanos que había debajo.

Rosalina volvió a su cama. Se tumbó, pensando en el nuevo Teobaldo. No era un desconocido, pero tampoco su compañero de infancia. Ya no podían pasarse la noche metidos en el mismo lecho, leyéndose en voz alta páginas de Ovidio y Homero para aterrar al otro, felices. Aquel pensamiento la hizo estremecer y se sintió todavía más sola. Haciéndose un ovillo, trató de rememorar momentos en los que Teobaldo le susurraba versos de las *Metamorfosis* de Ovidio en la oscuridad, pero ya hacía demasiado tiempo de aquello, y cuando intentaba imaginar alguna de las historias, solo le venía la de Venus y Adonis. Y Adonis tenía el rostro de Romeo Montesco.

59

Al despertar encontró a Caterina abriendo las contraventanas. De repente, chilló y Rosalina hundió la cara en la almohada. Habría visto un ratón otra vez.

—Al final no ocurrió nada malo. Te dije que todo iría bien —susurró Rosalina, con la esperanza de que la dejara dormir, pero Caterina siguió murmurando consternada.

—Pero ¿qué locura es esta?

Rosalina se bajó de la cama adormecida y a regañadientes, y se acercó a la ventana para asomarse al balcón.

Mientras dormía, alguien había cubierto el suelo de madera con un manto de rosas. Un bosque de tallos verde oscuro. Cien, doscientas coronas de flores rosas, blancas y rojo carmesí. Sus pétalos se abrían bajo la luz del sol, emitiendo un perfume dulce y terroso. El aire zumbaba lleno de abejas.

—¿Quién ha hecho esto? —dijo Caterina con tono inquisitivo.

—Teobaldo —contestó Rosalina—. Ha vuelto de Padua.

—¡Oh, Teobaldo querido! Es el muchacho más pícaro y dulce que conozco. Supongo que es un desaguisado propio de él. Un desorden perfumado de tu antiguo compañero de juegos.

—Así es. Y ahora, querida Caterina, vete. Deja que yo recoja estas rosas caídas.

—Necesitarás veinte frascos para meterlas, esto es, si no se aplastan y se echan a perder.

Rosalina insistió en que siguiera con sus quehaceres, asegurándole que encontraría frascos suficientes.

Una vez que se hubo ido por fin, Rosalina salió al estrecho balcón luciendo solamente su corpiño. Aquello no lo había hecho Teobaldo, de eso estaba segura. Pues allí, en medio del lecho de rosas, arrullados entre hojas verdes, tallos con espinas y pétalos caídos amarilleando al sol, estaban los guantes que llevaba la noche anterior en la fiesta de los Montesco y había perdido en algún lugar entre los monstruos.

Rosalina avanzó descalza entre las densas capas de verde, tratando de evitar los pinchos, y fue a recoger uno de los guantes. Al cogerlo, notó que estaba duro. Tenía una nota enrollada metida en uno de los dedos.

Rosas para la bella Rosalina. Te devuelvo tus guantes, mas no para retarte a un duelo, sino para retirarme de este, cuando retires del guante esta nota. Ojalá fuera yo guante para tocar esos dedos, o esta carta, para ocultarme en la palma de tu mano.

Rosalina alzó la vista, pestañeando bajo la cegadora luz del día. El cielo lucía de un azul cobalto vestal y el sol parecía bañado en oro resplandeciente. ¿Alguna vez había brillado tanto? Tenía las mejillas ardiendo. Se volvió y entró de nuevo en su alcoba, pero no miraba por dónde iba y, en su distracción, pisó una abeja. El dolor fue inmediato e intenso. Se mareó y empezó a respirar profunda y lentamente, con el perfume dulce y embriagador de las rosas arremolinándose a su alrededor. Pero le daba igual el dolor, pues Romeo Montesco sabía que ella era una Capuleto, y a pesar de eso la estimaba.

61

3

Yo te conjuro por los claros ojos de Rosalina

Al bajar las escaleras con los brazos llenos de tallos de rosa partidos, Rosalina vio a través de la puerta del vestíbulo a los mozos preparando a los caballos y el carruaje en el patio. Dejó su carga en el suelo y salió rápidamente, haciendo una mueca de dolor por la picadura del pie.

Su padre estaba reprendiendo a los sirvientes por su holgazanería: las bridas no estaban relucientes, el carruaje tenía salpicones de barro y no habían cepillado bien las crines de los caballos. Rosalina esperó a que cesara su diatriba.

—¿Adónde vais, padre?

—A Verona. Volveré antes del atardecer, esto es, ¡si estos bufones acaban de una vez!

—¿Puedo ir con vos? Por favor, padre. Quiero orar por el alma de madre ante su tumba.

Masetto dudó y ella pensó que se debatía entre el empeño de estar a solas con su dolor y su deseo de que el alma de Emilia saliera sana y salva del purgatorio. Había pagado a frailes y monjas para que dijeran las misas por ella, pero eran tantos los muertos en Verona que aún habría miles de misas por decir. Y Rosalina sabía que su padre sufría pensando en las almas perdidas que quedaban apresadas en el purgatorio, rondando cual negras nubes de estorninos, atrapadas entre dos mundos.

—Prometo no hablar en todo el camino —insistió ella.

—Muy bien, hija. Tú también la extrañas —dijo, con cierta amabilidad, haciendo un gesto al mozo para que la ayudase a subir.

Rosalina estuvo debidamente callada durante todo el trayecto, contemplando los campos de olivos, con las hojas como rizos plateados bajo el sol de mediodía. Se bajó a recoger un ramo de flores silvestres para dejar en la tumba, pasando con dificultad entre los caballos sudorosos. De vez en cuando, veía a un hombre montado sobre un caballo negro detrás de ellos. Quienquiera que fuese, mantenía una distancia prudente, y cada vez que parecía que iba a alcanzarlos, el animal reducía el paso.

Al cabo de un rato, empezó a divisar las torres de las iglesias de la ciudad alzándose hacia el cielo, y se puso de pie dentro del carruaje para verlas mejor. No tardaron en cruzar el puente de piedra que daba acceso a la ciudad, sobre las verdes aguas hinchadas dibujando nubes de espuma. Nada más atravesar las puertas de entrada, Rosalina notó lo vacías que estaban sus calles, aunque no sabía si era porque los vecinos rehuían el sol de mediodía o como consecuencia de la peste.

Al llegar al cementerio donde estaba el panteón familiar, el carruaje se detuvo y Rosalina se apeó.

—Volveré dentro de una hora o dos. No te alejes de la cripta —le advirtió su padre.

Rosalina asintió, tomando aquellas migajas de preocupación como la única ternura que recibiría de él.

El calor se hacía más denso conforme avanzaba por el sinuoso sendero. El panteón familiar se encontraba en un gran cementerio atestado de lápidas que ahora convivían con las fosas recién cavadas. Los viejos huesos asomaban de la tierra haciendo hueco a los difuntos más recientes, cada uno de los cuales había sido enterrado a menos profundidad que el anterior. Con el calor de junio, el olor era fétido y amargo, y Rosalina lo notaba en el fondo de la lengua, salado y repugnante. Tenía la piel pegajosa de sudor y muerte. Hasta el último ápice de tierra había sido removido y abierto para sepultar más cuerpos, y parecía retorcerse rebosando, con líquido rezumando bajo la superficie, mientras los cuervos se posaban en las lápidas y sobrevolaban con su risa gutural.

Rosalina sintió un escalofrío y aceleró el paso, ansiosa por huir. Cuando por fin entró en el frío panteón, la invadió una enorme sensación de alivio. Allí olía algo mejor, ya que los muertos yacían en una cripta de piedra.

Iba a oscuras, pues no tenía vela ni candil. No había querido perder tiempo yendo a buscar uno por si Masetto cambiaba de idea y decidía no llevarla consigo.

Se arrodilló a rezar, murmurando plegarias para que Emilia saliera a salvo del purgatorio hacia la vida eterna.

Una vez que hubo terminado, se sentó sobre los talones a contemplar la piedra que escondía los restos de su madre. El cantero aún no había labrado su nombre, y la efigie tallada que Masetto había encargado al menos tardaría doce meses en esculpirse. Lo único que había era un vacío. Emilia había sido borrada. No tenía nombre ni semblante. La rabia inundó su pecho como bilis al dejar las flores que había cogido (ruda, romero, hinojo y varias margaritas y orquídeas con motas moradas). El ramillete empezaba a marchitarse y estaba húmedo por el sudor de sus manos, pero le dio igual.

—Aquí tenéis. Teobaldo siempre llama «dedos de muerto» a estas largas y moradas. Qué nombre tan feo para una flor tan hermosa. —Sacó las orquídeas y las dejó sobre la losa fría—. Siempre creí que algún día esparciríais flores sobre mi lecho nupcial, madre. Ahora soy yo quien las esparce sobre vuestra tumba, y ya no tendré lecho nupcial. Voy a ser sepultada en una muerte en vida. ¡Y ni siquiera puedo preguntaros por qué!

La voz de Rosalina se elevó y resonó en toda la cripta. Entonces, de algún lugar surgió otra que se unió a la suya. Por un instante, Rosalina creyó que se trataba de algún espectro de dolor, o incluso de su madre, que volvía a contestarle. Miró a su alrededor, asustada.

—No llores, dulce Rosalina —dijo la voz.

Rosalina vio a Romeo a media luz bajo el umbral de la entrada.

—¿Qué haces aquí? —preguntó ella confundida. A pesar del dolor que nublaba sus sentidos, una emoción sobrevoló su corazón como un relámpago. Se quedó mirándolo, conteniendo la respiración. Romeo sonrió y entró en el panteón.

—Discúlpame, te lo ruego. Esta mañana fui a tu casa con la esperanza de hablarte, y cuando vi que venías hacia Verona, pensé que tal vez aquí podría hablarte con más libertad.

Rosalina rumió sus palabras. Había venido a la ciudad solo por ella.

—Querida Rosalina, habla, por favor. No era mi intención asustarte.

—No estoy asustada.

Se quedó callada un instante, y él se acercó.

—No estés triste. Tu madre está en el paraíso, no en esta oscura y fétida tumba.

Era tal la sinceridad de sus palabras y la inquietud en su mirada que Rosalina se conmovió.

—¿Por qué ibas a mi casa? Si mi familia te encontrase allí, te mataría.

65

Romeo se encogió de hombros.

—Me escondí, con la esperanza de verte. No podía esperar, preciosa Rosalina. Temo más tu indiferencia que sus espadas.

Rosalina sacudió la cabeza y se frotó los ojos. Apenas había dormido, la nariz y los ojos le escocían entre el calor y el rancio olor. Por un momento, no sabía si todo aquello era real o solamente un espejismo. Romeo estaba tan quieto en medio de la penumbra y el ángulo de su barbilla y su cuello eran tan perfectos que podría pasar por una de las estatuas esculpidas para conmemorar a los difuntos e inmortalizarlos en piedra.

Pero Romeo no era de mármol, sino de carne y hueso. Parpadeó y pasó su lengua húmeda y suave por sus labios curvados.

—¿Por qué tenías que ser un Montesco? —susurró ella.

—Desde ahora mismo dejaré de serlo, si eso te desagrada.

Se acercó para sentarse a su lado. Rosalina notó su olor a pino y a cuero, esta vez mezclado con el aroma cálido y terroso de su caballo. Cualquier cosa que anegara el hedor a podredumbre y a muerte era un alivio.

—¿Cómo me has encontrado? ¿Cómo averiguaste mi nombre? —preguntó ella.

—Por amor.

Rosalina se rio.

—Eso no es una respuesta.

—Es la respuesta que te ofrezco.

Rosalina estaba asombrada de que alguien se hubiera molestado en saber quién era, y más aún aquel hombre fascinante. Solo una emoción auténtica podía haberle llevado a hacerlo. Notaba el pulso latiendo en su cuello, presionando su piel como las alas de una mariposa. Quería estirar la mano y tocar la de él, sentir sus yemas rugosas por el contacto con el cuero de las bridas de su caballo y el firme músculo de su muslo. ¿Era amor aquel impulso, aquella necesidad de tocarle?

En las horas que habían estado separados, Rosalina había intentado recordar sus mejillas, su mentón, sus labios, la forma de sus piernas, pero, aunque sabía que eran perfectos, no lograba recrearlos en su mente. Ahora que lo tenía delante, veía que no le había recordado bien. Era más robusto y sus ojos más oscuros. Los Capuleto difuntos que los rodeaban habían sido idealizados al ser esculpidos, pero Romeo Montesco no necesitaría mejoras ni enaltecimiento. Aquella belleza en un hombre resultaba desconcertante, y Rosalina se sentía torpe e infantil a su lado. A pesar de la luz vacilante, podía ver que tenía la misma edad que Valencio, si no algo mayor. Comparado con Romeo, Teobaldo, su compañero de juegos, era solamente un crío.

Impaciente, quería decirle que saliera de las sombras y se pusiera a la luz para verle mejor. Sonrió y vio el resplandeciente brillo de sus dientes.

—Estando en tu compañía, me siento en el paraíso —murmuró él—. No hay penumbra aquí, pues eres más luminosa que la luna.

Rosalina se quedó mirándole un momento, escuchando el latir acelerado de su corazón. Nadie le hablaba así, a menudo ni siquiera le hablaban. Casi siempre se sentía invisible, como si no tuviera cuerpo, y allí estaba aquel hombre, de la poderosa casa de los Montesco, alabando su belleza. Era como si Rosalina hubiera sido informe hasta este momento y con sus palabras Romeo la hubiera convertido en un bello ser de carne y hueso. Y ahora sentía cómo abandonaba su piel de niña y se transformaba en la mujer que él describía.

Romeo sonrió, acercándose un poco más. Rosalina se quedó sin aliento. Él señaló la efigie de un ángel sobre una de las tumbas de los Capuleto. Todos los familiares tallados o esculpidos en yeso parecían observarles, como un público de benévolos difuntos.

—Es más puro el alabastro de tu mejilla que el de este ángel que nos contempla llorando.

Al oír aquello, Rosalina alzó la mano para detenerle. Quería creer cada una de sus deliciosas palabras, pero para ello debía decir la verdad.

—Dulce Romeo, tu lengua acaramelada está demasiado endulzada por tropos corteses. Lo que dices es cierto... de mi prima. La piel de Julieta podría ser de alabastro, mas no la mía. Yo soy más morena de lo que dicta la costumbre. Algunos hasta se han preguntado si tengo sangre mora.

—Y eres perfecta por ello.

—En tal caso, habla de cómo soy en realidad, no de cómo debería ser. El amor es ciego, los amantes no.

—¿Somos amantes, pues? —preguntó él, sonriendo y poniendo su mano en la mejilla de Rosalina.

Ella frunció el ceño ligeramente.

—Soy incapaz de pensar en el amor o en la vida, estando rodeada y burlada por la muerte por todos lados. Me hace ver el final antes de que hayamos comenzado siquiera.

Al oír esto, para su asombro, Romeo se levantó bruscamente y la cogió de la mano. El tacto de su mano le provocó un cosquilleo en los dedos, semejante a la palpitación de la piel tras pincharse con una ortiga.

—Entonces, ven. Dejemos este aire rancio y nocivo —dijo, tirando de ella.

Rosalina dejó que la llevara, murmurando.

—El hedor es peor fuera.

—Cierto, por ahí lo es. Pero no por aquí.

La sacó del panteón y, en vez de ir hacia el cementerio, tomó un callejón que conducía directamente a la calle que bajaba hacia el río. Como por obra de un milagro, el aire allí era fresco y limpio, bañado por las aguas. Romeo se detuvo a bajarle el velo para ocultar su rostro, luego enhebró su brazo en el de él y le acarició los dedos, besándolos uno por uno.

Rosalina gozaba con aquella adoración. Sentía un hormigueo en los dedos al tocarle, se derretía ante sus atenciones. A la luz del día era apuesto, con el cabello negro como el ala de un cuervo, brazos delgados y fuertes, y manos inquietas a ambos lados del cuerpo, con sus largos dedos tamborileando sobre los músculos de sus muslos. Sus labios eran carnosos y curvados y, al entornar los ojos bajo la luz del sol, se le dibujaban finas arrugas en las comisuras.

—Nadie que nos conozca vendrá a esta parte del río —dijo él.

La condujo a toda prisa por unos escalones que había junto a la orilla, donde el aire era aún más fresco y las calles volvían a estar atestadas de gente. Rosalina olvidó el dolor de su pie. La sombra estaba llena de vendedores ambulantes despachando quesos envueltos en telas húmedas, naranjas redondas y gordas con hoyuelos, espirales grises de gambas bigotudas, y montones sangrientos de truchas lustrosas, con los ojos turbios y la tripa abierta.

Rosalina inhalaba a bocanadas todo aquel placer. Allí, el mundo era nítido, estaba vivo, y notó cómo se iba disipando lo poco que quedaba de su estado de ánimo triste y apesadumbrado.

—¿Qué te apetece? —preguntó Romeo.

—Una naranja.

Romeo pagó con una moneda y, mientras se alejaban de los puestos para buscar un espacio junto al agua, empezó a pelarla con su navaja. Rosalina se levantó el velo y empezó a comerse los gajos uno a uno. El jugo era intenso, dulcísimo, y le caía a gotas por la barbilla y el cuello.

69

Él la observaba, y recogió una gota de jugo con la punta del dedo. Vaciló por un instante, y volvió a inclinarse hacia delante para besar la piel desnuda de su cuello. Su boca estaba caliente, su respiración era suave, le hacía cosquillas como una pluma. Por un momento, Rosalina se olvidó de respirar. Él se acercó un poco más, y notó la barba sin afeitar raspando su piel.

Rosalina volvió a inspirar y saboreó el intenso perfume de las naranjas.

Él se echó hacia atrás, con los ojos entornados.

—Es pegajoso. No quiero atraer a las moscas.

—No —coincidió ella, sorprendida de que le hubiera lamido el jugo con tanto descaro, y más aún de habérselo permitido.

Comió otro gajo, dejando que le cayeran más gotas de jugo, con la esperanza de que él se las limpiara a besos. Y así lo hizo, profiriendo un sonido grave en la garganta que sorprendió e intrigó a Rosalina.

Se quedó mirándole mientras se incorporaba. A la luz del día, tenía la perfección de una estatua, aunque parecía mayor de veinticinco años. ¿Tal vez tuviera más de treinta? No sabía. Tal vez fuera un reflejo de la luz, pero parecía tener canas entreveradas con el pelo negro junto a las orejas, como nieve recién caída. Tampoco le desagradaba. Romeo se movió y la nieve se fundió. Tal vez fuera solo un destello de luz.

Rosalina recordó la advertencia de su padre de no alejarse de la tumba y el cementerio.

—Debo irme —dijo, levantándose.

—No. No puedes marcharte —saltó él, agarrando su mano y tratando de retenerla.

—Mi padre volverá y se pondrá furioso si no me encuentra allí.

—¡Rosalina! No puedes dejarme aquí. No tan insatisfecho.

—¿Insatisfecho?

—Necesito saber cuándo te volveré a ver.

Ella sacudió la cabeza y entornó los ojos bajo la luz cegadora del sol. Más allá del sabor de la naranja, notó el hedor podrido de la trucha y, al volver a respirar, percibió nuevamente el olor a tumba. Sería una loca si se dejara cortejar por Romeo. Él era un Montesco. Y aunque no lo fuera, su padre ya había decidido su destino. Antes de que acabara el verano, la encerraría. Rosalina ya tenía suficientes penas a las que enfrentarse: podría pasar horas en su celda contando sus aflicciones con las cuentas de su rosario, y todo aquello que iba a echar de menos del bullicioso mundo; no necesitaba aumentar su inminente infelicidad alentando un cortejo que ya sabía desafortunado.

Se puso en pie bajándose el velo.

—No vuelvas a buscarme. —Empezó a alejarse, y de pronto, se volvió para decir—: No puedes salvarme, Romeo Montesco.

Masetto enfureció al no encontrar a Rosalina en la tumba ni en el cementerio. Cuando ella volvió, estaba dividido entre la rabia porque su hija hubiera puesto en peligro su honor yendo a pasear sola y sin carabina y el horror de tener que esperarla durante un cuarto de hora. Seguía reprendiéndola mientras el carruaje salió de la ciudad de regreso a casa y, aunque el aire era más agradable y soplaba una suave brisa, ninguno de los encantos del céfiro bastó para mitigar su cólera.

—¡He ido de aquí para allá! ¡Hacía calor! ¿Qué pasaría si en el convento supieran de esta deshonra y se negaran a admitirte? ¿Qué?

«Eso: ¿qué pasaría?», pensó Rosalina. Sería una bendición que ni siquiera se había planteado.

—Hija, has quebrantado nuestro acuerdo después de

un solo día. Soy incapaz de cargar contigo. ¿Doce días? No, marcharás de inmediato.

—¡No, padre, por favor! Os lo ruego. Tenía calor. Y ese hedor. Era insoportable.

Pero Masetto ignoró sus súplicas como si fuera un perro callejero y se negó a hablar o escucharla.

—¡Calla! Consultaré con tu hermano. Y deja de gimotear, me molesta.

Al llegar a casa, Masetto dirigió las plegarias vespertinas, con todo el servicio reunido en el vestíbulo. Se arrodilló sobre un cojín bordado por Emilia con motivos de granadas y piñas. A su derecha había un espacio vacío donde solía ponerse su esposa, con su retrato en miniatura colocado sobre otro cojín. Rosalina se arrodilló a su izquierda sobre una alfombrilla de seda, mientras que Caterina, las cocineras y los pocos sirvientes varones se postraron a su alrededor, sin cojines para amortiguar los suelos encerados de piedra.

—¡Oh, Dios Grande y Todopoderoso, rogamos tu misericordia y tu perdón! Debemos de haber pecado, pues arrojas este azote de pestilencia entre nosotros —dijo Masetto, con voz grave y rasgada—. Líbranos de tu condena y concédenos tu luz celestial y tu misericordia.

Una vez terminado, Rosalina y el servicio recitaron su catecismo sin pensar. Luego se levantaron, tratando de recuperar la circulación en las piernas entumecidas mientras Masetto se dirigía a ellos.

—Debemos estar atentos. He sabido que se ha propagado la enfermedad en el monasterio de Santa María. Recemos con renovado vigor por que sea simplemente una fiebre y no la peste. Este mundo en ruinas debe recuperar su orden.

Rosalina miró a su alrededor y vio el miedo en los rostros de los sirvientes. Suspiró. ¿Realmente creía su padre que podía protegerse a sí mismo y a su casa de una peste transmitida por el miasma a base de actos de caridad cristiana? ¿Era la oración como un ramillete de flores para ahuyentar la muerte, aunque menos dulce y perfumado? Dudaba que tuviera más efecto que los sacos de clavo, macis y acedera.

Volvió a centrarse. Su padre la miraba indignado y abatido, como si pudiera leer su pensamiento. Rosalina recompuso su expresión adoptando un gesto de timidez propio de una doncella. No quería provocarle más.

—Rosalina, ¿estás enferma?

—No, padre.

—¿Qué actos de caridad cristiana vas a hacer esta noche? —preguntó Masetto con tono inquisitivo.

—Leeré la Biblia con nuestros aparceros.

—¿Leer? —Escupió la palabra como si fuera una llama ardiendo en su lengua.

—Si no os place, oraré con ellos —dijo Rosalina para apaciguarle.

—Tu madre no sabía leer. Y no le hizo ningún daño.

«Tampoco ningún bien, porque está muerta», pensó Rosalina. En ese momento, vio a Teobaldo al otro lado de la puerta, esperando fuera de la vista de Masetto. De niño, temía al padre de Rosalina, que siempre fue rápido con la correa. Incluso ahora parecía tenerle cierta aversión. Rosalina hizo una reverencia baja ante su padre y, antes de que pudiera decir nada, salió apresurada, llevándose a Teobaldo hacia el jardín.

—No puedes esconderte aquí. Debes ir a hablar con mi padre y mostrarle tu tristeza por la muerte de mi madre.

—¡Yo no me escondo! ¡No soy un cobarde! Esta mañana vine temprano. He venido a llevarte con Livia. Pero si lo que quieres es pelea, me marcho.

Rosalina le agarró del codo mientras él se volvía. El carácter de Teobaldo era como la levadura al sol, que se hincha rápidamente, pero en cuanto la pinchas se desinfla.

73

—¡No! No quiero pelea. Mira, aquí están mis manos. No me estoy mordiendo el pulgar. —Sonrió.

Teobaldo sonrió a medias. Ella le dio otro codacito en las costillas y por fin cedió. Siempre había sabido cómo aplacarle, y le gustaba ver que su habilidad no había desaparecido con el tiempo.

—¿Cómo se encuentra Livia? —preguntó.

—Bien.

—Pues vayamos ahora mismo —dijo Rosalina, enhebrando su brazo en el de él.

—¿No necesitas una capa? ¿Y otros zapatos? —preguntó él mirando sorprendido sus pantuflas de piel de cordero.

—No, vayamos aprisa —dijo Rosalina, lanzando una mirada por encima del hombro. Leer y recitar plegarias a los aparceros le apetecía tanto como escucharlas.

El sol era como una brillante moneda de oro suspendida muy alto sobre las hileras de cebada, trigo y vides. Cada cuatro o cinco filas, había una en barbecho, cubierta de maleza. Entre ellas corría arremolinándose un viento cálido cargado de motas de polvo de costas lejanas que iban dejando una fina capa de suciedad sobre la piel de Rosalina. Una cometa volaba en círculos mientras ella avanzaba cojeando, dolorida por la hinchazón de la picadura de abeja. Se detuvo para quitarse la pantufla y, ante la mirada perpleja de Teobaldo, siguió caminando descalza.

—No te quedes mirando —dijo ella, irritada—. Me ha picado en el pie.

—Si llevaras zapatos más a menudo, tal vez no te habría pasado.

Rosalina le lanzó una mirada de odio y Teobaldo optó por callar. Ella siguió adelante renqueando y enojada, aunque no era culpa de Teobaldo.

—El mundo se ha derrumbado —dijo Rosalina, pasados unos instantes—. Y mi padre quiere arreglarlo. Pero nada puede hacerlo. Ella ya no está. —Su voz se quebró, y el enfado desapareció—. Esta tierra ha sido perturbada por la muerte y la enfermedad, y no creo que se recupere, por mucha oración o plegaria que digamos.

—Todo sanará con el tiempo.

—Y también morirá.

Teobaldo la miró con una sonrisa pícara.

—Siempre has sido más lista que yo, Ros.

—¿Sabes que vuelve a haber contagios entre los monjes de Santa María? —dijo ella.

—Debe de ser una fiebre estival.

Rosalina se encogió de hombros.

—Pero, cuando enfermen y mueran los curas, los monjes y las monjas, ¿qué esperanza nos quedará a los pecadores? ¿Qué sentido tiene rezar? ¿Para qué si no se pasan el día orando los religiosos?

Teobaldo parecía preocupado.

—¡Calla, pardiez! Hablas como una hereje.

—¿Ah, sí? ¿Hablo como una hereje o lo soy? No me siento una hereje, Teobaldo. Me siento yo misma.

—Por mí, habla como gustes, Ros. Es solo por si te oyen los demás. Es a ellos a quienes temo.

—¿A quién? —dijo Rosalina soltando una carcajada mientras señalaba los campos vacíos y desnudos—. Si soy una hereje, ¿seguirás siendo mi amigo?

—Siempre. Y serán tan razonables tus argumentos que yo también creeré que lo soy. Pero, Ros, te lo ruego, calla —dijo Teobaldo con tono suplicante, tratando de agarrarla.

—Aquí no hay más que pájaros y fantasmas —exclamó ella, zafándose de su mano.

—Los fantasmas pueden hablar y los campos tienen ojos.

Llegaron a un tramo ancho de tierra en barbecho y cubierta de dientes de león blancos, cuyas semillas parecían nieve estival navegando la suave brisa que se posaba sobre sus pestañas, encaneciendo su pelo.

Rosalina se quitó una pelusilla blanca de las cejas y dijo:

—Mira, si te vuelves a marchar, así es como estaré cuando regreses.

—Yo no quería marcharme, Ros —dijo suavemente Teobaldo—. No tuve elección. Perdóname.

Rosalina se quedó callada. Hasta este momento no se había dado cuenta de su enfado por la marcha de Teobaldo. Él era su mejor amigo, con él compartía sus penas. Hasta que se fue a Padua, como correspondía a cualquier muchacho.

Le tocó el brazo.

—No hay nada que perdonar —dijo.

Volviéndose, vio las semillas plumadas entre los dedos de sus manos y de los pies descalzos, donde se habían acumulado en penachos sobre la tierra yerma. Cogió un puñado como si fuera pelo de un patito, lo hizo una bola en la palma de la mano y se la sopló a Teobaldo, que la cogió e intentó mantenerla en el aire con su respiración, como si fuera un juego de pelota. Rosalina aplaudió de felicidad, ajena a la picadura de abeja, y por unos minutos retozaron como niños, ahogando toda inquietud y malestar que hubiera entre ellos con los penachos de nieve de diente de león.

Cuando acabaron de jugar, se sentaron en un tocón, sudorosos y jadeando. Rosalina apoyó la cabeza en el hombro de Teobaldo, y él le tiró de las trenzas como si volvieran a tener diez años y estuvieran agotados después de pasarse el día zanganeando por el bosque.

Él se levantó a coger un ramillete de flores de aciano, algo polvorientas por el calor, y volvió a sentarse en el tocón al lado de Rosalina.

—Eran las preferidas de mi madre, o eso me han dicho. No lo sé con certeza, como tampoco sé si me quería.

—¡Válgame el cielo! Puedes estar seguro de que te quería —dijo Rosalina, volviéndose hacia él.

—¿Por qué? ¿Por qué todas las madres deben querer a sus hijos? Ella solo me quiso un instante en pleno dolor y mientras moría. Son tres cosas a la vez. Pero a ti, Ros, a ti Emilia te quería. La llevas dentro de ti; ella no morirá mientras estés viva. Pero ¿cómo voy a llevar a mi madre dentro si ni siquiera la recuerdo? Es casi una desconocida.

Teobaldo aplastó las polvorientas flores de aciano entre los dedos y se las metió en el cinturón diciendo:

—Recojo flores para que se marchiten sobre su tumba. Se pudren con ella.

Rosalina le miró con los ojos angustiados, pero él sonrió.

—Mi herida es antigua y hace tiempo que cicatrizó. Solo lo digo para recordarte que Emilia sí llegó a conocerte, y te quería.

La rabia de Rosalina volvió a encenderse, feroz y abrasadora.

—Si tanto me quería, ¿por qué deseaba mandarme a un convento? ¿Por qué cercenar mi vida? —Se quitó una pelusa de diente de león de una pestaña—. No pertenezco a mi padre como para que decida sacrificarme ante Dios. No rezaré por él. Ni siquiera en el convento. Me va a enviar a...

Se detuvo al ver la cara de Teobaldo. Este no dijo nada, pero parecía triste y desolado.

—¿Ya conoces mi destino? —dijo Rosalina.

Teobaldo no quería mirarla.

—Tu hermano me lo ha contado esta mañana. —Hizo una pausa—. No te imagino de monja.

—Ni yo.

—Y me cuesta creer que tu madre lo deseara.

—Nunca lo sabré con seguridad, los muertos no pueden hablar. —Suspiró—. Tengo once días hasta morir en vida. O quizá sean menos. He desobedecido a mi padre y amenaza con cambiar de idea y mandarme de inmediato.

—Oh, Rosalina...

—¡Al diablo! Puedo aguantar cualquier cosa, mas no tu lástima. Jamás me has compadecido, ni cuando me caí de un roble y me golpeé la nariz, y creíamos que estaba rota.

—Me reía porque tenía miedo, Rosalina. Estuviste escupiendo sangre todo el camino de regreso a casa.

—Me gustaba más tu risa. Ríe ahora.

—No puedo.

—Entonces, habla de otras cosas. —Se bajó del tocón y empezó a andar, esta vez más despacio—. Háblame de Padua. No, cuéntame una historia. Algo fantástico. Como hacías antes.

Teobaldo había enseñado a leer a Rosalina, pero no con las aburridas cartillas que se usaban con los chicos, sino con una copia de Ovidio que robó a Valencio para ello. La joven mente de Rosalina se alimentó de mitos y monstruos. Adoraba a Teobaldo por haberle enseñado y también por soportar la paliza que recibió por hacerlo: las mentes de las niñas no debían ponerse en peligro enseñándoles las hazañas de los griegos.

Rosalina tenía una deuda de amor con Teobaldo por aquel regalo. Le gustaba pagársela leyéndole y contándole su versión de historias que había ido descubriendo, pero aquella tarde estaba demasiado abatida. Solo quería escuchar.

Teobaldo se quedó pensando unos instantes y obedeció.

—Hoy has ido a visitar la tumba de tu madre, pero Ros, la tumba no siempre significa el final. Es una puerta. Orfeo sigue a Eurídice hasta el inframundo para traerla de regreso. Yo haría lo mismo contigo —añadió, sonriendo.

Rosalina arqueó una ceja.

—Mala elección, primo —chistó—. Orfeo fracasa. Acaba tropezando.

—¡Es engañado! ¡Nada menos que por un dios! ¿Qué posibilidad tienen los mortales?

—En cualquier caso, Eurídice está perdida. La tumba es el final de los dos.

Teobaldo se quedó pensando.

—Siempre se te dio mejor el juego. —De pronto soltó una palmada triunfal—. ¡Píramo y Tisbe! Se reúnen en la tumba de Nino. Para ellos, la tumba no es la muerte, sino un comienzo…

Teobaldo siguió hablando de amor, pero Rosalina ya no le escuchaba. Estaba pensando en Romeo dentro del panteón de los Capuleto. Desearía que, si su amor fuera a hacerse realidad, no hubiera comenzado allí, que el olor a ruda, romero y a hinojo no se hubiera mezclado con el de la podredumbre. Y cuando por fin volvió a escuchar, no creía que Teobaldo recordara bien la historia, pero el sonido de su voz le resultaba agradable y familiar, y prefirió no interrumpirle. A su alrededor, los rayos luminosos del sol se abrían paso entre las hojas de arce que caían cubriendo el sendero.

Rosalina tenía al recién nacido de Livia sentado en su rodilla, rígido de tantas capas que le envolvían. Miraba a su alrededor con ojos furiosos y amoratados, como si siguiera enojado por haber nacido y caer en esta desgraciada tierra. Livia yacía reclinada sobre un nido de almohadas, más pálida y delgada que antes, y Teobaldo estaba apoyado contra la pared, quieto y silencioso mientras sus primos discutían. Rosalina volvía a sentirse aliviada de tener a su vieja aliada de vuelta mientras regañaba con su hermano.

—¡Padre me lo prometió! —insistió ella—. No puede romper su palabra ahora. Dispongo de doce días. No, de once.

—Nuestro pobre padre está impedido por el dolor —contestó Valencio—. No sabe qué hacer con una hija. Desde luego, no en un momento como este. Además, has desobedecido sus órdenes.

—Fue un instante. Tenía calor y náuseas en el cementerio. Y le he suplicado que me perdone —dijo Rosalina.

—No deberías haberte aprovechado de su bondad.

—¡Bondad! Tal vez contigo la muestre. Conmigo, no. Me mira con el mismo interés que a los animales que evacúan en sus muladares. Pero, al menos, sus heces las puede aprovechar para los campos.

—Rosalina —dijo Valencio, chistándola—. Tus palabras pican más que los tábanos.

Pero estaba demasiado alterada para retirarlo.

—Tienes que ir de todos modos, de manera que es inútil retrasarlo —añadió Valencio.

—Lo será para ti, que tienes todo el tiempo del mundo. Para mí, cada hora, cada minuto antes de verme secuestrada y encerrada, es un tesoro. Cuando esté en el convento y sea presa de las reglas monásticas, no podré sostener a tus hijos, tocarlos o besarlos, si no es a través de unos barrotes. No podré agarrar la mano de otra persona. No me permitirán tocar el laúd ni ver un campo de girasoles abiertos, mirando al sol. Y, sin embargo, hermano mío, deseas que abrevie mis últimos días…

—Hablas de ello como si se tratara de una ejecución.

—Para mí, lo es. Una ejecución de mi ser.

Su hermano se frotó la frente.

—En tal caso, hermana, pensemos qué hacer.

Valencio dejó su copa, irritado, derramando su contenido. Livia estiró el brazo buscando su mano, y Rosalina miró a Teobaldo, que la observaba consternado.

—Habla, Teobaldo, pronúnciate en mi defensa, mas no ofrezcas miradas compasivas. De nada me sirven —dijo.

—Hablaré cuando sea útil —contestó.

Livia interrumpió, dirigiéndose a Valencio.

—Esposo, Rosalina me ayuda aquí. Los niños se le dan bien —dijo, con tono suplicante.

Valencio resopló por la nariz.

—Bobadas. Sostiene al niño como si fuera una jarra de cerveza. Si deseas demorar su marcha, más vale que pienses en otra cosa, Livia.

Rosalina hizo rebotar al niño sobre la rodilla, pero este empezó a revolverse y gimotear. En ese momento apareció la nodriza y, cogiéndole de su regazo, le dejó en la cuna.

Entonces Teobaldo dio un paso al frente y dijo:

—La dificultad, según mi parecer, estriba en que Masetto desea dedicarse a su dolor y sus súplicas por la adorada memoria de la señora Emilia, ¿no es así?

Rosalina empezó a protestar. El mejor modo de que su padre celebrara el recuerdo de su madre era cuidando a su hija.

—Ros, por una vez, calla, te lo ruego —dijo Teobaldo, sin afecto alguno.

Rosalina se mordió la lengua, refunfuñando.

—Hace unas horas fui a visitar a la señora Lauretta Capuleto. También vi a la pequeña Julieta. ¿Y si Rosalina pasara con ella sus últimos días de libertad?

—¡No! —exclamó Rosalina—. Quiero mucho a Julieta, pero es una niña. Apenas tiene trece años.

—Cumplirá catorce la víspera de San Pedro —dijo Livia, suavemente.

—Aún tiene ama —respondió Rosalina.

—Cierto —dijo Teobaldo—. Singular criatura y ya entrada en años. La recuerdo bien de mi infancia. Es amable y adora a Julieta, pero dice toda clase de estupideces. No puede ser una gran compañía para ella.

—Yo creo que padre accedería —dijo Valencio, después de considerarlo.

—Entonces, ¿esa es mi elección? —exclamó Rosalina—. ¿O el convento o hacer de nodriza?

Los miró uno por uno, y luego salió corriendo de la habitación, metiéndose el puño en la boca para ahogar el llanto. No estaba dispuesta a que la vieran llorar. Oyó los pasos de Teobaldo en las escaleras intentando seguirla para consolarla, pero Livia le llamó para que volviese. Aun así, agradeció su arranque de bondad.

Aquella noche, Rosalina no podía dormir. Yacía en su cama oyendo a los ratones escarbando y moviéndose por el ático. ¿Dónde estaba Romeo? ¿Estaría en la ciudad o habría regresado al campo? Solo pensar en un Montesco era ya una especie de traición y, sin embargo, ella ansiaba una traición mayor. Deseaba que se colara en su cuarto como una sombra y se la llevara consigo. Hundió la mejilla acalorada contra la sábana, tratando de olvidar el rostro de Romeo, olvidar la esperanza.

Rosalina y Julieta estaban en el huerto, sentadas en un banco bajo los pequeños bulbos de un manzano. Julieta columpiaba las piernas. La nodriza llevaba media hora cotorreando.

Su papada temblaba de felicidad al hablar.

—¡Dos ángeles en vez de uno! ¡Qué divinidad! ¿Por qué no te quedas a pasar la noche, Rosalina, y así llenas mi jardín, mi pequeño corral, de polluelos? Hace años que no está lleno.

Rosalina negó con la cabeza.

—Mi padre ha accedido a que vuelva a casa a dormir. Quiero pasar mis últimas noches en mi cama.

El ama le apretó la mano en un gesto de comprensión, pero un destello de decepción inundó la mirada de Julieta.

Rosalina sintió una punzada de culpabilidad. Conocía a Julieta desde que tenía memoria. A veces, no parecía más que una cría que seguía bebiendo leche y pedía a Rosalina que jugara a la rayuela con ella en un tramo sombrío de tierra y, sin embargo, tanto tiempo en compañía de adultos la había hecho rápida en la palabra y el ingenio. Rosalina se sentía mejor de lo que pensaba con ella. Julieta era pequeña, pero divertida.

Bajo el fiero sol de junio, su cabello era dorado como las mazorcas de maíz y caía en rizos junto a su rostro, tan blanco como morena era Rosalina. Era delgada y menuda, como una de las hadas de Titania, y aparentaba incluso menos de trece años.

Como la enfermedad que asolaba el monasterio resultó no ser la peste sino fiebre estival, Masetto y el padre de Julieta habían decretado que podían regresar a Verona. El resto de los Capuleto ya habían hecho lo propio, y Rosalina se alegraba de poder pasar sus últimos días de libertad en la ciudad, rodeada de intensos olores y el bullicio de la vida.

Alzó la mirada hacia el sol, parpadeando. Había pasado al menos otro cuarto de hora y el ama seguía hablando.

—¡Ay, yo la he visto andar y corretear todos estos años! No lloraba ni cuando se caía de culo. Hace once años que la desteté. No quería que le quitara la leche. ¡No! Mi Juli, no. Tuve que frotarme ajenjo en el pezón para que la dejara.

Al oír aquello, Julieta se hartó y se levantó de pronto.

—Tenemos raquetas, Rosalina. ¿Jugamos?

Rosalina la siguió hasta un tramo de hierba reseca por el calor y demarcada para jugar al tenis. Julieta la miró sonriendo y le lanzó la bola de cuero.

—A no ser que prefieras escuchar otra vez cómo me

mecían de izquierda a derecha y cómo bajaban ángeles del cielo para verme dormir.

—Ah, de eso me acuerdo. El sonido era divino, sí.

Jugaron a pesar del calor, ansiosas de refugiarse de la verborrea. La pobre ama no sabía a quién animar y se contentó vitoreando a las dos, lamentando cada bola perdida y cada golpe fallado con agonía, como si llorara a un hombre caído en combate. Rosalina notó que Julieta lo aguantaba con una fortaleza ensayada, y estaba tan entretenida observándolas que perdía todos los puntos, hasta que Julieta se acabó enfadando.

—Vamos, prima —dijo irritada, cuando Rosalina falló el tercer golpe fácil consecutivo—. Eres mayor que yo, pero no tan mayor. ¡Un poco de alegría, te lo ruego! A no ser que prefieras jugar a otra cosa.

—Eres tan rápida con los pies como con la lengua —contestó Rosalina, parándose a recobrar el aliento.

Pasado un rato, vieron que el ama había sucumbido al calor y se había quedado dormida. Julieta le dio un codazo a Rosalina y lanzó su raqueta al suelo.

—Ven aquí, bajo los árboles. Si despierta, no nos encontrará.

Julieta se metió en una hondonada bajo el dosel de unos manzanos y Rosalina la siguió. Allí hacía más fresco y había una sombra moteada y verde. Se recostaron mirando la pérgola de hojas salpicadas de luz.

—Siempre te envidié por tener una madre tan buena y sensata —dijo Julieta.

—Tu ama es buena.

—Pero no sensata. Y mi madre no es buena.

A Rosalina no le parecía sensato ni bondadoso darle la razón, aunque fuera la verdad.

—Me alegro de que estés aquí, prima —dijo Julieta, volviéndose a mirarla. Estaba sonrojada por el calor y el ejercicio, y sus ojos relucían azules y claros—. Sé que no deseas ser monja. Pero ¿qué quieres, querida Rosalina? Si fueras libre para elegir tu destino, ¿crees que podrías amar a un hombre de verdad?

—¿De verdad?

—Yo no podría amar a un hombre de verdad. Solo de broma o por diversión. Son criaturas extrañas. No se parecen a nosotras en nada.

Rosalina se quedó pensando antes de contestar.

—No sé si podría amar. Solo sé que no puedo. Que no debo. —Mientras hablaba, la imagen de Romeo apareció ante sus ojos. Trató de apartarla. Entonces recordó sus labios cálidos sobre su cuello. El intenso olor de las naranjas. No debía pensar en él, no—. Dado que no puedo elegir mi destino, Julieta, no puedo sino rendirme a él.

Julieta sonrió.

—En realidad, ninguno podemos elegir nuestro destino. Solo fingimos tener elección. Tú eres más sabia que la mayoría, Rosalina, pues los hombres y las mujeres que creen poder controlar a la Fortuna como si fuera un ama de casa son unos necios. Juega a sus anchas con todo cuanto hacemos.

—La Fortuna es ciega y debería repartir suerte equitativamente, pero yo no creo que lo haga: no es igual de generosa con todas las mujeres —dijo Rosalina bajando la voz, cogiendo un bulbo de manzana y aplastándolo entre los dedos.

Julieta consideró sus palabras.

—No estoy de acuerdo con lo que dice la familia.

—¿Qué es lo que dicen?

—Que serás una monja estupenda. Yo creo que serás una monja espantosa.

—Gracias —dijo Rosalina, realmente agradecida.

Se quedaron en silencio bajo los árboles, contemplando el cielo a través del verdor tembloroso de las hojas. Vieron la lustrosa cresta de una avefría, como el casco de un centurión, dando saltitos por la hierba sin segar al borde del huerto, buscando insectos para sus polluelos. Poco a poco, el calor de la tarde fue perdiendo su ferocidad, dando paso a una noche cálida y tranquila. El ama despertó y empezó a llamarlas.

—¡Julieta! ¡Rosalina! Venid.

Julieta hizo una mueca de dolor, cogió aire y contestó:

—Ahora voy.

—¡Venid ya!

Rosalina sacó a Julieta del escondite. Para su sorpresa, vio a Teobaldo junto al ama. Este le guiñó un ojo y ella sonrió, feliz de verle allí. Julieta dio una palmada de entusiasmo y Teobaldo abrió los brazos para abrazar a la pequeña, que se lanzó corriendo a por él. Empezó a hacerla girar y girar sobre la hierba, mientras ella exclamaba emocionada, hasta caer mareada al suelo.

Sonriendo, Teobaldo se volvió hacia Rosalina.

—Te toca, Rosalina.

—No, gracias.

—¿Ama? —preguntó, haciendo una reverencia.

—No con estos huesos viejos. Me haría mil pedazos.

Teobaldo soltó una risilla y miró a Rosalina.

—He venido a llevar a mi prima a casa de su padre.

Julieta empezó a morderse el final de la trenza y parecía tan abatida por la marcha de Rosalina que esta se agachó junto a ella y, poniéndole las manos sobre los hombros huesudos, dijo:

—Julieta querida, volveré por la mañana. Y esta noche te llevo dentro de mi corazón.

—No, llévame contigo. Soy pequeña. Podría dormir junto a ti en tu cama, apenas lo notarías.

Rosalina trató de contener la risa. No estaba acostumbrada a muestras de afecto. La abrazó con fuerza, susurrando:

—Te veré mañana, dulce Julieta.

Dejando a los demás en el jardín, Rosalina fue adentro

para cambiarse de vestido y coger su calzado de exterior de la habitación de Julieta. La casa estaba fresca y silenciosa, y olía a una empanada dulce recién horneada. Subió las escaleras corriendo. Su sobretodo estaba esperándola encima de la camita de Julieta. Al agacharse a cogerla, vio que debajo había una caja de madera escondida con una familia de muñecas, perfectamente colocadas una al lado de la otra como si hubieran sido enterradas a toda prisa en un mismo ataúd. Sacó la caja. Las había dispuesto con enorme delicadeza en su lugar de descanso y miraban impasibles con sus rostros ya desgastados y puntadas cruzadas a modo de ojos. No tenían polvo. Llevaban poco tiempo allí metidas, pero estaban bien escondidas debajo de la cama. Si tuviera que apostar, Rosalina diría que esa misma mañana Julieta había decidido guardar su infancia y dejarla fuera de la vista antes de que llegara su prima mayor, para que no la creyera demasiado infantil. Conmovida de ternura, volvió a meter la caja en su tumba bajo la cama, como si nadie la hubiera tocado.

87

Julieta le había preguntado si sería capaz de querer a un hombre. Realmente no lo sabía. Lo único que sabía era que ya quería a Julieta.

—Este no es el camino a casa —dijo Rosalina, mirando la calle por la que andaban. No conducía a casa de su padre, sino hacia las afueras de Verona, hacia el vasto anfiteatro al borde de la ciudad, y al campo.

—¿No lo es? —dijo Teobaldo, satisfecho por su sorpresa. Sonrió—. El príncipe ha decretado que los teatros pueden abrir de nuevo, ahora que la peste ha decaído.

Rosalina le apretó la mano entusiasmada.

—¡Oh! ¿Y qué obra vamos a ver? ¿Una comedia? —Vio que se quedaba serio—. Bueno, una tragedia entonces, ¡da igual!

Teobaldo parecía abatido.

—Es un combate de lucha libre. He convencido a tu padre para que me deje traerte al combate del príncipe. Tiene un nuevo luchador, con fama de ser el mejor de toda Verona, y quiere llenar el anfiteatro en su primera pelea.

Se quedó mirando fijamente a Rosalina y ella logró sonreír. La lucha libre no le interesaba demasiado, pero cualquier entretenimiento le gustaba.

—Hay que llenar de bajos placeres todos los momentos hasta que vayas al convento —dijo Teobaldo—. Tardarás una vida entera en arrepentirte de tus pecados.

Rosalina soltó una carcajada.

—Desde luego, voy a ser la peor monja del mundo.

—La peorcísima —dijo él.

Rosalina miró a Teobaldo. La conmovía que entendiera cómo quería vivir sus últimos días. Los años de separación les habían distanciado físicamente, pero no en el espíritu.

Según llegaban al anfiteatro, empezó a oír el rumor de la multitud como una tormenta acercándose. Olía a cerdo asado y a nueces garrapiñadas. En la calle, malabaristas vestidos de romanos tiraban mazas al aire, mientras los transeúntes les echaban monedas vitoreando y varios bufones se pegaban con palos. Teobaldo se paró a mirar riéndose.

—¿Ves? ¿No te alegras de haber venido? —preguntó.

—Por supuesto —contestó ella, disfrutando de su alegría.

Un comefuegos con los ojos inyectados en sangre vio a Rosalina, engulló la llama e, inclinándose hacia delante, la miró lascivamente y la soltó tan cerca que ella se estremeció y profirió un aullido.

Teobaldo volvió a soltar una carcajada.

—Venga, entremos.

Los asientos se encontraban cerca de la escena, entre los ciudadanos prósperos y nobles de la ciudad, ofreciendo fabulosas vistas del espectáculo sobre la arena, así como del público asistente. El mismo príncipe estaba sentado en un estrado a poca distancia de ellos, con el estandarte real azul y dorado ondeando con la brisa. Las gradas comunes estaban a rebosar. La mayoría de los espectadores eran hombres, pero aquí y allá destacaba una mujer entre la multitud por su vestido de color vivo; algunas, como Rosalina, se distinguían por sus trajes de damasco y brocados de seda, tintes azules, esmeralda y azafrán, e incrustaciones de perlas diminutas, que denotaban discretamente su distinguida posición. Pero a Rosalina le resultaban mucho más intrigantes las putas y las cortesanas, que ignoraban las leyes suntuarias y, en un flagrante desacato del decreto de Roma, imitaban a las damas distinguidas luciendo sobrevestidos de terciopelo carmesí, cuellos con volantes y mangas de encaje espumoso, joyas relucientes cubriéndoles los senos. Sus carcajadas eran las más sonoras, y estaban juntas, sin la compañía de sus maridos, hermanos, padres o primos. Bebían vino y cerveza sin miramiento alguno. Sin embargo, Rosalina se preguntaba si cada sorbo, cada risa que proferían echando la cabeza hacia atrás y exhibiendo su suave y elástico cuello blanco, no sería un acto teatral tan estudiado como el de los luchadores que ahora entraban con sus calzas de cuero, golpeándose el pecho mientras recorrían la arena. De vez en cuando, un hombre se acercaba a ellas, y todas empezaban a mover sus abanicos a la vez, como decenas de alas brillantes de mariposas, mientras el hombre elegía.

—¿Qué miras con tanto interés? —preguntó Teobaldo—. ¿A los luchadores? Son espléndidos.

—No —contestó Rosalina—. Estoy mirando a aquellas damas.

Teobaldo frunció el ceño.

—No son damas, y una dama como tú no debería mirarlas. —Se lamió los labios resecos—. Aunque pertenecen a un mundo al que vas a renunciar, así que míralas, míralas con cautela y discreción. Yo no te juzgaré.

A continuación, salió un inmenso oso peludo con un solo ojo y empezó a merodear por la arena tirando de la cadena de su guardián, con el pelaje embarrado y apelmazado. Al pasar junto a un grupo de cortesanas, se levantó sobre los cuartos traseros y soltó un rugido feroz. Una de ellas se inclinó sobre la barandilla y le contestó con otro rugido, despertando los vítores de la multitud.

—El oso sale la semana que viene. Si quieres, podemos venir —dijo Teobaldo.

—Creo que no me hace falta. Se le ve triste.

—Tiene solo un ojo, él sí que no ve...

Rosalina notó que el serrín que cubría la arena ya estaba manchado de sangre y vísceras, pero prefirió no preguntar a quién o a qué pertenecían. De pronto hubo un revuelo en su fila, por un hombre que se estaba abriendo paso a codazos hacia ellos, pisando los chapines de la gente y golpeando las rotundas panzas de los más prominentes ciudadanos de Verona.

Teobaldo le miró con impaciencia.

—¡Petruchio, amigo! Ven, siéntate con nosotros. ¿Te importa, Ros?

Petruchio no esperó a que contestara, y Rosalina tuvo que hacerse a un lado para dejarle hueco. El joven llevaba una túnica roja a la manera alemana, un cuello de terciopelo con cuatro cortes largos y botones dorados decorando la garganta y en el pecho. Besó su mano con ademán ostentoso, y luego, dándole la espalda, se dirigió exclusivamente a Teobaldo, que miró a Rosalina con una sonrisa de disculpa e impotencia.

—Me alegro tanto de que hayas regresado de Padua —declaró Petruchio—. Estos últimos días he gozado más que en tres años. ¡Venga, bebamos y brindemos por tu vuelta!

Bebieron y se quedaron mirando la arena entusiasmados. Rosalina empezaba a acusar el calor y el aburrimiento. Teobaldo trataba de incluirla en la conversación una y otra vez, pero Petruchio no tenía ingenio alguno con las damas y se limitaba a cubrirle la mano de besos, que ella se limpiaba discretamente con la túnica. Teobaldo la miró y movió los labios disculpándose por dejarla abandonada, pero Rosalina notaba que ya estaba ebrio: tenía las mejillas rosadas como las de una doncella. El banco delante de ellos estaba lleno de jarras de cerveza vacías y dos jóvenes brindaban mirando a las cortesanas al otro lado de la arena.

—¡Un brindis por Cejijunta! Ojalá la haga azorarse yo esta noche... —dijo Petruchio.

—¡Y si el amor es duro contigo, sé duro con el amor!

Rosalina dudaba que ninguno de los dos supiera nada de amor, aunque sospechaba que las prostitutas que les devolvían la mirada buscando dinero fácil tampoco tendrían problema en enseñárselo por un precio.

Petruchio alzó su jarra de peltre, derramando cerveza en la calva del caballero que tenía delante, que se volvió y le reprendió. Petruchio se inclinó en señal de disculpa y se le cayó el sombrero.

—Ay, estos hombres de rango no son nada divertidos —murmuró.

—No, y huelen que apestan —contestó Teobaldo, entre carcajadas de los dos.

Rosalina recelaba de sus bravuconerías y sus justas verbales, y ansiaba una compañía más sensata. No deseaba recibir codazos ni que la rociaran con cerveza. Quería mucho a Teobaldo: era su congénere en tacto y encanto, pero su amigo era un patán.

Empezó a alejarse de ellos y, mientras lo hacía, divisó a Romeo Montesco al otro lado del anfiteatro. Su corazón empezó a latir con fuerza, entusiasmada de que estuviera allí. Él no tardaría en descubrirla, con toda seguridad. Trató de verlo mejor, pero estaba demasiado lejos, enfrascado en una conversación con otro hombre, y no la veía.

Pero ¿por qué estaba allí? Rosalina se reprendió: ¿por qué no iba a estarlo? Aquello era Verona, y todo el mundo era invitado a los espectáculos de su majestad. Los Montesco tenían amistad con el príncipe. Simplemente, ella no los conocía hasta ahora porque no eran de los suyos. Siguió observando a Romeo, la suave seriedad de su expresión, y su repentina risa, como el sol que sale de detrás de una nube.

Por fin, Romeo alzó la vista, como si notara los ojos de Rosalina, y la miró. No agitó la mano ni sonrió. Ella sostuvo la mirada mientras sus mejillas se sonrojaban.

Entonces, Romeo dijo algo a su acompañante y desapareció.

¿Dónde habría ido? Rosalina le buscó por todo el teatro con la mirada, pero no le veía. De pronto, se dio cuenta de que estaba perdida. No le interesaban los luchadores untados de aceite que mostraban los dientes a su adversario sobre la arena, mientras el público rugía y el anfiteatro vibraba y parecía tambalearse. Hasta el príncipe había abandonado su asiento y gritaba junto a la multitud, con el rostro rojo e inflamado de cólera.

Los gritos resonaban en el pecho de Rosalina, la emoción colectiva la atravesaba, pero ella no la compartía. No le importaba quién triunfara y quién cayera ensangrentado en la mugre y el serrín. Si no podía hablar con Romeo, quería desaparecer de allí. Estaba intranquila y deseaba no haber venido.

Una mano se deslizó en la suya y unos labios cálidos se acercaron a su oído. El corazón empezó a latirle desbocado y se quedó sin respiración.

—Ven conmigo —dijo Romeo.

Sin pensárselo, Rosalina le siguió.

Nadie los vio marchar. Todas las miradas estaban clavadas en la batalla que se estaba librando en el coso mientras Romeo la alejaba de la multitud, detrás de los arcos del anfiteatro. El ruido era brutal, y Rosalina seguía viendo a los dos luchadores forcejeando descalzos y desnudos hasta la cintura, cubiertos de sudor mientras intentaban estrangularse el uno al otro. El público entonaba cánticos, sediento de sangre y muerte. La ciudad ya había visto bastante de ambas cosas, pero aquello lo decidían ellos.

—¿Morirá uno de los dos? —dijo Rosalina.

—Tal vez.

Romeo no parecía turbado ni abatido por la cercanía de la muerte. Se alejó un poco más para ocultarse de la vista.

—Tal vez intervenga el príncipe para salvar la vida del perdedor, si no es demasiado tarde y no le han partido el cuello ya.

—¿No vendrá buscándote tu acompañante? —dijo ella, con el corazón latiendo cada vez más acelerado.

—¿Mercucio? No.

La violencia crepitaba en el ambiente como las chispas antes de una tormenta de rayos. Rosalina notó cómo se le erizaba la piel.

En ese momento, Romeo se acercó y la besó.

Ella le devolvió el beso y, al hacerlo, con los párpados entornados, vio sus sombras proyectadas sobre la pared de enfrente. La de Romeo se veía larga y esbelta, sus dedos como garras peinando sus cabellos y deslizándose por su cuello. Cerró con fuerza los ojos, mareada y confundida, abrumada por el calor. Le agarró con tal fuerza que las yemas de sus dedos se pusieron blancas.

Romeo le susurró al oído:

—Estoy haciendo el amor a tu sombra.

Rosalina vio sus sombras acercarse de nuevo sobre el muro, hasta unirse.

—En sombra, pues, hasta que pueda tener tu ser perfecto —dijo Romeo.

—No —dijo Rosalina—. Bésame a mí sola. Conóceme. No veneres a una sombra.

—Como gustes —dijo Romeo, apartándola un instante para volver a besarla.

Se alejó para mirarla una vez más y ella deseó que no lo hiciera. No quería sus palabras, sino su boca.

—Mi señora Rosalina, juro por esta luna…

—¿Qué luna? —dijo ella, frunciendo el ceño—. No hay luna esta noche. —Señaló las nubes que se arremolinaban en el cielo.

Romeo rio.

—Muy bien. ¿Por qué juro mi amor entonces?

Rosalina se quedó mirándole.

—¿Tu amor? ¿Me amas?

Romeo volvió a besarla.

—Así es. Te amo, bella Rosalina.

Rosalina lo miró asombrada. ¿Era posible que la amara? En las horas desde que se habían conocido, ella apenas había podido pensar más que en él. Todo le estaba siendo arrebatado, y de pronto el amor y la luz habían aparecido. Y allí estaba ahora, entrelazando sus dedos con los de él, sintiendo su respiración cálida sobre la mejilla. Y cómo apretaba la pierna contra la de ella. Era maravilloso ser amada. Ser vista.

—¿Cómo quieres que te jure mi amor? —insistió él.

Rosalina sacudió la cabeza.

—No jures.

Romeo se apartó de ella y empezó a caminar, herido, acalorado de repente.

—¿Es que no me amas? Si así es, oh, bajo el pesado yugo del amor, me hundiré y moriré.

Rosalina se quedó mirándole, confundida por aquella repentina irascibilidad, sin saber si sus palabras habían perdido su significado. Romeo no podía decir seriamente que moriría de amor por ella: la sola idea era absurda. Por ella, que no era nada para nadie. Y tampoco deseaba que muriese por ella, ni siquiera que desease morir por su causa. Ahora bien, sí quería ser amada. Aunque era un anhelo inútil e infeliz. Se acercó apresuradamente a él.

—No jures, digo, pues es inútil. Me envían a un convento. No perteneceré a ningún hombre. Aunque no fueras un Montesco, sería igual.

Romeo dejó de caminar y se volvió hacia ella, mirándola con tal intensidad que ella empezó a parpadear y finalmente apartó los ojos.

—Rosalina Capuleto. No dejaré que te alejen de mí. —La agarró de las manos, volviéndolas hacia arriba para posar un beso sobre la suave piel de su muñeca.

Ella se estremeció mientras la recorría un destello espectral de esperanza. No. Aquello no bastaría. Romeo no conocía a su padre ni a su hermano. Eran tozudos, y si supieran que estaba siquiera hablando con un Montesco, la encerrarían antes del canto del gallo a la mañana siguiente. Por mucho que Romeo se negara, ella sabía que su amor estaba condenado.

—Oh, Romeo, no puedes retar al destino. Perderás.

—Un hombre enamorado no conoce límites, mi dulce Rosalina. Solo dime que tú me amas también.

Rosalina alzó la mirada hacia él. Romeo le sonrió con sus ojos negros abiertos y colmados de amor. El hombre más bello que había visto jamás la deseaba, a ella, la otra Capuleto, a quien nadie quería. La chica cuyo nombre casi todos olvidaban. Quería ser la mujer que Romeo veía, una mujer exquisita y singular.

Cerca de ellos, el sonido de la multitud había cambiado. Diez mil pies golpeaban tablones de madera a la vez y se oía el rumor de voces alzadas. El combate había terminado.

«Un hombre ha muerto —pensó Rosalina—, y otro es campeón». Y, sin embargo, allí estaban ellos, solos, lejos de todo.

Romeo la observaba, a ella sola, con sigilosa determinación, esperando. De entre la cacofonía de ruidos, oyó la voz de Teobaldo llamándola, cada vez más impaciente. Debía apresurarse. Sentía como si colgara del borde del mundo y estuviera a punto de caer. Hasta este momento, siempre había creído que el amor era algo que ocurría sin posibilidad de elegir; que era inconsciente e inevitable, como el cambio de las estaciones o de la marea. Laura y Beatriz eran damas amadas, adoradas por Petrarca y Dante, pero nadie hablaba nunca sobre cómo se sentían, o si les correspondían en su amor. Romeo no solo le estaba pidiendo que le permitiera amarla, sino que ella le amara. Se lo exigía. Ahora entendía que debía decidir si atravesaba el umbral que daba a ese otro mundo accediendo a amar a Romeo.

Lo miró, los rizos oscuros de su cabello, alborotado por sus propias manos. Aún podía sentir su piel, su calor. Un músculo palpitaba en su mandíbula, y ella deseaba estirar la mano y tocarlo.

Romeo la observaba con ojos sonrientes bajo sus frondosas pestañas.

—Sí al amor —contestó Rosalina, y entonces se volvió y salió corriendo, mientras la multitud abandonaba las gradas y la engullía.

4

Me reprendías por amar a Rosalina

El calor calaba los días, dejándolos blancos y resecos, y Rosalina y Julieta estaban tumbadas lánguidamente a la sombra de los sauces. La hierba, que solía lucir verde y lustrosa en junio, era como paja de trigo, bruñida por el tacto de Midas. Rosalina sentía como si estuviera viviendo el final de los días. Solo le quedaban diez en Verona.

Tanto si escapaba con Romeo como si la enviaban a un convento, perdería su hogar.

Julieta se estaba hurgando las costras marrones de las rodillas hasta hacerse pequeños granates de sangre, mientras Rosalina trataba de apartar los constantes pensamientos de Romeo, leyendo una y otra vez los mismos versos de Ovidio. Por fin, el calor se hizo insoportable, y regresaron a la casa de Julieta para jugar a las tabas y a los dados al fresco de su habitación.

—He hecho trampas tres veces y no has dicho una sola palabra.

—Es que las haces tan bien…

—O juegas bien o no jugamos.

Rosalina sabía que no podía pensar más que en la frente de Romeo, o en la gravedad de su gesto, transformado en picardía y alegría cuando le sonreía. Sus ojos eran... Consternada, se dio cuenta de que no recordaba de qué color eran sus ojos. Los recordaba oscuros, pero ¿eran grises o azules como el mar de noche? ¿Era posible amar sin saber el color de los ojos del amado?

—Has vuelto a perder. Debes pagar una prenda. Me quedo tu colgante.

Rosalina se cubrió la cadena de oro que llevaba al cuello, acariciando la piedra gruesa y suave.

—No, este no. Lo siento. Estaré más atenta, Juli. Este colgante era de mi madre.

Julieta se acercó a mirar la esmeralda, que brillaba como el ojo de un gato, y palpó la cadena de oro entre sus dedos, ágil como el agua.

—Muy bien. Quédatela, pero juega bien. Hoy estás tan atontada como el ama.

—¡Me hieres! —Rosalina se dejó caer sobre el suelo de madera, llevándose la mano al pecho como si la hubiera apuñalado.

Julieta soltó una carcajada y se puso a hacerle cosquillas hasta que chilló.

En ese momento se abrió la puerta de la alcoba.

—Hacéis demasiado ruido —declaró la *signora* Capuleto, apoyándose sobre el dintel—. Me duele la cabeza. Este calor infernal... Junio nunca es tan agobiante.

—Disculpad, tía —dijo Rosalina, y Julieta se irguió bruscamente, olvidando la risa.

Lauretta era como una ráfaga que absorbía todo el calor de una habitación. Sus ojos recorrieron la alcoba con gesto de desaprobación.

—¿Dónde está el ama? Hoy no ha ordenado —se lamentó.

—Sí que lo ha hecho —dijo Julieta—. Nosotras hemos sacado las cosas. Quería jugar.

—Y a juzgar por el desorden, lo habéis sacado todo a la vez.

—Decidme, tía —interrumpió Rosalina, anticipándose a la tormenta—. ¿Cómo conocisteis al padre de Julieta? Nunca me habéis contado la historia.

Lauretta se quedó mirándola con apático interés.

—Yo era joven. Y solícita con mis padres. Me presentaron a Francesco Capuleto como un hombre de buena cuna y posición decente, y yo, como hija bien dispuesta, comprendí que debía honrar a mi familia e hice lo que ordenaba mi padre.

Respondió mirando a Julieta, que seguía tirando las tabas de la palma al dorso de la mano, fingiendo que no escuchaba.

—¿Y le amabais, tía?

Lauretta resopló.

—¡Ay, niñas! ¿Qué es el amor? Escucháis demasiadas historias. Él me dio una casa, ropa e hijos, y Dios, en su misericordia, nos bendijo con Julieta. No todas las parejas son como tus padres, Rosalina. Por eso sufre tanto Masetto por Emilia. Con el amor llega la pérdida al morir.

Rosalina se quedó observando a su tía. No sabía si su tía sentía celos o alivio de no exponerse a ese dolor.

—Julieta, guarda estos juegos de críos —dijo bruscamente Lauretta—. Un día, y no ha de tardar mucho, tu padre entrará a decirte que te ha encontrado marido. Esta alcoba está llena de juegos y juguetes. ¿Qué pensará tu esposo?

Julieta se sentó sobre los talones.

—A mí me da igual, siempre que sepa jugar a los dados, a las tabas y al tejo.

Lauretta salió de la alcoba, tirando al pasar varios juegos apilados con la falda.

—Haz lo que quieras —dijo—. Me tienes agotada, Julieta.

Rosalina empezó a recoger los juegos y las fichas, apilándolos. Julieta estaba acurrucada con las rodillas agarradas bajo la barbilla, mordiéndose una uña. Rosalina intentó rodearla con su brazo, pero estaba demasiado enfadada para aceptar consuelo, y la apartó.

Acabada la cena, Masetto se quedó en la *loggia* bebiendo una copa de vino y contemplando el cielo salpicado de estrellas. Un avefría cantaba desde la parra mientras se oían centenares de alas batiendo apresuradas. El pozo del jardín goteaba como un reloj y las chicharras habían comenzado sus vísperas.

—Quédate conmigo un rato, Rosalina —dijo su padre—. Tratemos de estrechar lazos.

Así pues, en vez de escabullirse como deseaba, Rosalina se quedó sentada a la mesa con él.

Su padre parecía perdido: no sabía cómo empezar.

—¿Os recuerdo a mi madre? —preguntó Rosalina.

Masetto se sirvió otra copa de vino de la jarra.

—Un poco. Cuando ríes. Aunque no lo oigo muy a menudo, Rosalina, pues no te hago reír.

—Pero, padre, no sois gracioso.

Masetto sacudió la cabeza, abatido.

—No, la única persona a la que hacía reír era Emilia. ¿Ves? Eso es el amor. No soy gracioso, pero a ella se lo parecía. Era un hombre mejor con Emilia. O eso creía. Puede que yo siguiera siendo la misma rosa, con el mismo perfume amargo; sin embargo, a ella le olía dulce. Solo me importaba cómo era para ella, para los demás, no. Oh, Rosalina, cuál fue mi sorpresa cuando me entregó su amor, la ferocidad de ese amor. —Suspiró—. La luz del mundo se ha extinguido.

Un búho se movió en la oscuridad. Rosalina observaba el rostro de su padre. Había envejecido desde que su madre no estaba, como si cada comida que había probado llevara polvo de lápida mezclado. Tenía la piel tirante sobre los huesos del cráneo y su cabello caía en finos mechones sobre su calva pecosa.

—¿Y a mí, me quería también? —preguntó ella suavemente.

Siempre había creído que así era, pero el vínculo amoroso entre sus padres era tal que ahora se preguntaba si realmente quedaba espacio para ella; el sello entre ellos era tan sólido que tal vez no dejara pasar la luz.

—Sí, te quería. Más que a tu hermano. Y eso que las madres supuestamente quieren más a sus hijos varones.

Rosalina notó un alivio en el pecho, como una pelota que se desinfla.

—Pero, padre, entonces, ¿por qué quería que me fuese? ¿Por qué encerrarme en un convento?

—Ningún matrimonio es feliz, Rosalina. ¿Es feliz Livia, a pesar de su prole? Tu madre no lo creía. No todos los hombres y mujeres son como éramos nosotros. La mayoría son infelices. Ella deseaba que fueras libre.

—¡Libre! ¡Un convento no es la libertad!

—Allí serás libre de tener tus propios pensamientos y no llevar una casa, y el dinero que te daré será garantía para tu comodidad y bienestar. Estarás unida a Dios, no a un hombre. Sí, tu madre creía que eso era libertad. La mejor que te podía ofrecer.

—Entonces, dejadme escoger a mí.

—Eres demasiado joven para saber lo que es mejor. Es responsabilidad de un padre decidir por su hija. Tú me consideras un tirano, pero no deseo que seas infeliz. Sigo albergando esperanza de que me dejes visitarte. Espero que no estés tan llena de odio.

Rosalina se quedó pensando unos instantes.

—No os odio —respondió—. También podría haberos querido.

Masetto la miró con ojos cansados, ribeteados en rojo.

—¿No podrías intentarlo ahora?

—No queda tiempo suficiente.

—Supongo que no —contestó él, con tristeza.

La llama del candil sobre la mesa empezó a titubear, abanicada por las alas de papel de una polilla. Se quedaron a oscuras, perdidos cada uno en su pensamiento, considerando el amor que podría haberse arraigado entre ellos. Por fin, las horas se acumularon como la cera y Rosalina volvió adentro.

Rosalina no lograba conciliar el sueño. Seguía haciendo demasiado calor en su alcoba bajo los aleros y tenía la camisola pegada a la piel. El aire era dulce y denso. Yacía despierta, escuchando el tañer de la campana de la basílica de San Pedro dando la hora a vivos y muertos.

Cuando por fin se durmió, el sueño fue agitado y salvaje. Vagaba descalza por el jardín de los Montesco, buscando a Romeo entre los ogros y los dioses caídos, pero él se escondía de ella.

Despertó de repente, aterrada, pasando de una pesadilla a otra. Se estaba ahogando; intentaba coger aire, pero solo había fuego. Una mano le tapaba la boca.

—¡Calla! ¡No grites, bella Rosalina! Soy yo, tu Romeo —sonó la voz junto a su oído, cerniéndose sobre su rostro.

Romeo le quitó la mano de la boca. Su corazón latía a golpes en sus oídos. Él apretó la mano de ella sobre sus labios. Sus ojos eran oscuros y bellos.

—No era mi intención asustarte. Maldigo mi nombre. Odioso hombre desgraciado. —Se quedó mirando a Rosalina, con el rostro retorcido de preocupación—. Oh, ¿cómo te encuentras?

Rosalina se incorporó, intentando sacudirse el sueño y el miedo y, cogiendo el rostro de Romeo entre sus manos, lo besó. Vio la ventana abierta y las contraventanas descolocadas, y comprendió que se había colado en su alcoba. Se había expuesto a ser herido y a morir por unos instantes a su lado. ¿Qué otra cosa podía ser aquello sino amor?

—¿Por qué has venido? —preguntó, dudando todavía que no fuera más que un sueño.

—Tenía que verte, *signorina*. Cuento las horas, no, los minutos, hasta sacarte de este lugar.

Rosalina buscó una caja de madera, prendió una vela y se quedó mirándole asombrada, fascinada de que Romeo fuera suyo, de que la amara. Aquel hombre, aquel Montesco, tan apuesto y capaz de elegir a cualquier mujer, una cuyo nombre no significara la muerte, sino riqueza y prosperidad, sin embargo, la había escogido a ella, la amaba a ella.

Romeo rebuscó en su jubón, sacó una caja ligeramente aplastada y se la dio.

Rosalina la cogió agradecida y desconcertada por la falta de costumbre de recibir regalos. Deshizo el lazo y al abrirla encontró una rosa de mazapán pintada, de un color rubí tan intenso y real que al principio creyó que era una flor viva.

—Otra rosa para mi Rosalina. Aunque, por muy dulce que sepa, no hay besos tan dulces como los de mi bella Rosalina.

—Gracias.

—Cada rosa de la naturaleza es única. Igual que tú. La encargué especialmente para ti, y el confitero me ha prometido que jamás hará otra.

Rosalina miró la flor. Se juró que nunca se la comería, que la guardaría y conservaría para siempre como símbolo cristalino de su amor y de la virginidad que ahora deseaba entregar.

103

Romeo se levantó y empezó a recorrer la alcoba contemplando sus enseres, y Rosalina sentía como si la estuviera mirando a ella, dentro de ella. Encima de la mesa estaba su bolsa de afeites, con un peine que su madre le regaló por su duodécimo cumpleaños. Una vez a la semana, antes de acostarse, Emilia despachaba a Caterina, soltaba la melena de Rosalina y la cepillaba. Siempre la tenía enredada, más densa y oscura que la de Julieta y las otras niñas, y Emilia la peinaba a base de tirones, deshaciendo los nudos mientras Rosalina cerraba los ojos, medio hipnotizada. Tardaba un rato largo y Emilia cantaba mientras cepillaba, trenzaba y volvía a anudar su pelo. De pronto, Romeo cogió el peine y pasó el dedo índice sobre sus frágiles púas. Por un instante, Rosalina quiso gritarle que lo volviera a dejar en su sitio. Era sagrado. Solo su madre podía tocarlo. Pero la voz se ahogó en su garganta. No quería que él tocara su melena ni la peinara.

Romeo fue hacia ella, con el peine tallado de marfil en la mano, y se inclinó sobre ella, sujetándola contra la cama. Ella respiró profundamente, asustada.

—Bello objeto para una belleza —susurró Romeo—. ¿Qué lleva tallado? Yo veo el asedio del Castillo del Amor. ¿Venceré en este asedio?

En ese momento, Rosalina vio aliviada que Romeo dejaba el peine y, apartándose con una suave risa, acariciaba suavemente su mejilla y le retiraba las trenzas detrás de las orejas. Luego deslizó la cálida yema de un dedo por su cuello con la ternura más absoluta, mientras dejaba un rastro de besos en el borde de su oreja, haciéndole estremecer de placer.

Metiendo la mano en su jubón, sacó una petaca de vino, la abrió y se la ofreció.

—Toma, dulce niña, bebe.

Rosalina la cogió y dio un sorbo. Estaba fuerte y sabía

a miel y a veranos pasados. Intentó devolvérsela, pero Romeo insistió:

—No, el vino da fuerza tras un susto.

Ella bebió obedientemente, aunque ya no tenía miedo. Bajo la atenta mirada de Romeo, dio un trago más largo, y esta vez notó cómo el vino le quemaba y calentaba la garganta. Él sonrió al verla tragar y Rosalina volvió a beber para que sonriera de nuevo.

—Brindemos —dijo él, alzando la petaca—. Por nuestro amor, más dulce que este vino, por nuestra pasión, más fuerte que sus vapores, y por mi dama, más bella que su color ámbar.

Volvieron a beber por turnos, alzando la petaca con cada tributo y dando un trago tras otro hasta que, llegado el último, Rosalina vio que estaba vacío.

Romeo se inclinó hacia delante y volvió a besarla, con labios cubiertos de miel. Ella se rio y cayó de espaldas, mientras el vino hacía que le diera vueltas la alcoba. Estaba acalorada y empapada de amor.

Tal vez solo había venido a su alcoba para esto, para cubrirla de vino y besos. Rosalina sintió decepción, pero también alivio. Entonces, Romeo dejó a un lado la petaca vacía y se tumbó a su lado sobre el lecho de madera. Lentamente, deslizó sus dedos por la piel desnuda de su brazo. Ella se estremeció de deseo, y Romeo sonrió y empezó a jugar con el cierre de seda de su camisola de lino, abriéndolo hasta revelar la curva de su hombro, luego un poco más, y más. Tiró del lazo largo que recogía su pelo y se lo enroscó en la muñeca.

—¿Lo ves? Soy cautivo del amor. Y no dejaré que vayas al convento. Huiremos juntos de Verona. Y viviremos libres. No como Montescos o Capuletos, sino como un hombre y una mujer.

—¿Como marido y mujer?

Él no llegó a contestar y le tapó la boca con otro beso.

105

Le levantó el camisón dejándola desnuda sobre la sábana. Expuesta e insegura, Rosalina intentó cubrirse, pero Romeo agarró su mano.

—No, el rubor es para los niños. Oh, dulce señora, tu belleza es como el sol. No, como el sol no. La luz de tus ojos avergonzaría a las estrellas.

Rosalina soltó una carcajada, asombrada de oírse descrita de forma tan maravillosa. No volvió a cubrirse, pues no quería que Romeo pensase que era una niña, sino una mujer de ingenio y belleza, digna de un hombre como él. Desearía no ser tan delgada y que sus pechos no fuesen tan pequeños: sabía que se le notaban las costillas. Ojalá tuviera las carnes de alguna de sus primas mayores. Antes de empezar a parir como una de las gatas de la cocina de Caterina, Livia tenía unas curvas envidiables, como una pera de otoño.

106   A pesar del amor y de la ola de deseo que sentía por él, Rosalina tenía que apretar los puños para no tirar de la sábana y cubrirse otra vez. Ahora que el momento estaba tan cerca, no sabía si realmente lo deseaba tanto como creía. Se le hizo una bola de lágrimas en la garganta, como una corteza de pan, aunque no entendía por qué. Tragó con fuerza para que él no lo notara y la creyera infantil o taciturna. Anhelaba su amor. Tenía que ser como un girasol, volverse y mirar directamente al sol.

—Crees que este es tu pie —susurró él, cogiéndolo—. Mas te equivocas: es mío. —Mientras lo decía, cubrió la cara interna de su pie con besos, suaves cual briznas de ceniza—. Y esto no es tu pierna: es mía.

Su boca, el calor de su aliento, su barba rozándole al ir subiendo hacia el muslo, y más allá. El deseo volvió a encenderse en Rosalina. Romeo era experto y buen conocedor, no solo con las palabras, sino en el amor carnal.

—Esto no es tu pecho, ni este tu corazón, pues ahora son míos. Hasta la última parte de ti me pertenece ahora.

Rosalina no quería que se detuviera, pero los labios de Romeo ya no tocaban su piel. La estaba observando.

—Prométeme que eres mía.

—Soy tuya.

—Júralo.

Ella no sabía qué decir para contentarle, pero ansiaba que la volviera a tocar, que la amara. Diría prácticamente cualquier cosa para que lo hiciera.

—Lo juro por la luna.

Aliviada, vio que Romeo se acercaba a besarla, y luego empezaba a desnudarse como una serpiente mudando de piel, quitándose prendas ágilmente hasta quedar desnudo él también, tumbado a su lado. El hueso de su cadera, el vello del pubis.

Rosalina trató de incorporarse, pero él empujó sus hombros hacia abajo otra vez, suave pero decididamente.

—Va todo bien, amor mío —susurró.

—¿Nos casaremos? —preguntó ella. Su voz sonaba débil, no parecía suya.

—Juro que no dejaré que te encierren en un convento. No te arrebatarán de mí —contestó él, y con eso, volvió a besarla.

Romeo le levantó los brazos por encima de la cabeza y ella notó que, aunque quisiera, ya no podía moverse. Entonces se metió dentro de ella. Dolía, y ella gritó, de sorpresa y por la indignidad de la invasión. A pesar de sus gemidos, él no fue más despacio ni se detuvo un instante. Su respiración salía acelerada y tenía los ojos cerrados mientras la embestía. Y entonces, por fin, se quedó inmóvil. No se apartó, sino que se quedó encima de ella, mojado y pegajoso, pesado como la muerte.

Rosalina durmió, pero no soñó nada. Él la despertó con dulzura, hablándole de su belleza entre susurros.

—Lo eres todo. No me hacían falta los ojos ante ti. Tu voz es música.

Ella sonrió, acicalándose al oír su cascada de amor. Romeo empezó a pasar los dedos por su pelo mientras seguía adormecida, escuchando la lluvia arreciar.

—Con el tiempo, aprenderás a sentir placer en el amor —dijo Romeo.

Ella respiró aliviada de que reconociera su desdicha.

—Te enseñaré, poco a poco.

Presionó los nudillos sobre la suave curva en la base de su espalda, pero esta vez la tocaba lentamente, susurrándole solo palabras de amor, hasta que Rosalina sintió como si se le abriera un mundo nuevo. Era un lugar donde jamás había estado, salvo tal vez en ese territorio entre el sueño y el despertar. Las campanas de la basílica de la montaña empezaron a sonar de nuevo, al compás de su respiración, y Rosalina entendió que quería que aquel mundo nuevo se le abriera, que le gustaba estar allí, y deseaba volver a él, una y otra vez.

Más tarde, mientras Romeo comenzaba a vestirse, Rosalina se quedó tumbada boca abajo, mirándole. La luz estaba cambiando, y derramaba sangre por el cielo. No quería que se vistiera, le prefería desnudo, porque así era solo suyo, suyo y de aquella alcoba, de aquella hora y aquel mundo que se reducía a los dos. Al verle enfundarse la camisa, luego las calzas, el jubón y finalmente las botas de cuero, sintió cómo su esperanza se iba deshaciendo.

Romeo se sentó a su lado y le pasó la yema del dedo por la huesuda protuberancia de sus costillas, la concha abombada de su ombligo, la cresta de su esternón.

—Eres perfecta. En belleza y carácter. Eres dulce y tímida. No debes temer, yo te protegeré de todas las cosas.

Rosalina escuchaba sus palabras cada vez más confundida. Ella no era dulce, ni tímida, y siempre aguantaba reprimendas de su padre, de su hermano, hasta de Caterina, por hablar cuando debería morderse la lengua. Solo esta noche tenía miedo, porque Romeo había aparecido en su alcoba como si fuera un espíritu, surgido de entre las sombras.

—Yo no soy tímida. Ni perfecta ni dulce.

—Calla. Sí que eres perfecta. El hecho de que no lo veas no hace sino aumentar tus perfecciones, mi *blanca* Rosalina.

Rosalina frunció el ceño. «Blanca». Prefería sus otras palabras de cariño. Adorable Rosalina. Mi querida Rosalina. La llamaba «blanca» para ensalzar su belleza, pero su belleza no era blanca ni pálida, sino intensa y profunda. Quería que Romeo la amara y adorara tal y como era, no como una imagen de mujer en la que debía encajar.

Se sentó junto a ella, apartándole el pelo y jugando con el lóbulo de su oreja. Acercándose un poco más, le susurró al oído:

—Rosalina mía, comprendes que no debes hablar a nadie de nuestro amor, ¿verdad? Significaría la muerte para mí. Y para ti, el destierro.

El nudo de lágrimas volvió a formarse en su garganta y por un momento amenazó con ahogarla. Sabía que así debía ser, y ni Romeo ni ella tenían otra elección, pero no le gustaba ocultar secretos a Julieta, Teobaldo, ni siquiera a Caterina. Por primera vez desde que conocía a Romeo, en lugar de sentirse colmada de un amor nuevo, se sintió sola.

Él pareció intuir su desasosiego y la acercó hacia sí, susurrando:

—El mundo está en nuestra contra, amor mío. Estamos solos tú y yo, mi dulce señora. Los dos juntos en este mar cruel y tempestuoso.

Rosalina sabía que lo que Romeo decía era cierto. Si su padre o su hermano descubrían su amor, la enviarían de inmediato al convento, antes de que Romeo y ella pudieran huir. Y él podía morir. Sus familias serían el enemigo mientras fueran amantes. Después de lo ocurrido la noche pasada, ella era un cuco en el nido de los Capuleto.

Sentía unos dedos arañándole las entrañas. Podía rechazar a Romeo, y elegir el deber y la lealtad a su padre y al recuerdo de su madre: huir también sería una traición para Emilia. Nadie debía saber nunca lo que acababa de hacer, ni que había yacido con Romeo; podría llevarse su amor por él al convento y dejar que se marchitara allí dentro.

Pero, incluso mientras lo pensaba, sabía que era imposible. Ya había decidido.

Él siguió besándola, luego se levantó y fue hacia el balcón. Una vez allí, se quedó junto a la ventana con la luz de la mañana iluminando su pelo, mirándola lleno de amor, deslumbrándola como el sol de mediodía reflejado en un estanque. Rosalina sintió cómo se le soltaba la mandíbula y supo que ya no podía tomar los votos, ni ahora ni nunca. Ella quería a su Romeo. Quería aquel nuevo mundo que él le había dado.

110

La ola de calor volvía a hincharse y cada respiración estaba llena de polvo. Las hileras de casas rezumaban un fuego constante como los hornillos ennegrecidos de la cocina. Las moscas hambrientas molestaban a los vagabundos tirados en la sombra asfixiante. Masetto y su hermano, el viejo señor Capuleto, habían decidido mantenerse alejados de la fétida ciudad y acudían a San Pedro juntos para rezar y confesarse apresuradamente. Aquel espantoso calor tras las congojas de la peste solo podía significar que el Todopoderoso seguía furioso, y ellos debían pedir perdón y someterse a una enorme penitencia.

Pero, mientras la vieja generación volcaba su devoción hacia los cielos, los jóvenes Capuleto buscaban una huida más terrenal y ligera del calor. Siguiendo la sugerencia de Teobaldo, habían planeado una excursión al bosque para comer en su sombra silvana y permanecer allí hasta que llegara el frescor de la noche. Si iban a sucumbir a la peste, al calor o a cualquier otra plaga, al menos se regalarían un carnaval antes.

Sin embargo, Rosalina no quería ir al bosque con los demás. Ella quería quedarse en su alcoba, yacer sobre las sábanas y pensar en Romeo. Estaba inundada de amor. Hasta el dolor. Chascaba la lengua, salada y pegajosa. Aún tenía el sabor de Romeo. Le dolía la cabeza por todo el vino que habían bebido, y conforme avanzaba la mañana el dolor empeoraba en sus sienes. Primero le dijo a Caterina que no quería ir porque le dolía la cabeza y se encontraba mal. Caterina le llevó un té de menta para asentarle el estómago. Luego Rosalina intentó convencerla y por fin se enrabietó. Pero no funcionó. Nadie la escuchaba. A ella no. Nunca. La obligaron a subirse a un carruaje cargado con una pieza de jamón curado, melones, higos, garrafas de cerveza, un tarro de miel y el fajo de servilletas.

Julieta fue la última en subir y se sentó a su lado.

—Qué emocionante salir de la ciudad, ¿no crees, prima? —dijo, dándole un codazo.

Tenía el rostro rosado de felicidad y Rosalina no pudo evitar sonreír contagiada de su alegría.

El carruaje avanzaba por los caminos bordeados de amapolas y enjambres de moscas y Rosalina intentaba centrarse en sus pensamientos, pero Julieta era como un gorrión piando emocionado. Aunque Rosalina apenas la escuchaba, pues su mente no se apartaba de Romeo. ¿Cuándo vendría a por ella? ¿Cuándo volvería a verle?

Desconcertada, Julieta empezó a tirar uvas de la cesta que llevaba a sus pies a Teobaldo, que intentaba cogerlas con la boca, montado en su caballo junto al carruaje. Normalmente, este tipo de juegos habría divertido a Rosalina, que también lanzaría uvas a su primo, pero aquella mañana estaba demasiado distraída.

—¡Rosalina! —exclamó Teobaldo—. Te he llamado tres veces y no me has contestado. ¿Estás enferma o malhumorada?

—¿Por qué tienes que pensar que a una mujer le pasa algo cuando no se pone a cotorrear o no quiere jugar a cosas de niños?

Para su tranquilidad, Teobaldo no contestó y se quedó mirándola en silencio, con la frente fruncida de preocupación. El aire fresco empezaba a aliviar su estómago revuelto y el dolor de cabeza.

Cuando llegaron al bosque, las jóvenes se bajaron del carruaje mientras los sirvientes desenganchaban a los caballos y empezaban a descargar las viandas para llevarlas el resto del camino. Los animales se iban abriendo paso por el sendero serpenteante que se adentraba en el bosque, levantando hojas caídas y barro con sus herraduras y ahuyentando a las moscas con la cola. El aire era húmedo y olía a los verdes helechos a ambos lados del camino, formando un dosel para todas las criaturas que correteaban debajo.

Al adentrarse en aquel mundo tan distinto, Rosalina sentía como si entrara en una capilla cubierta, donde la luz que se filtraba a través de las vidrieras de las hojas tenía toda la gama de verdes que había. Allí el silencio era sepulcral, cargado únicamente de brisa. Avanzaba entre los árboles, y solo deseaba perderse entre la vegetación ondeante. Hasta el canto de los pájaros parecía lejano y sigiloso.

Al cabo de un rato, los caballos se detuvieron en un claro y Rosalina vio a los sirvientes descargando las cestas de pan, las jarras y los jamones, preparándose a disponer la primera comida. Julieta fue a ayudar a Caterina y al resto de los criados a desenvolver los paquetes de víveres, pero Rosalina no tenía hambre. Solo quería estar sola, así que, en lugar de quedarse junto a los demás en la hondonada, siguió caminando a través del bosque. Pequeñas florecillas blancas salpicaban el suelo cual estrellas desubicadas. Serpientes de hiedra colgaban de los abedules y de los robles, y lucían sus colosales cuellos musculados trepando a los árboles en busca del sol. Las zarzas le raspaban y mordisqueaban los tobillos y una flota de mariposas bermellonas del tamaño de una uña revoloteaba a través de un acebo como si fueran bayas danzantes, conjuradas por Oberón. Rosalina aceleró el paso, pasando sobre ramas caídas en el camino, adentrándose cada vez más en las profundidades del bosque, hasta que por fin el sendero quedó oculto, y ya no sabía por dónde había llegado hasta allí. Jadeando acalorada, se sentó a descansar en un tronco caído cubierto de musgo.

En ese momento oyó una voz de hombre llamándola, y la sangre se agolpó en sus oídos, trinando de alegría. ¡Romeo! Se levantó, feliz y nerviosa, sofocada de placer, pero era Teobaldo quien se abría paso a través de la maraña de ramas. Llegó hasta ella, sofocado y limpiándose el sudor de la frente.

Rosalina volvió a sentarse, ahogando su decepción. Quería alegrarse de ver a su amigo, pero, si no podía tener a Romeo, prefería estar sola.

Teobaldo sacó una petaca de la chaqueta y, tras darle un trago largo, se la ofreció. Ella bebió agradecida. Teobaldo sonrió y la irritación de Rosalina por su intromisión empezó a disiparse como los diminutos mosquitos que él apartaba con la mano.

—Estoy sin aliento de seguirte. No debes andar por caminos trillados, Rosalina. Tienes cadillos pegados en las enaguas.

—Esos me los puedo quitar. ¿Qué hay de los que tengo agarrados al corazón?

—Querría quitártelos con mis manos, pues veo que eres infeliz.

—Te creo, primo —contestó ella, cogiendo su mano.

Teobaldo no la soltó, sino que apretó con fuerza, y Rosalina apoyó la cabeza en su hombro por un instante. Se preguntaba si él la notaba distinta. Si intuía que amaba a un hombre y era correspondida; y que había perdido la virginidad. Temblaba de la emoción.

—Estás muy callada. Tu silencio me dice lo infeliz y asustada que debes estar —dijo.

Rosalina no contestó.

—Me gustaría salvarte del convento, Rosalina. ¿Y si te casas conmigo?

—¿Contigo, primo?

Se incorporó, sobresaltada, y soltó su mano. Al principio pensó que bromeaba, pero, al mirar su rostro aniñado, sofocado después de perseguirla por el bosque, con un cerco de sudor y un suave vello recubriendo su labio superior, vio la dulzura de su expresión. Él frunció el ceño, preocupado, con la mirada abatida. Rosalina sintió una intensa punzada de ternura en lo más profundo del estómago.

Un día, cuando era pequeña, Rosalina hizo un pájaro de papel dorado y, tras lanzarlo desde lo alto de un seto, se puso a llorar amargamente creyendo que se había perdido. Teobaldo estuvo horas rebuscando en el seto, llenándose los brazos, las piernas y la cara de espinas y cardos, tratando de recuperarlo. No lo encontró, pero se quedó allí hasta que se hizo de noche, buscando su pájaro de papel. Ahora, ella era el pájaro de papel y él seguía tratando de sacarla de la oscuridad.

Rosalina le dio un golpecito en la rodilla con la suya.

—Ay, Teobaldo. Eso es imposible. Jamás nos lo permitirían. Eres pobre. Debes casarte con una mujer rica y con buena dote. Y parece ser que mi padre quiere ahorrarse la mía.

Teobaldo restó importancia a su comentario.

—Al diablo, he vivido con menos. Y tú pareces feliz en los bosques. Podríamos fugarnos, perdernos entre estos árboles y caminar hasta salir juntos al otro lado. Huiremos.

Teobaldo era su mejor amigo de la infancia, guardián de todos sus secretos. Con él se había peleado, le había pegado, mordido, le había robado los juguetes, hasta había intentado ahogarle una o dos veces, pero también habían compartido todos sus tesoros con él, y él con ella. Gusanos. Golosinas. Libros. Alegrías y castigos. Ahora la miraba atentamente, parpadeando para quitarse el sudor de los ojos, y Rosalina vio que ni el tiempo ni la distancia habían mermado su amistad y su afecto. También quería compartir aquello.

—Esta desgracia es solo mía. No puedes salvarme de ella, Teobaldo.

Al decir aquellas palabras, Rosalina comprendió que, por primera vez en su larga amistad, estaba mintiendo a Teobaldo. La mentira se revolvió en su estómago, retorciéndose en lo más profundo de su interior, como si hubiera comido algo en mal estado. No podía contarle que iba a casarse con Romeo para huir de la desdicha del convento. Tampoco podía confesarle su amor por él, porque Romeo no era como aquel nido de huevos de zorzal rodeado de cardos, ni el castigo sería la paliza que les dio Valencio cuando sospechaba que estaban robando sus libros. Romeo era un Montesco y, si le contaba que le amaba, Teobaldo le mataría. O moriría en el intento.

Él apartó la cara, no quería mirarla. Clavó los ojos en el dosel de vegetación sobre sus cabezas.

—Si te encierran, te marchitarás, Ros. ¿Qué hay de tu laúd y de tus canciones? Necesitas alimentarte de música y humor descarado. Tú no eres piadosa, Ros. Tú eres fuego y picardía.

Rosalina estuvo a punto de sonreír al oír aquella afirmación de su personalidad. Todo ello era cierto, y bastante halagador.

—¿Cómo quieres que viva, sabiendo que sufres y eres desgraciada? —continuó él, con la voz cargada de sentimiento—. Lo hemos compartido todo siempre. Los dos Capuletos ignorados.

—Siempre has sido mi mejor amigo.

—Y tú la mía. ¿Qué les importa a los demás lo que hagamos? Para ellos no somos nada. Venga, Ros, casémonos. —Hizo una pausa, con el rostro brillando de confusión y sufrimiento—. ¿Por qué elegir la vida en el convento en vez de una vida conmigo?

Teobaldo cogió su mano y, con sumo cuidado, ella volvió a apartarla.

—Teobaldo, yo no te amo, y tú a mí tampoco. No sería justo. Eres mi hermano. Más que mi hermano. Eres mi hermano del alma. Pero te lo agradezco —dijo, apoyando la cabeza sobre su hombro—. Eres el mejor de los hombres.

Rosalina le dio un beso cariñoso en la mejilla. Al notarlo, Teobaldo se levantó bruscamente y, cuando ella intentó agarrarle, se revolvió. No parecía aliviado, como ella esperaba. Había cumplido con su deber proponiéndole matrimonio, y ella le había liberado de cualquier obligación, pero ahora no parecía agradecido por desprenderse de la carga.

Teobaldo le dio la espalda y se quedó en silencio hasta que, por fin, dijo secamente:

—Volvamos con los demás.

Rosalina se quedó mirándole, confundida.

—¿Sabes el camino?

Teobaldo no contestó. Simplemente se giró y salió an-

116

dando deprisa por donde había venido, golpeando las zarzas con un palo.

Rosalina le siguió con paso acelerado. Intentó hablar de varias cosas, pero a cada tema de conversación que proponía, acababa tropezando y caía, pues Teobaldo no parecía estar escuchando, así que anduvieron el resto del camino en un incómodo silencio, oyendo solamente el trino aflautado de un zorzal.

Rosalina se tumbó sobre una manta en el claro, soñolienta, apartando los mosquitos que empezaban a salir a medida que la luz verde que se filtraba entre las hojas se iba volviendo dorada. Julieta le acercó otro vaso de hidromiel y Rosalina se lo bebió rápidamente, tratando de que Caterina no la viera. Miró las cáscaras de ostra amontonadas y las cortezas amarillentas de grasa de jamón, cubiertas de hormigas. El viento temblaba entre el alerce y la pícea como lluvia ausente, y el canto de un cuco resonaba por todo el bosque.

Julieta se acurrucó a su lado. Los sirvientes empezaban a encender los candiles, que ardían como brillantes yemas de huevo en la oscuridad.

—Bésame, Julieta —dijo Rosalina—. Dime que me quieres, porque yo te quiero, mi dulce prima.

Julieta cogió su cara entre las manos y la besó rápidamente.

—Ay, Rosalina, tú y yo somos una. Todos los días doy las gracias a la fortuna por haberte enviado a mi lado.

—Uy, te equivocas, no fue la fortuna, sino Teobaldo quien me trajo hasta ti.

—En tal caso, doy las gracias a esa generosa y ciega mujer llamada Fortuna, y a Teobaldo, que no es ciego ni es mujer, mas sí generoso.

Al oír su nombre, Teobaldo miró hacia ellas desde el

otro lado del claro, pero apartó los ojos con gesto apenado al ver que Rosalina le estaba mirando.

Rosalina suspiró, desconcertada y molesta. Le quedaba tan poco tiempo para disfrutar de la alegría que no estaba dispuesta a permitir que Teobaldo manchara lo que restaba. Sin embargo, tampoco podía ser feliz si él no lo era. Las horas se escurrían, cada vez más rápido. ¿Por qué no se unía a las bufonadas estivales?

Rosalina vio un laúd sobre una manta y, cogiéndolo, empezó a tocar y a cantar mientras el resto de las chicas se levantaba para bailar. Como siempre, el tono melancólico del laúd le resultaba tranquilizador, transportándola a otro espacio, un lugar entre el día y la noche, hecho enteramente de música. Se respiraba algo indómito en el aire, lo oía chisporrotear en la oscuridad a su alrededor.

> Venga bajo el verdor
> del bosque junto a mí
> quien quiera unir su voz
> al pájaro feliz;
> que venga, aquí, aquí.
> Nunca verá más adversidad
> que el frío invernal.

Su voz, normalmente limpia como una alondra en primavera, sonaba temblorosa y rota. Aquella gente era su familia y, sin embargo, Teobaldo y ella nunca habían encajado entre ellos: eran Capuletos de segunda clase, parientes menos valiosos salvo el uno para el otro. ¿Qué pasaría si aquellos Capuleto supieran que amaba a un Montesco?

Mientras tocaba, Julieta bailaba entre los negros tejos, con los ojos cerrados y el vestido medio desabrochado y remangado hasta la rodilla. Había perdido las pantuflas y brincaba descalza entre las hojas caídas y la celidonia, dejando pétalos de violetas y espigas fantasmagóricas de hierba de San Simón aplastados bajo sus pies. Rosalina dejó el laúd y se levantó para unirse a su prima, descalzándose y cogiéndola de la mano. Otro cogió el instrumento y empezó a tocar en su lugar. Rosalina y Julieta se balanceaban y bailaban. Otras jóvenes se unieron a ellas, mientras ellos aplaudían y vitoreaban lascivamente, embriagados de vino.

Giraban y giraban, y los árboles se volvieron una mancha verde y dorada. Rosalina notó que su pelo se soltaba y acariciaba sus mejillas. Todo era música, gritos, ruido y el parloteo procaz de las aves.

Un susurro les chivó de entre la oscuridad que el príncipe de Verona estaba allí, entre ellos, contemplando la danza. Él también había acudido en su caballo al bosque, y les había hallado divirtiéndose a la luz de los candiles. Traía a un amigo consigo, un amigo rico y apuesto. Las jóvenes a su alrededor empezaron a girar más rápido, riendo con más fuerza.

119

Rosalina vio al príncipe. Lucía una capa forrada de armiño a pesar del calor, pero llevaba un sombrero de paja desenfadado, acorde con la rústica excursión al bosque. A su lado había dos sirvientes de librea, guardando centinela. No entonaban nada allí, en aquel verde lugar. Habían traído consigo la ciudad, sus reglas y sus jerarquías, sin comprender que, en el bosque, de noche, todo era música, danza y vino. Y no dejaban de mirarlas. Traían discordia y su misma presencia intranquilizaba a Rosalina.

El amigo del príncipe era un hombre alto y corpulento, de mediana edad, cuyo jubón no cubría del todo su panza. La noche era cálida y el sudor brillaba en su frente. Los sirvientes iban de un lado para otro, llevándoles las pocas ostras y las jarras de hidromiel que quedaban enfriando en el río.

El hombre no apartaba los ojos de Julieta, como un

perro pastor vigila a su rebaño, sin pestañear. No, él parecía querer devorarla. A pesar del calor, Rosalina sintió un escalofrío.

Alzando la voz, claramente contento de que se le oyera, le dijo al príncipe:

—¿Quién es esa? La jovencita.

—¿A quién te refieres, Paris? ¿Esa niña? —preguntó el príncipe, señalando a Julieta.

Sus voces no eran agradables. Allí no, no en aquel lugar. Rosalina se llevó a Julieta danzando antes de que dijeran nada más sobre ella. Oyó el ladrido de un zorro y vio su elegante cola rojiza deslizándose entre los troncos de los árboles, y después, un poco más lejos, el aullido de un lobo, y la respuesta de otro. Una parte de ella, fiera y en su día presa, se estremeció. Pero ella no tenía miedo del lobo: temía más al príncipe y a Paris.

Paris seguía observando a Julieta, olvidando su bebida mientras se relamía los labios húmedos.

Rosalina vio a Teobaldo sentado a cierta distancia, mirándola con semblante triste, y trató de ignorarle. Se apartaron un poco más, lejos de todos ellos. Del príncipe, de su amigo, de Teobaldo, de todos los ojos. Lejos de la luz, hacia la amable oscuridad del bosque.

5

Mi corazón está aquí

*E*l tiempo se ralentizó arrastrando los pies hasta detenerse. Ya no corría como granitos de arena a través del
reloj de cristal, era denso como la melaza. El silencio entre cada tañido de la campana del *duomo* no duraba un
cuarto de hora, sino un año entero. Rosalina no podía
soportarlo. Romeo no podía haberla abandonado, ahora
que solo quedaban nueve noches. Ocho noches. Siete. No
podía creerlo. No.

    ¿Por qué no venía? ¿Acaso albergaba alguna duda so-
bre su amor? Rosalina maldijo el día en que nació Capuleto con el aliento cargado de suspiros. ¿Dónde estaba su
Romeo? Tampoco le había enviado mensaje alguno.

    Cada noche, dejaba su ventana abierta, pero él no venía
a por ella. Ni dejaba ninguna rosa en su balcón. El silencio
dolía. Estaba tan segura de su amor…

    No había consuelo posible. Solo Romeo. Su ausencia
le hacía añorar a su madre. La pena era un espantoso dolor de estómago que la golpeaba a oleadas, paralizándola a
veces. El fantasma de su madre era el único a quien podía

confesar su amor secreto, pero era una confidencia vacía, pues Emilia no contestaba, ni siquiera para regañarla o sermonearla. Su ira hubiera sido preferible a aquella indiferencia mortal.

Desesperada, Rosalina fue a coger el colgante de su madre en busca de consuelo. Era lo único que le quedaba de ella. Sin embargo, al abrir su caja de cedro, descubrió consternada que la joya no estaba allí, junto al tesoro de su infancia, compuesto por piedrecitas y conchas pintadas, una pluma amarilla de un jilguero, la cáscara turquesa y moteada del huevo caído de un petirrojo y una copia de los relatos de Ovidio que Teobaldo robó a Valencio para regalárselo a ella. Como acostumbraba, empezó a hojear las adoradas ilustraciones del libro: Tisbe esperando a Píramo junto a la tumba; Dafne en plena transformación, medio ninfa medio libre, metamorfoseándose para huir de Apolo. Mas, por muy hermosos que fueran aquellos tesoros, no estaba la cadena ni el colgante de esmeralda. Miró en el arcón tallado y en la bandeja que había junto a su cama, pero no vio ni un atisbo de verde, ni un destello de oro. Su alcoba apenas estaba amueblada y había pocos lugares donde mirar. Frenética, se puso a gatear por el suelo, y se asomó debajo de la cama por si se había caído por algún hueco entre las tablas.

Así fue como la encontró Caterina: a cuatro patas y con las uñas mugrientas. Las dos buscaron por toda la alcoba, registraron hasta el último hueco, pero el colgante no aparecía.

Caterina pasó de la empatía al enfado.

—¡Deberías haber tenido más cuidado! Ese colgante era buena parte de la dote de tu madre. Anda, vete, ve a casa de Julieta. Deja de llorar antes de que tu padre pregunte el motivo y descubra lo que has perdido.

Rosalina marchó hacia la casa de su prima, sumida en la vergüenza. ¿Cómo podía haber sido tan descuidada?

Sin embargo, en el fondo, sabía que la indiferencia de Romeo le dolía más que la pérdida del colgante. Y el remordimiento que esto le hacía sentir ahondaba su desdicha.

Julieta se pasó toda la mañana regañando a Rosalina por no prestar atención a los juegos, pero ella apenas hacía caso a sus suspiros y sus reproches.

—Venga, prima, ¿quieres que cante para distraerte? —preguntó Julieta.

—No sabes cantar —contestó Rosalina—. Tienes muchos dones, querida, pero la música no es uno de ellos.

—Mi voz es rasgada, sí, mas puede que así te divierta y te haga reír —dijo Julieta. Sus ojos estaban llenos de preocupación—. Y si no puedo hacerte reír, al menos déjame que cargue con tu pesar. No sufras tus penas sola, dulce Rosalina.

Julieta la miraba con el rostro franco e ingenuo, y un tirabuzón rubio acariciando su mejilla. Por un instante, Rosalina deseó poder confesarle su amor por Romeo Montesco. Sus manos temblaban sobre su regazo y sentía un dolor nuevo en el pecho. Ansiaba verle, abrazarle, oírle susurrar su amor. Él era la infección y la cura a su enfermedad.

—Iré a visitarte al convento, prima —dijo Julieta, cogiendo su mano—. Tanto como pueda.

Rosalina asintió y parpadeó, apartando la cara para que Julieta no viera sus ojos llenos de lágrimas. Su prima no entendía el motivo de su zozobra. Y su cuerpo conspiraba en aquel engaño, pues cada suspiro y cada lágrima se convertían en una señal que sería malinterpretada. Sin embargo, tampoco podía confesar la verdad y renunciar a Romeo.

ɤ

Rosalina no quiso bajar a comer, aduciendo que estaba cansada y no había dormido bien. Julieta se ofreció a quedarse con ella, pero prefería estar sola e insistió en que se fuera.

Mientras yacía sobre la cama, perdida en sus pensamientos y su desdicha, se oyeron unos golpes en la puerta, y un mensajero pidió permiso para entrar. Rosalina se lo concedió sin alzar la vista.

—Traigo una carta.

—La señorita Julieta no está aquí. Deje lo que tenga sobre la mesa.

—Es para la señorita Rosalina. La sirvienta dijo que la encontraría aquí. Debo entregársela a ella y a nadie más.

Rosalina se incorporó.

—Soy yo —rápidamente, cogió la carta y le despachó, con la sangre corriendo acelerada. La misiva estaba escrita con la letra de Romeo.

«Pide permiso para ir a confesar. Nos vemos en San Pedro a las seis en punto».

Cuando Julieta volvió con algo de pan, pescado en salazón y unos melocotones rollizos y velludos, encontró a Rosalina transformada, con color en las mejillas otra vez y dispuesta a sonreír nuevamente.

Jugaron un rato más, dejando pasar las lentas horas, hasta que, por fin, a las cinco y media, pidió permiso a su tía para ir a confesarse de camino a casa. Se lo concedió.

Rosalina quería correr hasta la iglesia, como si el espíritu la arrastrara y tuviera pecados que arrojar sobre el agua. Mas ¿qué tenía que confesar aparte de su amor? El calor del día empezaba a aflojar apenas y las moscas negras se arremolinaban en los desagües y alrededor de los montones pardos de estiércol en medio de la calle. Los puestos y las tiendas seguían cerrados y entablados para protegerlos del sol, y solo ahora comenzaban a abrir de nuevo sus ojos adormecidos, pero Rosalina pasó por delante a toda prisa, ansiosa por llegar a San Pedro.

Las calles se estrechaban conforme se acercaba a la basílica, cuyas paredes estaban salpicadas por la luz de la tarde que bañaba la piedra de un intenso tono ocre. El aire estaba perfumado con los aromas de cielo y tierra: a incienso y a los efluvios que aún quedaban de la ciudad, a heces, a barro y a pescado del río. Rosalina notaba cómo le rascaba el fondo de la garganta, pero le daba igual, porque pronto vería a Romeo.

Subió corriendo la escalinata, pasando por delante de los dos leones de piedra que vigilaban la basílica, hasta adentrarse en la quietud del templo. Ignoró sus inmensos pilares, los arcos de mármol rayado y el techo estrellado, buscando a Romeo entre los oscuros recovecos. Un monje asintió al verla e hizo un gesto hacia las escaleras que conducían a la cripta. Ciñéndose la capa, Rosalina aceleró el paso hacia allí y descendió a la cueva que había bajo la iglesia, como Perséfone sumergiéndose en el Hades.

A pesar del calor, hacía fresco en la cripta. El aire era frío y húmedo, y se veían manchas de moho sobre los muros. Las antorchas escupían y chisporroteaban en sus apliques. Allí era donde los Montesco guardaban a sus difuntos y otros tesoros. Rosalina había oído decir que el poder de la familia podía adivinarse por las reliquias que poseían, pero hasta ahora no había tenido ocasión de verlos con detenimiento. Jamás había entrado en aquella cripta. San Pedro pertenecía a la ciudad, pero la cripta era propiedad de los Montesco.

Al asomarse a las vitrinas, sintió atracción y repulsión a un tiempo, así como algo de miedo. Un par de ángeles dorados sostenían un relicario de vidrio con el cráneo gris y sin mandíbula de un santo, cuyos dientes y mandíbula probablemente serían una bendición para otra familia acomodada. En un diminuto ataúd de cristal, vio una mano disecada y envuelta en un rosario, con los huesos de la tibia amarillentos y reducidos en la muerte al tamaño de la de un niño, y el borde del ataúd en forma de mano decorado con incrustaciones de rubíes y esmeraldas. En una venera dorada adornada con perlas buscó la reliquia, hasta que comprendió que las perlas en realidad eran dientes, erosionados y desconchados por el paso del tiempo. Y también vio un frasco de cristal lleno de polvo de tierra que, al acercarse, resultó ser sangre seca y deshidratada. Arrugó la frente. Arrodillarse ante frascos de sangre y fragmentos de santos recuperados, rezar porque bendijeran su vida, no le parecía un rito sagrado que la acercara a Dios, sino algo macabro.

Sabía que su padre y los sacerdotes no estarían de acuerdo y que su pensamiento rayaba en la herejía. Cada una de aquellas reliquias eran un objeto de auténtico poder. El primero era místico y de fe. Su padre creía que objetos como aquellos tenían poder para mitigar enfermedades y dar buena suerte a los fieles, pero el otro poder que detentaban era tangible y absoluto, y ni Rosalina se atrevía a cuestionarlo: las reliquias eran tesoros codiciados por papas y príncipes, y poseer algo tan valioso distinguía a los Montesco como una familia rica e influyente.

Sin embargo, la idea de convertirse en una Montesco no le hacía demasiado feliz. Amaba a Romeo y ansiaba ser su esposa, pero desearía poder conservar su nombre. El apellido Montesco concordaba con aquella cripta, con sus maravillosos difuntos hablando de poder, santos y putrefacción.

Al lado de los dientes enjoyados, vio la efigie blanca como la nieve de una doncella Montesco tumbada, como si estuviera dormida sobre un lecho de piedra tallada, con la cabeza hollando apenas la almohada de mármol. Aparentaba una edad entre la suya y la de Julieta.

Ser Montesco o Capuleto ya no importaba una vez muerta.

Rosalina oyó unos pasos a su espalda y, al volverse, vio a Romeo. Con un murmullo de felicidad, corrió hacia él y se lanzó a sus brazos, buscando su abrazo. Él se quedó completamente quieto, apartando la cara. Ella retrocedió al instante, dolida y confundida, y entonces volvió a buscarle, tratando de hacer que la mirase. No quería. Estaba pálido y movía las manos con nerviosismo a ambos lados del cuerpo.

—Te lo ruego, Romeo. —Se acercó a besarle. Él dudó y, tras un instante, le devolvió el beso, apretando la lengua contra los dientes de ella, buscando la entrada. Los cráneos del relicario en sus vitrinas de vidrio los observaban con sus cuencas oculares vacías.

—Me brota la ira a borbotones al verte —dijo, suspirando.

—¿Ira, mi señor? —preguntó Rosalina, desconcertada.

—He hablado con el príncipe de Verona. Nuestro buen y noble príncipe. Te vio bailando con otros hombres en el bosque.

Rosalina sacudió la cabeza.

—Bailé, y es posible que me vieran. No les pedí que lo hicieran, tampoco lo deseaba. —Cogió su mano entre las suyas—. Solo te quiero a ti.

Romeo se quedó mirándola en silencio, con el rostro cubierto de sombras, acariciándole los hombros. Era evidente que le había herido o agraviado de algún modo, pero Rosalina no entendía de qué manera. ¿Era ese el motivo de que no hubiera acudido a su alcoba durante dos largas y solitarias noches?

—Tienes una mirada seductora —dijo él, poniéndola a prueba.

—¿Una mirada seductora? —preguntó Rosalina, confundida.

127

—Eres una dama exquisita con una mirada seductora, que incita a los hombres a mirarte.

—Yo no les incité a mirarme. —La piel de sus brazos se humedeció de repente. Aquellos celos eran nuevos y extraños. Debía complacerle y tranquilizarle, convencerle del error que estaba cometiendo.

Romeo la examinó con suma atención, girando su barbilla hacia un lado y hacia el otro. Rosalina se estremeció bajo su escrutinio.

—Pero ¿bailaste?

—Sí. Con mi familia.

—¿Con Teobaldo?

—Con Julieta.

—Con Julieta. En tal caso, disculpa, mi blanca Rosalina.

Romeo la atrajo hacia sí y le besó en lo alto de la cabeza. Ella aspiró el olor de su piel y se reclinó sobre él. No estaba acostumbrada al amor, y los celos y la duda eran tan nuevos para ella como sus pasiones. Todo cuanto sabía del cortejo venía de los libros, la poesía y la música, y por ellos entendía que el amor estaba lleno de tormentos, que debía esperarlos. En cambio, ella quería las rosas del amor, no sus espinas.

—Y, sin embargo, estuviste en el bosque con ese cabrón de Teobaldo. Durante horas, por lo que he oído —dijo Romeo lamentándose mientras le besaba la muñeca.

A Rosalina no le gustaba oírle insultar a Teobaldo. Sin embargo, también sintió alivio pues, si aquello era realmente lo que le había molestado, tenía fácil remedio.

—¿Mi primo Teobaldo? Somos amigos desde niños. Le quiero como a un hermano.

—¿Y él a ti? —preguntó Romeo, con mirada perspicaz—. ¿Cómo es su amor por ti?

Rosalina parpadeó nerviosa, sabía bien que debía disimular en este asunto.

—No sé cómo es su amor, pues no puedo ver con sus

ojos, ni hablar con su lengua. Solo puedo decir cómo le quiero yo. Y es con el amor de una hermana.

Romeo soltó una carcajada.

—Pues eso ya es demasiado. Lo quiero todo para mí, mi blanca Rosalina. Soy avaro con tu amor, mi hambre es insaciable. Nadie te amará como yo lo hago. —Su expresión se volvió más seria—. No volverás a hablar con él. ¿Lo juras?

Se quedó mirándole, tratando de ver si bromeaba.

—No puedo.

—Entonces, ¿lo prefieres a mí?

Se acercó tanto a ella que notaba su aliento en la mejilla. Sus pupilas eran un par de cajas de pólvora, reflejando las llamas de las antorchas en la oscuridad. No era más que un juego. Tenía que serlo. Romeo no quería que jurara algo tan absurdo. Sintió alivio.

—A ti. Siempre a ti. Pero él es mi primo y mi más viejo amigo. También sería amigo tuyo, si le dejaras.

Romeo soltó una carcajada grave.

—Como si pudiera perderte ante Teobaldo el Cabrón.

Rosalina se apartó de él.

—Le quiero tanto como a mi propio ser. Es mi hermano del alma.

Romeo vio al instante que la había ofendido e inclinó la cabeza, arrepentido.

—Disculpa. Teobaldo es tu amigo y primo, y cuando nos casemos, también lo será mío.

Rosalina le observó atentamente mientras proseguía:

—Siento celos de la luna que brilla sobre ti y contempla tu rostro cuando yo no estoy. —Le quitó el guante de piel de cordero y lo agitó haciéndolo ondear inerte—. Celos de este guantecillo, pues él puede acariciar estos dedos cuando yo no estoy. —Deslizó su mano por debajo de los pliegues de su vestido y encontró la suave piel de sus muslos—. Celos del gusano que hizo la seda para esta falda, pues él estuvo arrullado día y noche en las fibras que ahora tocan el lugar donde yo quisiera estar.

Sacó la mano y, soltando la tela de sus faldas, puso las palmas sobre sus hombros.

—¿Podrás perdonarme?

Rosalina se encogió de hombros, disfrutando ya del juego.

—Tal vez. O tal vez no.

Él hizo una reverencia y, apartándose, empezó a merodear entre las lápidas y las relucientes vitrinas de reliquias, los tesoros de los muertos. Rosalina aspiró el incienso y el olor a tumba. Por fin, Romeo se volvió otra vez a mirarla y, al llegar a su altura, se arrodilló sobre una pierna y bajó la cabeza.

—Te lo ruego, perdona mis celos. Mi amor fluye con demasiado ardor. ¿Cómo no van a adorarte todos los hombres, cuando yo te venero de esta manera?

Cogiéndole ambas manos, empezó a girarlas una y otra vez, besándolas.

Rosalina le miró sonriendo.

—Te perdono, mi señor.

Se arrodilló junto a él en el suelo de la capilla y Romeo le cogió la cara suavemente y la besó, primero con ternura y después con determinación. La piedra estaba fría y húmeda, y Rosalina tembló, entre el deseo que sentía por él y el frío. Desearía estar en otro lugar, tal vez junto a los sauces en la orilla del río, donde chapoteaba el martín pescador y el aire era azul y limpio. Sin embargo, mientras estuviese con Romeo, ella era feliz.

Él posó la cabeza en su regazo y, al pasar los dedos por sus gruesos rizos, Rosalina intentó imaginar la orilla del río, pensar que el agua que oían gotear era la música de su cauce, no la que se filtraba por las mohosas paredes.

—Hace unos días escribí al cura, y por fin ha contestado —dijo Romeo—. Va a ofrecer una misa por los muertos de la peste en Mantua, pero regresará a Verona dentro de tres días, y nos casará aquí, en San Pedro.

—¿En esta cripta? —murmuró Rosalina, deseando que fuese en un lugar más adecuado.

—Es la capilla de mi familia. Diez generaciones de Montesco han contraído matrimonio, han sido bautizadas y recibido sepultura en este lugar.

Rosalina cerró los ojos pensando en todos aquellos Montescos muertos hacía ya tanto tiempo. Sentía su aliento fantasmagórico como una niebla heladora en el cuello.

—Enviaré en tu busca cuando regrese y nos encontraremos aquí. Después partiremos a Mantua —dijo Romeo.

Turbada por la idea de casarse en aquella cripta, Rosalina tardaba en expresar su felicidad, y Romeo se incorporó, decepcionado por su silencio.

—No pareces muy feliz con la noticia. ¿Es por Teobaldo? ¿U otro hombre? —Hizo una pausa y, con la voz llena de consternación, añadió—: Engañas a tu padre, de modo que tal vez me engañes a mí.

—Le engaño al amarte. ¿Cómo puedes decir tal cosa? Mi alma está partida en dos.

—Y yo he desatado la mía para entregártela.

Rosalina no entendía cómo Romeo podía seguir dudando de su devoción por él.

—¿De qué otro modo puedo demostrarte mi amor, dulce Romeo? Me he entregado a ti, te he entregado mi honor.

—Te creo, dulce dama —dijo Romeo, acariciando su mejilla.

La campana de la basílica empezó a dar la hora y Rosalina cayó en la cuenta de que debía apurarse. Caterina estaría buscándola y la regañaría seriamente si llegaba tarde.

—¡Solo un instante más! Este beso… —Romeo posó un suave beso en sus labios—. Para nosotros, no puede

131

haber más ceremonia de compromiso que esta, amor mío —susurró—. No podemos festejar y bailar entre invitados, colmados de lágrimas de dicha. Tendremos que celebrarlo los dos. —Se llevó la mano al jubón y cogió una granada—. Ya que no llevas granadas para atraer la buena suerte bordadas en el vestido, he traído esta para nuestra fiesta de compromiso.

Rosalina sintió su amor en carne viva de nuevo. Romeo cortó la fruta por la mitad con su navaja, revelando sus semillas rojas y húmedas, y se las dio a Rosalina con los dedos. Sabían dulces y amargas a la vez, estallando en su lengua, tiñendo sus dientes de púrpura y rojo.

La única testigo de su ceremonia de compromiso era la estatua de mármol de la joven Montesco difunta. Ella no los traicionaría. Rosalina se cubrió con el velo de doncella, volvió a mirar a la efigie de mármol y por un instante no le gustó abandonarla allí, rodeada de reliquias, moho y las sombras de las antorchas lamiendo los muros.

Tenía los dedos teñidos de rojo de la granada, y al mirar a la muchacha dormida, helada sobre su almohada de piedra, el blanco inmaculado de los labios de la joven le pareció ensangrentado por el zumo de granada, como si la estatua se estuviera transformando en la misma Perséfone, que, al comer las semillas de esa fruta, se vio obligada a convertirse en la esposa de Hades. De pronto, Rosalina sintió un deseo espantoso de salir corriendo de aquel lugar frío y húmedo, antes de verse atrapada en la oscuridad con los muertos de los Montesco.

Aquella noche, Rosalina esperó a que su amor viniera a por ella. Aguzó el oído, jadeando esperanzada. Nunca había venido tan tarde, pero, tal vez, esta noche sí lo haría. Aquello no era el gallo, solo un búho ululando. Aún había tiempo. Pero ¿y si estaba preso? ¿Y si le habían herido y ahora yacía ensangrentado, esperando a que Rosalina acudiera a su lado, sin que ella lo supiera? O tal vez le había agraviado y por eso no venía. Las lágrimas le escocían en los ojos, pero no querían caer. Se sentía ardiendo de anhelo y era incapaz de dormir. Antes de conocer a Romeo, nadie la había *visto*. Para ellos, solo era una cría impertinente. Un gasto y un lastre para el nombre de su familia, que debía ser encerrada antes de causar una deshonra.

Sin embargo, ni ella misma podía creer que eso fuera del todo cierto. Teobaldo era su amigo más fiel. Se había ofrecido a liberarla de los confines de su futuro. Su amor era distinto al de Romeo, pero era amor: más maduro, más tierno y fruto de la amistad, no de la pasión. Intranquila, trató de apartar la mente de Teobaldo. No quería pensar en él y su silencio cuando declinó su proposición de matrimonio.

De pronto, la ventana se abrió de par en par, un pie apareció sobre el suelo de madera, ¡y allí estaba Romeo! «Oh, las estrellas brillan con más fuerza en el cielo hoy». Prácticamente mareada de gratitud por su presencia, Rosalina le cubrió de besos, algo cohibida por estar tan hambrienta de él.

—¿Ha vuelto ya el cura? Cuánto has tardado…

Romeo sonrió.

—Dije tres días, pequeña. El amor te vuelve impaciente, pero hay muchos muertos. En cuanto llegue, mandaré a buscarte.

Rosalina ansiaba marcharse de aquel lugar. El funesto convento acechaba sus pensamientos. Solo le quedaban siete noches. Sin embargo, Romeo empezó a distraerla con sus labios mientras le quitaba una prenda tras otra. La hizo jurar su devoción, y ella, temblando, obedeció. Romeo gozaba oyendo lo mucho que le amaba, de mil maneras distintas.

133

—Mi pasión es más ardiente que el sol, más implacable. Eres más bello que la primera mañana de junio.

Y Rosalina también disfrutaba de aquel juego. Aunque no encontrase las palabras con tanta facilidad y rapidez como él, sabía que Romeo siempre la amaría, sin titubear. Por supuesto que sí. '

Más tarde, Rosalina se encontraba desnuda sobre la cama, con las rodillas dobladas bajo la barbilla. Aún sentía a Romeo rezumando entre sus piernas, denso y grumoso como las huevas de rana. Ni Abelardo en su pasión por Eloísa ni Dante en su fervor por Beatriz mencionaban las huevas de rana, ni que después de amar, cuando yacían desnudos, en lugar de sentir una unión arrobada y perfecta, una se sentía sola, abandonada a sus propios pensamientos, pensando más en la muerte que en el amor. Romeo insistía en hablar de sus sentimientos, y quería oírla describir su pasión y devoción hacia él, pero, a veces, Rosalina tenía la sensación de que no escuchaba su parecer sobre nada que no fuera su relación. Su mundo eran solo ellos dos. Nada más le importaba. Ella disfrutaba de la devoción de Romeo y si, por un instante, deseaba algo más, culpaba a los poetas por no haberla preparado bien para amar. Además, suponía, si el amor de Dante por Beatriz seguía siendo perfecto sería porque no había llegado a consumarse. Dante la seguía por la calle, respirando su aire y admirando cómo la luz del sol salpicaba su piel, pero no quedaba claro si el poeta había llegado a hablarle, ni mucho menos si había acariciado sus muslos.

Rosalina y Romeo yacían juntos, compartiendo el licor de la petaca de Romeo. Era meloso y fuerte, desataba un remolino de luz en su cabeza. Cuando bebía, ya no se sentía como una niña mujer. La llama de la vela empezó a chisporrotear y ella siguió con el dedo sus sombras sobre el estómago de Romeo, haciendo que se le erizara el vello en los brazos y el pecho como diminutos legionarios. Se le escapó una risilla, maravillada ante su propio poder y por la belleza de él. Su piel era tan suave y perfecta como el fruto de una nuez, y parecía pálida al lado de la suya. Romeo hizo un sonido gutural de deseo con la garganta, y ella volvió a reír.

Se oyó un ruido fuera de la alcoba y Rosalina se dio cuenta consternada de que, sumidos en los efectos del licor y el placer, habían olvidado ser sigilosos.

—¿Quién anda ahí? —susurró Romeo, incorporándose al instante, con la verga encogiéndose.

Rosalina sacudió la cabeza y se agarró a él. Él echó mano debajo de la cama buscando su espada, pero no la encontraba.

La puerta se abrió.

—¿Qué es esto? —dijo una voz, y entre las sombras apareció el rostro de Caterina, iluminado por un candelabro, con los ojos abiertos como platos, de miedo y preocupación.

135

Rosalina saltó de la cama y cerró rápidamente la puerta detrás de ella, encerrándola en su alcoba. La sirvienta se quedó mirando a los amantes, consternada, y entonces se volvió de espaldas mientras estos se vestían torpemente y mal.

Rosalina suplicó compasión.

—Caterina, no despiertes a mi padre. Amo a Romeo. Vamos a casarnos dentro de unos días. Por favor, no me traiciones. Te lo ruego. Él es un Montesco y ya sabes que su nombre significa la muerte en esta casa.

Caterina los contempló horrorizada, agitando la mano para cubrirse la boca, a punto de llorar.

—Oh, Rosalina, pero ¿qué has hecho?

Romeo dio un paso adelante, sacudiéndose el miedo como si fueran gotas de agua. Hablaba suavemente, pero con determinación:

—Os lo ruego, señora. Que me maten si es necesario,

pero no permitáis que me aparten de Rosalina. Ella no merece que la encierren. Solo quiero liberarla con mi amor.

—¿Y el matrimonio? —preguntó Caterina, con voz inquisidora.

—En cuanto regrese a San Pedro mi buen amigo el fraile. Mañana mismo, espero.

—No, no me vais a convencer. Es demasiado joven para casarse. Aún no ha cumplido dieciséis años. —Caterina apartó la vista como si no quisiera mirarle a la cara, como si la belleza irreal de su rostro pudiera debilitar su determinación. Su voz empezaba a quebrarse—. Señor, ya tenéis una edad para saberlo; si de verdad la amáis, deberíais haber esperado doce meses, al menos.

Romeo agachó la cabeza, arrepentido.

—Señora, decís la verdad. Yo no le haría daño. El amor lo cegó todo salvo a su belleza y mi propia impaciencia. Ella es un ángel que me ama, y yo me siento bendecido. Si debo morir, sea: moriré feliz y rico en las joyas de su amor.

—¡Oh, seductor redomado! —El gesto de Caterina se retorció de repugnancia, y volvió a apartar la mirada, asqueada—. ¡Qué bello habláis! Y también vos sois bello. Ya veo cómo se ha obrado todo esto. —Caterina se apoyó contra la pared, con la cara hundida entre las manos, desolada—. No debí dejarte ir al baile de máscaras, Rosalina. ¿Qué he hecho?

Rosalina corrió hacia su sirvienta y la rodeó con sus brazos.

—Es verdad, Caterina. Yo he entregado mi amor a Romeo con toda libertad. ¡Y no puedo, no quiero vivir sin él!

—¡Calla! Eres una niña y no sabes lo que dices.

—No soy una niña y sé que Cupido ciega con su flecha. El amor no ve límites en la edad del amante ni en su nombre ni en el tiempo. Cuando vi a Romeo, nos amamos al instante.

—Es cierto, buena señora. En cuanto vi a este ángel de luz, esta mensajera alada, la amé.

Caterina rebufó.

—Pues tal vez sea amor al fin y al cabo, si crees que esta niña testaruda, este bonito lastre, es un ángel.

Rosalina seguía mirándola, turbada. Los ojos de Caterina iban de uno al otro. Romeo negó con la cabeza.

—Estoy hechizado. No descansaré hasta que sea mía y nos hayamos desposado. Le juro, señora, que seré un buen marido, un marido fiel.

Caterina fue a sentarse en un taburete de madera. Miró las sábanas arrugadas sobre la cama y apartó los ojos, abatida. Rosalina jamás la había visto tan vieja, tan arrugada por la preocupación. Su corazón se encogió de ternura y miedo. Cogió la petaca de Romeo y se la tendió a Caterina, que le dio un trago.

—Será mi deber y el honor de mi vida hacerla feliz —continuó Romeo—. Mi único cometido será ser digno de la hija de su difunta amiga, señora.

Caterina parpadeó sin decir nada. Parecía vacilar, pero Rosalina no sabía si bastaría con eso. Incapaz de soportarlo más, dijo:

—¿Se lo contarás a mi padre? Si lo haces, Romeo morirá y tú le habrás matado.

—Calla, Rosalina, amor mío —dijo Romeo, tranquilizándola. Volvió a centrar su atención en Caterina—. Vendréis a vivir con nosotros, buena Caterina. Mas no como sirvienta. Veo el aprecio que os tiene Rosalina, y sé lo mucho que ha perdido. Así pues, seréis como una madre para ella, yo cuidaré de ambas.

Se arrodilló delante de ella y le besó una mano, alzando la vista con una mirada firme en sus ojos oscuros.

Caterina no dijo nada y entonces, por fin, asintió, y Rosalina comprendió aliviada que ella también había sucumbido a los encantos de Romeo.

Ƴ

Caterina dejó que los amantes se despidieran. Rosalina estaba rebosante de felicidad ante la idea de tener una amiga con quien compartir su dicha. Así su relación era más trascendente, era más que un placer imaginado.

Romeo se rio al ver su expresión.

—Hasta mañana, dulce Rosalina.

Se inclinó hacia ella y cogió su barbilla con una mano. Al hacerlo, Rosalina vio un destello verde colgando de su manga, brillante como la hierba en primavera. Era un grueso colgante de esmeralda, con forma ovalada y engastado en oro. Al instante supo que era el suyo.

Sus entrañas se retorcieron, plagadas de serpientes.

—Eso es mío. Era de mi madre.

Romeo le sonrió, confundido.

—Sí, amor mío. Me lo diste como prenda de tu amor. —Se volvió a reír—. ¡Ya veo que estamos jugando!

Rosalina sacudió la cabeza.

—Yo no te lo di.

—Claro que sí. Te pedí una prenda de tu afecto y me diste esto. Es bellísimo y te amo por ello.

Rosalina seguía mirándole intrigada, con el corazón latiendo desbocado. Ella no se lo había dado. ¿O tal vez sí? Ahora recordaba que él le pidió algún regalo, pero no habérselo dado. ¿Tenía razón Romeo? ¿Se le había olvidado? Pero ella no le habría dado el colgante y luego olvidado haberlo hecho, ¿no? La duda le corroía.

Romeo la observaba, con las facciones tensas de la desilusión. Se metió la mano en la manga y arrancó el colgante de su enganche para devolvérselo. Ya no estaba sonriendo. Su expresión se había llenado de rencor y amargura.

—Toma. Aquí lo tienes. No necesito más joya que tu afecto.

Rosalina quería cogerlo. Sus dedos le pedían agarrar el colgante. Ya podía sentir su peso en la palma de la mano. Pero él frunció el ceño y, en ese momento, comprendió que no podía hacerlo. Eso significaría perder a su Romeo.

Tragó saliva y sacudió la cabeza, sonriendo. Los dientes le dolían.

—Quédatelo. Como prueba de mi amor. Hasta que nos casemos.

El rostro de Romeo se transformó, sus rasgos se tornaron otra vez radiantes como el verano; la tormenta había pasado.

—Vuelve a engancharlo en mi manga.

Así lo hizo Rosalina, con unos dedos temblorosos que en realidad ansiaban recuperarlo. Amaba a Romeo. Seguro que había sido una equivocación.

6

Estoy enamorado

*R*osalina encontró a Julieta malhumorada, con los ojos enrojecidos de tanto llorar. Había discutido con su madre. No quería hablar de la riña, pero tenía una marca roja en la mejilla, una estrella carmesí de cinco dedos que apenas empezaba a desaparecer. El ama tenía dolor de cabeza y no estaba presente en ese momento para apaciguar la disputa; de hecho, seguía en su alcoba con una cataplasma pegada a la frente. Rosalina intentó distraer y calmar a Julieta, pero esta estaba agazapada junto a su cama, con las rodillas dobladas bajo la barbilla, negándose a moverse.

—Venga, vayamos afuera. Sentémonos un rato bajo los manzanos. Te leeré.

—No quiero libros.

—Pues cantaré o tocaré el laúd.

—No quiero música.

Rosalina sintió la culpa pinchándole con sus dedos dentados: debería haber llegado antes. Así tal vez no se habría producido la pelea. Sin embargo, su mente seguía distraída por el anhelo de Romeo. El calor de sus brazos.

El sol de su mirada. La forma en que su voz ardía dichosa cuando ella le complacía. Cuando no estaba con él, se sentía como una flor de azafrán que cierra sus pétalos bajo la fría mirada de la luna. A veces pensaba que, de no haberse fijado en ella Romeo, tal vez habría desaparecido de este mundo, como Eco, la ninfa despreciada por Narciso.

En ese momento pensó en la robusta esmeralda, con su exuberante brillo, enganchada a la manga de Romeo.

De debajo de las faldas, sacó la petaca que Romeo se había dejado olvidada en su alcoba. Le dio un codacito a Julieta, que se cruzó de brazos mordiéndose el labio inferior. Aquello distraería y alegraría a su prima.

—Vayamos al manzano a beber un poco de esto —dijo Rosalina, mostrándole la petaca—. Olvidaremos nuestras penas. Nada nos parecerá tan grave que no pueda enmendarse. Es como dar sorbitos de sol.

Julieta sonrió con picardía y cogió la petaca, para mirarla.

—¿Es de Valencio?

—No.

—¿De Teobaldo?

—No. No preguntes; tú ven.

Rosalina la cogió por el brazo y las dos bajaron las escaleras, agarrándose y riendo, tratando de que no las sorprendieran saliendo a la luz moteada de la tarde. Se sentaron en la cuna del manzano y empezaron a pasarse la petaca. Julieta dio un sorbo y escupió. Una lenta sonrisa inundó su rostro. Le devolvió la petaca a Rosalina, que bebió y rio. El líquido estaba fresco y dulce, sabía a los besos de Romeo.

—¿Tú crees que amarás algún día, Julieta?

—Desde luego, no será al hombre que elija mi madre —contestó Julieta, con furiosa terquedad en su voz.

Rosalina no insistió. Era una delicia estar a la sombra tan letárgica. Las hojas giraban y bailaban sobre sus cabezas. Julieta intentó coger una y, al alcanzarla, se cayó del asiento, provocando tal ataque de risa en Rosalina que crujieron las costuras de su corpiño.

La petaca no tardó en vaciarse. Julieta se volvió a sentar junto a Rosalina y se estiró.

—Dime la verdad, prima… ¿Alguna vez has besado a un hombre? —preguntó.

Rosalina negó con la cabeza, sonriendo.

—No puedo contestar. Olvidas que voy a ser monja.

—Oh, guasona, aún no has jurado los votos.

—No pienso contestar. Prefiero darte una prenda.

—Entonces, la respuesta es sí. Pero, si no me vas a decir quién es, no tiene gracia. Yo creo que debe de ser Teobaldo. Es apuesto. Aunque su barba no es bella.

—¿Qué hay de malo en su barba?

—Es demasiado fina y la forma no es bonita, pero el hecho de que te guste demuestra que eres parcial. Sí, creo que has besado a Teobaldo.

142

A pesar de las vueltas que daban las hojas del manzano sobre su cabeza y el movimiento de la hierba a sus pies, Rosalina no estaba dispuesta a caer en el juego de Julieta. Si negaba que era Teobaldo, estaría admitiendo la posibilidad de que fuera otro. Julieta se inclinó hacia delante, ansiosa porque confesara. Rosalina sacudió la cabeza: no se lo diría. Su prima hizo un mohín de frustración y Rosalina suspiró; Teobaldo le había pedido en matrimonio y a Julieta le encantaría que hubiera aceptado. Habría sido un secreto feliz, un tesoro compartido entre amigas. Su ilícito compromiso con Romeo le producía tanta tristeza como dicha.

Julieta le dio un codazo, impaciente.

—La prenda, prima —dijo Rosalina.

Julieta suspiró. Se quedó callada mientras lo pensaba.

—Desnúdate y da tres vueltas al huerto.

Rosalina soltó un grito.

—Puede que me vean, y si lo hacen, ¡me castigarán!

Julieta se encogió de hombros y bostezó, revelando el interior de su boca, blanda y rosada como la de una serpiente.

—Por eso se llama prenda.

Balbuceando su descontento, Rosalina se desabrochó el vestido, se quitó las enaguas y las pantuflas y empezó a correr por el huerto. Por un momento sintió una enorme vergüenza, temiendo que alguien la viera: los sirvientes, su tía o, incluso peor, su tío, el señor Capuleto, y se metió entre los árboles, nerviosa y abochornada. Entonces vio que las sombras dibujaban las hojas en movimiento sobre su piel desnuda y notó que la hierba allí estaba húmeda y mullida. Jadeando y acalorada, se detuvo, sintiendo el placer del calor del sol sobre la espalda y en otras partes que jamás habían tocado. Estaba mareada por el aguamiel y las carreras, y hacía demasiado calor. Se levantó y arrastró la punta del pie por el suelo, observando el lustroso caparazón de un escarabajo, del color de la caoba encerada, mientras subía un montículo de excrementos.

En ese instante tomó la decisión de quitarse toda vergüenza, como si de una capa se tratara; era agradable estar desnuda en el huerto, entre los capullos de manzanas y el zumbido de las abejas.

—¿Prima?

Rosalina miró a su espalda y vio a Teobaldo al límite de los árboles, con gesto desconcertado. Se rio de él. Era un manojo de vergüenza e intensa curiosidad, consciente de que debería apartar la mirada, pero incapaz de hacerlo. Con el rumor del hidromiel zumbando en su cabeza, Rosalina le dio la espalda y volvió a mirar al escarabajo, fingiendo ignorarle. Seguía notando su mirada, pero no quería esconderse. Con Romeo había aprendido el poder que tenía su desnudo.

143

Teobaldo estaba esperando a que se cubriera y, al ver que no lo hacía, corrió hacia ella, lanzándole su capa sobre los hombros. Ella se revolvió para quitársela y empezó a bailar, desnuda y con paso inestable. Le hizo una reverencia, riendo, danzando una zarabanda con burlona solemnidad, al son de una música inaudible.

—¿No te unes, primo? —preguntó—. El domingo celebra un baile nuestro tío, solo quiero practicar algunos pasos.

—Prima, ¿qué locura es esta? ¿Te ha afectado el sol? —dijo negando con la cabeza mientras se acercaba.

—Será mi último baile Capuleto. Me gustaría disfrutarlo y bailar lo mejor que pueda.

—Prima. Rosalina. Te lo ruego, detente.

Rosalina le ignoró y siguió bailando a su alrededor, fuera de su alcance, hasta que Teobaldo empezó a reír también por la absurda situación, uniéndose a ella, tocando la punta de los dedos con los suyos. Julieta aplaudía y vitoreaba.

Mientras reía, nublada por el hidromiel, Rosalina pensó en lo mucho que se reía con Teobaldo.

Intentó recordar momentos de risa con Romeo. No había ninguno.

—¡Qué bella pareja! —exclamó Julieta.

—Gracias —contestó Rosalina—. Usted, caballero, va demasiado vestido para la ocasión —dijo.

—No, Rosalina. Me has capturado en tu danza, pero no soy un capón y conservaré mi capa.

Tambaleándose por el vino, Rosalina pensó que aquello era lo más gracioso que había oído y tropezó. Teobaldo, preocupado porque la broma se hubiera prolongado demasiado, aprovechó la oportunidad para cubrir los hombros de Rosalina con su capa.

—Apestas a licor. Ven, antes de que los sirvientes o la tía te vean.

Julieta avanzaba lentamente hacia ellos, dibujando

una línea serpenteante a través del huerto y parando a apoyarse contra un árbol.

Teobaldo chasqueó la lengua, enojado.

—¿Tú también, pequeña? —Buscó con la mirada la ropa de Rosalina y, al verla en el hueco del manzano, fue corriendo a recogerla y se la arrojó amontonada—. Quedaos aquí las dos. Dame esa petaca. Y tú, prima, tienes que vestirte rápido: viene gente y ya están cerca. —Le dio la espalda y siguió regañándola—: Rosalina, esto ha sido cosa tuya. Si os ven, os azotarán a las dos.

Temiendo que tuviera razón, Rosalina empezó a vestirse con la ayuda de Julieta, que, tras varios intentos, logró abrocharle los botones, aunque la mitad de ellos en el ojal equivocado.

—¿De dónde habéis sacado el hidromiel? —preguntó Teobaldo con tono inquisidor.

—Rosalina —contestó Julieta.

—De la petaca —respondió Rosalina, con picardía.

—¿Por qué? —preguntó él, irritado, comprendiendo que no iba a conseguir una respuesta digna de aquellas dos borrachinas.

—Estaba triste. Y ella me ha dado la poca alegría que tiene —dijo Julieta.

—La auténtica alegría no se encuentra en una petaca —dijo Teobaldo, sacudiendo la cabeza—. Quedémonos un rato aquí fuera hasta que estéis en condiciones de volver a entrar en casa.

Los tres se sentaron en la hondonada bajo la conspiración de manzanos, donde nadie les veía. Julieta desapareció un momento para vomitar entre la hierba alta, y volvió con ellos.

—Lo siento —dijo Rosalina, arrepentida—. Teobaldo tiene razón. No debería haberte permitido beber. ¿Cómo te encuentras? Es todo culpa mía.

Julieta sonrió cerrando los ojos.

—Sí que lo es, prima, y me alegro. Estoy harta de que me mimen.

Rosalina agradeció su perdón, aunque no estaba segura de merecerlo. Trató de levantarse y casi se cae, pero Teobaldo la agarró por el brazo, sujetándola. Ella le fulminó con la mirada.

—No te burles de mí —dijo.

—No me atrevería —contestó él, sonriendo.

Julieta se acercó a cuatro patas hasta Rosalina y apoyó la cabeza en su regazo. Ella le acarició el pelo, alisando sus rubios rizos. Los tres se quedaron en silencio unos minutos, escuchando al viento peinar la hierba y a los sirvientes llamándose entre ellos dentro de la casa. Los ojos de Julieta empezaron a cerrarse lentamente y adoptó una expresión de absoluta serenidad, como si no fuera de este mundo. Algo en la palidez de su piel y su perfecta quietud le recordó a la doncella Montesco de la cripta. A pesar del calor de la tarde, se estremeció.

Rosalina se volvió a Teobaldo y con un susurro le dijo:

—Quiero saber sobre la enemistad con los Montesco.

Teobaldo frunció el ceño.

—¿Por qué?

—Porque me interesa en esta tarde calurosa. He oído que una doncella Capuleto y un Montesco se iban a casar, pero él la abandonó para tomar los votos. ¿Eligió a Dios en vez del amor?

Teobaldo soltó una carcajada grave.

—Es una manera demasiado suave, demasiado poética de verlo.

—¿Por?

Él se incorporó sobre un codo.

—Estaban comprometidos. Pero entonces, al novio Montesco le surgió la oportunidad de convertirse en cardenal. No fue el amor a Dios, sino al poder, lo que le hizo abandonarla.

—¿Y así empezó la enemistad?

—Los Capuleto se indignaron. Y menos de un mes después de ser ordenado, el cardenal Montesco murió. Corrieron rumores de que le habían envenenado. Que había sido obra de los Capuleto.

—¿Le envenenamos nosotros? Seguro que lo merecía.

Teobaldo soltó una risilla, sacudiendo la cabeza.

—En verdad, no lo sé. Hace mucho tiempo de aquello. No sé si hay alguien vivo que sepa lo que ocurrió realmente.

Rosalina se quedó mirándole fijamente.

—¿Y qué fue de la joven Capuleto?

Teobaldo bostezó.

—No importa.

—¿Cómo puedes decir tal cosa?

Viendo la indignación de Rosalina, Teobaldo levantó ambas manos.

—Los hay que dicen que se casó con otro. O que murió de desamor. O que se hizo monja.

—Esas son todas las posibilidades —dijo Rosalina, molesta—. No elegir un final para ella es como decir que no importa.

Julieta abrió los ojos.

—Yo creo que fue ella quien le envenenó —dijo, suavemente—. Buscó venganza.

Teobaldo y Rosalina regresaron andando a casa de su padre. Sin Julieta a su lado, estaban incómodos, como si la vieja espontaneidad se hubiera visto empalidecida y mellada. Teobaldo estaba enfurruñado y caminaba tan deprisa que Rosalina iba sin aliento tratando de seguirle el paso, pero no estaba dispuesta a rogarle que fuera más despacio. Le dolía mucho la cabeza y tenía la boca seca y con un sabor asqueroso.

Al llegar a la puerta de la casa, se volvió hacia ella por fin y dijo, con voz profundamente herida:

—Tan infeliz eres que robas bebida y haces que tu prima y tú acabéis indispuestas, pero no consideras fugarte conmigo para evitar tu destino. ¿Tan repulsivo te resulto, Rosalina?

Tenía el rostro retorcido de dolor. Profundamente avergonzada, Rosalina intentó coger su brazo, pero ya había desaparecido entre los transeúntes.

Rosalina soltó un rugido y golpeó la puerta de metal haciendo que traqueteara cual dientes flojos.

No soportaba mentir a sus amigos. Y, sin embargo, sabía que, si supieran que amaba a un Montesco, la verdad sería peor que la mentira. Su matrimonio sería como la muerte para ellos. Le prohibirían ver a Julieta o a Livia y los niños. Ningún Capuleto la nombraría, a no ser que fuera como advertencia para otras jóvenes rebeldes. Teobaldo la odiaría como a una enemiga.

Sin embargo, ¿acaso no era ya su enemiga, por mentirle y engañarle?

Rosalina se apoyó contra el fresco muro, sintiendo la rugosidad de la piedra bajo las yemas de los dedos, y por un instante se quedó sin respiración. ¿Qué había hecho?

Rosalina deseó por unas horas que Romeo no acudiera a verla esa noche. ¿Cómo iba a renunciar a Teobaldo? Solo pensar en cómo la lloraría, cómo la despreciaría, le producía calambres en el estómago. ¿Y Julieta? A ella también la quería. Pero el mundo no tenía color sin Romeo. Todo se volvía ceniza cuando él no estaba. No podía estar sin él. Por eso, cuando oyó sus pasos sobre el suelo de su alcoba, saltó de la cama y se arrojó a sus brazos para cubrirle de besos mientras él se reía y la acariciaba.

Todas las dudas, y todos los demás, cayeron en el olvido. No había nadie más. Solo Rosalina y Romeo.

Se tumbaron sobre la cama. Él acarició el hueco de su espalda, la peca de su mejilla.

—Una vez casados, deberemos fugarnos al instante. El odio que hay entre nuestras familias no permitirá que sea de otro modo.

Rosalina tragó saliva. Las lágrimas que había olvidado volvieron a surgir como una marea de primavera. Imaginó a Teobaldo y a Julieta observándola, mudos de rencor ante su traición.

«Os quiero —pensó—. A vosotros también os quiero.

»—Y, sin embargo, yaces con un Montesco —decía Teobaldo.

»—Y nos abandonas por él —añadía Julieta».

Parpadeó, con los ojos llenos de lágrimas, mientras la visión de sus amigos se iba disipando. Romeo seguía hablando a su lado, y tardó unos momentos en volver a centrar su atención en él.

—No puedo pedir a mi padre la tradicional *contra donora* nupcial —dijo Romeo—. Y tú no recibirás dote. Ambos seremos expulsados de nuestras casas.

Romeo vio la expresión en su rostro y, sonriendo, pasó las yemas de los dedos sobre su esternón.

—No sufras, pequeña. Seremos libres. Los dos, embriagados de dicha y esperanza. ¿Qué más necesitamos de este tumultuoso mundo?

—Nada —contestó Rosalina, tratando de sonreír, deseando que fuera cierto.

—Mas… —añadió Romeo, besando una línea que iba del lóbulo de su oreja hasta la rugosa piel de su pezón—, si pudieras hacerte con los ducados que tu padre iba a entregar al convento a cambio de tu ingreso, nuestras vidas en Mantua serían más fáciles con algo de dinero.

Rosalina le miró horrorizada.

—¿Quieres que robe a mi padre?

Romeo se rio, como asombrado de que Rosalina fuese capaz de plantearse robar.

—No. Ese dinero es tuyo, pequeña. Él iba a dárselo al convento como pago para la manutención. Pero, puesto que no vas a estar allí, no lo necesitarán. Y tampoco les pertenece. Es tuyo.

—Es de mi padre —dijo ella, con un hilo de voz que apenas llegaba a un susurro, porque no le gustaba contradecirle.

—Es tu dote. O debería serlo. Una belleza como la tuya no debería ocultarse en un convento. Es una crueldad para el mundo.

Rosalina frunció el ceño y se enroscó un mechón de pelo en el dedo.

Romeo le besó la nariz.

—Apenas tiene importancia. Piénsalo —dijo— como un pequeño gesto para facilitar nuestro camino a Mantua. Y si decides tomar... prestados... esos ducados, envíamelos y yo los guardaré a buen recaudo. Mándamelos con Caterina.

Rosalina no contestó. No estaba dispuesta a hacerlo. De ninguna manera. La rabia zumbaba bajo su piel como un enjambre de abejas. ¿Cómo podía planteárselo siquiera? Sin embargo, él no lo consideraba un robo. Su discurso era muy razonado. Pero, entonces, ¿por qué le repelía la simple idea de hacerlo? *No* lo haría... Aunque luego pensó en la expresión de gratitud y amor de Romeo si lo hacía. Además, se suponía que ese dinero estaba destinado a su asignación como monja en el convento. ¿Podía robar algo que ya era suyo?

Ahora bien, si finalmente hacía lo que le decía Romeo, nunca le enviaría los ducados a través de Caterina, porque si la sorprendían robando a su señor, moriría. ¿Sabía eso Romeo? Seguro que no, de lo contrario, el buen y dulce Romeo jamás lo habría sugerido.

ϒ

A la mañana siguiente, cuando Caterina vino a despertarla, Romeo ya se había ido.

Rosalina estaba desolada. Dejó que la vistiera y bajó la escalera, deteniéndose en cada peldaño mientras Caterina le iba señalando objetos de la casa.

—La alfombra con agujeros de polilla. O ese trofeo de caza con la cornamenta de ciervo. A tu madre nunca le gustaron, de modo que tu padre ha decidido que a él tampoco, por valiosos que sean. ¿Y este paño morisco? —le preguntó—. Tienes que escoger, niña, lo ha dicho tu padre. Serán enviados por delante al convento, para que preparen tu celda para tu llegada.

—Me da igual —contestó Rosalina—. No lo hace por mi comodidad, sino por su reputación. Debe parecer que Masetto Capuleto dota decentemente a su hija. Y sabes tan bien como yo que no pienso ir. Estaré en Mantua con mi amor.

Caterina se quedó pensándolo.

—Muy bien. Pero debemos fingir que eliges. —Hizo una pausa y sonrió—. Tal vez, si Romeo encuentra la manera de hacerlo, estas cosas podrían decorar vuestro nuevo hogar.

Rosalina negó rotundamente con la cabeza.

—No las quiero.

—Como prefieras. Pero debes elegir una o dos, o tu padre se disgustará.

Rosalina sabía que le convenía escuchar su advertencia.

Caterina la dejó para volver con el sinfín de tareas en la cocina mientras Rosalina se entretenía por la casa. Si pudiera elegir, ¿se llevaría algo consigo para su nueva vida? ¿Aquel cuadro de la Madonna petulante? ¿El estrado tallado donde su madre solía dormir la siesta por la

151

tarde con un montón de cojines? No, ni siquiera eso. Ella prefería ser como un polluelo recién nacido, deshacerse de todo aquello de lo que provenía y salir desnuda a aquella nueva existencia. Sin embargo, las palabras de Romeo seguían resonando en su mente. No tendrían dinero en Mantua. Al menos al principio. Ya se sentía como una ladrona recorriendo la casa de su padre. Él era incapaz de quererla, tenía una nuez podrida en vez de corazón, y sin embargo, a pesar del asco y la ira que sentía, no quería robarle enseres ni oro. Ella seguía siendo su hija y, en algún momento, tal vez le quiso.

Bajó la mirada y vio que le temblaban las manos. El placer con Romeo era deslumbrante, pero sus miradas de disgusto y desencanto eran como el frío del invierno. No quería decirle que era incapaz de hacerlo. Tal vez, si cogía solo un poco…, su padre era rico, y no se daría cuenta. Así, una vez instalados en Mantua y cuando Romeo hubiera puesto en marcha sus negocios, podría devolverle los ducados. En ese caso, no sería un robo, sino un préstamo, si bien involuntario.

De cualquier modo, Rosalina no sabía si estaba engañando a su padre, o a sí misma.

Hoy no iría a pasar el día con Julieta para hacer su equipaje. Subió a su alcoba, pero, en lugar de ordenar sus cosas, empezó a deambular por la habitación, mordiéndose las uñas. No quería hacerlo, a pesar de que su padre nunca lo descubriría.

Se tumbó sobre la cama, con las náuseas inundando su estómago como leche cortada. No bajó a comer, ni tocó la bandeja que Caterina le dejó en la puerta de la alcoba.

Aquella tarde, oyó que su padre partía a la ciudad para reunirse con comerciantes, como era costumbre. Tardaría varias horas. Caterina estaría trabajando en la cocina y las dos sirvientas de las letrinas andarían ocupadas con las heces y otras tareas arduas. Rosalina se levantó de la cama, como si estuviera inmersa en un sueño, y bajó sigilosamente a la planta de abajo. Era un fantasma en su propia casa. Hacía calor y todo estaba en silencio. No se oía nada: solo las pisadas del escarabajo del reloj de la muerte en las vigas del techo.

Temiendo que la descubrieran en cualquier momento, Rosalina avanzó por el pasillo de piedra que conducía a la alcoba de su padre. La puerta estaba abierta. Vacilando, puso la mano sobre el pomo. Aún podía dar media vuelta, regresar arriba corriendo y decirle a Romeo que no, que era incapaz de hacerlo, que no lo haría.

Abrió la puerta del todo.

La alcoba estaba ordenada y recién limpia. Las sirvientas habían fregado el suelo con cera de abeja, pero seguía notándose el olor a rancio. Por muchos fuegos que encendieran, aquella habitación siempre estaba húmeda y fría. Vio un poco de moho creciendo en un rincón, verde como una lechuga.

Masetto había dejado el retrato de Emilia sobre su escritorio, y Rosalina podía oír las palabras de reprobación de su madre desde la hoja de papel. Estiró la mano temblorosa y puso el retrato boca abajo para que no presenciara el crimen de su hija y su terrible caída en la maldad.

—Expiaré estos pecados —susurró.

Se agachó a coger la llave del arcón de su padre del lugar donde siempre la guardaba, detrás de uno de los morillos de forja. Era pesada y de hierro, y al principio no giraba en la cerradura. Rosalina se sintió aliviada, pensando que podía decirle a Romeo francamente que lo había intentado, pero la cerradura no abría. Él la perdonaría y la tranquilizaría. Ya encontrarían otro modo de hacerlo. Respiró hondo. Tiró con fuerza para sacarla, pero, esta vez, la cerradura se abrió.

153

Solo había mirado una o dos veces dentro de aquel arcón, hacía ya muchos años, y estaba lleno de oro, oro a montones, de un amarillo narciso que se reflejaba en el rostro cetrino de su padre. Abrió la tapa con el pavor acumulándose en su interior. Pero esta vez no encontró el glorioso esplendor del amarillo narciso. Desde luego, no lo suficiente para llenar un lecho de flores, solo unas míseras cacerolas. ¿Dónde estaba? Masetto debía de tener su oro guardado en alguno de los bancos de la ciudad.

No podía coger mucho, de lo contrario su padre descubriría el robo al instante. Sacó la bolsita que llevaba escondida para su misión y cogió treinta ducados, con la esperanza de dejar suficientes monedas para que no notase las que había tomado prestadas.

Volvió a cerrar el arcón con llave y subió corriendo a su alcoba. Se tumbó sobre la cama con gotas de sudor cubriéndole el labio superior. Cerró los ojos, tratando de quedarse dormida, pero el sueño no venía. Sabía que a Romeo le complacería lo que había hecho y trató de empaparse de su dicha. Porque ella no sentía ninguna.

Rosalina envió un mensaje a su amado a través de Caterina diciéndole que necesitaba verle, pero cuando regresó la sirvienta dijo que Romeo había recibido órdenes de su padre de marchar a la casa de campo, a las afueras de la ciudad. No podría volver a Verona esta noche. En cambio, pedía a Rosalina que se encontraran en el mismo lugar donde se habían conocido.

—El jardín de los Montesco. Pero ¿cómo voy a llegar hasta allí? —preguntó Rosalina, recelosa.

Caterina se tomó unos segundos para pensarlo.

—Mi hermano es mozo en otra casa. Él te llevará y te esperará allí —dijo—. No debemos pedírselo a ningún criado de esta casa. Es demasiado peligroso.

Rosalina accedió a seguir el plan de Caterina, y el miedo y la culpabilidad por lo que acababa de hacer dieron paso al anhelo por ver a Romeo. No confesó su ofensa a Caterina. Era preferible que no lo supiera.

Ya era tarde, y el resto de la casa dormía hacía horas, cuando Rosalina salió en una carreta, oculta bajo unos sacos ligeros que olían a moho y a grano. Los ojos le picaban. Llevaba la bolsa llena de monedas agarrada con fuerza en una mano.

—Ya puede salir, no tardaremos en llegar —dijo el hermano de Caterina—. No hay nadie a la vista.

Aliviada, Rosalina se quitó los sacos de encima y respiró hondo el aire fresco de la noche. Miles de estrellas salpicaban el negro telón del cielo, brillando con tal fuerza y claridad que parecían temblar. La única luz que se veía aparte de ellas provenía de casa de los Montesco, que estaba más y más cerca con cada arreón de los caballos. Esta vez no se veían antorchas encendidas, solo la luz tenue de varias velas en las ventanas.

—Esto es todo lo que puedo acercarme —dijo su acompañante, deteniendo el carro—. La esperaré junto a esos árboles. Tenemos que estar de vuelta en la ciudad antes del amanecer.

Rosalina asintió y se bajó de un salto, quitándose semillas de grano rancio del pelo y las orejas.

Corrió por el camino que conducía al jardín al otro lado de la majestuosa casa. Estaba envuelta en penumbras, bañada únicamente por la escasa luz de la luna menguante que la observaba, medio oculta detrás de los árboles. Sus pies parecían resonar al moverse sobre la gravilla del camino, horadando el silencio. Temía que en cualquier momento saliera a por ella un grupo de sirvientes desde la casa. Entonces, oyó voces y, agachán-

155

dose, se escondió detrás de un seto bajo, con la sangre agolpándose en sus oídos.

Vio a dos hombres enfrascados en una discusión. No la estaban buscando.

—Eres un petimetre y un loco —dijo uno de ellos, con voz profunda y rabiosa.

—No lo soy, mi señor —contestó el otro, que le resultaba familiar.

Rosalina trató de fijarse a través del velo de la oscuridad en las dos figuras que se movían por el porche de la casa. Reconoció a Romeo al instante. Parecía menudo al lado de la corpulenta figura del otro hombre, que era su padre. La luz de la luna se reflejaba en su cabellera cana y se derramaba detrás de su cabeza como si fuera mercurio.

—Serás lo que yo diga que eres. Y digo que eres un loco, un canalla y un bello tunante. Sí, más bello que tu hermana, pobre desgraciada —dijo el señor Montesco, con la voz impregnada de desdén.

—Insisto, no soy nada de eso.

—¿Nada? —dijo rebufando—. Cierto, no eres nada. Y, muchacho, no se puede sacar nada de la nada.

Dicho eso, empujó a Romeo con ambas manos. Para sorpresa de Rosalina, este no opuso resistencia, sino que se tambaleó hacia atrás. Quería moverse, u ocultarse mejor en el jardín, pero estaba paralizada por miedo a que la vieran. Sus pies harían ruido en la gravilla. Sin embargo, quedarse allí, contemplando la discusión, era una intromisión.

El señor Montesco seguía atacando a Romeo, clavándole el dedo índice en el pecho.

—Lástima que seas demasiado mayor para azotarte. Si fueras mi perro o mi hija, te encerraría y te mataría de hambre. Pero al destino le pareció oportuno hacerte mi hijo.

—Yo trato de complaceros…

—¡Pues no lo haces! Te complaces a ti mismo. No me contradigas, o me estarás llamando loco. ¿Me estás llamando loco?

—No, señor.

El señor Montesco murmuró algo que no alcanzó a oír Rosalina y se volvió con desprecio. Siguió recorriendo el porche, antes de decir en voz alta:

—No me gusta ese franciscano, fray Lorenzo. Se está cebando gracias a ti. Deshazte de él.

Al oírlo, Romeo contestó con voz aún más fuerte:

—Vos no elegís a mis amigos, padre.

—No, pero sí cierro el cordón de tu bolsa.

Dicho eso, lo agarró de las orejas y lo arrastró por el porche como si fuera un colegial, mientras Romeo le golpeaba el brazo para soltarse, intentando no herir al anciano, hasta que, finalmente, perdiendo la paciencia y humillado, lo apartó de un empujón, con tanta fuerza que el viejo Montesco se tambaleó y se golpeó contra la balaustrada de piedra.

Cayó al suelo, rugiendo de risa y limpiándose lo que parecía ser sangre de la boca.

—¡Bueno, parece que sí tienes algo dentro! Sabes luchar, no solo beber y babear.

Rosalina quería desaparecer. El padre de Romeo era un tirano, no muy distinto a su propio padre. Sin embargo, a pesar de que compartían eso, sentía que a él no le gustaría que lo viera así.

Instantes después, el viejo se levantó y se perdió en el interior de la casa dando un portazo. Romeo maldijo, murmuró amargamente para sí, y entonces, ante su atenta mirada, atravesó rápidamente el porche hacia el sendero del jardín. Rosalina no se atrevió a llamarle, y lo vio desaparecer a través de la puerta de los ogros.

Salió de su escondite y fue detrás de él. Al llegar a la

altura de los ogros, vaciló un instante y se adentró por la
boca del infierno, hacia el claro de los dioses caídos. Allí la
quietud era absoluta. Se preguntaba dónde habría ido Romeo. Un dragón rugía en la oscuridad mientras un sabue-
so le mordía el flanco y los altos pinos desdibujaban las
estrellas. Proteo, con su máscara de locura, contemplaba
embobado gritando con desesperación infinita, mientras
un poco más allá Venus miraba a la nada.

Rosalina miró a su alrededor en busca de Romeo. En
ese momento, él rodeó su cintura con ambas manos y le
murmuró al oído:

—No temas, amor mío.

Ella lo besó.

—Ven —dijo Romeo, cogiendo sus manos y tirando de
ella—. Vayamos a otro lugar. Un lugar más alegre, tal vez.

Rosalina dejó que se la arrastrara más adentro.

—He visto a tu padre.

Romeo se tensó de pronto.

—No parece un hombre amable ni bueno —dijo Rosalina—. Mi padre tampoco lo es. Era bueno con mi madre,
pero con nadie más.

—Mi padre es un necio, especialmente con mi madre
—contestó bruscamente Romeo—. Y es un necio rico,
acostumbrado a que la gente se arrastre ante él. Yo no
estoy dispuesto a arrastrarme.

Rosalina decidió que no volvería a mencionar al señor
Montesco; la herida era demasiado reciente y aún no había cicatrizado.

La condujo hasta un claro, donde había una especie de
teatro de bancos de hierba rastrillada, con bustos que los
miraban desdeñosamente desde imponentes plintos. A
Rosalina le parecían cabezas de reyes y reinas decapitados.

—En las noches de verano, vienen actores a entrete-
nernos aquí —dijo Romeo—. Pero, hoy, tú y yo somos los
únicos actores sobre este escenario de hierba.

El público de pétreas cabezas cortadas observaba imperiosamente. Romeo había preparado una manta con una cesta de manjares, pero Rosalina no tenía hambre. Aquel lugar, que tanto deleite e intriga le despertaría en otras ocasiones, ahora le producía desasosiego. El olor de los cedros y el ruido de una cascada a lo lejos le hacía recordar el incienso y el goteo constante de la cripta. Pero entonces, Romeo se acercó y la besó, hundiendo sus cálidos dedos en su pelo, y Rosalina volvió a perderse en él. Estando con él, se volvía más ligera que una semilla de diente de león. No había nada más que Romeo. Su aliento con sabor a vino meloso. Solo deseaba quedarse allí, bajo los árboles, besándose y charlando, pero los dedos de Romeo eran pertinaces.

—Hablemos un rato. O cuéntame una historia.

Él sonrió.

—Te contaré la historia de Romeo y su Rosalina.

Se apretó contra ella y Rosalina trató de apartarse, pero no podía. Su cuerpo no respondió como ella quería y se quedó completamente quieto, mientras ella se contemplaba a sí misma desde fuera junto a todas las estatuas que les observaban sin pestañear. Dejó que le desabrochara el vestido y la desnudara sobre la manta. Romeo la cubrió con fuerza y le hizo daño, pero Rosalina no le confesó su disgusto, temiendo que se riera de ella o pensara que era una cría, y fingió un placer que no sentía.

Más tarde, cuando ya estaban envueltos en mantas, bebiendo vino consagrado en copas, Rosalina cogió el saquito de monedas y se las entregó, henchida de orgullo, ansiosa por ver su satisfacción.

—*Signorina!* ¿Lo has hecho? —dijo Romeo, entrelazando sus dedos con los de ella y besándole los nudillos.

Ella asintió, feliz.

La abrazó con tal fuerza que ella cayó de espaldas sobre la manta, derramando el vino.

159

—¡Cómo te amo! —declaró él.

Ella se rio, apartándole. Romeo se incorporó, abrió la bolsita para ver sus contenidos, pero su sonrisa y su buen humor desaparecieron como la luz con el ocaso.

—¿Esto es todo? ¿Treinta ducados?

Rosalina frunció el ceño.

—Había muy poco en el arcón, amor. Si hubiera cogido más, mi padre se habría percatado al instante del robo.

—Eso da igual. Tendrás que intentarlo otra vez.

—¡No! —Su voz sonó fuerte y chirriante en el tranquilo aire de la noche.

Romeo se quedó mirándola, sorprendido por su vehemencia.

—Silencio. Si no quieres hacerlo, no te obligaré. Pero desearía que lo hicieras. Es una auténtica lástima, sufriremos con tan poco en Mantua. Pero si dices que eso todo cuanto puedes hacer, tendré que creerte.

Rosalina sentía las venas llenas de escarabajos recorriéndola. Aunque no estaba enfadada, tampoco era justo. Romeo simplemente no entendía lo mucho que robar había significado para ella.

De pronto se levantó una brisa que agitó los alerces como una lluvia inminente. Las estatuas contemplaban con lástima a Rosalina. Deseó que apartaran la mirada y les dio la espalda. Si aquello era actuar sobre un escenario, no le gustaba, aunque el público estuviera en silencio y sin aplaudir.

—No puedo.

—Toma —dijo Romeo, rellenándole la copa—. Es cierto que mi padre me ha hecho venir a la casa de campo, pero también quería estar aquí contigo, en este jardín, donde vi tu rostro por primera vez. Tengo noticias. Mi viejo amigo, el fraile, regresa a Verona y nos casará esta misma noche.

Ella le miró rebosante de alegría y arrobo, como si el

viento se hubiera llevado cualquier atisbo de duda y de miedo.

—Dentro de un día estaremos en Mantua. Los dos —dijo.

—Y Caterina —añadió Rosalina, aun sabiendo que Romeo no se había olvidado.

—Como quieras. Todo será como desees —dijo él, cogiéndole los dedos.

Y de pronto, todo estaba bien de nuevo. Las estatuas eran benévolas, solamente un extraño sueño, no una pesadilla. Todos aquellos dioses y diosas darían su bendición y su favor a su amor prohibido.

Rosalina iba de nuevo oculta bajo los sacos, de regreso a la ciudad. El novio no estaba satisfecho. Cuando llegaron, era más tarde de lo que esperaba, y ya despuntaba el alba en el cielo. Romeo no la había reprendido, aunque era evidente que tenía miedo. Sin embargo, ella estaba demasiado feliz como para tenerlo. Era como una hoja montada sobre el aire, preparada para perderse en los bosques y unirse a Titania. Todo pensamiento se hacinaba en su mente, todo lo que no fuera Romeo. Estaba nerviosa, era puro hormigueo. El cansancio calaba sus huesos, pero, a pesar del rítmico avance del carro, era incapaz de dormir. ¿Por qué iba a soñar, cuando podía pensar en la perfección de Romeo?

Se encontrarían mañana por la noche, a las once, en la cripta. Y después huirían a Mantua. Él tenía amigos allí.

Ahora no debía pensar en los suyos. En Julieta, en Teobaldo o en Livia. No debía pensar en todo lo que perdería, solo en lo que ganaba. Y, sin embargo, sus rostros se colaban en su deleite, haciéndole derramar alguna que otra lágrima. Amaba a Romeo, pero a ellos también les quería.

Estaba tan cansada que le dolía. Una bandada de gansos grises graznó sobrevolando el carro, con la luz encendiendo sus alas, volviéndolas una bandada de ícaros por un instante.

No podía haber un principio sin un final. Solo esperaba que sus amigos no la odiaran.

—Estamos a las puertas de la ciudad —dijo el mozo—. Debe esconderse, señorita.

Rosalina se cubrió con los sacos, escuchando el latido acelerado de su corazón. El carro no tardó en detenerse y esperó. A través de los agujeros de la tela de arpillera veía que ya casi era de día.

—Venga, aprisa. Por la puerta lateral. Caterina la está esperando.

Rosalina se bajó del carro con la ayuda del mozo, que miraba ansiosamente por encima de su hombro. Las calles estaban totalmente desiertas, aparte de una rata que la observaba desde la alcantarilla. Puso varias monedas en el bolsillo del mozo y, dándole las gracias apresuradamente, bajó por la callejuela adoquinada que corría junto al edificio.

El centinela no estaba en su puesto y solo se veía la figura de una mujer esperándola a media luz. Caterina. Sus nervios se calmaron al instante y soltó una respiración que no sabía que hubiera estado aguantando. Sin embargo, al acercarse, se dio cuenta de que la mujer era más baja que Caterina, y más delgada. De no ser por el evidente bulto de su estómago, habría dicho que era una niña.

Rosalina se detuvo en el sitio y retrocedió.

—Por favor, señora —dijo la muchacha—. Llevo mucho tiempo esperándoos. Os lo ruego, ¡no os vayáis!

Rosalina dudó. Había un tono desesperado en su voz. A pesar de la penumbra, parecía no tener más de once o doce años, aunque tal vez fuera mayor. Su rostro era delgado y pálido. El enorme bulto de su estómago parecía doloroso y poco natural en una muchacha tan joven. Rosalina se acercó, recelosa e insegura.

—No es a mí a quien buscas —dijo—. Puedo llevarte a la cocina. Alguien te conseguirá algo de comer.

La muchacha la miró fijamente. Tenía los mismos ojos grandes y azules que Julieta.

—¿Sois Rosalina Capuleto?

Rosalina asintió.

—Entonces es a vos a quien quiero ver, señora. Vais a casaros con Romeo Montesco. O eso os ha prometido él, ¿me equivoco?

Rosalina se quedó mirándola asombrada. ¿Cómo era posible que aquella cría conociera su secreto?

—Yo servía en casa de los Montesco. Pero no se preocupe: sé cuándo hablar y cuándo callar.

—¿Qué es lo que quieres de mí? ¿Dinero para guardar mi secreto? —preguntó Rosalina, con la voz rasgada por el pánico.

—No —contestó la muchacha, sacudiendo la cabeza con vehemencia—. No temáis, por favor. A mí no. He venido a pediros ayuda. Él y yo… —acarició la enorme protuberancia en su tripa—, bueno, espero un hijo de Romeo Montesco.

Rosalina se encogió contra el muro de piedra de la callejuela.

—No te creo —dijo. La sangre se agolpaba en sus oídos. Intentó apartar a la muchacha y seguir adelante, pero ella se plantó firmemente en su camino y continuó hablando.

—Me dijo que me quería. Oh, señora, me dijo tantas palabras que no eran más que aliento… Que jamás había conocido la belleza hasta que me vio a mí. Que el destino había escrito el momento de encontrarnos. ¿O era Venus? Lo he olvidado. —Soltó una risilla triste—. Qué importa ya. Me juró que nos casaríamos y nos iríamos a Mantua.

Verá, tenía un viejo amigo fraile, que nos iba a casar, y que no se opondría por mi edad o por mi humilde condición. Pero luego no paraba de retrasarlo. El fraile estaba fuera. No podía casar en medio de la fiebre estival. Y entonces vino la peste. Pero verá, buena señora, en verdad, temía que su interés se estuviera marchitando. No le gustó que yo estuviera encinta. Él me prefería cuando era delgada y menuda.

Rosalina se quedó mirándola consternada y asqueada. Cerró los ojos y pestañeó, con la esperanza de que, al abrirlos, la muchacha se hubiera esfumado con el viento, como un hada o un olor apestoso, pero no, allí seguía hablando, profiriendo aquella basura sobre Romeo.

—Me trajo todo tipo de remedios para deshacernos del niño, pero yo no quise tomarlos y se enfadó conmigo. —Sacudió la cabeza—. Yo no quería desembarazarme de él. Esto —volvió a acariciarse el bulto— es un niño. No tengo más familia que a él. Y entonces Romeo os conoció a vos. Se enamoró de vos. Y yo ya no era nada para él. Un despojo. Un plato roto en el montón de mierda de la cocina.

Por fin, Rosalina no pudo aguantarlo más.

—¡Para! ¡No es cierto! ¡Todo lo que dices es mentira! —exclamó, dando una patada contra el suelo y cubriéndose las orejas con las manos. Se negaba a oír una sola palabra más. Tan solo eran rencor y necedades. La muchacha estaba buscando dinero, nada más, en un arranque de crueldad baladí, alimentado por la amargura. Aunque no entendía por qué. Tal vez fuera la belleza de Romeo, que despertaba tamaña locura. Pero no estaba dispuesta a escucharla, no.

La muchacha seguía allí, quieta y pálida, sin moverse, esperando y mirándola con aquellos ojos demasiado azules.

—Lo siento. Veo que le amáis. Yo también le amaba. —Su voz estaba llena de compasión.

¿Cómo se atrevía aquella desgraciada a sentir lástima de ella? Rosalina clavó su mirada en ella, obligándose a no llorar.

—¿Qué quieres de mí?

—Quería miraros. Ver a quién ama ahora. Y advertiros, aunque en el fondo siempre supe que no querríais escucharme. Yo tampoco lo habría hecho. Cuando él nos ama, el mundo está lleno de bondad. Yo estaba sola, sin un solo amigo, y de repente, le tenía a él. Me deseaba, a mí, a este despojo. Es demasiado maravilloso. Como hidromiel en una noche de verano, o esas flores de mazapán que regala.

Rosalina tragó saliva. La muchacha se había documentado bien para armar su mentira. Sentía escalofríos y sofocos a la vez, como si empezara a tener fiebre. Una película de sudor le cubría la frente, como rocío.

Pero la muchacha no se apartaba.

—¿Por qué no te vas? —exclamó Rosalina, exasperada.

Por primera vez, la muchacha pareció incomodarse, y bajó la mirada al suelo.

—Necesito dinero. Cada vez que le veo, me dice que debería morir de vergüenza por mi estado. Pero yo no quiero morir, señorita Rosalina. Yo no me avergüenzo. Si muero dando a luz a este niño, será la voluntad de Dios, y que así sea, pero no pereceré por mi propia voluntad. —Buscó la mano de Rosalina—. ¿Me ayudará?

Rosalina miró su pequeña mano agarrándola, con la piel áspera y en carne viva por el duro trabajo. Fue desprendiendo los dedos, uno por uno.

—No es cierto. Nada de esto lo es. Me niego a creerlo.

La muchacha asintió.

—Yo no soy la primera, ¿sabe? —dijo, pasado un instante.

—¿Lo sabes? —dijo Rosalina con desdén—. ¿O has oído rumores?

165

La muchacha dudó, tragó saliva y Rosalina sintió un leve destello de victoria.

—Rumores —concedió por fin—. Recorrían los tejados como los ratones correteando cuando intentas dormir.

Rosalina se cruzó de brazos, sacudiendo la cabeza. No creería ni una palabra.

—Mantua. Allí es donde se llevó a una de ellas. O eso he oído. Lejos de Verona, para que los rumores no llegaran al príncipe y sus amigos. —Tragó saliva—. Y ella desapareció. Como ceniza en el viento.

—¡Basta! ¡Al diablo! ¡Aléjate de mí!

Al oír eso, la muchacha se hizo a un lado para dejar pasar a Rosalina, pero no sin topar con su enorme y dura tripa.

Rosalina se fue a toda prisa por el callejón sintiendo la mirada de la muchacha sobre sí, temiendo mirar atrás. Cerró con fuerza la puerta del patio, ansiosa por huir de ella. «Tengo que dejarla fuera. Encerrarla con sus mentiras en el callejón». Creía que el pomo de la puerta iba a empezar a girar de repente y la muchacha entraría con su enorme barriga.

Pero todo siguió en calma en el patio. Caterina la esperaba en el otro lado, andando de arriba para abajo, conteniendo la ira.

—¡Llegas tarde! ¿Y ahora haces ruido? Tu padre no tardará en despertar. Nos pones en peligro a todos. Apresúrate.

Confusa y abatida, Rosalina no dijo una sola palabra mientras Caterina la llevaba arriba, de vuelta a la paz de su alcoba. Una vez sentada sobre la cama, la sirvienta empezó a bombardearla con preguntas.

—¿Qué ha pasado? Estás pálida. ¿Os habéis peleado?

—No. Nos casaremos mañana. Está todo bien.

Caterina frunció el ceño y le giró la cara para verla detenidamente.

—Entonces, ¿por qué no estás feliz?

Rosalina dudó. No le dijo nada de la muchacha. Eran

falsedades. No había por qué repetir su calumnia. Había admitido que necesitaba dinero. No era más que una treta. Rosalina volvió a preguntarse qué edad tendría.

Casi con esfuerzo físico, apartó de la mente aquel pensamiento.

—Estoy feliz. Llevo toda la noche despierta, solo estoy cansada.

—Bueno, duerme un poco. Volveré pronto para despertarte. —Caterina le acarició la mejilla y la arropó.

Una vez que se hubo ido, Rosalina se quedó despierta, susurrándose una y otra vez como si fuera un lema: «Mentira, es todo mentira».

Demasiado tarde, comprendió que ni siquiera le había preguntado el nombre a la muchacha.

Rosalina seguía despierta, mordiéndose las uñas. «Mantua». Aquella palabra se había convertido en una oración para ella. El lugar donde Romeo y ella estarían juntos y felices. No le gustaba que aquella joven criada la hubiera mencionado, mancillando su santidad. Era como si hubiera pronunciado un secreto de Rosalina, convirtiéndolo en algo más oscuro. Todo cuanto había dicho era mentira y, sin embargo, Rosalina necesitaba asegurarse.

Si la verdad estaba oculta en Mantua, debía encontrarla.

Se vistió y, en cuanto oyó que su padre se levantaba y bajaba las escaleras, corrió a hablar con él.

Estaba ocupado con sus plegarias matutinas y la miró sorprendido.

—Quiero ir a Mantua. A visitar el convento de Santa Úrsula. Si voy a ingresar allí, me gustaría ver el lugar que ha de ser mi hogar antes de trasladarme a vivir.

Masetto se quedó mirándola unos instantes y finalmente asintió con satisfacción.

—Muy bien. Iremos mañana por la mañana.

—¡No! —Rosalina se obligó a sonreír—. Preferiría ir hoy, si os place, padre. ¿Puedo unirme a vuestras oraciones matutinas?

Su padre volvió a mirarla detenidamente, sin saber si se mofaba, y entonces, viendo que su expresión era sincera, le hizo un gesto para que se acercara, contento.

—Adelante. Mientras oramos, haremos que carguen tus pertenencias en el carruaje. —Hizo sonar una campanilla—. Que traigan las cosas de Rosalina... —Se volvió hacia su hija—. Mejor será que vayan preparando tu celda para cuando llegues dentro de unos días. —Llamó a los sirvientes—. Salimos hacia Mantua después del desayuno. Volveremos esta noche.

El miedo se disparó dentro de Rosalina: ¿qué pasaría si su padre decidía coger parte del dinero de su asignación ahora y descubría que le habían robado? El pavor creció hasta convertirse en un dolor que martilleaba detrás de su ojo izquierdo. Sin embargo, pasó el tiempo y ningún sirviente se acercó a susurrar a su amo, ni tampoco le oyó gritar acusaciones interrumpiendo el sol de la mañana. Ahora bien, el sentimiento de culpa por lo que había hecho tampoco la abandonaba. Aquello no era un pecado del que pudiera librarse con una simple confesión.

Desearía devolver las monedas al arcón, pero ya se las había dado a Romeo.

Una vez preparado el equipaje, subieron a Rosalina al carruaje junto a su padre. Se sentó a su lado, con las manos agarradas sobre el regazo, las uñas blancas y el velo bajado sobre el rostro, ocultando las oscuras sombras bajo sus ojos. Por una vez, no hizo falta que su padre le pidiera que callase.

«Dentro de cuatro días, partiré para siempre de Verona, ya sea para ingresar en el convento o para huir a Mantua».

Cada vista de la ciudad se volvió preciosa. El hedor del mercado de pescado. Los puentes de piedra cruzando el ancho río mientras los barcos pasaban lentamente por debajo, las huellas de las marismas.

Rosalina quería confirmar en el convento que no había verdad alguna en la historia de la joven sirviente. Santa Úrsula se encontraba a las afueras de Mantua, pero las palabras corrían como el aire y, al igual que las inundaciones, encontraban huecos entre las piedras para atravesar las paredes. Si una joven había ido de Verona a Mantua y luego desaparecido allí, hasta las monjas lo sabrían, con toda seguridad. No estaban tan apartadas del mundo. La sirvienta decía que eran «rumores», pero ¿qué significaba eso realmente? No eran más que habladurías, sin más peso que el ruido de las hojas, pero igual de imparables que este.

El cuento de la criada no tenía nada que ver con su Romeo: otro hombre la había deshonrado y abandonado. Sin embargo, si Rosalina estaba tan segura, ¿por qué dedicaba uno de sus últimos días de libertad a viajar hasta el convento para indagar en los rumores?

Empezaba a sentirse mareada y tenía náuseas. Cerró los ojos, y el traqueteo y rechinar de las ruedas se convirtió en unas uñas arañándole el cráneo por dentro.

169

Después de casi dos horas de viaje, llegaron al convento. Masetto zarandeó a Rosalina para despertarla. Sentía el dolor latiendo con la luz y notaba la lengua gorda y extraña. El caballo los condujo a través de las puertas, haciendo resonar sus herraduras sobre los adoquines. Al menos, allí hacía fresco. El convento era una fortaleza rocosa ubicada en lo alto de la montaña. Rosalina no lo visitaba desde que sus tías murieron, hacía ya muchos años. Cuando era niña, el lugar le parecía enorme, e incluso ahora se cernía imponente sobre la ciudad, vigilando a las almas descontroladas a sus pies.

Padre e hija atravesaron los adoquines hasta la puerta del convento, donde una sirvienta los condujo hasta el *parlatorio*. Masetto le explicó que Rosalina quería ver la abadía que iba a ser su hogar y le pidió que llevara a su hija ante la abadesa. La sala de visitas estaba encalada y tenía solamente un crucifijo de madera sobre la pared y un cuenco de naranjas dispuesto sobre una mesa. La fruta era demasiado colorida. «Un cuenco de soles en una habitación blanqueada». Rosalina sentía pulsaciones en la cabeza. La sirvienta desapareció por una pequeña puerta lateral.

Había un banco debajo de la ventana de celosía que daba al convento y junto al barril del torno, donde Rosalina recordaba que la colocaban de niña. Pasados unos minutos, la sirvienta regresó.

—Espere aquí, por favor —dijo a Masetto con una ligera reverencia—. Rosalina debe acompañarme.

—Tengo negocios que hacer en Mantua. —Masetto besó a Rosalina en la mejilla—. Volveré a por ti esta tarde.

Por primera vez, Rosalina sintió verle partir antes de seguir a la sirvienta a través de la puerta, hacia el corazón secreto del convento. Normalmente no dejaban entrar a nadie, pero suponía que, como pronto se uniría a la orden (o eso creían), a ella sí se lo permitían.

El dolor de cabeza empezaba a afectarle la vista. Solo veía luces y sombras, figuras de color, rojo, negro y verde. Se balanceaba de lado a lado como si estuviera en un barco, y la sirvienta tuvo que agarrarla para que no perdiera el equilibrio. Pero entonces vio que no era la sirvienta, sino la misma abadesa. Eran tales las náuseas que temía vomitar sobre el hábito de la buena madre.

—Ven, hija, siéntate. No, aquí, al aire.

Rosalina dejó que la llevara al claustro. Soplaba una brisa fresca, perfumada de romero y pino. No esperaba encontrar tanta luz, solo fría piedra y penumbra.

—Te duele —dijo la abadesa—. ¿Qué parte de la cabeza? ¿Las sienes?

Rosalina asintió, pero el gesto desató una lluvia de chispas desde su ojo. Se lo frotó, pero el dolor no se disipaba. La abadesa murmuró algo a otra monja. El tiempo se desdibujó y avanzaba a trompicones. Solo sentía el dolor, la luz y las blancas velas de las nubes sobre el cielo azul intenso. Le pusieron un pequeño frasco entre las manos.

—Bebe —dijo la abadesa con suavidad—. Una poción para que te encuentres mejor.

—¿Qué es? —preguntó Rosalina, recelosa.

—Hierbas aromáticas. Somos herboristas. Debes beberla de un solo trago y dormir un poco. Hablaremos más tarde. El sabor no es agradable.

Rosalina le dio un sorbo. Se estremeció. Sabía amargo, pero olía bien. Se bebió el resto de un solo trago, demasiado cansada para desobedecer. Tenía preguntas que hacer, pero el agotamiento y la necesidad desesperada de dormir pudieron con ella. Unas manos amables la condujeron hasta un tramo de hierba verde donde le habían extendido una manta bajo un tejo. La abadesa la tapó con suavidad. Sus manos eran como las de Emilia. Alguien le deshizo el nudo apretado del lazo que llevaba en el pelo, soltó su melena y abrió otra manta a su lado. Rosalina se quedó dormida.

No sabía cuánto tiempo había dormido bajo el tejo, pero, cuando abrió los ojos, el dolor y el mareo habían desaparecido. La luz cegadora de la mañana había dado paso al suave resplandor de la tarde.

Al incorporarse, descubrió que estaba en el césped del claustro. Allá abajo, donde la hierba desaparecía en una pendiente, se veían la ciudad y el campo. Era como si navegase sobre el mundo. Las diminutas parcelas de cultivo a sus pies estaban salpicadas de girasoles que desde allí parecían una masa bruñida de pan de oro, zurcidas con hileras de viñedos. Los tejados naranjas de la ciudad reflejaban la luz del sol, brillando como ascuas. Un águila surcaba las corrientes altas del cielo, con las alas tensas, resuelta a matar.

La abadesa atravesó el claustro cubriéndose los ojos con la mano, y se sentó a su lado, sobre la manta.

—¿Te encuentras mejor, Rosalina?

—Sí.

Rosalina se sentía ligera. El dolor se había esfumado, dejando aire en su lugar. Una novicia sacó algo de fruta, pan y queso, y lo dejó sobre una tela. Nada de carne. Rosalina se dio cuenta de que, además del viento, se oía música. Eran voces de mujer. A juzgar por la hora, pensó que estarían cantando la sexta o incluso la nona. Pero no oía solamente voces, sino también un laúd, una viola y tal vez hasta una flauta, y las notas profundas de una viola *contra basso*... Y, aunque no alcanzaba a entender la letra, había una melodía y una armonía. Rosalina comprendió emocionada que aquello no era canto llano, sino verdadera música. No estaba del todo segura de que fuera sagrada.

—Pero ¡Roma ha prohibido toda la música en nuestras iglesias!

—No estamos en una iglesia, sino en un jardín. Y Roma queda muy lejos. —La abadesa sonrió sutilmente.

Rosalina miró a su alrededor y pensó que el convento no era lo que ella esperaba. Era como una avellana que, bajo una cáscara dura y oscura, ocultaba la dulzura de su blanco interior.

—¿A qué se dedican aquí dentro?

La abadesa se rio.

—Somos monjas, Rosalina. Nos dedicamos a servir a Dios. Pero se puede servir a Dios de muchas maneras. Y, como tu padre pagará generosamente por tu manutención, eso te librará de muchas obligaciones. No hará falta que te levantes de noche para los maitines.

Rosalina se quedó observando a la abadesa. Era evidente que era una sabia y una santa, pero también parecía una mujer pícara. Su aspecto le recordó con ternura a su madre y a sus tías: tenía la misma tez oscura y dorada, y ojos marrones.

En ese momento, la abadesa señaló los huertos de ciruelos y nísperos, y unos muros bajos que conducían a una serie de habitaciones en el jardín. En la primera, varias monjas trabajaban la tierra con azadas y sembraban semillas.

173

—Aparte de nuestras devociones, somos grandes jardineras. Cultivamos nuestras propias hierbas medicinales en el jardín botánico que luego molemos para hacer remedios. Hay mujeres en todo Mantua y hasta en Venecia que vienen a pedirnos consejo para sus dolencias.

—Sus talentos parecen notables, madre, y de verdad se lo agradezco, pero yo no quiero dedicarme a moler ungüentos con cáscaras de caracol y semillas de mostaza para curar a los enfermos en nombre de Dios.

Rosalina miró a la abadesa, que reprimió una sonrisa. La austeridad de su hábito hacía imposible calcular su edad.

—Yo enseño a escribir personalmente a las novicias. Todas las abadesas desde hace mil años han llevado una crónica de nuestra historia y de la historia de nuestra orden.

—¿Una historia de mujeres y monjas? Pero ¿quién leería algo así?

La abadesa se rio.

—Nosotras. Preferimos nuestra historia a la de los hombres.

Rosalina estaba segura de que, si su padre conociera el atípico carácter de la abadesa, habría insistido en enviarla a una de las estrictas órdenes franciscanas de Mantua, o incluso a Venecia.

Tal vez el convento no fuera lo que ella esperaba, pensó, pero ese no era el motivo que la había traído. Se humedeció los labios secos y miró de reojo a la abadesa.

—He oído rumores de que una joven vino a Mantua de Verona y desapareció —dijo.

La abadesa frunció el ceño y se puso tensa.

—Yo no presto atención a rumores ni a cotilleos. Hay más sabiduría en el gorgoteo de un arroyo.

—O sea, ¿que aquí no vino ninguna joven? —dijo Rosalina.

—No, he dicho que no atiendo a los rumores. Todas las semanas vienen a Mantua jóvenes de Verona y de toda la república veneciana con la esperanza de encontrar algo mejor. Tal vez algunas lo encuentren. Pero la mayoría, no. No desaparecen, Rosalina: la ciudad se las traga. Las engulle. Ellas no *quieren* que las encuentren.

Dicho eso, la abadesa se irguió con un suspiro, poniendo fin a la conversación.

A Rosalina la inundó una sensación de alivio. Los rumores que había oído aquella joven sirviente probablemente eran habladurías malintencionadas. Muchas chicas desgraciadas decidían huir. Su desaparición no tenía nada que ver con Romeo.

Entonces pensó en su viaje hasta allí y sintió una punzada de resentimiento por las insinuaciones acusadoras de la sirvienta.

La abadesa ofreció su mano a Rosalina, que la tomó, sorprendida. Sabía que las monjas tenían prohibido cualquier contacto físico, aunque fuera entre ellas. Sus celdas eran individuales por un motivo.

Siguieron caminando un rato más y entraron en un edificio de piedra donde se encontraba el dormitorio con sus celdas individuales, algunas hacinadas y otras ricamente decoradas con frescos. La abadesa se detuvo en la puerta de una de ellas y, al abrirla, reveló la alfombra otomana de diseños coloridos que solía cubrir el suelo de la casa del padre de Rosalina y un tapiz de una escena de caza con un ciervo herido colgado de la pared. Sobre un escritorio con un candelabro, estaban varios de sus libros, los que menos atesoraba y había escogido para que los enviaran sin despertar sospecha. Un jarrón con una espiga de lavanda con plumas intentaba disimular el frío olor a piedra y a humedad. Había un ventanuco cuadrado con vistas del campo, muy por encima del mundo. En una de las paredes, un fresco de Cristo herido llorando lágrimas de sangre, mostrando sus muñecas ensangrentadas.

Rosalina agradecía la generosidad de las monjas y entendía que deseaban que fuera feliz. Sin embargo, a pesar de su comodidad, no dejaba de ser una habitación pequeña y solitaria que en invierno estaría fría.

Salió del dormitorio como un nadador sale a por aire, e inhaló profundamente el olor a hinojo y a hierba recién cortada del jardín botánico. Unos muros altos protegían las plantas más delicadas del viento y la escarcha, y unos pollitos picoteaban la tierra alrededor de sus pies.

Sentía alivio de no haber encontrado nada allí. Pronto estaría en los brazos de su Romeo.

Mientras la abadesa seguía con la visita obligada al convento, pasando por la caseta de los pollos, los huertos, el luminoso refectorio con sus grandes ventanales, los áticos con los cobertizos de gusanos de seda, la biblioteca y el jardín botánico, Rosalina apenas dijo nada, profiriendo solamente palabras de admiración. Todas las monjas que se cruzaban con ellas se quedaban mirándola con benigna curiosidad antes de retomar sus asuntos a toda prisa.

La abadesa la llevó hasta la iglesia, que era bastante fría y húmeda. Rosalina la recorrió y advirtió vagamente que todas las figuras veneradas en aquel templo eran mujeres. No había ningún Pedro, Pablo o José. También vio tallas y frescos singulares delante de cada altar dedicado a una santa. Rosalina se acercó a mirar un fresco de la Virgen. Luego pasó a otro, uno de color dorado y rojo de santa Ana. Había trozos de pergamino sobre el altar, y al cogerlos y leerlos vio que eran oraciones escritas por mujeres embarazadas y las amigas de estas, pidiendo protección a la santa durante el parto. Una constelación de velas tintineaba en la penumbra alrededor del retablo de santa Ana, cuya barandilla estaba decorada con lazos y ramilletes de ofrenda.

En la siguiente capilla encontró a santa Catalina, patrona de las solteras, y supuso que de las monjas también.

—Te dejo aquí —dijo la abadesa—. Una de las hermanas te traerá té y bizcocho, y después puedes volver con tu padre.

Rosalina le dio las gracias y se despidió. Salió del templo y se sentó en un banco del jardín junto a los arbustos de hinojo y lavanda, escuchando el zumbido de las abejas. Al otro lado del jardín, entre marañas de silenes y acianos, había un trío de colmenas, con la misma forma que la mitra de un obispo. Rosalina contempló intrigada a una monja nerviosa y enfurruñada llevando una bandeja humeante que, a juzgar por su hedor, debía de ser caca de vaca caliente. La joven se acercó a las colmenas tosiendo y con los ojos llorosos ante la insistencia de otra monja. Las dos llevaban visores de malla, delantales y largos guantes de cuero sobre el hábito. Rosalina las miraba fascinada, inclinándose hacia delante para ver mejor. La novicia acercó el humo todo cuanto se atrevía, mientras la otra abrió la tapa de una de las colmenas y lentamente sacó un panal pegajoso que goteaba cera dorada y miel. Las abejas cubrieron rápidamente sus guantes de cuero, pero la monja ni se inmutó, y colocó el panal sobre otra bandeja que tenían preparada, permitiendo que la miel saliera poco a poco. Entonces, una de las abejas debió de picar a la novicia o se le metió por el hábito, porque a la joven le entró el pánico, empezó a chillar y agitar los brazos. La otra monja le gritaba que se calmara, pero ya era demasiado tarde. El estiércol ya no bastaba para tranquilizar a las abejas, que salieron de la colmena en una nube negra, y en un minuto llenaron el cielo como el humo, oscureciendo el sol. Se oyó un trueno rugiendo por todo el jardín, y Rosalina comprendió que era la reverberación del enjambre furioso.

Se volvió y corrió al interior del convento, metiéndose en sus entrañas para ponerse a salvo, con los gritos de pánico de las dos monjas cada vez más lejos. Pasados unos minutos, se encontró sola en el pasillo que llevaba a los dormitorios. Estaba desierto y en calma. Pasó por delante de la celda que debía ser suya, pero no sintió ningún deseo de volver a entrar y siguió caminando. Según avanzaba por el dormitorio, las celdas se hacían más hacinadas y oscuras, y el olor a frío y a humedad era mayor.

Rosalina redujo el paso y se asomó a una habitación estrecha. La cama estaba perfectamente hecha, tenía un crucifijo de palma sobre una pared y un hábito de repuesto colgaba de un clavo como un fantasma. Apartó la mirada, estremecida, y notó que la puerta de la celda de enfrente estaba abierta, revelando un catre sin hacer en una celda tan angosta que, al entrar y abrir los brazos, sus dedos rozaban las húmedas paredes de piedra a ambos lados.

Empezó a curiosear. Había varios libros colocados sobre una mesa de pino: un libro de horas y una Biblia encuadernada en cuero azul repujado. Les habían quitado el

177

polvo. Cogió la Biblia calcando con el dedo índice el escudo de armas grabado en la portada y empezó a hojearla despreocupadamente.

—Esta celda era de una de esas jóvenes perdidas —dijo la abadesa en voz baja, apareciendo detrás de ella.

Rosalina saltó del susto y cerró la Biblia.

—¿Dónde está ahora? —preguntó—. ¿Se ha marchado?

—Murió. —La abadesa vaciló un instante antes de continuar—. Por eso está vacía la celda. Nadie vino a reclamar sus pertenencias. Nos las llevaremos cuando se necesite la celda, pero nadie quiere dormir aquí. Es demasiado triste.

—¿Qué ocurrió? —preguntó Rosalina.

—La encontramos acurrucada a las puertas del convento, una mañana. Alguna amiga debió de traerla hasta aquí. Estaba muy enferma. No podía hablar. Lo único que llegamos a descubrir era su nombre de pila, que estaba escrito en esta Biblia. Se fue consumiendo hasta que murió.

Rosalina bajó la mirada a la pequeña Biblia azul que tenía en las manos y abrió la cubierta. En el frontispicio decía «Para Cecilia» escrito con tinta. Alzó la vista y suspiró, mirando la triste celda, tratando de imaginar el sufrimiento y el dolor que llevaría a Cecilia a venir aquí. Las paredes parecían venírsele encima. Aquella joven no tenía un padre que pudiera donar su fortuna al convento. Sin embargo, su estrecho ventanuco tenía la misma vista magnífica, y un haz de luz entraba en la pequeña estancia, iluminándola. Rosalina pensó que ojalá eso le ofreciera algún consuelo.

—Creo que Cecilia era de Verona, como tú. Vestía a la moda de la ciudad —dijo la abadesa.

—¿De qué murió?

—Había sufrido una especie de parálisis que había debilitado sus facultades y le había hecho perder el habla.

Era muy triste. No la mató… Al menos, no de inmediato… Fue marchitándose antes de morir. Y temo que no fuimos las primeras en tratarla. Reaccionaba aterrada a cualquier remedio que intentábamos darle.

Rosalina frunció levemente el ceño.

—¿Quién cree que pudo intentar ayudarla?

La abadesa se encogió de hombros.

—No estoy segura. Tal vez los frailes. Ellos también creen que conocen el significado y los usos de las plantas, pero en las manos equivocadas pueden hacer que el cuerpo enferme más. Nosotras nos dedicamos a las plantas y a su efecto sobre los humores. Somos expertas: al fin y al cabo, se le llama la «madre» naturaleza, y estos asuntos son cosas de mujeres.

Rosalina vio un rosario de madera, desgastado por los dedos de la difunta joven, sobre la mesa junto al libro de horas. Era todo lo que quedaba de una vida. Cuando se disponía a salir de la celda, le llamó la atención una pequeña caja de papel sobre la mesilla. La cogió y abrió las tapas de papel.

En su interior había una rosa de mazapán de color carmesí. Los pétalos se habían deslavado y el azúcar estaba cristalizado como la escarcha. No; no era posible. ¿Cómo podía Cecilia tener la misma rosa que Rosalina, aunque marchita por el paso del tiempo? Rosalina sintió que el dolor volvía a temblar y palpitar sobre su ojo.

Cecilia guardaba aquella rosa como un tesoro, jamás había caído en la tentación de comérsela, solo abría la caja para admirarla y cerraba la tapa de nuevo, conservándola entre sus pocas pertenencias.

Rosalina sabía que eso era lo que había hecho Cecilia, porque ella hacía lo mismo cada noche, mientras imaginaba el rostro de Romeo.

Su respiración se volvió entrecortada y extraña. Tenía la piel helada y las palmas de las manos pegajosas. Ella guardaba una rosa prácticamente idéntica, escondida en una caja de papel igual junto a su cama, con el mismo sello carmesí del confitero de Verona. Cerró los ojos y oyó las palabras de Romeo: «La encargué especialmente para ti, y el confitero me ha prometido que jamás hará otra». ¿Qué más había dicho? «Cada rosa de la naturaleza es única. Igual que tú». Sin embargo, parecía que no era única. Aquí había otra, en la celda de la joven muerta.

¿Era posible que Romeo se la hubiera dado a aquella joven de Verona? Rosalina se estremeció, estaba mareada, como si hubiera comido demasiados dulces. Pero no era azúcar lo que le producía náuseas, sino la posibilidad de que Romeo le hubiera mentido. Era una nimiedad, una flor de pasta de almendra y azúcar enrollada y esculpida; y la mentira, igual de nimia, poco mayor que la rosa. Podía hacerla polvo entre sus dedos.

Sin embargo, fuera como fuera, temía que Romeo le había mentido. O bien aquella rosa no era única y la compraban pretendientes de toda Verona, o bien Romeo Montesco era el único que las encargaba, y tenía por costumbre regalar una flor de azúcar a sus amantes, la misma rosa en distintos tonos de rojo.

Y había sido amante de Cecilia antes de que la joven viniera al convento, para consumirse y morir.

Si Cecilia había sido amante de Romeo, entonces, ¿también lo había sido aquella joven sirvienta? ¿Era el niño que esperaba realmente suyo? La sensación de asco cada vez se hacía más grande y pesada en su interior. Rosalina había preguntado a Romeo si ella era la primera mujer a la que amaba, y él le había jurado que era a la que más quería. Su ángel luminoso, el amor de su corazón. Que ninguna antes que ella había importado. Que su amor no tenía par y era extraordinario, que estaba escrito en los cielos con Venus como testigo. De pronto, volvió a inquietarse al pensar en la facilidad y rapidez

con la que Romeo encontraba las palabras, siempre en-
sayadas y esculpidas por sus labios en sonidos que imitaban al amor, igual que el confitero moldeaba la pasta en
un capullo que remedaba la vida.

Rosalina miró la flor alzándola en la palma de su mano,
y le pareció frágil y mugrienta. El tinte se había pasado y
corrido. Dos de los pétalos estaban partidos.

—¿Te encuentras bien? —preguntó la abadesa—. Vuelves a estar pálida. Es esta celda y su triste historia. —Abrió
la puerta—. Ven, vayamos fuera. No hay que regodearse
en la melancolía.

El pulso sobre su ojo volvía a palpitar. Romeo la amaba
y ella anhelaba su amor como el aire que respiraba. Sin
él, volvería a ser invisible. Era un buen hombre a pesar de
ser un Montesco. Él jamás habría abandonado a una joven
con un niño en su vientre. A Cecilia tuvo que abandonarla
otro hombre, tal vez uno que conoció en Mantua. Rosalina estaba equivocada. Tenía que estarlo. Ella había elegido
amar y ser amada. Estas dudas eran meramente un efecto
de las sombras jugando con una mente inquieta, desaso-
segada por las mentiras de una sirvienta.

Respiró hondo e intentó calmarse mientras volvían al
jardín botánico. La música de la capilla se montaba sobre
el viento y flotaba hacia la ciudad a sus pies. Las colmenas volvían a estar en silencio y sosegadas entre las flores
silvestres, mientras que las dos mismas monjas de antes,
aparentemente indemnes, etiquetaban tarros de miel.

Rosalina bajó la mirada y vio que llevaba la Biblia de
Cecilia entre las manos temblorosas. No quería soltarla.

—¿Puedo quedármela? Rezaré por ella.

La abadesa sonrió con tristeza.

—Sí, eso me gustará. Y a Cecilia también le gustaría.

Siguieron caminando unos instantes en silencio.

—Aquí somos felices —dijo la abadesa suavemente,
haciendo una pausa—. Creo que tú también lo serías. Si

181

la jardinería, las abejas o curar males no son de tu gusto, tal vez lo sea la música. O tal vez prefieras ayudarme a escribir nuestra historia.

Rosalina suspiró. El convento era más luminoso de lo que esperaba, y la abadesa le intrigaba. Sin embargo, no se veía viviendo allí.

—Veo que son felices, y me alegra. Pero una prisión, por muy bien decorada que esté, sigue siendo una jaula. —Sacudió la cabeza—. No quiero que me encierren tras un muro. Yo quiero que me vean. Quiero amar.

—Está el amor a Dios. El amor de tus hermanas.

—Yo no tengo hermanas.

La abadesa se quedó observando su rostro unos instantes, pero no dijo nada más.

7

La más dulce miel resulta odiosa
en su excesiva dulzura

$\mathcal{M}$asetto trató de interrogar a su hija en el viaje de regreso a Verona. ¿Qué le había parecido el convento? ¿Estaba bien amueblada su celda? Ella contestaba con gruñidos y monosílabos y por suerte no tardó en desistir. Su boda con Romeo sería esa misma noche, pero no estaba desbordada por la alegría nupcial ni la anticipación deliciosa, sino atormentada pensando en Cecilia, una mujer a la que ni siquiera había conocido, y en la joven sirvienta de la enorme tripa. ¿Estaría también embarazada Cecilia? ¿Le habría intentado hacer más daño un monje, en vez de curarla? La mente de Rosalina no paraba de elucubrar posibilidades espantosas mientras los caballos descansados tiraban con gran fuerza del carruaje. Caía la tarde y apenas quedaban horas para la boda. Pronto tendría que encontrarse con Romeo. Él calmaría su desasosiego. Ansiaba que la convenciera de que estaba equivocada. De que había otra verdad. Tenía que haberla.

ϒ

Rosalina comunicó a su padre que quería ir a confesarse en San Pedro, pues la abadesa le había recomendado limpiar su alma antes de ingresar en el convento. La mentira fluía con la misma facilidad que el agua de una jarra. Masetto accedió rápidamente, complacido y satisfecho de la aparente devoción repentina de su hija.

Rosalina salió de su casa poco antes de anochecer. Se apresuró por las calles, con el velo bien ceñido sobre la cara.

La blanca toba volcánica de la basílica de San Pedro resplandecía como el hueso bajo la luz del atardecer. Rosalina alzó la vista hacia el rosetón de la fachada superior encima de la puerta de entrada. Estaba dividido en segmentos con un sol radiante y sucinto en el centro y pequeñas figuras de hombres en cada uno de los cuartos de hora de la enorme rueda del destino.

Había pasado mil veces bajo aquella imagen sin prestarle atención, pero ahora, al mirarla, se preguntó dónde estaba ella en la rueda de la Fortuna. ¿Sería el alma feliz, izada justo antes de la medianoche, a punto de casarse y disfrutar de los dichosos obsequios del destino? ¿O estaba girando la rueda, empujándola a caer?

A pesar del calor de la tarde, en la catedral hacía frío, y olía a tiempo y a humedad. Sus ojos tardaron unos instantes en hacerse a la penumbra. Avanzó rápidamente por la nave central donde se celebraba una misa y el aire estaba cargado de plegarias, y bajó la escalera que llevaba a la cripta. Allí estaba aún más oscuro, la única luz provenía de las antorchas que escupían cera metidas en sus apliques. Las paredes estaban verdes como la espinaca y cubiertas de limo pegajoso. En la cabecera de la capilla, junto al altar, esperaba Romeo. No la había oído entrar sigilosamente con sus pantuflas de piel de cordero.

Llegaba con un nudo de lágrimas en la garganta, llena de preguntas y miedos, pero Rosalina se quedó sin respiración nada más verle. Aquella belleza era realmente excepcional en un hombre. Ansiaba que la liberara de toda duda con sus palabras. Era imposible que un rostro tan hermoso escondiera un corazón despreciable. Sus ojos eran tan claros como sinceros, sus labios tan rojos y perfectamente arqueados como dulces sus besos: las palabras que pronunciaban tenían que ser verdad. Dios no sería tan cruel como para permitir que fuera de otro modo.

Al verla, el semblante de Romeo se iluminó de placer. A Rosalina se le revolvió el estómago. Sentía como si su cuerpo no fuera suyo. Era una marioneta cuyos hilos movían las fuerzas del amor y el deseo. Apenas consciente de lo que hacía, se abalanzó sobre él. Romeo la encerró en la jaula de su abrazo con tal fuerza que oyó cómo le crujían los huesos. Se inclinó hacia ella y ella le besó, tragándose cualquier pensamiento que no fuera de él.

Pasados unos minutos, Romeo se apartó y apoyó la barbilla sobre su cabeza. Rosalina inhaló su olor. A cuero, a sudor y a madera de cedro. Tragó saliva y sintió cómo el mundo la inundaba una vez más.

«Que así sea, Ros».

No tenía por qué poner voz a aquella insignificante preocupación. Podía empaparse en la adoración de Romeo y casarse con él, y todo iría bien.

Lamiéndose los labios secos, Rosalina empezó a jugar con la tela de su manga, tirando de un hilo suelto. La diosa Fortuna hacía girar su rueda sobre sus cabezas. Trató de perderse en los negros ojos de Romeo.

«No digas nada. No digas nada».

—Una muchacha ha venido a verme —dijo, por fin—. Una sirvienta. No era más que una niña. Pero estaba embarazada.

Romeo frunció el ceño con impaciencia.

185

—¿Qué tiene que ver eso con nosotros?

—Dice que es hijo tuyo.

Él se apartó y se quedó mirándola.

—¿Y la has creído? —preguntó, incrédulo y dolido.

Rosalina vaciló un instante y negó con la cabeza, notando las mejillas ardiendo. Se mordió el labio, confundida.

—No, pensé que mentía. Quería dinero.

—Pues ahí tienes la respuesta —dijo Romeo—. Entonces, ¿por qué contármelo la noche que ha de ser la de nuestra boda? —Su voz se alzó llena de indignación.

Sí, ¿por qué? Romeo estaba muy serio y, sin embargo, a pesar de la agitación en su interior, Rosalina no podía parar. Se quedó mirando el viejo suelo de lápidas desgastadas por el paso del hombre, con los nombres apenas legibles ya.

—Ella dice que trabajaba en la casa de los Montesco, aquí en Verona.

—¿Y cómo se llama? —Su voz salía como un chorro de vapor.

Rosalina seguía con los ojos clavados en el suelo.

—No se lo pregunté.

Romeo se apartó de ella. Estaba pálido, blanco como las efigies de mármol de la cripta.

—Una cría cuyo nombre no conoces te cuenta mentiras sobre mí, el hombre al que amas, y me da la sensación, a pesar de que lo niegas, de que la crees.

—No la creí. Sentí compasión por ella y por su situación, pero me pareció que mentía.

Era cierto, al principio creyó que la muchacha mentía. Ahora no estaba tan segura. Pero, fuera o no cierto, al mirar a la cara a Romeo, la imperiosa curva de su barbilla, el escorzo perfecto de su garganta, Rosalina quería suplicar su perdón, juntar su mejilla con la suya, chuparle el pulgar. Sin embargo, por alguna razón, era incapaz de parar. Algo le hacía dudar y seguir haciendo preguntas, aunque los labios de él se tensaran de consternación y se quedara mirándola, perplejo y herido, a través de sus densas pestañas.

Rosalina bajó la vista y notó que le temblaban las manos. Las puso detrás de la espalda para que él no las viera.

—Hoy en la abadía, he visto la celda de una joven que murió de amor. Se consumió. —Rosalina tragó saliva—. Tenía una flor de mazapán. Como la que tú me diste. —Sus palabras salían a trompicones en un torrente confuso.

Romeo sacudió la cabeza, confundido.

—¿Y? ¿Otra muchacha de un convento recibió una golosina?

Rosalina veía lo mucho que le herían sus palabras. Eran como puntas de flecha.

—Estaba fabricada en Verona. La caja llevaba el sello de la ciudad y tú me dijiste que el confitero no había hecho ninguna para nadie más. —Incluso mientras hablaba, la acusación sonaba débil y absurda. Era una acusación infantil.

—Él no, pero ¿quién dice que no la hiciera otro? No he hablado con todos los confiteros de la ciudad.

Sus razones eran tentadoras y plausibles. Rosalina quería aceptarlas. El fraile no tardaría en llegar. Pero no podía apartar la imagen de aquella niña con la tripa hinchada. Ni el silencio de la celda de la joven muerta en la abadía. Creía que Romeo la amaba, y ella le adoraba, solo pensar en él era como la miel. Sin embargo, una voz no dejaba de pincharla, diciendo: «¿A cuántas otras ha amado antes que a mí? ¿A una? ¿A dos? ¿A diez?». Y entonces, la voz siseó aún más fuerte: «¿Cuánto tardará en abandonarme como a ellas?».

Rosalina estiró la mano y cogió la de él, acariciando sus nudillos, la piel de sus dedos, callosa y desgastada por el cuero de las riendas de su caballo. Todo él le parecía precioso. Podía leer su vida en su piel, y su historia de amor en su propio cuerpo.

—Amor mío, ¿juras que nunca has regalado una rosa de mazapán a otra mujer? ¿Y que el hijo de esa joven sirvienta no es tuyo?

Romeo se quedó mirándola, con los ojos llenos de dolor.

—¿Acaso no me amas ni confías en nuestro amor? —Cogió su barbilla entre sus manos—. Quiero casarme contigo. Rosalina, para mí eres como la luna para la noche.

La miraba con franca sinceridad. Ella sintió como si le hubiera asestado una patada y, junto con la culpa, notó un temblor de alivio. Por supuesto que era un buen hombre. La había cortejado con amabilidad, sin exigirle un solo beso hasta que ella estuvo preparada para ofrecérselo. Eran dos almas que habían dejado a un lado la enemistad de sus familias para unirse en el amor. Rosalina estaba a punto de pedirle perdón cuando Romeo se volvió para mirarla y dijo, con la voz cargada de pesar:

—Me casaría contigo ahora mismo, pero el fraile ha sufrido un retraso.

—¿Qué razón te ha dado?

—Los muertos, los muertos. Esta espantosa peste.

Rosalina sabía que debía comprenderlo, pero los miedos volvieron a golpearla. Romeo pareció intuirlos.

—Mañana estará aquí para casarnos —dijo—, y nos iremos a Mantua y a nuestra nueva vida, ratoncito. El retraso no hace sino aumentar los apetitos, amor mío.

—Pero ¿durará eternamente este retraso? Al fin y al cabo, tú ya has tenido tu satisfacción —dijo Rosalina, dejando que sus dudas brotaran de nuevo. ¿Había tenido alguna vez intención de casarse con ella realmente? Romeo se deshacía en promesas, pero jamás le había dado nada más que una rosa de caramelo o un trago de vino, lo cual hizo que su cabeza divagara y se tragara sus palabras con más facilidad—. Tus votos no son más que aire y aliento —dijo ella.

188

Romeo la miró horrorizado.

—¿Cómo puedes decir tal cosa? ¿O pensarlo siquiera? —Se metió la mano en el bolsillo, sacó una cajita de madera y se la enseñó—. Toma. Iba a esperar hasta nuestra boda, pero cógela ahora.

Se la dio bruscamente. Rosalina la abrió y vio un anillo de oro en su interior, con una esmeralda gruesa y brillante engastada.

Era la joya de su madre.

Sintió un nudo de alegría en la garganta. Le devolvió la caja.

—No, guárdalo tú a salvo y dámelo cuando me lo pongas en el dedo.

Romeo volvió a besarla.

—Eres mía —susurró—. Nuestro amor está escrito en los cielos. Ya juramos nuestros votos el uno al otro; yo me encargaré de que no se rompan, ni en esta vida ni en la siguiente.

189

Sonrió a Rosalina con ternura y amor, reclinándose contra una de las vitrinas de relicarios, llenas de fragmentos de cadáveres. El aire olía a incienso y a muerte.

Rosalina tenía frío. Miró a la estatua de la joven doncella Montesco, eternamente durmiente. Por una vez, no le recordó a Julieta, sino a sí misma.

—No tenemos que aguardar a que llegue el fraile —le susurró Romeo al oído, con voz grave.

—¿No?

—Si lo prefieres, podemos morir juntos esta noche —dijo suavemente—. Es un final adecuado para un amor como el nuestro. Así yaceremos juntos para toda la eternidad y nadie podrá separarnos. Ni tu padre ni el mío. Ni Dios ni el destino.

Rosalina se quedó mirándole horrorizada y soltó una carcajada.

—Qué humor tan oscuro, más en un lugar como este.

Sus palabras le resultaban extrañamente familiares. Pues ¿no era eso lo que le había contado la joven sirviente? «No quiero morir». Pero ahora Romeo estaba sonriendo: solo era una broma retorcida. Estiró el brazo para acariciarle la mejilla. Claro, no era más que un juego, una burla. Romeo no tenía intención de tratarla con tan dulce violencia.

—En tal caso, mañana, amor mío. Tu tío celebra un baile en su casa, ¿no es así?

—Sí.

—Te veré allí y después nos casaremos e iremos a Mantua.

Rosalina se quedó mirándole asombrada y algo turbada.

—El baile es para Capuletos y familia. Si apareces allí, corres peligro de morir.

—No temo a la muerte. Solo a estar lejos de ti.

—En tal caso, te buscaré —dijo ella, temiéndole aún.

Romeo sonrió.

—Un beso más y nos vamos.

Le inclinó la barbilla hacia arriba y la besó suave y amorosamente. Rosalina oyó cómo la sangre se arremolinaba de nuevo en sus oídos.

—Júrame que serás solo mía, siempre —dijo él.

Rosalina alzó los ojos hacia él y pestañeó. Su semblante era más bello que nunca. La luz de las candelas jugaba sobre su piel.

—Soy tuya para siempre —contestó, y, con un último beso, salió corriendo de vuelta a la noche.

Nada más librarse de la presencia de Romeo, el desasosiego atenazó a Rosalina. Mientras recorría la basílica vio que estaba llena de frailes y monjes. No todos estaban tan volcados con los muertos como el amigo de Romeo. ¿Y por qué quería casarse Romeo con ella? ¿Era simplemente

por amor? No tenía dote que ofrecerle. Los treinta ducados del arcón de su padre no tardarían en desaparecer. Y
entonces recordó que Romeo ya los tenía en su poder. Tal
vez le resultara más fácil ordenar y gobernarla una vez
que fuera su esposa. En Mantua, ella estaría lejos de sus
amigos y de su familia, esa que no la quería. Suspiró y se
reprendió entre dientes. Por supuesto que Romeo la amaba y deseaba casarse con ella. Mañana estaba a la vuelta de
la esquina, y el retraso no era culpa suya.

Iba tan deprisa que ya había llegado a la puerta que
conducía a casa de su padre. Respiró hondo varias veces,
se alisó el pelo y recolocó su velo. La luz del día había dado
el relevo al crepúsculo. Rosalina abrió la puerta y corrió
hacia la casa. El patio estaba vacío. El pozo goteaba mientras las chicharras chirriaban y un caprimúlgido cantaba
desde un olivo.

Para su alivio, el vestíbulo también estaba desierto y
nadie la vio subir las escaleras hacia su alcoba.

Cuando se disponía a encamarse, la puerta se abrió de
repente, sobresaltándola.

—Solo soy yo. ¿Está tu esposo aquí? —preguntó Caterina en voz baja, mirando por la habitación.

Rosalina contestó con una sonrisa forzada.

—No, el fraile ha tenido otro retraso.

Caterina ocultó un gesto de preocupación y la abrazó.

—Todo saldrá bien.

Mientras se iba, Rosalina cerró los ojos. No podía
compartir sus temores con Caterina. Había alguien que la
ayudaría sin titubear ni cuestionarla.

A la mañana siguiente, muy temprano, Teobaldo
acompañó a Rosalina a casa de Julieta. Ella le pidió que le
hiciera un favor en su nombre. Aunque algo sorprendido
por la inusual petición, él accedió de inmediato, tal y como

ella sabía que haría. Tenía aspecto de haber dormido poco, y Rosalina sabía que aún no la había perdonado del todo, pero no parecía dolido.

Sus pasos se fueron acompasando según caminaban, aunque no de forma natural, sino porque querían arreglar las cosas entre ellos. Rosalina se juró que, le deparase lo que le deparase el destino, cuidaría más de aquella amistad.

Cuando llegaron, la casa de los Capuleto estaba sumida en el caos con los preparativos para el baile de la noche. Los criados corrían de una habitación en otra, tratando de parecer ocupados, más por el miedo a su señora Lauretta que por ser útiles. La furia de la señora se había tornado un huracán, pues, al parecer, muchos invitados no habían recibido invitación. Su ira y consternación resonaban por toda la villa. La viuda de Vitruvio y el *signior* Placencio y sus adorables sobrinas estaban dolidos por tamaño insulto, así que se envió a un sirviente a toda prisa como mensajero con una carta pidiendo disculpas. Una criada lloraba en alguna parte.

—No le digas que tu hermano, Livia y yo tampoco hemos recibido la nuestra —dijo Teobaldo, sonriendo.

—Me encargaré de que estés en la lista. Quienquiera que hiciera las invitaciones también se olvidó de padre y de mí.

—Nuestra tía inspira terror, pero no da muestras de mucha eficiencia —dijo Teobaldo—. Consígueme invitaciones y yo las entregaré mientras hago tu recado.

Rosalina se lo agradeció sinceramente.

Rosalina pasó el resto de la mañana jugando al tenis con Julieta. Hacía demasiado calor para practicar ejercicio y las hojas empezaban a enroscarse, secas, en las ramas de los árboles. El suelo estaba árido y agrietado, y un mirlo picoteaba desolado buscando gusanos y larvas en la tierra.

Rosalina necesitaba distraerse. Una gota de sudor le entró en los ojos, escociéndole, y falló un golpe.

Julieta estaba al borde de la hierba, sujetando lánguidamente la raqueta a un lado del cuerpo. Suspiró.

—Hace demasiado calor, prima. Vayamos dentro. Podemos sentarnos al fresco y hablar de quién va a venir al baile y quién no.

—Calla, calla.

Rosalina lanzó la pelota para sacar, pero el brutal sol de mediodía la deslumbró y el golpe fue directo a una morera. Maldiciendo entre dientes, fue a recuperarla.

Las moscas le mordían los brazos mientras ella trataba de apartar las ramas. En ese momento notó un hormigueo en el cuello y se dio cuenta de que alguien la observaba. Se incorporó. Las hojas se movían a pesar de que no había viento. Sintió un hormigueo subiéndole por el brazo. ¿La habría seguido Romeo? Por primera vez, no la invadió la ilusión, sino el temor. Alzando la vista, vio los ojos oscuros de un mirlo vigilándola, con una mora oronda en el pico. Por un instante se sintió acosada por Romeo. Su cortejo ya no le parecía un baile alegre, sino una persecución, en la que ella era la presa.

Y, sin embargo, todavía le amaba.

193

8

¿Olvidaste tan pronto a Rosalina?

*T*al era la humedad en el largo salón que Rosalina se sentía como una de las violetas que se marchitaban en su jarrón de cristal, con los pétalos enroscados cayendo sobre la mesa. La ulmaria y el encaje de la reina Ana también se veían alicaídos y dejaban una capa de polen casposo sobre el reluciente aparador. Los rostros de todos los invitados parecían untados con grasa o manteca, listos para hornear. A pesar de que habían abierto las ventanas de par en par, las paredes estaban pegajosas por la humedad y una especie de llovizna goteaba del techo. Un jabalí giraba en el espetón dentro de la enorme chimenea, con el costillar ya devorado por los comensales hambrientos, mientras la grasa y los jugos goteaban sobre las ascuas haciéndolas chisporrotear. El olor a cerdo asado, a empanada, a canela, a clavo y a nuez moscada que inundaba la casa empezaba a mezclarse con el tufo de las langostas y las ostras que flotaban en sus conchas volcadas, una vez derretido el lecho de hielo sobre el que estaban colocadas. Rosalina dudaba que nadie quisiera probarlas.

Buscó a Romeo en la sala, con una mezcla de miedo y entusiasmo. ¿Se atrevería realmente a adentrarse en territorio Capuleto para verla? ¿Y si uno de los guardias le reconocía y le daba muerte? Solo pensarlo era una agonía. Aun ahora le extrañaba, y sus labios estaban sedientos de su beso. Sin él, cualquier conversación era aburrida, y la música, mero ruido.

Los techos eran bajos en gran parte del salón y hacían resonar el sonido. Nadie oía los chistes de los demás y tenían que repetir el final una y otra vez hasta que carecían de gracia. La música sonaba frenética y las cuerdas de los laúdes y las violas se desafinaban continuamente por el calor. Pero eso no parecía importar a los bailarines, que seguían recorriendo el salón con gritos de regocijo. Hasta Livia y Valencio trotaban de acá para allá entusiasmados.

Rosalina se reclinó contra la pared junto a su padre, que la miró con gesto de aprobación.

—Bien. Un entretenimiento tan procaz no es adecuado para una novicia.

—Aún no soy monja.

Al otro lado de la galería observó que Julieta estaba bailando una alegre gallarda con un caballero sudoroso, que no paraba de sacar un pañuelo de seda de la manga para secarse la frente y el labio. Su prima no sonreía y hasta sus pies parecían resistirse al avanzar en línea sobre la pista. Aun así, era la más bella de todas las jóvenes allí presentes, y en pocos años sería una de las mujeres más hermosas, pensó Rosalina. El ama le había rizado y peinado el cabello, y parecía mayor, salvo por el hecho de que ella se había quitado los zapatos y no paraba de jugar con el encaje de su vestido, en un gesto malhumorado poco propio de una dama.

Rosalina sonreía por primera vez en toda la noche contemplando a su prima. Pero su expresión se esfumó en cuanto reconoció al hombre que bailaba con ella. Era el

195

amigo que acompañaba al príncipe de Verona en el bosque. Trató de recordar su nombre. Tendría treinta años al menos, ya entrado en años, y probablemente había venido a la caza de una esposa. «Pues que se vaya a cazar a otro lugar —pensó—. Paris». Sí, ese era su nombre. «Paris el Sudoroso». Volvió a secarse la barbilla. Hacía demasiado calor. Hasta Julieta parecía marchita.

Viendo la incomodidad de su pareja, Paris la condujo hacia un lugar más fresco con cuidadosas atenciones, para beber algo. Parecía solícito y amable, pero Rosalina quería rescatarla de él y llevársela lejos de aquella cacofonía febril.

La música sonaba cada vez más alta y discordante. De pronto se oyeron voces irritadas entre los invitados por algún alboroto y Rosalina alzó la vista. Debía de ser Romeo. Con el corazón desatado en una mezcla de placer y ansiedad, dio un paso adelante, y entonces vio a Teobaldo abriéndose paso entre la gente, pavoneándose, ebrio de cerveza.

Fue hacia él rápidamente, sorteando a los bailarines. Con un gesto de la mano, le hizo apartarse del resto de los invitados e ir hacia una puerta abierta donde corría un hilo de brisa. Tenía un moratón hinchado sobre un ojo y le sangraba el labio.

—¿Qué ha ocurrido? Te has peleado —dijo en tono de reprimenda.

Teobaldo miró a su alrededor, sin llegar a fijar la mirada, con los ojos vidriosos como los de un pez.

—Me he topado con los Montesco cuando volvía de hacer tu recado. Pero empezaron ellos. No podía irme sin más. No soy un cobarde, Ros. A mí nadie me insulta mordiéndose el pulgar. ¡No permito que me digan que no tengo coraje!

—¡Haya paz! Lo que te falta no es coraje, sino sensatez. Baja la voz, que el tío Capuleto está mirando hacia aquí.

Teobaldo miró alrededor, desbocado. A pesar del alboroto, muchos de los invitados los observaban. Rosalina se sacó un pañuelo de la manga y lo apretó contra el labio de Teobaldo, que hizo una mueca de dolor. La tía Lauretta y el *signor* Capuleto estaban cuchicheando con gesto de desaprobación.

Rosalina tiró de la manga de Teobaldo para llevárselo al porche y se quedaron allí al fresco, lejos de las miradas predadoras.

—Y ahora dime, ¿me traes alguna respuesta del recado?

—Sí —contestó Teobaldo, frunciendo el ceño—. Aunque no la entiendo. He ido a ver a todos los confiteros de Verona. Solo uno hace las rosas de mazapán como me las describiste, y las elabora para un solo caballero: Romeo Montesco.

Rosalina se cubrió la cara con las manos. Estaba mareada y las hojas de la parra sobre sus cabezas parecían dar vueltas a su alrededor. Tomando una bocanada de aire nocturno, se obligó a preguntar:

—¿Cuántas ha hecho? ¿Una? ¿Dos?

—¡Qué sé yo! Una docena al menos. De todas las formas y tamaños. Rojas, rosas, de color melocotón, oscuras y claras, curvadas y orondas. Lo que sí sé es que ese Montesco es su mejor cliente.

A Rosalina se le escapó un sollozo y Teobaldo se quedó mirándola confundido porque se alterase de tal forma por un dulce.

Hizo una reverencia y le ofreció su brazo.

—Ven, Ros, no tienes buena cara. Vayamos a enfriar los pies en la fuente, como hacíamos de niños.

El humo de leña y el olor a cerdo asado salía flotando de la casa impregnando el cielo nocturno. Rosalina alzó la vista a las estrellas, abrumada por la traición de Romeo. No significaba nada para él, pues aparentemente entregaba y retiraba su amor con enorme rapidez, sus favores

197

eran vacuos. No era más que una de tantas jóvenes. «Nos ama a todas, luego nos deja a todas caer entre sus dedos, secas como esos pétalos de rosa de las flores que encarga».

Se sentía porosa y desprotegida, llena de agujeros. Quería gritar, pero estaba muda y abrumada por el dolor de su traición. Romeo no era el hombre que ella creía. Amaba a un fantasma.

Teobaldo tiró de su brazo y se la llevó del jardín, hacia el arroyuelo y la fuente. La oscuridad lo cubría todo, y la alegría de los invitados cada vez se oía más distante. Rosalina se descalzó y empezó a chapotear por el agua poco profunda, con el vestido remangado, sintiendo las piedras resbaladizas bajo los pies. Teobaldo se recostó en el borde y empezó a tirar piedras por la superficie de la fuente alargada. Botaban sobre el agua, ingrávidas por un instante y luego se hundían. Él se reía con la alegría de un niño.

Si cerraba los ojos, tal vez podrían quedarse allí, ocultos bajo las faldas ondulantes del sauce, y nadie los encontraría. Este mundo era oscuro y seguro. La única plaga eran los mosquitos que gemían alrededor de sus oídos.

—Ros, ¿por qué estás tan abatida? ¿Qué te importan unas flores de mazapán?

Rosalina sacudió la cabeza con violencia y cogió una piedra para tirarla, pero el miedo le bloqueó la muñeca y se hundió al primer bote. No podría soportar la mirada asqueada de Teobaldo si sabía lo que había hecho.

—Venga, Ros. —Se agachó a su lado y, al ver que ella apartaba la cara, sonrió y acercó su nariz a la de ella para que tuviera que mirarle a los ojos. Pero ella seguía negando con la cabeza—. ¿Por qué, Ros?

—Si te lo digo, querrás batirte en duelo —contestó—. Y te quiero como a un hermano; no, te quiero mucho más que a Valencio. No quiero que te hagan daño.

Al oír su respuesta, Teobaldo soltó una carcajada. Se puso en pie con enorme agilidad y desenvainó su espada.

Sacudió una rama del sauce para hacer caer las hojas cual pececillos negros y empezó a acometer contra ellas con su arma. Mientras bailaba contra el enemigo fantasma, exclamó:

—No temas por mí. En Padua me llamaban el Rey de los Gatos. Tal vez sea joven, pero soy tan rápido como el mismísimo Mercurio. —Se sentó en el suelo, sonriendo y envainando la espada—. Y si ha de llegar mi momento, nada se puede hacer. El destino es inevitable, como la misma muerte.

Rosalina se mordía el labio, muda. No sabía si reír o llorar viéndole batirse contra las hojas. Hablaba con resolución y solemnidad, pero no estaba dispuesta a que le hirieran por su culpa. Le desbordaban el cariño y el miedo.

—Prima, por favor. Te conozco y te he querido desde siempre —dijo él, sentándose a su lado al borde del arroyuelo—. Si eres infeliz o te sientes agraviada, yo también. Si uno de nosotros es agraviado, los dos lo somos.

Rosalina se quedó pensando en la verdad de sus palabras. De niños, los azotaban juntos por los crímenes compartidos, como perseguir y acosar a las pobres gallinas de forma que acababan poniendo huevos sin cáscara o hacer carreras con las cabras entre los montones de heno. Muchos de aquellos pecados veniales eran idea de Rosalina, pero Teobaldo actuaba como cómplice entusiasta, buscando ahondar en su malicia, a sabiendas de que el castigo sería inevitable.

Cuando creía que Romeo era sincero y su pasión pura, mentir a Teobaldo había sido como veneno en el pozo de su afecto. Su dicha se empañaba al no compartirla con Teobaldo. Ahora, esta desdicha y no compartir su peso con él no hacía sino aumentar el dolor. Pero no podía confesar. Teobaldo ya había peleado con los Montesco hoy, después de que le insultaran al volver de hacer el recado en su nombre.

199

Teobaldo se sentó, la rodeó con el brazo, luego la soltó y le dio un codazo cariñoso en las costillas.

—Ros, no me obligues a rogarte. No es propio de un hombre.

Se quedó mirándola fijamente con sus ojos marrones, y la dulzura de su expresión le hizo apartar los suyos. Tal vez ya le había mentido suficiente.

—Te lo contaré, si prometes no buscar venganza.

Teobaldo asintió con un gruñido.

—Amo a…

No era capaz de decir las palabras ante Teobaldo, mientras la miraba con aquella cándida expresión, llena de ternura y preocupación. Se había ofrecido a casarse con ella para salvarla del convento. Le había entregado su vida, su amor. Y ella le había rechazado sin dudar, pasando por encima de sus sentimientos a semejanza del agua que corre sobre una roca. Le temblaban las manos. Esperó.

—Amo… *amaba*… a Romeo Montesco. —Hizo una pausa después de corregirse, deseando que fuera cierto lo que acababa de decir—. Y creía que él me amaba, pero no es así, soy una estúpida y una desgraciada. He perdido mi honor.

Se quedó mirando a Teobaldo, esperando a que apartara los ojos, asqueado, pero no lo hizo. Se estremeció y el ojo izquierdo empezó a palpitarle, pero no decía nada. Incapaz de sostenerle la mirada, Rosalina confesó cómo había llegado a amar a Romeo. Se sentó junto a él, con las rodillas bajo la barbilla, y le habló de su amor y su vergüenza.

Teobaldo escuchó sin interrumpir, jugando con la empuñadura de su espada, con la frente fruncida de tristeza.

—Creía que era sincero —dijo Rosalina con voz suave, una vez que hubo terminado—. Los hombres deberían ser lo que parecen, y él no lo era. Su apariencia era falsa y yo he sido engañada. —Por fin, miró a los ojos a su amigo, con las pestañas enjoyadas de lágrimas—.

Ahora que sabes los más bajos detalles, ¿crees que mi virtud se ha visto definitivamente mancillada?

Teobaldo tenía la mirada desconsolada, los hombros hundidos, estaba profundamente abatido. Cuando por fin la miró, Rosalina tenía miedo de ver aquella pena tan absoluta. Parecía haber envejecido en pocos minutos; algo en su interior se había roto, y lo había hecho ella. La vergüenza la recorría como el frío. No creía posible ser tan infeliz. Pero ya no quería más secretos, así que, humillada y arrepentida, le explicó que Romeo la había convencido de quitarle ducados a su propio padre.

—¿Tengo negra el alma? —volvió a preguntar.

Teobaldo cogió su mano y se la llevó a los labios.

—No. Nunca, dulce Rosalina. Yo conozco tu bondad. Ese villano Montesco es una peste. ¡Maldito sea!

Dicho eso, soltó su mano, hirviendo de rabia.

Rosalina intentó apaciguarle. Le dolía oír hablar de Romeo en esos términos, por mucho que lo mereciera. Qué tonta había sido al escuchar el canto del ruiseñor y creerlo cierto. Sentía un desprecio rencoroso y profundo hacia sí misma. Su propia carne le olía agria y caliente, y cada rincón de su cuerpo que había tocado Romeo ahora le parecía contaminado. El agua de la fuente estaba fresca y deseó meterse hasta que le cubriera la cabeza y la limpiara, pero no había agua lo bastante profunda ni lo bastante fría como para purificarla de aquello.

Al sentir la mirada de Teobaldo, temió que ya no pudiera ver a la niña que había sido, sino solo a la mujerzuela en la que se había convertido. Sin embargo, para su asombro, él canalizaba toda su rabia y su coraje contra Romeo, no hacia ella.

—¡Iré a buscarle ahora mismo para matarle! Gusano asqueroso. ¡Canalla indecente! Ese perro del infierno… —Se levantó y volvió a desenvainar la espada, maldiciendo a los dioses y a los demonios.

Rosalina tuvo que usar toda su fuerza para evitar que no saliera en busca de Romeo para retarle a un duelo en ese mismo instante.

—Has jurado que no lo harías. ¡No te alteres tanto! ¡Sé razonable! ¿Qué conseguiremos con ello? —Le agarró por las muñecas para obligarle a mirarla.

Teobaldo volvió a maldecir y Rosalina intentó tranquilizarle.

—Has dicho que mi alma no está manchada. Demuéstrame que es así no yendo a buscar venganza.

Como si fuera un perro loco atado, Teobaldo se fue templando lentamente. Respiró profundamente el aire de la noche. Luego escupió en el suelo, con la ira resurgiendo dentro de él.

—¡Odio a todos los Montesco, como odio al infierno!

—No estés tan lleno de odio. Haya paz. —Rosalina cogió sus manos entre las suyas—. Quítate la espada, lávate la cara y cálmate, pues no puedes volver adentro hasta que estés templado y en tus cabales. —Se volvió a mirar hacia la casa—. Debo irme: llevamos demasiado tiempo aquí fuera.

Rosalina le besó y, volviéndose, regresó hacia la casa a través del jardín, mirando por encima del hombro para ver la desolada figura de su amigo. No debería habérselo contado. Nada bueno saldría de aquello. Teobaldo tenía demasiada cólera y sangre en su interior. Y, sin embargo, todo lo que le hacía desmedido e impetuoso le hacía leal. Hasta Valencio, que era incapaz de encariñarse con nadie que no fuera él mismo, le tenía aprecio.

Rosalina sentía como si la traición de Romeo le hubiera atravesado el corazón. Sabía que, en los meses y años venideros, en las horas solitarias dentro del convento, se arrepentiría de haber malgastado horas con Romeo, en su compañía y pensando en él, cuando podría haberlas invertido mejor con su auténtico amigo. No habría fuga a

Mantua, ni matrimonio colmado de amor. Solo una vida austera como monja. Y ahora quedaba poco tiempo que disfrutar con Teobaldo, el mejor de los amigos y el mejor de los hombres. Su corazón volvió a romperse.

Entró otra vez en el largo salón y le golpeó una ola de calor. Miró por todas partes en busca de Julieta, pero no la encontraba. La música sonaba cada vez más alta. Un perro estaba aullando.

—Bella dama, ¿bailáis? —dijo una voz.

Rosalina saltó como si le hubieran clavado una daga. Era la voz de Romeo.

—Has venido —dijo.

—Si no es así, puede que sea un fantasma. —Estiró la mano para acariciar su brazo, y sembró la piel desnuda de su hombro de suaves besos, haciendo que se le erizara el vello. Rosalina se frotó la piel, odiando a su propio cuerpo por traicionarla así—. Mira —dijo él, sonriendo—. Soy real.

Rosalina se apartó bruscamente, arrancando la vista de su belleza.

—No estoy para ti, Romeo. Ya no.

Él la miró perplejo.

—Retira esas crueles palabras.

Rosalina miró a su alrededor, pero todos estaban bailando y comiendo, y nadie la miraba a ella ni a Romeo Montesco.

Frunciendo el ceño, él avanzó para cubrir su mano de besos, y no quería soltarla.

—¿Por qué? ¿Por qué dices algo tan cruel, amor mío?

—Me has mentido. Sé que ha habido otras.

Romeo restó importancia a sus palabras agitando la mano.

—Sombras. Yo no sabía lo que era el amor hasta que te conocí. Eran sueños de amor dignos de un colegial.

Rosalina se quedó mirándole, deseando que fuera verdad. Romeo sonrió. Algo en su interior se quedó trabado. Toda ella era un nudo de confusión. Él se acercó más, tanto que podía oler la miel de su aliento.

—Ha llegado el fraile. Está aquí, en Verona. Venga, vayámonos de este lugar a San Pedro ahora mismo, y después, a Mantua.

Rosalina notó que sus pies querían moverse. Dejó que Romeo cogiera su mano.

—Deja a toda esta gente. No son nada —dijo.

Al oír aquello, Rosalina dudó. Teobaldo era mucho más que nada. Y también Julieta, y Caterina, y Livia. La palabra «Mantua» sonó como una campana tañendo para hacerla volver en sí. Recordó la celda de aquella joven muerta en el convento. La rosa desmigajada.

Deseaba desesperadamente poder confiar en Romeo, pero no debía.

Se apartó de él.

—No —susurró—. Quisiera hacerlo, mas tus mentiras son hermosas, más tentadoras que un dulce.

—Quédate conmigo, cariño mío, y te amaré, protegeré y atesoraré siempre. Olvidaremos todo esto como si fuera un mal sueño, impuesto por la reina Mab.

La cogió por la muñeca, pero sus dedos le apretaban demasiado.

—No —dijo Rosalina, tratando de zafarse.

Romeo la soltó, dejando marcas rojas sobre su piel.

—Debes marcharte antes de que mi familia te vea aquí —dijo Rosalina.

—Que nos maten a los dos, dulce ángel, Rosalina —dijo él, alzando la voz lo bastante como para que varios invitados se volvieran a mirarles.

—Eres un loco al hablar así —susurró Rosalina.

—¡Loco de amor! Me hechizaste la primera vez que te vi. No reniegues de tu amor ahora, de lo contrario ya estoy muerto.

Hasta esa noche, aquel exquisito discurso maravillaba a Rosalina, que temía que su falta de práctica en las artes del cortejo no le permitiera estar a la altura de las palabras de Romeo. Ahora las oía, pero como flechas lanzadas en falso, sin alcanzar la diana.

Romeo había hablado así a una docena de mujeres antes que a ella. El amor de Rosalina era real y se lo había entregado sinceramente, junto con su virginidad, pero ahora dudaba del cariño de él. Lo daba con demasiada facilidad. Volvería a amar, y lo haría rápido. Su discurso amoroso brotaba como una fiebre repentina y luego se convertía con demasiada premura en palabras de muerte y violencia.

Rosalina reprimió un sollozo.

—No me casaré contigo, Romeo. Ni esta ni ninguna otra noche. Tu insistencia es inútil.

—Cuán odioso es el amor —dijo Romeo amargamente, sacudiendo la cabeza—. Hiere como una espina. Solo he venido a cortejarte y, en vez de hacerlo, me voy lleno de congoja.

Rosalina trató de alejarse, pero Romeo la retuvo con su cuerpo. Ella se mordió la mejilla para no llorar, llamando la atención. Pero entonces, para su sorpresa, alguien apartó a Romeo de ella.

Con el rostro encendido de rabia, Teobaldo arrojó a Romeo al suelo y puso el talón de la bota sobre su cuello. Romeo se lo quitó de un puñetazo y trató de levantarse, pero Teobaldo no se lo permitió, sujetándole de nuevo con el pie, esta vez con más fuerza.

—Este debe de ser Romeo Montesco. ¡Que me traigan mi espada! —exclamó Teobaldo, apretando más—. Por el honor de mi familia, no creo que sea pecado abatiros y daros muerte.

Cada vez que Romeo intentaba incorporarse, Teobaldo volvía a derribarle. Rosalina trató de apartar a su primo, pero este la ahuyentaba, perdido en la ira, volviéndose hacia ella gruñéndole que se fuera.

Aprovechando una oportunidad en la que su enemigo estaba distraído, Romeo rodó hacia un lado y se puso en pie alejándose de Teobaldo mientras se frotaba el cuello.

Los invitados habían empezado a arremolinarse a su alrededor, murmurando interesados y confundidos. Masetto y el *signor* Capuleto atravesaron el salón, contrariados por el alboroto en plena fiesta.

—Jóvenes, ¿por qué os peleáis de esta guisa? —dijo el viejo Capuleto.

—Tío, es un Montesco. Un villano que ha osado venir aquí.

—¿Es el joven Romeo? —dijo el señor Capuleto.

—Lo es, ese villano de Romeo —contestó Teobaldo, amagando con darle otra patada.

Romeo se apartó de nuevo.

—Tranquilízate, sobrino, déjale en paz —dijo el tío de Teobaldo, con un tono que exigía obediencia—. A decir verdad, el príncipe de Verona afirma que es un hombre virtuoso. No pienso denigrarle en mi propia casa, por nada del mundo. Así pues, sé paciente y no le prestes atención.

Teobaldo iba a objetar, pero su tío levantó la mano.

—Esa es mi voluntad. Basta de quejas. No son propias de un festejo como este.

—Sí lo son cuando hay un villano como este entre los invitados. ¡No pienso aguantarlo!

—¡Lo harás, chico! Lo digo yo. ¡Márchate!

Pero Teobaldo no se movió.

—¿Quién es el amo de esta casa, tú o yo? ¡Afuera! —gritó su tío.

Para consternación de Rosalina, Teobaldo volvió a hacer ademán de hablar. Su tío le fulminó con la mirada.

—Cállate y vete, por vergüenza, o haré que te avergüences —dijo el viejo, alzando el puño.

Rosalina miró asustada a su tío. Nadie desafiaba al anfitrión en su propia fiesta. La desobediencia de Teobaldo rayaba el insulto. Si no era capaz de contenerse, ella tendría que pensar por los dos.

Enhebró su brazo en el de Teobaldo y se lo llevó del corrillo.

—Esta intromisión me hace temblar la carne —murmuró él.

—Calla, primo, aquí no —dijo Rosalina—. Aún nos están mirando.

Rosalina miró por encima del hombro y vio aliviada que Romeo no los seguía.

Al notar que le miraba, Teobaldo se revolvió como un caballo que se resiste a la brida, para encararse de nuevo con Romeo, pero ella le apretó la mano con fuerza.

—Si no puedes tranquilizarte, tendrás que irte —dijo—. Nuestro tío no puede volver a verte esta noche. Ya sabes cómo es. De carácter apacible, pero cuando se enfada y se obceca con algo es peligroso. No permitas que lo haga contigo.

—Me iré —murmuró Teobaldo, con la piel del cuello roja de la ira—. Aunque me llene de la más amarga hiel. Mas no quiero dejarte aquí, con ese villano de Romeo merodeando en la noche.

La mera idea de hablar con Romeo la espantaba. Rosalina miró hacia el salón atestado de gente. Los bailarines empezaban a retomar el centro de la sala, moviéndose hermosamente en un motete. Julieta estaba en una esquina, hablando entre susurros con su ama. Arriba, en la galería de juglares, los músicos seguían tocando, aunque uno de ellos estaba asomado por la barandilla con su viola, consciente de que la pelea era el mejor entretenimiento de la velada.

—Me subiré allá arriba —dijo Rosalina, señalando el balcón—. Nadie me verá, me esconderé bien. Ahora de-

207

bes irte. Mira, el tío Capuleto sigue observando, y tiene gesto serio.

Con gran reticencia, Teobaldo besó su mano y, tras verla subir corriendo la escalera de la galería, desapareció.

Arriba, entre los músicos, el calor era aún peor, como un infierno estival creado por la respiración y el sudor de un centenar de cuerpos. Las molduras de rosas de escayola empezaban a desprenderse del techo cual colgajos leprosos. Rosalina se preguntaba cómo podían tocar con los dedos resbalando en las cuerdas.

Se sentó en un saliente que había en un extremo de la galería, donde quedaba bien oculta detrás de un puntal de madera, y se asomó a mirar a los invitados. Dos niños jugaban al pillapilla con una pelota entre los bailarines, alguien estuvo a punto de resbalarse y caer, y sí, el bueno de Vitruvio acabó tropezando mientras se llevaban a los dos bribones al jardín a esconderse. En un rincón, una pareja de recién casados se miraba embelesada, en otro, un galgo orinaba bajo la mesa donde estaban las bandejas de queso e higos y un cuenco de ponche, dejando un charco amarillo en el suelo.

No veía a Romeo entre la multitud. Tal vez se había ido. Sentía un desasosiego que nada tenía que ver con el calor. Volvió a buscar a Julieta, pero no la encontró con su ama, que ahora estaba cuchicheando con los sirvientes, ni tampoco entre los bailarines. Sí vio a Paris, que estaba solo, picando distraídamente de un racimo de uvas mientras contemplaba a los invitados. Apostaría a que él también buscaba a Julieta. «Bien. Que busque y no encuentre». Pero Rosalina no veía ni a su prima ni a Romeo entre las decenas de invitados.

Las ventanas y las puertas de la sala seguían abiertas, y Rosalina miró hacia el porche, iluminado con una docena de antorchas. Y, para su desconsuelo, allí estaban los dos: Romeo y Julieta, dos figuras conspirando bajo la pérgola de vides. Se quedó sin respiración. Trató de asomarse por el balcón para verlos mejor. Al lado de Romeo, Julieta parecía muy menuda, lejos aún de ser una mujer. ¿Por qué estaba con Julieta? ¿Estarían hablando de ella? No le veía ningún sentido.

Al ver a Romeo, su corazón se desgarró y empezó a acelerársele el pulso. Una parte traicionera de su ser todavía quería huir con él, sentir el calor de sus brazos rodeándola. En ese momento vio asombrada que Julieta reía y se acercaba un poco más a él. Romeo entrelazó sus dedos con los de ella y acarició su resplandeciente pelo rubio.

Rosalina sintió un dolor en el fondo del estómago. Le inundaron los celos, fríos y nítidos. Por un breve instante solo deseó que Romeo volviera a amarla, brillar en su afecto y empaparse de su amor. Juntos, Romeo y Julieta eran bellísimos. Pero él era un diablo angelical.

¿Había llegado a amarla en algún momento? El corazón de Rosalina se endureció contra él. Romeo no era sincero ni bueno. Sentía una pena cruda, una llama de rabia y rencor por su traición. Incluso notaba su sabor en la boca; era metálico como la sangre.

Toda ella quería gritar a Julieta que corriera, que huyera lo más rápido posible de aquel hombre. Que no era más que hermosa maldad.

Sin embargo, aunque gritara hasta dejarse los pulmones y la garganta en carne viva, su prima no la oiría con tanto ruido.

Además, ¿querría escuchar?

Rosalina conocía bien el dulce placer que había en las palabras de Romeo.

¿Es que nadie más podía verlos? ¿Era ella su único público? ¿Dónde estaba ahora su tío, el señor Capuleto?

Ante su mirada, asqueada, Romeo cogió la mano de Julieta y se inclinó a besarla.

Gritó, pero nadie la oyó.

Su corazón galopaba aterrado. No podía soportarlo. Era inútil esconderse allí arriba mientras Romeo hacía estragos en el porche. Bajó las escaleras de la galería resbalando con las pantuflas de cuero. No podía dejar que Romeo se acercara a Julieta. No lo permitiría. Sabía quién y qué era. A ella nadie la había salvado y ahora estaba llena de barro y polvo, ya nadie la querría. Ni ella misma se quería. Romeo la había mancillado y no permitiría que destrozase a Julieta también. Solo ella podía salvar a su prima.

Notaba un martilleo atronador en los oídos, como si su corazón tocara doblando de aviso, mientras ella intentaba abrirse paso a empujones entre los jaraneros, que gruñían y saltaban irritados por sus malos modales y sus codos afilados. Alguien le pisó el dedo gordo del pie, deliberadamente y con fuerza.

Rosalina hizo una mueca de dolor y siguió corriendo hacia la puerta para salir al porche. Afuera hacía más fresco y había un olor empalagoso a jazmín y a madreselva. Las polillas revoloteaban alrededor de las llamas de las antorchas. Por un momento, pensó que no había nadie allí, que era demasiado tarde. Ya se habían ido.

Y entonces le vio. Estaba solo bajo un lilo, negro en la penumbra.

Se obligó a actuar con decisión.

—No juegues con ella por venganza y para atormentarme —dijo, tratando de que no se le quebrara la voz—. Julieta es una niña.

—¡Julieta! Es el nombre más bello que jamás he oído. No soy digno de pronunciarlo con estos labios profanos —contestó Romeo con jadeante placer.

—En eso estamos de acuerdo.

Rosalina se quedó mirándole. Sus ojos resplandecían embelesados, aunque no sabía si era por la arrolladora belleza de Julieta o por el placer de herirla a ella.

—Es una santa —dijo Romeo.

—No. Es una niña. Ni siquiera ha cumplido catorce años. Todavía más pequeña que yo. Déjala en paz.

—Me temo que no puedo. Al besarla, todos mis pecados han sido purgados.

Rosalina le miró asqueada.

—Tu amor no reside en tu corazón, sino en tus ojos. Y no tarda en desaparecer.

Romeo rio con amargura.

—Has dicho que enterrara mi amor por ti.

—En una tumba. No en mi prima, que aún es una niña.

Romeo parecía impasible a la diatriba.

—¿Amó alguna vez mi corazón hasta este momento? Reniego de ello. Pues, hasta esta noche, no había visto la verdadera belleza.

Rosalina se obligó a sonreír, para recordarle que era ella a quien deseaba antes de hoy, que a ella había jurado su amor y por ella quería morir. Pero sus palabras la herían, tanto que pensaba que debían estar dejándole marcas sobre la piel.

Dio un paso hacia él, cogió su mano y se metió su pulgar lentamente entre los dientes. Entonces, dejando caer la mano, dijo suavemente:

—Esta misma noche me casaré contigo, si dejas en paz a Julieta.

Romeo la miró con desprecio.

—¿Casarme contigo? Ya he olvidado tu nombre. Amo solamente a Julieta. Todos mis suspiros son por Julieta. Tú no eres nada para mí.

A pesar de que Rosalina sabía lo que era Romeo, sus palabras dolían, se enquistaban dentro de ella. Había renegado de su amor y, para su consternación, sentía que aún lo anhelaba ahora que era de Julieta, o eso parecía.

Romeo la miró de arriba abajo.

—Julieta es el sol y tú la envidiosa luna, verde y enfer-

211

ma. Y no cuentes mentiras a Julieta. A nadie le gustan los rumores y los chismes indecentes. Vete a ese convento y deja de rondarnos.

Rosalina tenía un nudo de lágrimas en la garganta que le impedía respirar.

—Toda Verona sabrá que eres un canalla.

Él seguía inmóvil, sin sonreír: bello, perfecto, monstruoso.

—Recuerda que ningún otro hombre te va a querer —dijo suavemente—. Tu familia te repudiará como a una ramera cualquiera por haber yacido conmigo. No pagarán tu dote al convento. Al fin y al cabo, soy un Montesco. La mancha de yacer conmigo es peor que si hubiera sido con cualquier otro hombre.

Rosalina se quedó mirándole, enervada por su crueldad.

—¿No serás capaz de decirles…?

¿Cómo era posible que su amor se hubiera tornado tan rápidamente en venganza? Tal vez siempre había estado ahí, bajo la superficie, como barro y suciedad bajo la costra endurecida de una marisma.

Romeo la estudió durante un instante y luego habló lentamente.

—Por el afecto que un día te tuve, no creo que pueda. Verte repudiada, no. No creo que pudiera soportarlo. Pero recuerda: calladita como un pajarillo.

Su voz sonaba suave mientras se acercaba hacia ella. Rosalina no estaba dispuesta a moverse. Por un segundo creyó que iba a besarla, pero al final pasó a su lado y desapareció.

Rosalina estaba sola bajo la pérgola de jazmín y vides, contemplando a los murciélagos volar bajo el halo de la luna. Acababa de ver el alma tiránica que había debajo del rostro angelical de Romeo. ¿Tuvo alguna vez la intención de casarse con ella, o había sido todo una broma cruel? Sentía alivio de haberse librado de la cárcel de su afecto y, sin embargo, él lo había sido todo para ella. Le aborrecía, pero, al mismo tiempo, él le había enseñado lo que era el deseo. Y al rechazarla, se había llevado parte de ella consigo.

Emprendió el regreso a casa, sintiendo que el suelo que pisaba era inestable, que nada era lo que debía ser. Su cuerpo no era suyo. ¿Qué o cómo era ella antes de Romeo, antes de partirla en dos, despedazarla y rehacerla? Ahora que la había olvidado, que la había despreciado, ¿no desaparecería sin más Rosalina?

No importaba. Ahora solo debería pensar en cómo salvar a Julieta del villano de Romeo.

9

Bello tirano, demonio angelical

*A*la mañana siguiente, Rosalina no podía dormir y recorría su alcoba de arriba abajo, jugando con las cintas de su cabello. Lloraba por su amado con la misma amargura que lo haría sobre su tumba. Pero Romeo había fingido ser un hombre que no era, y ella había amado a una mentira. Sin embargo, fuera real o imaginario, Rosalina le adoraba y ahora él ya no estaba. Pensar en él, que tanta alegría despertaba, ahora solo le traía tormento. ¡Ay, cuánto engaño en tan bello rostro!

Temía por su reputación, aunque Romeo no podría contar que había yacido con ella sin revelar a Julieta su desdichada historia y su verdadera naturaleza.

Sin embargo, un hilo de frío invernal la recorría haciéndola estremecer. Dudaba que Romeo intentase ir a verla, pero, cada vez que oía crujir la madera, cada ruido que hacía el viento, la inundaba el desasosiego. Se sentía impotente y asustada, como cuando era una niña y creía que había espíritus moviéndose en el sobrado encima de su alcoba.

Si Romeo, llevado por su maldad, revelaba que ella había robado el oro a Masetto, Rosalina contaría a toda Verona cómo y por qué había acabado cogiendo el dinero de su padre y quién le había pedido que lo hiciera. Tal vez, al conocer su terrible historia, Julieta se espantaría y quedaría a salvo de la seducción de Romeo. Un pensamiento desagradable se coló en la mente de Rosalina: ¿era eso lo que debía hacer? Tal vez no hacía falta que lo supiera toda Verona. Contar la verdad a Julieta bastaría. Sí, le confesaría su pecado esa misma mañana y la convencería de la maldad de Romeo.

Rosalina fue a ver a su prima muy temprano. La casa estaba tranquila. Ni los sirvientes parecían querer levantarse, después de trasnochar por los irreverentes festejos de la noche anterior. El vigilante adormilado le abrió la verja, y Rosalina atravesó el patio a toda prisa y subió corriendo las escaleras hasta la alcoba de Julieta. El aire seguía impregnado de humo de leña y olor a cerdo asado.

Su prima no dormía, sino que estaba tumbada sobre su lecho, con las mejillas sonrosadas y los ojos febriles. Saludó a Rosalina emocionada y dio unas palmaditas sobre la cama, a su lado.

—Ven, bésame, prima. ¿Has visto qué día tan radiante? ¡Es el día más bello que he visto nunca!

—No son las nueve aún y ya hace demasiado calor.

—¡Oh, no! Es perfecto. No pienso discutir.

Julieta estaba inquieta, no dejaba de moverse, incapaz de estarse quieta, como si las sábanas estuvieran infestadas de pulgas. Rosalina la observaba con creciente preocupación. Parecía perdidamente enamorada, envenenada por un sueño de amor.

—Sé que tú no me traicionarás —dijo Julieta, saltando de la cama y mirando por encima de su hombro como si las mismas paredes tuvieran agujeros—. Pues si supieran que le amo, le matarían.

—¿Por qué? ¿Cómo se llama? —preguntó Rosalina, aunque ya conocía la respuesta.

—Romeo Montesco. —Julieta la miró con una dulce sonrisa y sus ojos azules ebrios de amor.

—Oh, Julieta, no, mil veces no. Es demasiado pronto para hablar de amor.

La expresión de su prima se ensombreció y, por un instante, parecía nerviosa.

—Nuestro encuentro fue como un relámpago, tan luminoso y repentino que el mundo entero se iluminó. Pero el relámpago también desaparece en un instante. Soy feliz por él, pero no por nuestro contrato.

Rosalina cogió aire, consternada.

—¿Qué contrato?

—¡Oh, mi alma ya clama su nombre y pronto tendré el suyo!

Rosalina la observaba horrorizada.

—No puedes casarte, Julieta. No tan pronto. No con alguien a quien conoces desde hace apenas unas horas. No es amor, sino locura. Tienes trece años.

—Catorce en la víspera de San Pedro, dentro de dos semanas —dijo Julieta obstinada, herida en su orgullo.

Bajó la mirada al suelo y pinchó una bola de polvo con el mugriento dedo gordo del pie. Rosalina no sabía si quería abrazarla o zarandearla.

—Oh, pequeña… —dijo—. Esto no es amor, solo crees que lo es.

Julieta la miró.

—Cuando le veas, no podrás sino quererle. Te lo digo, Ros. Lo único que tiene de Montesco es el nombre.

—No —dijo Rosalina—, no es su nombre lo que aborrezco, sino a él. Su aspecto es cautivador, pero su alma es perversa.

Julieta se quedó mirándola confundida y cada vez más abatida. Rosalina tragó saliva y respiró hondo. Tenía la boca seca.

—Yo también amaba a Romeo —dijo suavemente—. Me embelesó con su rápido verbo y su bello rostro.

Julieta, desconcertada, soltó una risilla.

—Sí, es realmente apuesto. El hombre más bello que he visto jamás.

Rosalina volvió a intentarlo.

—Nosotros también íbamos a casarnos. Yo era su ángel de luz.

Julieta la miró llena de confusión y dudas, como si Rosalina tuviera la mente aturdida.

—Yo soy su ángel de luz, su santa adorada.

—También yo lo era, eso mismo. Le adoraba y veneraba. Su amor eran el sol y la lluvia para mí. Florecía y me marchitaba dependiendo de su afecto. Íbamos a casarnos y a huir juntos a Mantua. Contra mi mejor voluntad y para mi más profunda vergüenza, me convenció de robar oro del arcón de mi padre, dinero que debía ser entregado al convento para mi manutención. Me dijo que lo cogiera como mi dote y se lo entregara. Para mi desgracia, hice lo que me pidió.

Confesar su pecado a Teobaldo había sido horrible, pero un alivio recibir su perdón, mejor que la absolución de cualquier sacerdote. Ahora observaba a Julieta sin saber qué diría, aunque llena de esperanza.

Julieta la miró embobada por unos instantes y volvió a reír.

—Queridísima Rosalina. Me quieres demasiado. Urdes historias para asustarme y para que no me vaya con mi Romeo. Pero, dulce Ros, no debes temer por mí. Me dio el voto leal de su amor y mi amor por él es inmenso y profundo.

A Rosalina se le escapó un sollozo de desesperación.

—¡Oh, Jule! ¡Si apenas le conoces desde hace doce horas! ¡No sabes cómo es! No conoces su crueldad y veleidad. ¿Qué dice tu ama?

Julieta sonrió y se acurrucó a su lado, como un gatito.

—Acaba de ir a hablar con él de mi parte.

Rosalina maldijo entre dientes. El ama debería saber que no debía esperar sensatez alguna en Julieta. En todos sus años cuidándola, jamás le había negado nada, por complacer a la pequeña, tratando de atenuar y compensar la despiadada indiferencia de Lauretta, su mezquina crueldad.

Rosalina se quedó escuchando el ajetreo de la casa, los bancos rechinando en el piso de abajo, los golpes de las puertas pesadas, las gallinas cacareando en el patio. La inundó un pensamiento desagradable.

—¿Has hablado con él después del baile?

Julieta se sonrojó de placer.

—Subió por la parra hasta mi alcoba. No temía a nuestra familia, y tenía que verme, hablar conmigo. Dice que hay más peligro en mis ojos que en veinte de sus espadas.

—Oh, Julieta, es un charlatán avezado. A mí me dijo lo mismo.

—No, prima, no pienso creerlo. Deseas asustarme porque me quieres, pero no estás siendo amable. Desearía no habértelo contado.

Las dos se sumieron en un silencio incómodo. Rosalina recordó entonces que, cuando la niña sirvienta intentó hablarle, ella tampoco quiso escucharla, y tenía casi dos años más que Julieta. Por supuesto que Julieta estaba atontada: se encontraba a merced de un adulador astuto y consumado.

Con gran esfuerzo, se obligó a hablar con calma.

—Solo dime, prima, ¿yaciste con él anoche?

Julieta le lanzó una mirada de burla desdeñosa.

—Aún no estamos casados.

Rosalina dio gracias por la firmeza moral de la joven. Eso había mantenido a salvo su cuerpo de Romeo, al menos una noche. Pero no su corazón.

Julieta suspiró.

—Ansío casarme. Cuento las horas y los minutos hasta que llegue esa bendita noche.

Rosalina hizo una mueca de dolor. Julieta estaba hechizada por el corazón de serpiente oculto tras el dulce rostro de Romeo. Se juró salvarla, a pesar de los deseos de su prima. Había que evitar esa boda.

Ya hacía calor cuando Rosalina recorría la orilla del río bajo el sofocante sol de la mañana. En su frustración, cogió una piedra y la arrojó al agua, viendo cómo desaparecía. Ansiaba confiarse a Teobaldo. Juntos eran mejores que por separado. Él había aceptado sus confesiones sobre Romeo sin titubear. A pesar de su fuerte carácter, podía confiar en él más que en sí misma. Teobaldo acudiría corriendo a su lado y la ayudaría sin vacilar. Su espada, su talante y su lealtad eran suyos. Pero ese profundo afecto que sentía por él precisamente le impedía correr a buscarle. Por su causa, Teobaldo ya se había enfrascado en una pelea con los Montesco, y Julieta había conocido a Romeo, que acudió al baile de los Capuleto buscándola, y acabó atrapando a su prima. Aquel desastre era su culpa. Si Teobaldo se enteraba de las noticias, se enzarzaría en otra disputa y acabaría herido o desterrado, toda la responsabilidad sería suya.

No: debía intentar salvar a Julieta sin la ayuda de Teobaldo. Sola.

No le quedaba otra opción que pedir al ama que evitara el enlace. Julieta le había confesado que la había enviado a hablar con Romeo, que probablemente seguiría en casa de los Montesco en esos momentos, de modo que la buscaría allí. Al menos, el ama era honesta y tenía buen corazón. Su único pecado era querer demasiado a Julieta y no negarle nada por miedo a decepcionarla. Pero si, cuando Julieta era una niña, ella no le habría permitido acariciar a una víbora porque la pequeña quisiera acariciar su cuello suave y calentito, ahora Rosalina debía convencerla de que Romeo era la víbora, su mordedura venenosa, y era la obligación del ama mantenerla a salvo de sus propios ruegos.

El sol, cada vez más alto, brillaba como una fuente de latón abrillantada. El río corría sobre las piedras en el canal y su ruido le hacía pensar en los segundos que caían a través del cristal del reloj. Rosalina aceleró el paso.

Jamás había visto tan de cerca la casa de los Montesco en Verona. Después del palacio del príncipe, era la residencia más majestuosa de la ciudad, más grande incluso que la casa de su tío Capuleto. Un panadero salió de su tienda a colocar el cartel y, después de verle entrar, Rosalina se quedó en la puerta, ocultándose del sol y de los transeúntes, con la esperanza de ver aparecer la figura familiar del ama jadeando en su regreso a casa. El olor a levadura y a *cantuccini* de almendra la envolvieron, haciendo rugir su estómago. Había salido muy temprano, antes del desayuno.

Al bajar la vista, vio que tenía la ropa cubierta de harina de estar en la puerta de la tahona. Su padre se pondría furioso si la viera allí, sucia y sin carabina.

Se quedó un cuarto de hora más esperando a la sombra.

Por fin vio la figura oronda del ama apresurándose por el callejón. Rosalina corrió hacia ella y la agarró de la mano.

El ama gritó sobresaltada.

—¡Rosalina! ¿Qué haces aquí?

—¿Y tú?

El ama sacudió la cabeza.

—No puedo decírtelo. Juré guardar el secreto. No me presiones, que seguro que lo suelto.

El ama retomó la marcha a toda prisa, tanto como le permitían sus piernas, sudando por el calor.

Rosalina no tardó en ponerse a su altura.

—Ama, dime con franqueza, ¿con quién has hablado?

—De verdad que no puedo decírtelo, dulce niña. Se lo he jurado a Julieta. Aunque he de decir que tu prima sabe elegir a un hombre. Es apuesto. Y cortés. Y su cuerpo, aunque esto no debes contarlo, Rosalina, no tiene parangón. Y tan apuesto, ¿o eso ya lo he dicho? Y seguro que es virtuoso. Y, oh, su rostro es más bello que el de cualquier otro hombre. Y habla como un caballero honrado.

Rosalina le tiró de la capa, obligándola a detenerse y mirarla.

—Por favor, ama, créeme cuando te digo que solo habla como un caballero honrado, pero no lo es. Sé con quién te has visto. Con Romeo.

—De veras, ¿le conoces? —dijo el ama, sorprendida.

Rosalina tragó saliva con la boca seca.

—Sí. Así que, por favor, confía en mí cuando te ruego que no permitas que Romeo se case con Julieta.

Sin aliento por el esfuerzo, el ama se detuvo un instante y miró a Rosalina.

—Ah, pobre niña. Tú a punto de ingresar en un convento y ella se va a casar. Pero bueno, irá a visitarte allí. Te quiere mucho.

Rosalina se mordió el labio, frustrada.

—No es la envidia lo que me hace hablar, sino la preocupación. Julieta es demasiado joven, y él malvado. ¿Es que no lo ves? Es demasiado apresurado. Ella es una niña, y el comportamiento de él, repugnante. Conmigo fue igual. Ayer mismo me amaba.

El ama chascó la lengua en un gesto de compasión.

—¿Que Romeo te amaba? Está loco de amor por Julieta. —Le retiró suavemente un mechón de pelo detrás de la oreja y, sacando su pañuelo, intentó limpiarle algo de harina de la mejilla—. Debe de ser difícil para niñas como tú, destinadas a casaros solo con Jesús y con Dios. Os hace cosas raras en la cabeza. Lo había oído, pero hasta ahora nunca lo había visto.

Dejando a un lado la frustración, Rosalina se limpió el sudor que le goteaba en los ojos. Pensó en otra estrategia. No soportaba la idea de que Romeo tocase a Julieta. Solo pensar en los dos juntos era veneno para ella. Y tampoco permitiría que Julieta acabara despreciándose a sí misma de forma tan espantosa.

Lamiéndose los dientes secos y ásperos, se obligó a sonreír.

—Tal vez sea cierto lo que dices. Buen ama, dime dónde han de casarse. Permite que vaya a desear lo mejor a la feliz pareja.

El ama frunció el ceño y parecía confundida. No dijo nada por unos instantes, como si dudara si creer la petición de Rosalina. Miró de un lado al otro y reemprendió la marcha. Pero entonces pareció cambiar de idea, giró sobre los talones y se volvió hacia ella.

A Rosalina le extrañó su comportamiento.

Sin alterar el gesto lo más mínimo, el ama dijo en voz baja:

—En la cripta de San Pedro, esta tarde.

Besó a Rosalina, que se había quedado petrificada, abrumada por la inminencia de la boda. Al menos contaba con unas horas más, si no un día. Romeo había retrasado su enlace varias veces. Abrió la boca para volver a oponerse, pero el ama la detuvo, diciendo:

—Calla. Tengo la cabeza a punto de estallar ya. No puedo escucharte más. —Se frotó las sienes—. Basta, deberías volver a tu casa.

Abatida y escocida por el fracaso, Rosalina se quedó plantada en la calle viendo desaparecer al ama, de regreso a Julieta.

No volvería a casa. No cedería ante el destino ni ante Romeo.

—No va a ser tuya, desalmado —murmuró.

Sin embargo, todos los caminos parecían cerrarse ante ella. Echó a andar por el callejón, tratando de mantenerse a la sombra y fuera de la vista, por si algún Capuleto estaba alejado de su territorio. ¿Es que no podía ayudarla nadie que no fuera Teobaldo? Ansiaba acudir a él, pero no podía permitirse correr más riesgos. Ya estaba sumida en el sentimiento de culpa; le revolvía las entrañas. Tenía que haber alguien más. Hablar con Romeo sería en vano: lo único que buscaba era atormentarla. En ese momento, se encendió su esperanza al pensar en alguien relacionado con él: su amigo el fraile. Él tenía la capacidad de detener el enlace, si realmente iba a celebrarse. Quizás aquel santo hombre estuviera más dispuesto a entrar en razón que el ama.

Rosalina aceleró el paso y se dirigió hacia la sala capitular cerca de San Pedro donde vivían los frailes, resuelta a convencer a fray Lorenzo de no celebrar el enlace.

Rosalina alzó la vista al pasar por el arco de entrada del edificio de piedra bajo y llegó al primero de una serie de jardines botánicos, un tramo de hierba con zonas de tréboles blancos que vibraba y zumbaba, con las flores cubiertas de abejas. Dos monjes estaban escardando hierbajos con el rastrillo y un tercero estaba arrodillado, regando plantones con cuidado paternal.

Se acercó y les preguntó si sabían dónde podía encontrar a fray Lorenzo. El monje que estaba regando de rodillas señaló silenciosamente hacia un arco de laurel

223

en otro jardín. Rosalina le dio las gracias y siguió apresuradamente.

El siguiente jardín estaba más asilvestrado y menos cuidado, lleno de hierbas altas y ondulantes que olían a romero, lavanda y salvia. Vio a un anciano tan encorvado como las ramas de sauce que estaba trabajando, envolviéndolas con tentáculos de enredadera retorcidos, y un bastón apoyado a su lado. Intuyendo la presencia de Rosalina aun de espaldas a ella, siguió con su labor, pero dijo con voz suave:

—Aquí estiro la enredadera para que no estrangule la ruda. Es más fácil que ir entresacándola. Crece feliz e inofensiva por las cañas de sauce, la engaño para que sea buena.

Sacó unas tijeras de una bolsa que llevaba a la cintura y quitó un poco de ruda y otra planta que tenía unas florecillas estrelladas de color blanco y las soltó en una cesta a sus pies. Luego se volvió a mirar a Rosalina, mientras giraba una de las florecillas entre los dedos.

—Tengo que llenar esta cesta de flores de jugos preciosos. Hay un enorme poder y gracia en las plantas, las hierbas y las piedras, esconden auténticas propiedades. Bien empleadas, nos ofrecen remedios medicinales. Pero sin el debido cuidado, se abusa de ellas.

Rosalina observó detenidamente su rostro.

—Veo que es un entendido en estos temas, padre.

Él soltó una risilla.

—Ante la naturaleza, todos somos niños. Incluso yo, —contestó, tirándose de la barba, blanca como la flor de un diente de león—. Ven. —Levantándose, se acercó a un árbol caído en un extremo del jardín y tomó asiento, dejando la cesta a sus pies. Apoyó el bastón a su lado y se quedó observándola. Señaló el espacio que había entre ellos—. Siéntate un rato.

Rosalina dudó un instante y se sentó. Parecía cordial

y agradable, pero estaba recelosa. Aquel hombre conocía a Romeo desde hacía muchos años y Rosalina se preguntaba si sabría cómo era en realidad, pues cultivaba su amistad como el hinojo y la salvia que crecían a su alrededor.

Hizo una pausa antes de preguntar:

—¿Me conoce, padre? Soy Rosalina.

Él frunció el ceño y la miró atentamente como si estuviera recordando. Su expresión cambió.

—Sí, qué lástima, mi pobre niña. —Suspiró, y sus hombros se hundieron en un gesto de empatía, abatido por sus penurias. Se aclaró la garganta y, sacudiendo la cabeza, murmuró tristemente—: ¡San Francisco, qué cambio! Tan amada por Romeo y tan pronto olvidada, Rosalina. —Su voz sonaba grave y cargada de pesar—. Oh, querida. Todo él y su dolor eran para ti, para su Rosalina. Y ahora ha cambiado y tú no. ¿Es ese el motivo que te ha traído? —Se acarició la barba, poniendo una gran conmiseración en el gesto.

—No, santo padre. Yo no le amo.

—¡Jesús santo! —exclamó, aliviado—. Me ha convencido para desposarle con otra.

Rosalina cogió aire bruscamente y agarró el borde de su casulla.

—Con mi prima, Julieta. Padre, se lo ruego, no lo haga. Es una niña. Solo tiene trece años. Este matrimonio es demasiado apresurado. Acabará envenenándose, pudriéndose.

El fraile parecía preocupado, con los labios fruncidos.

—Veo que el enlace también os inquieta. Es demasiado precipitado. Demasiado repentino —continuó Rosalina.

—Como el tuyo con Romeo —le recordó él, con voz cortante, poco propia del anciano benevolente. Pero luego volvió a sonreír y continuó con expresión indulgente—:

Me escribía dos veces al día para que volviera rápido a Verona a desposaros, tal era tu prisa y tu ardor por Romeo entonces.

—Hasta que supe lo que era. Romeo es demasiado mudable. Demasiado inseguro. Como vos mismo decíais, hasta ayer, todo su amor era por mí.

De nuevo afligido, el fraile se levantó, alisándose las vestiduras y recobrando la compostura. Luego sonrió generosamente.

—Le he dado mi palabra, hija. Y esta alianza entre Capuletos y Montescos, de ser dichosa, podría unir a vuestras casas y complacer al mismísimo príncipe de Verona.

Entonces, era cierto: Romeo realmente tenía intención de casarse con Julieta.

El fraile seguía mirándola con una sonrisa intranquila, llena de aparente preocupación. Rosalina sentía su sangre ardiendo, pero se contuvo.

—Padre, os lo ruego, sois un hombre de Dios. Si llegáis a escuchar los votos de matrimonio de Julieta con solo trece años, no tardaréis en rezar sobre su tumba.

El fraile se movía intranquilo, con sus dedos largos y pálidos acariciando su casulla. No quería mirarla.

Rosalina se puso en pie y le miró.

—Si esta flor de amor ha de crecer, que así sea, casadles, padre, pero dentro de dos o tres años. De ese modo, se convertirá en una rosa fuerte y hermosa que deleitará a toda Verona, hasta a nuestro orgulloso príncipe. No será una unión apresurada, sino robusta, con raíces suficientes para soportar las tormentas que acarrean nuestras familias enemistadas. —Rosalina hizo una pausa—. Y Julieta será una mujer hecha y un buen partido para vuestro Romeo.

El fraile sacudió la cabeza, sorprendido por el poder de su discurso.

—Esta misma mañana, apenas amanecido, Romeo vino a verme y me rogó que consintiera a desposarle con Julieta hoy. —Gimió—. Cuando apenas ayer era tuyo. Juraba que su corazón era únicamente de Rosalina. Me temo que el amor de los jóvenes no reside en su corazón, sino en sus ojos.

Bajó la mirada, abatido.

—No os burléis de mí —dijo Rosalina, sin saber qué pensar.

Él alzó ambas manos.

—Por mi vida que no es burla, *signorina*. Me has convencido. A pesar de tu edad y de tu género, hablas con sensatez además de pasión.

—Entonces, ¿evitaréis el enlace? —dijo Rosalina, que no se atrevía a ilusionarse.

—Haré cuanto esté en mi poder.

Rosalina le miró con asombro e incredulidad. Él sonrió sin emoción, como el reflejo de un espejo.

—¿Lo juráis? —dijo. Tenía que saber que era cierto, y que Julieta estaba a salvo.

El fraile soltó una risilla irónica.

—No puedes pedir a un santo padre que jure. —Viéndola insatisfecha, sacó su Biblia y dijo amablemente—: Oremos juntos por la seguridad y la dicha de la dulce Julieta.

—Y porque se retrase su enlace con Romeo.

El fraile sonrió.

Rosalina se sentó en la hierba a su lado, algo más tranquila. Una procesión cardenalicia de hormigas rojas salió del tronco caído y empezó a trepar por su zapato. Las apartó antes de que la picaran.

El fraile envolvió la cubierta de cuero de la Biblia con su rosario y juntó las manos para orar.

—Señor, perdona a los pecadores…

Fray Lorenzo siguió rezando, pero Rosalina no le escuchaba: tenía los ojos clavados en la Biblia de cuero azul que sujetaba en sus manos. Era idéntica a la que había encontrado en la celda de Cecilia: la misma piel de cordero color cobalto con un sello estampado en relieve. Al verla ahora, comprendía que el sello era el símbolo de la orden franciscana: un escudo con una cruz, un cuervo y una flor. ¿Por qué tenía Cecilia una Biblia franciscana en su celda cuando murió?

Rosalina sintió que un hormigueo le recorría la piel y el vello de sus brazos se erizaba a pesar del calor. Fray Lorenzo acababa de jactarse de sus conocimientos sobre plantas, sobre su potencial medicinal y nocivo. Trató de recordar las palabras de la abadesa: cuando Cecilia cayó enferma, contemplaron la posibilidad de que la hubieran tratado antes los frailes. «Ellos también creen que conocen el significado y los usos de las plantas, pero, en las manos equivocadas, pueden hacer que el cuerpo enferme más».

De pronto, se dio cuenta de que estaban solos en aquel jardín. El resto de los monjes se habían retirado a otra parte del monasterio. No sabía cómo, pero fray Lorenzo o los padres franciscanos guardaban una extraña conexión con Cecilia. Rosalina no tenía fe en aquel fraile, no le parecía del todo santo. Ni tampoco confiaba en que fuera a evitar la boda. Solo decía lo que ella quería oír: se preguntaba si mentía tan fácilmente como oraba. Quería salir corriendo de aquel jardín, cuya belleza ya no le resultaba serena.

Fray Lorenzo se balanceaba hacia delante y hacia atrás mientras murmuraba ruegos a los cielos, deslizando las cuentas de su rosario entre los dedos, pero no parecía tener intención de parar.

Con gran alivio, medio minuto después, Rosalina vio a un grupo de monjes entrar en el jardín, y por fin el fraile cesó en sus plegarias. Levantándose y cogiendo la cesta, caminó lentamente hacia un rosal. Se volvió un instante hacia ella y dijo:

—Debo volver con mis rosas, dulce Rosalina. —Luego, sacando las tijeras de la bolsa que colgaba de su cintura, empezó a descapullarlas.

Rosalina se levantó observándole. El fraile cortó una rosa y se la ofreció. Ella la cogió. A primera vista, era un capullo perfecto, de un blanco puro, pero, al fijarse, vio que tenía un escarabajo gordo y negro metido en los pétalos centrales.

Se despidió de fray Lorenzo y emprendió la marcha, aplastando la flor y arrojándola, con el zumbido de las abejas reverberando en sus oídos.

Ya no le quedaba elección. Tenía que encontrar a Teobaldo. Se mordió el labio, tratando de contener las lágrimas. Él la ayudaría en cuanto se lo pidiera, pero temía que su primo, en su odio hacia los Montesco, estuviera ansioso por tener otro motivo para despreciarles. Tenía que aferrarse a la esperanza de que la Fortuna les sonreiría, pues cada vez era más evidente que ella no podía salvar a Julieta sola y desamparada. Como mujer, pocas personas le hacían caso, y al ser una joven a punto de ingresar en el convento, su voz era poco más que el canto de un estornino. Sin embargo, si la unía con la de Teobaldo, tal vez lograría hacerse oír. No quería su espada, sino su voz. Tal vez juntos podrían evitar el desastre de aquella funesta boda.

Rosalina trató de pensar dónde estaría Teobaldo en aquel momento. «En casa de Valencio». Comía todos los días con él.

Corrió hacia la casa de su hermano. La mayoría de los vecinos se habían refugiado en sus casas huyendo de las peores horas de calor. Rosalina intentaba no pensar en qué diría Valencio al ver su aspecto desaliñado.

Sin embargo, cuando llegó al portón cubierto de clavos

de latón que señalaba la entrada a la casa, se quedó unos instantes dudando antes de levantar la aldaba con forma de cabeza de león. Prefería no entrar: si lo hacía, Valencio la reprendería por su aspecto descuidado y le ordenaría volver a casa de su padre al instante. No querría oír lo que Rosalina tenía que decir y, aunque lo hiciera, tampoco mostraría compasión alguna por su desgracia. En el mejor de los casos, la enviarían inmediatamente al convento, y seguía temiendo por la seguridad de Julieta. No, no podía confiar en Valencio.

Miró a su alrededor y vio a un muchacho harapiento dormido hecho un ovillo a la sombra de un pino piñonero. Trató de despertarle metiéndole una moneda en la mano. El muchacho abrió los ojos.

—Coge esta moneda, amigo, y llama a esa puerta. Di que Petruchio manda a buscar urgentemente a Teobaldo, que debe ir pronto. Dilo con estas palabras y te daré otra moneda, y mi mayor agradecimiento.

El muchacho la miró parpadeando mientras se metía la moneda en el jubón.

—Sí, *signorina*.

Se puso en pie al instante y, mientras Rosalina se ocultaba detrás del pino, golpeó con fuerza a la puerta y repitió el mensaje que le había dado.

Rosalina apenas podía respirar. ¿Funcionaría y saldría Teobaldo? ¿Y si le seguía Valencio, preocupado por Petruchio? ¿Qué haría entonces?

Los minutos pasaban lentamente, arrastrándose. Por fin, el muchacho salió y recuperó su sitio en el suelo debajo del árbol. Rosalina le dio la segunda moneda y se volvió a quedar dormido en su lecho de agujas de pino.

Teobaldo no salía. Rosalina no sabía qué más podía hacer. Era inútil; Julieta estaba perdida. Además, Rosalina necesitaba ir al aseo, de lo contrario tendría que hacerlo en cuclillas en la calle, y orinar como un mendigo o un vagabundo. Se escondió detrás del árbol y, levantándose las faldas, se agachó. El alivio fue inmediato.

En ese momento se abrió la puerta y volvió a cerrarse de golpe. ¡Teobaldo! Rosalina se recogió las enaguas rápidamente y corrió detrás de él, siguiéndole hasta una pequeña plazoleta desierta a la que daba el callejón. El sol era abrasador y todas las ventanas estaban atrancadas, cual ojos cerrados.

—¡Detente, Teobaldo!

Teobaldo la miró frunciendo el ceño y ella se sintió cohibida al notar que reparaba en sus mejillas quemadas por el sol, su vestido desaliñado y su pelo despeinado.

—Rosalina, otra vez sola, y sin permiso —dijo Teobaldo, resignado.

Rosalina empezó a contestar, pero él la interrumpió.

—Me ha hecho llamar Petruchio. Llevo prisa. En verdad, no sé qué es lo que ha ocurrido.

—Nada. A Petruchio nada. O más bien, yo soy Petruchio.

Teobaldo la miró, confundido.

—Soy yo quien te he enviado el mensaje —le explicó ella—. Necesitaba que salieras a verme sin que lo supiera mi hermano.

Teobaldo volvió a mirar su aspecto descuidado.

—¿Te ha herido Romeo? —preguntó en voz baja—. No pareces tú. —Su frente estaba arrugada por la preocupación.

—Romeo ya me ha olvidado…

—¡Gran noticia! —Su rostro se iluminó, pero Rosalina seguía abatida—. Entonces, ¿por qué tan seria?

—Ahora ama a Julieta. Quiere casarse con Julieta.

—¿Nuestra Julieta? —preguntó, con incredulidad—. ¿Nuestra pequeña Julieta?

Rosalina asintió. La ahogaban los remordimientos por no haber hecho más para proteger a su prima de un monstruo como él. Estaba tan embriagada de amor que no había visto que su paloma era un cuervo en realidad. Su único y egoísta temor había sido que los descubrieran.

Cerró los puños con fuerza, rezando con un fervor inusitado por que no fuera demasiado tarde. Miró a Teobaldo a través de sus párpados enrojecidos y cubiertos de polvo.

—La vio en el baile, la llamó su ángel de luz, dice que ahora la ama a ella.

Teobaldo estaba inmóvil, como si no quisiera creer la noticia.

—¿Y ella le ama también? —preguntó.

—Así es. Con exceso. O cree que le ama.

Al oírlo, Teobaldo empezó a maldecir. Rosalina se estremeció aterrada de que la culpara por todo ello: ella era el único motivo de que Romeo se hubiera aventurado al baile de los Capuleto y hubiera topado con su nueva presa. Rosalina había obrado mal, cegada como Cupido en aquel desafortunado romance.

Sin embargo, para su alivio, la ira de Teobaldo iba únicamente dirigida a Romeo.

—¡Ay, ese presumido! ¡Ese cruel indeciso! ¡Ese capullo hideputa! —Escupía las palabras, pasándose la mano por el pelo, temblando de rabia—. ¡Déjame ir por él, antes de que la arrastre al paraíso de los locos! ¡Es demasiado pequeña para esto!

El alivio de Rosalina se convirtió en irritación. La rabia vertiginosa de aquellos hombres no era útil.

—Sé más templado, Teobaldo —dijo enojada—. La ira nubla tu juicio y de nada puede servirnos. No te lo cuento para verte entrar en cólera y echar humo como una tetera. —Le cogió por la barbilla, obligándole a mirarla—. Sí, primo, debemos evitar el enlace, pero con razón e inteligencia. He buscado y encontrado al fraile cura que ha de casarlos. Me prometió que no lo haría. Pero algo en mi alma me dice que miente.

—Entonces, así es —dijo Teobaldo con certeza.

—Y he intentado hablar con Julieta y con el ama, pero no quieren escuchar, al menos no a mí. —La vergüenza que le provocaba esa idea hizo que las lágrimas le rasparan la garganta.

Teobaldo posó las manos firmemente sobre sus hombros. Su peso era reconfortante.

—En tal caso, entre los dos evitaremos este nefasto enlace. ¿Dónde ha de celebrarse? —dijo.

—En San Pedro. Esta misma tarde.

—¡Tan raudo, ay! Vamos, pues, debemos ir ya mismo. Mas, si fallan la razón y las palabras, tendré que batirme con él y restaurar el honor de las dos.

—¡No! —insistió Rosalina—. ¡No quiero tu espada! ¡De nada me sirve el honor sin ti! Quiero que hagas que te escuchen. Si ven que tú me crees, tal vez Julieta entre en razón. Si no puedes evitar la violencia, no vengas.

Rosalina desearía quitarle la espada del cinto y arrojarla al río. Su ansia por decidir cualquier disputa peleando la enfurecía y la aterraba. ¿Tan poco les importaba la vida a aquellos hombres, que siempre estaban dispuestos a desecharla?

—¡Júralo o vete! —dijo por fin, perdiendo la paciencia.

Teobaldo gruñó y asintió a regañadientes.

Nerviosos e irritados con el otro, anduvieron unos minutos en silencio. La frustración de Rosalina con su primo se fue disipando poco a poco hasta desaparecer. Aferrarse al rencor hacia Teobaldo era como tratar de agarrarse al humo.

A la orilla del río, junto al ancho puente, había más sombra, y unos comerciantes vendían pescado y una selección de fruta y verdura: limones arrugados, melones partidos con pipas del tamaño del diente de un niño y dá-

233

tiles esmirriados. Rosalina iba mirando hambrienta tamaño banquete, tropezó y Teobaldo la agarró por el hombro, para que no cayera al suelo.

La observó preocupado.

—¿Hace cuánto que no comes nada, Ros? ¿Y que no bebes algo?

Ella se zafó de su mano.

—No lo recuerdo. Tampoco importa. Debemos apresurarnos.

Ignorando sus protestas, Teobaldo le compró una taza de cerveza, medio melón maduro que olía dulzón y un trozo de salchichón fuerte y picante. Se pasaron el melón en silencio mientras reemprendían la marcha con paso enérgico y ágil.

Los dedos se le quedaron pegajosos y se limpió la grasa del embutido y el jugo de melón en las faldas. Se acordó de la última vez que había comido en el mercado, con Romeo. Solo pensar en cómo le limpiaba el jugo de naranja con su beso le hizo estremecerse.

Miró de reojo a Teobaldo.

—¿Me creíste cuando te hablé de los crímenes de Romeo?

Él se encogió de hombros y escupió un trozo de grasa en la alcantarilla.

—Claro, Rosalina. Yo creo todo lo que dices, lo eres todo para mí.

Hablaba francamente, con descaro, pero también con ternura.

—Pero —insistió ella— tú odias a todos los Montesco, y siempre estás buscando motivos para encararte con ellos y pelear. ¿No me creíste por odio?

Teobaldo suspiró y se detuvo para mirarla.

—No, Ros, te creí por amor. Siempre te he amado. Desde que éramos niños y nos apostábamos quién aguantaba más chupando un limón. Me dijiste que amabas a Romeo y que te había ultrajado, así que te creí. Mas no por odio hacia él, sino por amor por ti.

Teobaldo arrojó la cáscara de melón a la alcantarilla y se limpió la boca con la manga. Parecía tan joven allí, tan lleno de esperanza e ingenuidad.

Se acercó un poco a ella y se detuvo, de pronto inseguro.

—Dices que soy un hermano para ti. Y eso seré, hasta que digas lo contrario.

Rosalina le miraba fijamente.

—Puede que me quieras como a un hermano. Yo te quiero también, mas no como a una hermana.

Seguía mirándola fijamente. Ella se estremeció, notando el sudor pegajoso bajo los brazos, la capa de mugre bajo sus uñas y la grasa salpicada en sus faldas. Tenía algo enredado en el pelo, y le picaba. Sin embargo, él la miraba como si no viera nada más que a ella.

—Rosalina, por mi vida, te amo, así es.

Ella era incapaz de hablar. Teobaldo prosiguió.

—Creías que estaba siendo generoso al pedir tu mano e intentar salvarte del convento. Pero en realidad era egoísta, porque te quiero más que a mí mismo.

Teobaldo besó la palma de su mano con ternura y le cerró los dedos como si fuera una joya. Rosalina suspiró: ojalá sus palabras y su fácil afecto pudieran hacerla volver en sí como la comida había apaciguado su estómago. Él la conocía desde siempre, con sus virtudes y sus defectos, y sin embargo la amaba. Jamás había fingido ser otra persona con Teobaldo. Un músculo en su mandíbula empezó a palpitar, pensando que no merecía tanto afecto ni aceptación. Si él era capaz de ver su interior, sabría que estaba mancillada, manchada de sangre y obscenidad. La niña que fue, la que un día conoció, ya no existía.

Pero Teobaldo no lo entendía. Se acercó un poco más. Sus ojos estaban tan abiertos y llenos de amor que Rosa-

235

lina no pudo soportarlo, y tuvo que parpadear y apartar la mirada. La niña que un día fue podría haberle amado como él quería y merecía: aquella otra Rosalina, a la que Romeo había dejado deshecha. Ella quería a Teobaldo. Siempre le había querido. Sin embargo, no estaba tan segura de poder amarle como esposo: tenía demasiada sangre, dolor y suciedad acumulados. Pero quería hacerlo. Y, tal vez, deseándolo lo conseguiría.

¿Podría el amor llevarse con el tiempo toda aquella suciedad y aquel dolor?

—Tu silencio me da esperanzas. Mi vida, mi alma, mi Rosalina.

Ella habló por fin.

—Estoy abrumada, no sé qué decir.

Teobaldo sonrió abiertamente.

—Di que te casarás conmigo. Podemos quedarnos aquí en Verona y vivir hasta hacernos ancianos. O si no, fúgate conmigo. Cuando acabe todo esto, vayámonos. Huyamos por el verde bosque y vivamos en Venecia. En Roma. ¡En Atenas! De veras que no me importa, si estoy contigo.

Algo en su expresión hizo reír a Rosalina. Y fue como si no hubiera reído en meses. Teobaldo era su compañero de juegos. Eran dos bayas brotando de la misma rama.

Teobaldo sonrió. Juntó su nariz con la de ella y la besó titubeando, indeciso. Ella le dejó y no le disgustó. No tenía tanta práctica como Romeo. Tenía tiempo para aprender. La barba de su mentón era suave. ¿Sería posible? Rosalina no sabía si podría volver a sentirse íntegra, pero Teobaldo la ayudaría. Él sabía cómo era antes.

—¿Cómo te sientes? —preguntó él, apartándose inseguro.

—Colmada de dicha y de pena.

Rosalina observó aquel rostro familiar, conocido y desconocido a la vez. Compañero de juegos, amigo, ¿y ahora amante? Descubrió que le gustaba pensar en sus besos, aunque cualquier otra cosa la llenaba de pavor. Pero no había por qué correr, a pesar del ansia de Teobaldo. Rosalina era consciente de sus propias dudas, de sus cambios de humor de un momento para otro. Sabía que el profundo amor de Teobaldo le ayudaría a ser paciente. Pronto, ella tendría todo el tiempo que quisiera.

Alzó la mirada al cielo.

—El ojo del día está alto y abrasa. Debemos ir rápido a San Pedro, a buscar a Julieta y a Romeo.

Teobaldo la cogió de la mano y echaron a correr por la calle hacia la basílica.

Cuando llegaron a la iglesia, su fachada brillaba bajo la luz del mediodía, como si estuviera iluminada con pan de oro. Una bandada de palomas descansaba en los escalones, llenando la plaza con sus suaves arrullos y cubriendo la entrada de heces.

Rosalina iba a pasar decidida por delante de los leones de piedra que vigilaban la gran puerta de entrada cuando Teobaldo la detuvo.

—Un momento, Ros —dijo, quitándole varias agujas de pino del pelo con ternura.

Rosalina se recolocó las faldas y subieron los escalones de dos en dos. El templo estaba en calma y silencio, tranquilo como un bosque. Buscó a su prima por todas las naves, pero solo vio a un monje rezando arrodillado.

—No están aquí —dijo Teobaldo, furioso.

—En la capilla de la cripta —dijo Rosalina adelantándose y rompiendo el silencio con el repicar de sus pasos.

Bajaron hacia la oscuridad, con la respiración entrecortada. Al llegar al pie de la escalera, Teobaldo y Rosalina se ocultaron entre las efigies yacientes de piedra y las reliquias de cráneos enjoyados. Ellos serían los dos únicos testigos vivos de aquella ceremonia clandestina.

En la penumbra de las velas menguantes, se atisbaba una pareja ante el altar y un cura uniendo sus manos. La pareja, demasiado inmersa en el rito, no se percató de su presencia. Ella era alta y esbelta, como una dedalera asintiendo en su vestido esmeralda; él parecía empapado de amor al poner la alianza en su dedo. El olor a incienso se mezclaba con el moho y la humedad.

Teobaldo apartó a Rosalina para avanzar, pero ella le agarró con la mano, susurrando:

—No, Teobaldo. ¡No son ellos! ¿Ves? Esa no es Julieta. Ni el novio Romeo.

Por un instante, Teobaldo estaba demasiado alterado como para ver que era cierto, pero entonces se calmó y volvió junto a Rosalina, lamentándose con un susurro:

—¿Por qué no están aquí? ¿Qué argucia es esta?

Rosalina tomó asiento en una de las tumbas bajas de mármol y ocultó la cabeza en su regazo. Pensó que tal vez había logrado persuadir a fray Lorenzo de detener la boda, pero, al recordar la Biblia franciscana en la celda de Cecilia, supo que el fraile mentía al decir que lo intentaría.

La boda debía de estar oficiándose en otro sitio.

Respiró hondo.

—Romeo ha debido de convencer al ama para que me envíe al lugar equivocado a mí y a cualquiera que pregunte. A ella sola no se le habría ocurrido engañarme.

—¿Dónde pueden haber ido? —susurró Teobaldo, agitado—. ¿O nos han burlado ya?

Rosalina se lamió los labios cuarteados, intentando pensar.

—Solo veo una posibilidad: la celda de fray Lorenzo. No está lejos de San Pedro.

Teobaldo contempló asqueado la capilla fría y húmeda.

—No me agrada este lugar, con los difuntos como únicos testigos. Es la muerte en vida. Si aceptaras ser mi esposa, jamás me casaría contigo en un lugar como este, ni tampoco en la oscura celda de un fraile.

—¿Dónde entonces? —preguntó Rosalina con curiosidad, mientras volvían lentamente a la penumbra de las escaleras, tratando de no rozar los muros mojados ni las antorchas que escupían cera. A ella tampoco le había gustado nunca aquel lugar y la afinidad de Romeo por él le inquietaba.

—Quisiera que nos casáramos a la orilla del río, rodeados de martines pescadores, o en un bosque frondoso, ante un coro de ruiseñores.

Rosalina no estaba segura de querer casarse. Se quedó un momento imaginando las hojas húmedas después de la lluvia y el susurro de los árboles. Si pudiera elegir quedarse junto a Teobaldo para siempre sin casarse con él, lo haría sin dudarlo: tal vez podría ser su no esposa para siempre. Podrían vivir juntos en otro lugar como hermanos, pues nadie que no los conociera cuestionaría su relación, de lo mucho que se parecían. Teobaldo la amaría y ella le adoraría, y ya eran mejores amigos: ¿qué más necesitaban? Sin embargo, una voz en su interior le decía que, para Teobaldo, el placer de la amistad no era suficiente. Hizo una mueca de dolor. Le resultaba imposible sentir deseo por él ni por ningún hombre, después de haber caído en la trampa de Romeo, después de verse ensangrentada y mancillada. Tal vez no se viera aún, pero las marcas estaban ahí. Algún día Teobaldo las vería y la despreciaría.

Romeo tenía razón: era demasiado tarde, Rosalina estaba perdida.

Y, sin embargo, sabía que Teobaldo la amaba tanto que estaría dispuesto a esperar. Ella le quería antes de conocer a Romeo, así que tal vez pudiera amarle después de él. Ya lo quería como a un hermano, no, como a su alma gemela. Lo único que pedía era que un afecto madurara para convertirse en otro, como una manzana verde se vuelve rosada bajo

239

el sol de otoño. Tal vez, con el tiempo, sus heridas curarían y perderían ese color encarnado, tornándose blancas. Apenas tenían quince años, no había ninguna prisa. Podía fugarse con él y, en primavera, el año próximo o al siguiente, quizá le amaría ya. Si había sentido ese anhelo por Romeo, quizás algún día pudiera sentirlo también por Teobaldo. Las semillas del deseo estaban sembradas. El amor traería la lluvia. Rosalina quería atreverse a albergar esperanza.

Teobaldo tenía un pie en la escalera.

—Rosalina, ¡ven! —Le tendió la mano y juntos corrieron arriba.

10

Romeo, ese villano

$\mathcal{R}$osalina condujo a Teobaldo a través del arco que llevaba a los jardines botánicos. Las celdas de los frailes se encontraban alrededor del césped, con ventanas negras y cubiertas de barrotes. No sabía cuál de ellas era la de fray Lorenzo.

Recorrieron el primer claustro en busca de algún indicio. Estaba muy tranquilo: una brisa templada, cálida como el aliento sobre su mejilla, levantaba las faldas a un sauce llorón, y los lechos de flores estaban cubiertos de hinojo verde, cuyo intenso perfume anisado impregnaba el aire.

—¿Cómo sabremos qué celda es la suya? ¿O habrán ido a la capilla? —exclamó Teobaldo, impaciente.

Rosalina sacudió la cabeza. Lo ignoraba. Temía que todo fuera inútil. La campana de la basílica dio las tres. Volvió a recorrer el jardín con la mirada y se estremeció al ver al fraile cortando margaritas en otro lecho de flores.

Atravesó el jardín corriendo hacia él, con el estómago revolviéndose de antipatía.

Al verlos acercarse, el fraile alzó una mano en señal de saludo. Sonrió, y sus dientes eran tan amarillos como el corazón de las margaritas desperdigadas a sus pies.

—Bienvenida, dulce Rosalina —dijo.

—¿Llegamos tarde? —preguntó ella—. ¿Les habéis desposado?

Ya no estaba dispuesta a llamarle «santo padre».

El fraile soltó una carcajada, con un tono triunfal en la voz mientras volvía con sus flores.

—Nuestra santa Iglesia ha hecho de los dos una sola persona, sí.

Rosalina sintió ganas de vomitar. Le ardía en la garganta. Habían llegado tarde y Julieta estaba perdida. Por un instante no se oyó más que el estridente canto de un mirlo al sacar un gusano de la tierra apilada, con su trino fuerte e insistente.

Teobaldo miró al fraile, con el gesto retorcido de dolor y rabia. Rosalina vio que estaba tratando de contenerse con todas sus fuerzas para no tirar al anciano al suelo entre violetas oscilantes y tallos de belladona.

—Os lo ruego, padre confesor —dijo, apretando los dientes—. Decidnos hacia dónde han ido.

El fraile le sonrió con falsa serenidad.

—Ah, el día es cálido y todos los Capuletos están fuera.

—Es inútil —dijo Rosalina, volviéndose hacia Teobaldo, exasperada—. No nos lo dirá. No es amigo nuestro, solo de Romeo.

El fraile ladeó la cabeza.

—En efecto, él es como un hijo para mí. Y ahora, Julieta, mi hija. —Sonrió, satisfecho consigo mismo.

Rosalina se estremeció. Jamás había odiado a un cura ni a un fraile, pero aquel hombre parecía gozar con su desdicha. Estaba lleno de amargura.

—¿Cómo habéis podido hacerlo? ¡Me mentisteis!

—Lo intenté, Rosalina, de veras que lo hice. Te prometí que haría todo cuanto estuviera en mi poder. —Alzó las manos, en un gesto de rendición—. Pero, en todos mis años como fraile, jamás he visto a una novia tan hermosa, una doncella rebosando tanta dicha, tan llena de amor. Nada más casarles, salió corriendo a aguardar la llegada de su prometido, ansiosa por complacerle.

Rosalina notaba cómo se coagulaban y espesaban los contenidos de su estómago. Sabía que el fraile estaba imaginando a Julieta, joven e impaciente, retorciéndose en el lecho a la espera de su esposo. Veía la suciedad que recubría su alma.

—¡Ya basta de esta lascivia repugnante! —dijo Teobaldo, desenvainando la espada y abalanzándose sobre el fraile.

El fraile tosió, fingiendo fragilidad, y se apoyó en su bastón.

—¿Vas a atacar a un santo padre, niño?

Rosalina se metió entre los dos y empujó a Teobaldo hacia atrás.

—¡No seas loco! Hay frailes y monjes cerca. No tiene más que pedir auxilio y vendrán. Si te detienen, poco podrás ayudarnos.

Admitiendo a regañadientes que estaba en lo cierto, Teobaldo envainó la espada y se apartó.

Rosalina volvió a mirar a fray Lorenzo.

—Por lo que dice, Romeo y Julieta no están juntos, padre —dijo secamente, notando cómo el aroma de las rosas se hinchaba en su garganta—. Julieta se ha ido para esperar a Romeo. Sola.

El fraile gruñó, lamentando haber revelado tan útil información. Teobaldo se irguió de repente y, cogiendo a Rosalina por el codo, se la llevó al otro extremo del jardín botánico, murmurando:

—Entonces, debes ir a buscar a Julieta, y yo iré a por

ese villano de Romeo. Si le encuentro antes de que se consuma el matrimonio, nuestra prima no será presa suya.

Rosalina sacudió la cabeza vigorosamente. Sabía lo que quería hacer Teobaldo, y no lo permitiría. Tal vez fuera el incansable calor de aquellos días, que agitaba su sangre rabiosa y los empujaba a pelear. Ella también detestaba a Romeo, pero no creía que el remedio estuviera en la punta de una espada. Allí no había ángeles ni respuestas, solo muerte.

—No, Teobaldo. Te lo ruego. Ven conmigo, hablemos con ella los dos. Solo podemos lograrlo si lo hacemos juntos. A mí sola no me escuchará.

Teobaldo se quedó mirándola con sus ojos de intenso color avellana bajo la luz de mayo, pero ya no sentía que tuvieran la misma edad. Sus caminos se habían separado. Ahora ella era anciana por dentro, una vieja bruja, encorvada y encogida. Ya no era la niña de Teobaldo, llena de luz y picardía, sino un ser más oscuro y triste.

Mientras él la observaba con sus ojos inmensos, Rosalina retrocedió, temiendo jamás ser digna de aquella mirada. Sin embargo, volvía a sentir esa semilla de esperanza. Siempre y cuando estuvieran juntos, podrían salvar a Julieta. Estaba convencida de ello. Luego tendrían tiempo de pensar en el amor y otras cosas. Pero ahora debía evitar que Teobaldo se fuera y solo había una manera.

—Quédate conmigo —dijo, tendiéndole la mano—. Vayamos juntos a buscar a Julieta. Y cuando todo esto acabe, nos iremos al bosque frondoso y ya no habrá más Montescos y Capuletos, solo Puck y Robin Goodfellow.

Teobaldo se quedó pensando y se acercó a ella, con el rostro iluminado de pronto por una dicha inesperada.

—Muy bien. Juntos, entonces —dijo—. Brindo por el amor.

Y la besó.

—¿Por dónde vamos? —dijo Rosalina al separarse.

El aire estaba cargado de la fragancia de la adelfilla y un haz de luz atravesaba las hojas azules de un laburno, salpicando el suelo de motas de sol. La dulce serenidad contrastaba con la agitación que sentía por dentro y se detuvo un instante, vacilando, con el corazón latiéndole a golpes. Por un minuto, se sintió incapaz de decidir.

El jardín estaba presidido por la blanca falange de la torre de San Pedro, señalando al cielo y el destino. ¿Cómo iba a saber qué elección era la adecuada?

—Por aquí —dijo finalmente.

Salieron del jardín y cogieron el camino que llevaba a la residencia de los Capuleto. Rosalina no sabía cuánta ventaja les llevaba Julieta, si era apenas unos minutos o una hora. Tal vez siguiera en su casa. Romeo podía estar con ella ya, y su matrimonio consumado. Sin embargo, Rosalina se aferraba a la intuición de que Romeo no acudiría a por Julieta hasta el anochecer. No se arriesgaría a entrar en la morada de los Capuleto hasta poder ocultarse tras la máscara de la noche.

Anduvieron un rato hasta que el calor de la tarde hubo perdido su ferocidad y, viendo a Rosalina cansada de tantos esfuerzos, Teobaldo le ofreció su brazo y ella aceptó agradecida. La suela de su zapato se había despegado e iba colgando, y tenía una ampolla supurando en el talón; se la frotó suavemente. Siguió cojeando en pos del rastro de Julieta. Las tiendas volvían a abrir, pero ninguno de los comerciantes les prestaba atención. Eran una pareja rebelde y díscola, deambulando por las calles con la llegada del crepúsculo. Rosalina rogaba a todos los santos que no dejaran que se encontrase con su padre, ni con ningún conocido.

Pasado un rato, vio una figura delgada calle abajo. Le dio un golpecito con el codo a Teobaldo.

Aunque costaba ver con la luz del crepúsculo, aceleraron un poco el paso, y Teobaldo, incapaz de reprimirse, gritó:

—¡Julieta!

La figura se detuvo y siguió avanzando más despacio, dubitativa.

Rosalina sacó toda la fuerza que le quedaba y aceleró hacia ella.

—¡Julieta, eres tú!

Julieta se volvió hacia ellos, sorprendida de verlos juntos. Echó a correr a su encuentro, como si fuera a arrojarse a los brazos de su prima, pero, cuando estaba delante de ella, se detuvo, de pronto presa de la duda.

—Ros, se lo has contado a Teobaldo —dijo, llena de rencor.

—No he tenido elección, prima. Créeme, no quería hacerlo.

—Por favor, ven con nosotros, pequeña —dijo Teobaldo—. Encontraremos a un cura amable que anule este espantoso enlace.

—Te queremos, Julieta —dijo Rosalina—. Más de lo que jamás te querrá ese villano. Por favor, haz lo que dice Teobaldo.

Julieta se apartó de ellos.

—No quiero discutir, Ros —dijo, a la defensiva—. Tan solo bésame y deséame lo mejor.

Rosalina dio un paso adelante, le cogió ambas manos y la besó con verdadero cariño.

—Yo siempre quiero lo mejor para ti. Es lo único que he hecho y deseado nunca. Pero, prima —la miró intensamente—, los mendigos valen más que Romeo Montesco.

Julieta se tensó, llena de rabia e indignación.

—¡No hables así de mi esposo! No es cierto. Él no es ningún mendigo. Es rico en amor por mí. Y tiene dinero. Me lo mostró. Treinta ducados de oro. Nos lo llevaremos todo cuando huyamos de la ciudad.

Rosalina suspiró exasperada.

—Pero ¿es que no lo ves? ¡Ese dinero es de mi padre! Son los ducados de oro que Romeo me pidió que robara de su arcón.

Julieta miró herida a su prima mientras se chupaba un extremo de la trenza.

—Ros, todo irá bien. No te amargues y seas arpía. No te sienta bien. Trata de alegrarte por mí, aunque la Fortuna haya sido cruel contigo.

Rosalina notaba un intenso dolor palpitando sobre su ojo, por la humillación y por haberse pasado aquel caluroso día corriendo de acá para allá. La herida del pie seguía molestándole y supurando. Necesitaba hacer que Julieta entrara en razón y los acompañara.

—Aún no es demasiado tarde —dijo Teobaldo, frunciendo el ceño—. Es pequeña. Puedo agarrarla y meterla en algún escondite hasta que entre en razón.

Julieta se apartó rápidamente de él, temiendo que hablara en serio.

—Calla —dijo Rosalina, impaciente—. Si vas a hablar así, no digas nada.

Rosalina pensaba en Cecilia y la joven sirvienta con la barriga inmensa. ¿Cuántas otras habría habido antes que ella? Temía que la Fortuna se ensañara ahora con Julieta y Romeo la despreciara, abandonándola como a un despojo.

Y quería que Julieta entendiera que no era un despojo, que ellos la querían.

Julieta tenía las mejillas encarnadas con ese tinte de felicidad que Rosalina quería quitarle. Quería que ella también sintiera el dolor, que lo comprendiera, pero Julieta la miraba con descarada impaciencia, saltando de un pie a otro, ansiando marcharse y volver con Romeo.

Rosalina suspiró. Sentía una punzada de envidia: quería sentirse segura, feliz y bella otra vez. Y entonces vio un destello verde como una hoja nueva enroscada en el dedo fino de Julieta. Por un instante, se quedó sin respiración.

—Déjame ver tu alianza —dijo Rosalina, tratando de mantener el tono de voz ligero.

A regañadientes, Julieta le enseñó la mano. Rosalina examinó el anillo, girándole la mano hacia arriba. Era una fina banda de oro con una gruesa esmeralda engastada, reluciente como los primeros capullos de primavera o la hierba después de llover. Al instante supo que era la piedra de su madre y la alianza que Romeo había hecho engarzar para su boda. Soltó la mano de Julieta como si le hubiera picado.

Julieta se quedó mirándola, confundida, pero Rosalina no ofreció ni una palabra de explicación. Era inútil. Julieta no quería oír la verdad. Sus oídos estaban taponados por el veneno.

Rosalina tragó saliva obligándose a apartar la mirada del anillo. Aparentemente, para Romeo, mujeres y anillos eran intercambiables. Pero ahora ya daba igual, pues Julieta no quería verlo, estaba demasiado empapada de amor, se había calado demasiado en él.

Para su desconsuelo, la joven ni siquiera preguntó qué le angustiaba. Alegremente, ocultó las manos en las mangas y dijo:

—Debo ir a casa. —Estaba impaciente por marcharse.

—Déjala —dijo Teobaldo, rodeando los hombros de Rosalina con el brazo—. Sus oídos están taponados con las dulces mentiras de Romeo.

Rosalina asintió, atontada, y la dejó marchar. Se quedó observando cómo Julieta desaparecía a toda prisa en la oscuridad, mientras ella deseaba que se girara, aunque fuese un instante, y sonriera. «Vuélvete, Jule. Yo te quiero, él solo está fingiendo».

No lo hizo.

Rosalina se mordió el labio para no llorar. Teobaldo la abrazó fuerte contra sí, murmurando tiernas palabras, y empezó a besarla en lo alto de la cabeza. Se sentía calentita y protegida entre sus brazos. Olía a adelfas y a primavera.

Pasados unos instantes, se apartó con suavidad.

—Ha llegado el momento, Ros. Debes dejarme ir a buscar a ese villano de Romeo.

Rosalina sacudió la cabeza con fuerza.

—No.

—Sí. Ya hemos hablado suficiente; las palabras no son más que aliento.

—Mientras haya palabras y aliento, hay vida y esperanza. —Rosalina le cogió por el brazo y lo agarró con fuerza, pero Teobaldo se zafó de ella.

—Suéltame, Ros.

—Pero he dicho que me iré contigo al bosque.

—Y en cuanto acabe este espantoso asunto, te iré a buscar. —Teobaldo sonrió, y la luz de sus ojos era pura alegría, pero no estaba dispuesto a quedarse quieto. Acarició su mejilla con las yemas de los dedos y la besó en la frente—. Oh, el cielo está aquí donde mora Rosalina. Aquí está mi corazón.

Teobaldo cogió su mano y la apretó contra su pecho para que Rosalina sintiera el fuerte latido de su corazón bajo la fina tela de su camisa. Su carne era blanda y aún se notaban las frágiles costillas de un niño.

Y con un último beso, desapareció.

—¡No! —exclamó ella.

Rosalina salió corriendo detrás de Teobaldo, con lágrimas cayendo por sus mejillas, pero iba demasiado rápido. Aceleró todo cuanto pudo, jadeando, pero no logró alcanzarle. La calle estaba vacía. Al llegar al cruce, miró por un callejón y luego por otro, pero no veía rastro de su paso. Rosalina maldijo en la oscuridad. Ahora solo podía esperar y rezar por que no encontrara a Romeo.

Υ

Las notas clamorosas de la campana de la basílica anunciaron la llegada de la noche mientras los monjes y los vencejos se reunían a cantar las vísperas. Rosalina recorrió las calles de la ciudad durante tanto tiempo que oyó las mismas voces entonar las completas. La luna brillaba como un farol oscilante, redonda y luminosa, en el orbe plagado de estrellas del cielo.

Rosalina caminaba con la mirada clavada en el suelo: nada le importaba el resplandor de la noche mientras buscaba a Teobaldo por todos los rincones de la ciudad. Ahora no tenía uno, sino dos primos en peligro. Ninguno de los dos quería escucharla. Y aunque encontrase a Teobaldo, no sabía cómo convencerle de volver a casa, ni tampoco cómo ayudar a la preciosa y temeraria Julieta. Lo único que sabía era que tenía que hacerlo: ojalá alguien la hubiera salvado a ella de Romeo.

Miró sus ropas mugrientas y le parecieron muy propias. Mugre por fuera como reflejo de la suciedad de su interior. Desdichada y estúpida, no merecía nada mejor. Debería haber sabido que Romeo no era sincero, debería haberlo visto. Se clavó las uñas ennegrecidas en las palmas de la mano hasta que le dolió.

Una mendiga salió del umbral de una puerta y le dio un tirón en la falda, pidiendo dinero. Sobresaltada, Rosalina buscó una moneda en el bolso, se la dio y le preguntó si había pasado un joven por aquella calle. La mujer negó con la cabeza y volvió a desaparecer entre las sombras.

Tras varias semanas sin lluvia, el río había menguado y ahora fluía con un hedor fétido por un estrecho canal. El nivel del agua estaba muy bajo y había animales muertos flotando, golpeando contra las rocas o varados en la orilla, pudriéndose. Los muertos de peste también se descomponían en sus fosas a poca profundidad, pero Rosalina se preguntaba si acaso aquel olor no provenía de su interior; sí, ella también estaba podrida de algún modo. Antes de conocer a Romeo, temía ser invisible, y ahora sentía como si su cuerpo no existiera o ni siquiera fuera suyo. La ampolla del pie no paraba de sangrar y supurar, pero ni su propio talón parecía suyo. Romeo se había apoderado de su cuerpo al tomarla y ahora no sabía cómo recuperarlo. Le había arrebatado la virginidad y su propio ser. No estaba dispuesta a permitir que repitiera la misma proeza una y otra vez, con una mujer tras otra. La historia tenía que acabar con ella.

Vio a otro mendigo agachado junto a la orilla y, sin alzar demasiado la voz, le dijo:

—¿Ha visto a un hombre pasar por aquí? Hace poco. —Hizo una pausa—. Un joven.

El mendigo negó con la cabeza y Rosalina siguió caminando. Entonces oyó una voz ronca y débil a su espalda.

—A un joven solo no, pero sí he visto a un grupo de Montescos hace un rato.

Rosalina giró sobre sus talones, con el corazón en un puño.

—¿Hacia dónde iban?

El hombre señaló en una dirección. Rosalina echó a correr. «Por favor, que no sea demasiado tarde». Tal vez Teobaldo no se había cruzado con ellos. «Esta ciudad es lo bastante grande».

En ese momento, un grito repentino heló su pensamiento, como una navaja fría y cruel rajando el blando estómago de la noche. Rosalina se quedó inmóvil. Conteniendo la respiración, aguzó el oído como una liebre durante la caza. Tal vez fuera el chillido de un búho. «Que sea solo un búho». Y entonces oyó el grito otra vez, y no era ningún ave, sino el grito de un hombre, colmado de dolor y angustia.

Es más, Rosalina conocía aquella voz. «Teobaldo».

Corrió hacia el origen del ruido por la callejuela más cercana. El sudor se acumulaba entre sus omóplatos y caía

251

por su espalda. Otra voz contestó. No alcanzó a oír lo que decían, tan solo notas de rabia y odio. Sus pasos resonaban y la suela de su zapato aleteaba mientras corría por la calle desierta. Los gritos y los chillidos sonaban cada vez más alto. Estaba cerca. Casi allí.

El pavor inundó su cuerpo como un frío estival. Se detuvo delante de la entrada al cementerio donde estaba el panteón de los Capuleto. La pelea era dentro del camposanto. Desde la puerta, sonaba como si los muertos se hubieran levantado.

Abriendo la verja, entró y vio que los gritos venían directamente de detrás del panteón. A pesar de que hacía semanas que no llovía, el suelo estaba húmedo y el barro rezumaba manchando sus zapatos. El hedor era indescriptible tras la ola de calor. El barro apestaba y se veía teñido de rojo a la luz de la luna, como si los muertos calaran hacia arriba, negándose a ser olvidados.

Rosalina oyó otro aullido, pero no era de Teobaldo, sino de alguien a quien no conocía.

—¡En estos días de calor, llega a hervir la sangre loca!

—¡Eres tan arrebatado como cualquier otro en Italia! —dijo otra voz.

Se oyeron ruidos de refriega. Empujones y gruñidos. Metal chocando contra piedra. «Por favor, que no esté herido».

—¡Por mi cabeza, que aquí llegan los Capuleto!

—¡Por mis talones, me tienen sin cuidado!

Rosalina dobló la esquina y, en un rincón del cementerio, vio a Teobaldo y a varios Montesco: eran Romeo y dos más, su amigo Mercucio y otro al que no reconocía, dibujando un círculo entre las tumbas, arrojando insultos como si fueran arpones. Dos jóvenes pajes observaban aterrados junto al muro del camposanto, agazapados el uno junto al otro. Teobaldo estaba subido a una lápida de granito, blandiendo su espada, con los ojos encendidos de furia desatada. Tenía una herida sangrando en la mejilla, y un corte oscuro que revelaba un trozo de músculo desprendido. Su chaqueta estaba rasgada y le colgaba, aunque no parecía notar el daño infligido a su ropa ni a su cuerpo, mientras saltaba de un pie a otro, listo para atacar.

Romeo serpenteaba entre las lápidas debajo de él, con su estoque en una mano y una daga en la otra contemplando a Teobaldo con ojos de lobo. A diferencia de él, Romeo seguía intacto, como si aguardara entrar en una audiencia con el príncipe. Rosalina observó consternada las diferencias entre los dos contrincantes: Romeo era más alto, más corpulento y más fuerte, en todos los sentidos. Aun ahora, su belleza era desasosegante, pero, al ver la crueldad de su sonrisa, Rosalina se preguntó cómo no la había visto desde el principio.

—¡Baja de ahí! —gritó Rosalina—. El príncipe prohibió estas pendencias en Verona.

Ambos la ignoraron. Era como si no pudieran verla ni oírla, ciegos y sordos por su propia rabia desbocada contra el otro.

Teobaldo escupió en el suelo y, bajándose de la tumba, se abalanzó sobre Romeo, pero tropezó con una lápida rota en sus ansias por alcanzar al enemigo.

—¡Sé lo que eres! —exclamó jadeando—. Mañana al amanecer, toda Verona te conocerá también. ¡Eres un villano! Haré que te ahorquen.

—¡Teobaldo, haya paz! —gritó Rosalina, tratando de alcanzarle, arriesgando su propia integridad, pero Teobaldo, ardiendo de furia, ni siquiera se inmutó.

—¡No soy ningún villano! —exclamó Romeo, furioso—. ¡Por eso, adiós! Veo que no me conoces.

Corrió hacia Teobaldo, agitando la espada hacia un lado y al otro, y, en su ira desatada o insensible a la integridad de Rosalina, pasó bruscamente junto a ella empujándola contra una tumba.

Rosalina se golpeó con fuerza contra la piedra y rápidamente se retiró a un rincón del cementerio, refugiándose de los filos de sus espadas bajo los arcos de un mausoleo. A su espalda, los pajes gimoteaban de miedo, demasiado aterrados para huir, por miedo a verse atrapados en la gresca. Asomándose, Rosalina vio que Romeo se había subido a una tumba alta, fuera del alcance de Teobaldo. Con un gran ademán, envainó su estoque y su daga, y dio un trago largo a su petaca. Luego se arrodilló con falsa solemnidad, fingiendo que rezaba, lo cual encendió aún más la ira de Teobaldo.

—Esto no excusa las ofensas que me has hecho, a mí y a mi familia. ¡Ponte en guardia! —dijo Teobaldo, con la voz ronca de tanto gritar y la herida de la mejilla cubierta de sangre brillante.

—Te aseguro que nunca te he ofendido —dijo Romeo con tono provocador.

Alzó las manos y volvió a beber. Luego, saltando de la tumba con cuidado de mantenerse fuera del alcance de Teobaldo, empezó a caminar a su alrededor, esquivándole con agilidad, brincando de una lápida a otra.

Era evidente que Romeo gozaba provocando a Teobaldo y alejándose de su alcance, jugando con él como si fuera un cachorro asilvestrado.

La ira anegaba todo el ingenio y la habilidad de Teobaldo, que volvió a lanzarse, enfurecido.

—¡Oh, indecente, malvado charlatán! —gritó—. Con tus violentas mentiras y tus actos, agraviaste a mi prima.

Aquel lance verbal alcanzó por fin a Romeo, que se acercó un poco más a Teobaldo, donde Mercucio y el otro Montesco no podían oírle. Solo Rosalina estaba lo bastante cerca para escuchar lo que se decían.

—Aquí hablamos en medio de las gentes —dijo Romeo, furioso—. ¡Busca un lugar más reservado y razona con serenidad sobre tus penas, o bien márchate! —Su actitud hacia Teobaldo era agresiva y suplicante a partes iguales. Señaló a los otros dos—. Aquí todos los ojos nos observan.

—Yo no me moveré por darles gusto, miserable —escupió Teobaldo.

—Innoble, canalla —dijo Mercucio en tono de burla, uniéndose a Romeo, con la espada presta para defender a su amigo.

Rosalina vio consternada que Teobaldo estaba en inferioridad. No podía mantenerse ajena al combate y ver cómo le herían. Abandonando la seguridad del mausoleo, pasó por encima de una tumba rota y, agarrándole por la manga con todas sus fuerzas, le apartó. Tenía que escucharla.

—¡Teobaldo! Ven conmigo, ahora —suplicó, agarrándose a su brazo—. ¡Deja este lugar a los muertos, no te unas a ellos! No le des razón para matarte. Si le amenazas, a él o a su reputación, te matará.

Teobaldo se zafó de ella, incapaz de escuchar su advertencia. La ira teñía de rojo su cuello y su pecho. El sudor le caía a gotas. A pocos metros, Rosalina vio a Romeo conspirando con Mercucio, con una sonrisa taimada jugueteando en los labios. Fuera lo que fuera lo que tramaba, no sería bueno para Teobaldo.

Desesperada, volvió a intentarlo.

—Primo, ven. Si mueres, no podrás ayudar a Julieta. —La voz se le quebró en la garganta y no podía respirar—. Te lo ruego, vuelve conmigo. Juntos salvaremos a Julieta, y después tú y yo nos iremos al bosque.

Lo besó y sus labios le supieron a sangre. «Tiene que escucharme, tiene que hacerlo».

—O si prefieres, iremos a Venecia. O incluso a Inglaterra. De veras, no importa lo agreste del lugar si estoy a tu lado.

Teobaldo titubeó un instante y parecía como si la viera por primera vez. Rosalina aprovechó su ventaja.

255

—Nada de frailes siniestros ni criptas mohosas. Podemos retozar al sol y leer o pelearnos todo lo que quieras. Pero vayámonos de este espantoso lugar, lejos de estos hombres malvados.

Cogió su mano y, aliviada, vio que Teobaldo cedía. Besó sus nudillos, sintiendo el calor de su piel, y empezó a llevárselo por el cementerio. Un murciélago sobrevoló sus cabezas, como un guardia de honor con alas de papel negras.

Entonces se oyó una voz retadora. «Mercucio».

—Teobaldo, matarratas, ¿te retiras?

Teobaldo se quedó helado. Rosalina tiró de su brazo, pero no lograba moverle.

—¿Qué quieres tú conmigo? —dijo.

—¡Nada, buen Rey de los Gatos, sino una de tus siete vidas! Esa me dará más audacia y, según te portes conmigo, después moleré a palos las otras seis. ¿No desenvainas? ¡Date prisa, no sea que antes de sacarla zumbe la mía por tus orejas!

Y, con eso, Teobaldo volvió a desaparecer.

—¡Teobaldo! —exclamó Rosalina, presa de la ira y el miedo.

Este se volvió con la mirada en blanco, pero sin verla siquiera, y corrió dando saltos entre las tumbas rotas, desnudando su espada y su daga mientras se deslizaba por el barro hacia Mercucio. Antes de que Rosalina pudiera detenerle, se lanzó contra él, gritando:

—¡A tus órdenes!

Romeo exclamó con alegre deleite:

—¡Mercucio, desenvaina!

—¡Vamos a ver, señor, ese pase tuyo! —gritó Mercucio, haciendo un gesto obsceno a Teobaldo.

Rosalina estaba aterrada, desesperada. ¿Por qué no paraba Teobaldo? ¿Por qué no paraban todos? Se volvió furiosa y dijo:

—¿Por qué no luchas por ti mismo, Romeo? Usas a Mercucio como bello escudo. ¿Por qué no te bates en duelo conmigo? Sé cuánto te gusta jugar con las niñas. —Avanzó hacia él entre las lápidas y las tumbas derruidas, parando únicamente para coger una rama caída, para apuntarle con ella—. Aquí tienes el arco de mi violín, si quieres volver a hacerlo.

Romeo la ignoró. Sus ojos estaban encendidos de un placer salvaje mientras dirigía la acción desde una cautelosa distancia, subido en lo alto de una tumba rota, animando a los demás a unirse a la reyerta.

—¡Desenvaina, Benvolio! ¡A desarmarlos! ¡Detente, Teobaldo, Mercucio!

Benvolio y Mercucio condujeron a Teobaldo contra la valla limítrofe, donde tropezó y estuvo a punto de caer en la boca hambrienta de una tumba abierta, pero logró hacerse a un lado, para alivio de Rosalina.

El aire murmuraba como el zumbido de un mosquito al son de sus estoques. Los Montesco eran una manada cazadora y Teobaldo su presa. Pero era rápido, y se había ganado el nombre de Rey de los Gatos: brincaba y esquivaba como un felino con su ropera y su daga en alto, gruñendo con cada ataque.

Rosalina no podía mirar ni apartar la mirada. Estaba de puntillas junto a una pequeña cruz, tratando de ver.

Mercucio se acercó un poco más furtivamente y Teobaldo amagó una estocada, haciendo relucir el blanco filo de su espada bajo la luna.

Rosalina fue hacia Romeo y se subió a una lápida rota que había a su lado.

—Detenlos —le suplicó.

Él hizo como si no la oyera. Ahora ya no era nada para él, una de las polillas que rondaban los farolillos de las tumbas.

Tenía las mejillas sonrosadas de placer. Disfrutaba de

257

aquello como si de un deporte se tratara. El odio hacia él corría cada vez más denso dentro de sus venas.

—Te haré bailar —exclamó Mercucio.

Comenzaron a moverse, bloqueando y esquivando los lances del otro. Teobaldo saltó y se agachó haciendo titilar su espada. Mercucio lanzó una estocada. Demasiado lenta. Teobaldo soltó una carcajada. Era más ligero y más rápido, y Mercucio empezaba a cansarse. Benvolio trató de ayudarle, pero Teobaldo fue más veloz que ambos, y su espada, una picadura de avispón.

Rosalina no vio el golpe, solo oyó a Mercucio gritar:

—¡Estoy herido!

Rosalina saltó hacia delante y se detuvo en seco. Mercucio, abatido y sangrando a borbotones por el costado, cayó de rodillas sobre el barro. ¿Qué había hecho Teobaldo? No podía respirar. El aire era demasiado sofocante y olía a muerte.

Teobaldo contemplaba boquiabierto al herido, incrédulo y horrorizado. Él buscaba a Romeo, no a aquel otro hombre, aquel desconocido. Su rostro quedó pálido, salvo por el corte de la mejilla. A sus pies, Mercucio se retorcía arrastrándose por el suelo.

Romeo dio un paso adelante con el ceño fruncido, protestando:

—¿Cómo? ¿Estás herido?

Se acercó tranquilamente y, agachándose, ofreció una mano a Mercucio para intentar levantarle, pero Mercucio no conseguía agarrarse: sus dedos resbalaban por la sangre. Volvió a caer. Pasado un momento, soltó una carcajada con una burbuja rosácea de sangre y saliva, que le cubrió los dientes.

—¡Sí, un rasguño! ¡Válgame Dios, pero con esto basta! —dijo.

Rosalina tragó saliva. Aquel no era lugar seguro para los Capuleto. Desesperada, trató de llevarse a Teobaldo.

Debía huir, marcharse de aquel lugar, a cualquier sitio, pero Teobaldo no podía moverse, no quería. Estaba clavado en el sitio como las efigies de mármol que los rodeaban, inmóviles y silenciosas.

Rosalina se volvió hacia uno de los pajes que estaban junto al muro del cementerio, con los dientes castañeteando.

—¡Tráete un médico! —le urgió—. ¡Corre!

—¡Valor! ¡La herida no ha de ser tan grave! —dijo Romeo.

—No, no es tan honda como un pozo, ni tan ancha como un portón de iglesia, pero es bastante. ¡Cumplirá su fin! —contestó Mercucio—. Pregunta por mí mañana y verás qué tieso estoy. —Lo dijo como si fuera una broma, pero la risa hizo que escupiera burbujas de sangre y espuma de la nariz. Se atragantó, ahogándose en su propia sangre y sudor.

Teobaldo gimió horrorizado.

—No pretendía matarle. A Mercucio no. A Romeo sí, pero no a este hombre. Yo odio a todos los Montesco, pero…

Rosalina se arrodilló al lado de Mercucio, tratando de contener el pánico y el asco, mientras sacaba un pañuelo mugriento para taponar la hemorragia, pero él la apartó con fuerza insospechada y la mirada llena de desprecio.

—¡Malditas sean vuestras dos familias! ¡Voto al infierno! —La apuntó con un dedo—. ¡Que un gato pueda matar a un hombre de un arañazo! —Cayó otra vez sobre el fango mientras las fuerzas le abandonaban.

Romeo se puso en cuclillas y cogió su mano, pero a él también le apartó. Mercucio se quedó mirándole con odio y rencor.

—Un matón, un pícaro, un bellaco. El diablo —dijo siseando.

—Quise hacer lo mejor. —La voz de Romeo sonó como el gemido de una rueda de carro.

259

—¡Malditas sean vuestras dos familias! ¡Por culpa de las dos soy desde ahora carne de gusanos! —susurró Mercucio, con los párpados aleteando.

Rosalina temblaba consternada y presa de la culpa. Debería haber anticipado que todo aquello solo acabaría en muerte, pero había sido ciega como el destino. Ahora sentía tanta culpabilidad como si ella misma hubiera ensartado aquel filo en las blandas carnes de Mercucio. Teobaldo seguía inmóvil y acongojado, con la espada colgando del brazo a su lado.

Mercucio se retorció de nuevo y expiró. El silencio latía.

Entonces, con un movimiento rápido de los ojos, Romeo clavó la mirada en Rosalina y Teobaldo, con las pupilas ardiendo de hostilidad. A Rosalina se le cortó la respiración. Era evidente que quería matarlos. Su espada relucía. Empezaron a retroceder ante su avance, tropezando con las lápidas y el suelo desigual y resbaladizo, en las prisas por huir.

Teobaldo empujó a Rosalina detrás de sí. Le temblaba el pulso y la espada resbalaba en su mano; era incapaz de sostenerla con firmeza e iba golpeando contra las lápidas, como si estuviera llamando para entrar.

—Sombrío día —dijo Romeo, con voz grave, peligrosa.

Rosalina volvió a retroceder y a punto estuvo de tropezar. Se agachó detrás de una tumba, dejando a Teobaldo libre para luchar.

Este dio un paso adelante para encarar a su enemigo, con la espada temblando en la mano. Parecía tan delgado y joven, apenas un muchacho ante un roble adulto y recio. Benvolio apareció de entre las tumbas para unirse a Romeo, mientras que Teobaldo estaba solo.

—Mi mejor amigo ha sido herido de muerte por mi causa —dijo Romeo—. Está manchado mi honor por la insolencia de Teobaldo. Por Teobaldo, que desde hace una hora es mi primo.

Teobaldo estaba a punto de vomitar.

—¡Oh, mi Julieta, tu belleza me vuelve afeminado! ¡Se ablanda en mí el acero del valor! —dijo Romeo, alzando la mirada al cielo. Luego, bajando la vista de nuevo, avanzó hacia Teobaldo.

Teobaldo levantó su espada, pero no lograba evitar que temblase. Miraba una y otra vez a Mercucio, abatido en el suelo, como si en cualquier momento fuera a levantarse y todo pudiera solucionarse.

—Mercucio muerto, y tú vivo y triunfante —prosiguió Romeo, avanzando sin cesar, con la voz serena y firme, cargada de amenaza. Empezó a caminar en círculos alrededor del joven, lenta y deliberadamente, amagando aquí y allá, jugando con él.

Teobaldo estaba aturdido y apenas era capaz de defenderse, como si hubiera olvidado toda su habilidad y rapidez. Tenía la espada agarrada con ambas manos, intentando desesperadamente detener el temblor.

—¡Te devuelvo el «villano» que me diste! El alma de Mercucio vuela apenas encima de nosotros, esperando que tu alma le acompañe. ¡Tú o yo, o bien los dos la seguiremos! —exclamó Romeo.

Rosalina salió a la desesperada.

—¡Teobaldo, pide clemencia o te matará! Estás solo y está loco de furia, y es cruel.

Teobaldo sacudió la cabeza amargamente.

—¡No! Es un villano. No pienso perjurarme, ni arrastrarme ante él. ¡Y merece morir!

—Tal vez. Aun así, ¡prefiero que vivas!

Las lágrimas se acumulaban en sus ojos mientras suplicaba, pero, por el gesto de Teobaldo, sabía que sus palabras eran fútiles. Estaba decidido y su empuñadura era más firme ya.

Teobaldo se subió a un montículo, pero Romeo era más corpulento y la edad le había dado experiencia y picar-

261

día. Volvió a amagar, Teobaldo cayó en la finta, y Romeo le asestó una estocada. Teobaldo trató de apartarse, pero demasiado lento, y le alcanzó. Frío y despiadado, Romeo volvió a acometer, clavando la espada entre las costillas de Teobaldo. La hoja rasgó el hueso, y luego se oyó un ruido húmedo y repugnante al desgarrar tejido blando. Romeo sacó la espada, volvió a insertarla en la tripa de Teobaldo y la retorció.

Rosalina oyó su propio grito, seguido del ruido metálico de la espada de Teobaldo al caer. Entonces, se desplomó, mudo, sobre un charco de sangre y vísceras.

—¡Asesino! —chilló Rosalina—. ¡Asesino!

Romeo se quedó mirándola. Rosalina corrió al lado de Teobaldo. Estaba hecho un ovillo e inmóvil, con la ropa empapada de sangre, sudor y heces.

—¡Habla, Teobaldo! —suplicó, cogiendo su mano, pero estaba inerte dentro de la suya.

Alzó los ojos hacia ella, su primer y su último amor, con la mirada llena de sorpresa y dolor. Abrió la boca para hablar y ella se inclinó hacia delante, tratando desesperadamente de oírlo, pero no dijo nada. Así que empezó a mecerle, calada en su sangre y sus entrañas. En pocos segundos, notó cómo se quedaba inerte y moría.

Rosalina sacudió la cabeza. «No puede ser». Suplicó, con las lágrimas cayendo por sus mejillas.

—¡Teobaldo, no! No me dejes ahora. ¡No te vayas!

Pero, al decirlo, ya sabía que era inútil: su alma había volado. Sus ojos estaban ciegos y vacíos, y su rostro, retorcido de agonía y confusión. Cogió su mano entre las suyas, resbaladizas por la sangre.

Asqueada, vio a Benvolio correr hacia su amigo, preocupado.

—¡Romeo, vete! ¡Teobaldo ha muerto y el vecindario acude! No te quedes pasmado. ¡Corre, pronto! —exclamó.

Con sumo esfuerzo, Rosalina dejó el cadáver de Teobaldo para volverse hacia Romeo, que contemplaba la escena como si estuviera hechizado, observando a las víctimas de la matanza.

—¡Soy el juguete de la Fortuna!

Vio cómo sus rasgos se retorcían de lástima por sí mismo y cómo sacudió la cabeza de incredulidad. Asqueada ante su exhibición, Rosalina soltó la mano de Teobaldo y, poniéndose en pie, corrió hacia Romeo y le empujó con tal fuerza que su espada cayó al suelo.

—¡Esto no ha sido cosa de la Fortuna, sino tuya! ¡Eres un demonio del infierno!

Romeo la miró fijamente, desconcertado, como si todo el mal que había provocado se hubiera producido en un sueño y acabara de despertar para descubrir que era real.

Benvolio insistió.

—¿Aún estás aquí, Romeo? ¡Vete!

Rosalina contempló con los párpados manchados de lágrimas cómo Romeo salía por las puertas del cementerio. Se tumbó junto al cuerpo de Teobaldo y, una vez más, empezó a mecerle.

Romeo le había robado a Teobaldo, se lo había arrancado, a su amigo de toda la vida, al hombre que mejor la amaba. Era un villano, un asesino y un ladrón de esperanza.

Teobaldo la amaba y ahora su corazón estaba roto por el odio. Le besó la frente, las mejillas, los labios: sabían metálicos. Sus ojos seguían abiertos, ciegos. Intentó cerrárselos, pero volvían a abrirse, y sus dedos resbalaban por la sangre. La noche olía a carne, como la tienda de un matarife.

Al cabo de un momento, oyó que el aire nocturno se llenaba de voces. Capuletos y Montescos, acercándose. Sus antorchas centelleaban como un aluvión de estrellas nuevas.

Benvolio se agachó a su lado, rodeando sus hombros suavemente con el brazo. Ella le apartó.

—¿Rosalina? ¿Es ese tu nombre? No deben encontrarte aquí. —Hablaba con amabilidad.

Ella no se movió. Le daba igual que la encontraran. Pero Benvolio insistía:

—Vamos, joven Rosalina. No deben encontrarte aquí entre los muertos. Cuando les hable de esta sangrienta reyerta, no diré que estabas aquí. Esta triste escena, esta fatal querella, no es lugar para ti. Lo juro por mi honor: ocultaré tu rastro en esta disputa; de lo contrario, que muera Benvolio. Pronto, vete tú también. Coge mi capa para ocultar tu ropa ensangrentada y corre a casa, dulce Rosalina. Teobaldo no querría que estuvieras aquí. Querría que huyeras.

Sus palabras le hicieron dudar. Las voces se oían cada vez más cerca. Estaban casi en la puerta. Rosalina se levantó y, mirando por última vez la matanza en el cementerio, se volvió y huyó.

11

Me están poniendo vieja tantas penas,
tantos quebrantos, tantas aflicciones.
¡Que a Romeo caiga la deshonra!

*L*a gran campana de la basílica anunció la medianoche al tiempo que Rosalina llamaba a la puerta de casa de su padre. Todas las ventanas estaban a oscuras, como si una negra cortina de duelo cubriera ya el lugar. La única puntada de luz emanaba de la lámpara del vigilante nocturno.

Abrió la puerta, sin percatarse de las manchas del vestido, ocultas bajo la capa de Benvolio.

—Llevan todo el día buscándola, *signorina*. Tengo orden de despertar a vuestro señor padre si regresa a casa.

—Te lo ruego, no lo hagas. Por favor, Sansón, me conoces de toda la vida.

El hombre se quedó pensando y, finalmente, se encogió de hombros y volvió a su garita. Aliviada, Rosalina fue lentamente hacia la casa. Estaba sumida en un silencio mortífero. Lo único que oía era su propia respiración. Al menos, el castigo por haberse ausentado todo el día no llegaría hasta el día siguiente. Ahora mismo era incapaz de hacer frente a su padre. Sus piernas estaban tan cansadas que apenas tenía fuerzas para subir las escaleras y meterse en la cama.

Al cerrar la puerta de su dormitorio, oyó que alguien daba unos golpes furiosos en la verja de entrada. Había llegado justo a tiempo: la guardia ya estaba allí. Venían a despertar a su padre para darle la espantosa noticia. Rosalina sintió ganas de vomitar. Se oyeron fuertes pisadas en la escalera, seguidas de unas voces apresuradas, susurradas. Alguien pasó por delante de su puerta, pero no llegó a entrar, por fortuna. La habían olvidado en aquella nueva congoja.

Rosalina contempló su pequeña habitación con desdén. Había un ramo de pensamientos y consueldas recién cogidos sobre el alféizar de la ventana, pero, aparte de eso, estaba igual que aquella mañana. Las paredes deberían estar teñidas por la tragedia de aquel día, pero todo seguía siendo del mismo blanco prístino, inmaculado.

Nada en su dormitorio había cambiado, solo ella.

Sus dedos seguían entumecidos por la impresión y tardó en desabrocharse los botones del vestido, que estaba negro del barro y la sangre de Teobaldo. Había que quemarlo. Sus zapatos también estaban ensangrentados. Las lágrimas le ardían en la garganta, pero, si las dejaba caer, temía que ya nunca pararía. Había oído que el corazón podía hincharse por amor, y que el de los padres crecía con cada nuevo vástago, pero ¿podría también henchirse por el dolor y la pena? «Oh, temerario, bueno, estúpido Teobaldo».

—¡Devuélveme a mi Teobaldo! —susurró en la habitación desierta, con la voz quebrada—. Ahora que está muerto, córtale en estrellas pequeñitas. —Tragó saliva a pesar del nudo que tenía en la garganta—. Alzaré la vista al cielo y le veré allí.

Cogió su vestido, lo puso sobre la rejilla con varios trozos de fajina y, usando la llama de la vela que tenía junto a su cama, trató de quemar la prenda ensangrentada. No hacía frío, pero sus dedos temblaban tanto que hizo falta varios intentos para que la tela prendiera. Ya desnuda, y cubierta de barro y coágulos solidificados y agrietados, se abrazó las piernas y apretó la mandíbula para que no castañearan sus dientes.

Contempló el fuego y la tela encogiéndose mientras ardía en el baile de las lenguas de fuego. El humo olía acre y repugnante.

Teobaldo había muerto vengando su honor, y nadie lo sabía. Nadie podía saberlo nunca. La soledad y el humo amargo la ahogaban.

Despertó a la mañana siguiente, tumbada sobre la estera delante del hogar. El pelo le olía a ceniza y su piel estaba cubierta de pecas de hollín. Por un delicioso instante, pensó que todo había sido un sueño espantoso, pero entonces vio el cuero de sus zapatos retorcido sobre el metal de la rejilla del fuego, las suelas deformadas desprendiendo un tufo a carne quemada y, a pesar de la luminosa mañana, el horror de lo sucedido volvió a inundarla.

—Teobaldo ha muerto. Ha muerto y lo mató Romeo —murmuraba las palabras una y otra vez, como si, al repetirlas, pudieran cobrar sentido, como un catecismo difícil de aprender. No lo lograba. Ni el mundo tenía sentido. Su orden estaba desalineado y cambiado, sus esferas rotas, extrañas. Que una criatura falsa e infame como Romeo siguiera viva y floreciendo mientras el noble Teobaldo yacía frío e inmóvil, con su cuerpo descomponiéndose ya, demostraba que el mundo estaba roto. ¿Cómo iba a rezar a un cielo o a un dios que permitía algo así? Le dolía la cabeza, tenía la garganta seca y sentía hasta el alma en carne viva y palpitando.

De pronto, oyó unos golpecitos en la puerta y Caterina entró apresurada. Al ver a Rosalina tumbada boca abajo en el suelo, corrió hacia ella y, arrodillándose, la cogió entre sus brazos.

—Entonces, has oído el rumor, pero no temas. ¡No puede ser cierto! Nuestro Teobaldo no está muerto. No pienso creerlo.

—Ay, ojalá no lo fuera —exclamó Rosalina, inhalando el olor dulce y familiar de la piel de Caterina. Esta la abrazó con tanta fuerza que le costaba respirar.

—Debemos convencernos de que ahora está con san Pedro —dijo Caterina.

Al oír aquellas palabras, Rosalina empezó a sollozar sobre su hombro y no podía parar. Solo podía pensar que Teobaldo se aburriría en el cielo y la extrañaría. Caterina también lloraba y la abrazó con más fuerza todavía.

Pasados unos minutos, cuando las lágrimas de Rosalina empezaron a remitir, Caterina la soltó y, echándose hacia atrás, vio que estaba desnuda y mugrienta.

—¿Dónde está tu ropa?

—La quemé —contestó Rosalina, inmóvil.

Esperaba que Caterina le preguntara el motivo, pero esta, incapaz de digerir más horrores, solo sacudió la cabeza, con la nariz y los ojos hechos agua. Se los limpió con el mandil y se puso en pie.

—Tu padre desea verte —dijo. Cogiéndola de la mano, ayudó a Rosalina a levantarse—. Está furioso. Tenemos que asearte.

Rosalina se dejó llevar hasta el cántaro de agua y, con la docilidad de una niña, permitió que Caterina frotara mientras refunfuñaba sobre el inadmisible estado de su piel, su pelo y sus manos.

Una vez que hubo terminado, sacó un vestido limpio del arcón y se lo puso.

—Ahora, ve a la alcoba de tu padre. No sabe que conoces la terrible noticia. Me dieron órdenes rigurosas de no contártelo. Quiere hacerlo él personalmente.

Rosalina apretó su mano, agradeciendo la advertencia.

Bajó lentamente la escalera, sintiendo el peso de cada paso sobre los peldaños. Ya nada importaba. Primero fue Emilia, y ahora Teobaldo. La Muerte la perseguía, montada sobre su caballo negro, contemplándola con ojos cadavéricos.

La casa estaba en silencio, sus espejos dados la vuelta y cubiertos. No podía ver su propio dolor reflejado, y al menos eso lo agradecía.

La puerta del despacho estaba abierta y Rosalina entró sin llamar. Se quedó en el umbral, observando por unos momentos a su padre escribiendo en su libro mayor antes de percatarse de su presencia. La estancia olía igual que siempre, fría y húmeda como una tumba, con las paredes manchadas de musgo verdoso. El retrato en miniatura de Emilia la contemplaba compasivo desde el escritorio de Masetto. Debajo de la ventana, vio el arcón cerrado con llave, símbolo de su culpa.

De pronto le pareció que vibraba y traqueteaba. Tal vez el dolor y la desdicha le habían nublado la mente, desquiciándola. Cerró los ojos y los volvió a abrir, y el arcón estaba inmóvil.

Masetto alzó los ojos y la vio, con el rostro retorcido por la congoja. Dejó su pluma.

—¡Hija, veo que no puedo confiar en ti! ¿Cómo lograste salir? Has traicionado a tu sangre. Creía que te habías fugado. ¡Has estado fuera todo el día y gran parte de la noche! Pensaba que te habían agredido. ¿Y si llegan a hacerte daño?

Al escuchar a su padre, Rosalina sintió una inesperada punzada de vergüenza. No tenía intención de preocuparle. Su padre ni siquiera solía percatarse de su presencia, así que no creyó que su ausencia pudiera inquietarle. Agachó la cabeza, arrepentida. Masetto insistió en su discurso, golpeando el libro mayor con el puño y repitiendo:

—¿Y si llegan a herirte, a ti o a tu pureza?

Cuando oyó aquello, Rosalina entornó los ojos y la frágil burbuja de arrepentimiento estalló. Era su preciosa virginidad lo que le preocupaba, no su persona. Era su reputación, y por tanto la de él, lo que realmente valoraba, no a ella.

Rosalina no ofreció explicación ni disculpa alguna, solo un silencio desafiante.

Masetto gruñó indignado y agitó la mano con desdén.

—Tu primo y tú sois indomables. ¡Y, ay, tengo que contarte, hija, que Teobaldo ha muerto!

A pesar de que ya conocía la noticia, Rosalina se oyó proferir un grito de angustia y las lágrimas volvieron a caer por sus mejillas.

Su padre suspiró observándola con lástima, incómodo, y empezó a ordenar documentos que no necesitaba ordenar sobre su escritorio.

Rosalina tenía la respiración entrecortada y estaba empezando a sudar. Los oídos le zumbaban. Cogió fuerzas para preguntar:

—¿Qué ha ocurrido? —Como si no lo supiera.

Lanzándole una mirada furtiva, su padre contestó:

—Desobedeciendo al príncipe, Teobaldo se batió en duelo con los Montesco. Mató a Mercucio y Romeo le mató a él.

Rosalina no dijo nada, pues temía que, si intentaba hablar, vomitaría. La boca le sabía acre y de repente volvía a estar en el cementerio, con los pies calados de lodo y Teobaldo desplomado a sus pies, con los ojos abiertos y muertos como un pájaro tirado en el suelo.

Masetto chasqueó los dedos delante de su cara.

—¿Es que te han arrancado la lengua?

Rosalina tragó saliva y le supo a vómito.

—Querría vengar la muerte de mi primo con estas pequeñas manos. Yo misma mataría a Romeo Montesco.

—Sí —contestó Masetto—. Pronto hará compañía a Teobaldo. Espero que entonces quedes satisfecha.

—¡No estaré satisfecha hasta que vuelva a ver a Teobaldo! —exclamó ella—. Mi corazón está muerto.

—¡Basta! —dijo Masetto, aturdido por haberla provocado tanto—. Dios sabe que he intentado ser un padre cuidadoso. Ni siendo niños aprendíais, ni por las buenas ni por las malas. Y ahora, ya crecidos, erais ingobernables, rebeldes, sujetos únicamente a vuestros caprichos y fantasías. El pobre Teobaldo ha pagado el precio mortal. Temo que tú seas la próxima. —Apartó el rostro, lleno de angustia y rencor—. Me doy por vencido. Cuando caiga el día, irás al convento.

Rosalina se quedó mirándole pálida, pero no puso ninguna objeción.

—Estáis decidido. Si me opongo, solo confirmaré vuestra opinión de que soy problemática y petulante. Mi tristeza es absoluta. Nada me importa dónde esté.

Su padre suspiró y se frotó las sienes.

—Veo que estas congojas pesan mucho sobre ti —dijo con más suavidad—. Por el amor que tenías a tu primo, permitiré que asistas a su entierro. Luego, partirás de inmediato. Ahora, ve a casa de Julieta. Tú y ella podréis consolaros por esta pérdida inoportuna y cruel.

Rosalina salió del despacho sin pronunciar palabra. Al llegar al patio, sacó el retrato de Emilia que acababa de coger, colgado de su cadena de oro. Ella ya era una ladrona. La primera vez había dudado y tuvieron que empujarla para que cometiera el crimen. Pero esta ofensa la había cometido por sí misma y sin titubear. Tal vez tuviera que pasar el resto de su vida buscando absolución en el convento, pero el pecado bien valía la penitencia.

Υ

Julieta la esperaba en el huerto, acunada entre los ciruelos. Un mirlo se había posado sobre una rama alta y piaba alegremente con su fino pico amarillo. El sol calentaba como un horno de forja, atizado para fundir y moldear el mundo.

Julieta abrió los brazos y Rosalina corrió hacia ella. Las dos lloraron abrazadas en la sombra mientras los pájaros cantaban y el sol brillaba.

—Ese villano ha matado a nuestro primo —escupió Rosalina, cuando por fin pudo hablar.

Julieta la miró un instante antes de fijarse en sus rodillas desnudas y mugrientas.

—No hablaré mal del que es mi esposo —dijo—. Y Teobaldo le habría matado.

Al oír aquello, Rosalina se apartó de Julieta. Sus mejillas estaban rojas y cubiertas de pecas.

—¡Tu *esposo*! ¿Sigues prefiriéndole a él? ¿A tu señor desde hace apenas doce horas? ¿A Romeo, que ha matado a un miembro de nuestra familia? ¿A nuestro compañero de juegos? ¿A nuestro Teobaldo? —Hablaba a través de un torrente de lágrimas—. Romeo ha jugado con él y le ha matado como si no fuera nada. Como si su vida no fuera nada. Hundió su espada entre sus costillas. Oí cómo entraba, húmeda y penetrante. Yo estaba allí cuando Teobaldo cayó abatido y cuando murió.

Julieta la miraba consternada.

—Cuando se apagó la vida del pobre Teobaldo —prosiguió Rosalina—, Romeo no mostraba más congoja que por sí mismo y su angustia. Solo en sí mismo pensaba.

Cruzándose de brazos, Julieta apartó la mirada.

—No es cierto. Romeo es un hombre honrado. Se batieron en duelo y no tuvo más elección que defenderse de la furiosa espada de Teobaldo.

272

—Te digo que es cierto, pues estaba allí y fui testigo afligida de la reyerta fría y brutal. —La voz de Rosalina se quebró y apartó la vista, secándose los ojos. Aún podía oler el barro del cementerio. La sangre, la podredumbre y los gritos de dolor.

Julieta la miraba boquiabierta y entonces, acercándose a ella, dijo suavemente:

—No sabía que estabas allí.

Rosalina se revolvió.

—Nadie lo sabe. Benvolio Montesco juró no contarlo y parece que ha sido fiel a su palabra. ¿Y para qué? ¿Qué sentido tiene nada, si vas a quedarte con Romeo? Teobaldo ha luchado y muerto por nosotras.

—¡Mató a Mercucio, Ros! ¡Podría haber matado a Romeo!

—Sí, para vengar mi honor y el tuyo. Fue un arrebato típico de él. Teobaldo era puro brío juvenil, mas ignorarlo de este modo hace que su muerte carezca de todo sentido. No hagas eso, Julieta. Concédele significado y valor. Te lo ruego.

—¿Cómo?

—Dime que no estás con Romeo. Que no amas a Romeo.

—No puedo, prima. No pienso quebrantar mi voto.

Rosalina sacudió la cabeza.

—En tal caso, matas dos veces a Teobaldo. Pues matas su recuerdo también.

—¡Basta! ¡Prima! Eso es demasiado cruel. Yo también estoy sufriendo.

—¿Cómo? Yo te veo bien, a pesar de las lágrimas.

—Romeo será desterrado por esto. Estoy condenada a una muerte en vida sin él.

—Ja. Este jardín, esta fruta, estos amigos —dijo Rosalina, cogiendo una manzana en flor y una ciruela verde y arrojándolas al suelo—. Esto no es una muerte en vida. Un día, si lo deseas, podrás unirte a él. —Hizo una

273

pausa, sin aliento y mareada por el desasosiego—. Aunque temo que pronto descubrirás cómo es realmente tu esposo, y entonces no hallarás una muerte en vida, sino la misma muerte.

Julieta se tapó las orejas con las manos.

—¡Basta! Calla. No hables así. No estoy dispuesta a escucharlo.

Rosalina notaba burbujas de rabia restallando bajo su piel, pero no quería dejar a Julieta tan llena de resentimiento. Al menos, ella sabía quién era el verdadero enemigo, aunque su prima no alcanzara a entenderlo aún. Cogiendo aire, trató de parecer templada.

—No hablo para herirte, Julieta, sino por miedo. A partir de mañana, no podré ayudarte. Tenemos que despedirnos, y espero que sea como amigas. Esta misma noche ingreso en el convento.

—¡Oh, Rosalina! Las dos estamos condenadas. Tú, detrás de esos muros; yo, al purgatorio.

Al oír eso, Rosalina volvió a estallar.

—¡Esperar para unirte a tu amante en Mantua no es el purgatorio! Teobaldo está muerto —dijo, gritando prácticamente, olvidada ya la resolución de mantener la serenidad.

Miró a Julieta llena de furia, con la sangre latiendo en sus sienes. Julieta adoraba a Teobaldo, pero aquel diabólico amor por Romeo parecía haberla aislado de la afilada daga del dolor. Podía llorar y repetir que su corazón estaba roto, pero sus mejillas estaban teñidas de rosa, además de rocío.

Las dos se quedaron en silencio, perdidas en la desdicha e incapaces de consolar a la otra. Seguían acunadas en el regazo de los manzanos, con las rodillas casi tocándose, pero Rosalina jamás se había sentido tan sola, tan abandonada en presencia de un ser querido. No tenía palabras para conmover a Julieta y convencerla de la maldad de Romeo. Aquel monstruoso amor había forjado una coraza contra ella.

De pronto, se oyó alboroto en la casa, y Rosalina vio a Lauretta salir a buscarlas con paso enérgico, cubriéndose los ojos de la cegadora luz del sol. Desde el otro extremo del jardín, exclamó:

—¿Te ha contado la noticia? Hay buenas nuevas a pesar de nuestra desdicha. ¿No será la novia más bella?

Rosalina se quedó perpleja. Su tía no podía estar contenta con la boda de su hija y Romeo. Era imposible que Julieta se lo hubiera contado.

Lauretta llegó al rincón del huerto donde se encontraban. Llevaba un fino velo de duelo con un bordado exquisito cogido en el pelo y una capa de terciopelo negro sobre los hombros. Rosalina supuso que esa era la señal de su tristeza por la pérdida de Teobaldo, ya que su expresión no denotaba desdicha alguna. Sus ojos brillaban alegres, sin abatimiento alguno, y sonreía contenta. «Sin duda, un radio de la rueda de la Fortuna debe de haberse roto». Lauretta mostraba felicidad el día después de la muerte de su sobrino. Hasta Julieta pasaba de la alegría al dolor como una urraca: su pensamiento saltaba del amor y el matrimonio a la inoportuna muerte de Teobaldo una y otra vez. El de Rosalina no se apartaba de Teobaldo, y la intrusión de la felicidad de Julieta era hiriente.

Julieta se encogió bajo la mirada de su madre. Lauretta dio una palmada con ansias.

—Temprano, el jueves próximo, el joven y gallardo conde Paris la convertirá en su dichosa esposa en la iglesia de San Pedro.

Julieta no dijo una sola palabra. Rosalina la miró con lástima, comprendiendo por fin por qué ella se sentía condenada también. Era una amarga noticia.

Lauretta se acicaló como un ave, deleitándose ante la perspectiva de la inminente boda y parloteando sobre los presentes de la *contra donora* esperable del novio. Un conde tan rico sin duda ofrecería a su esposa un magnífico despliegue de vestiduras y joyas, por no mencionar el honor de emparentarse con un amigo tan íntimo del príncipe y, por supuesto, todo su oro y su dinero. Lauretta cotorreaba a toda prisa y sin pausa, mientras Julieta languidecía como la luna, cada vez más pálida.

Rosalina despreciaba a su tía por mostrar felicidad en un momento como aquel. ¿Cómo era capaz de pensar en otra cosa que no fuera Teobaldo? Su amor era tan superficial como un arroyo de verano, mientras que el suyo era un profundo y ancho río.

Por fin, una vez exhaustos el parloteo y el egoísmo encendido de Lauretta, las dejó solas una vez más bajo los manzanos.

Julieta se volvió hacia Rosalina, con el rostro ceniciento y abatido.

—¿Lo entiendes ahora? ¿Cómo impedir esta boda? ¿Tienes alguna palabra de consuelo?

Por una vez, Rosalina no tenía ninguna que ofrecerle.

Julieta arrancó una hoja y la partió entre los dedos.

—El ama dice que debo olvidar a Romeo de inmediato y casarme con Paris, «hermoso caballero». ¡Tengo esposo en la tierra y fe en el cielo! ¡Prima, consuélame, dame consejo!

Rosalina rodeó los hombros de Julieta con su brazo.

—No está todo perdido —dijo, sabiendo que era pobre consuelo.

En aquel momento apenas se le ocurría qué decir. Julieta iba a ser intercambiada cual mercancía con un hombre rico, y ella, con Dios. Ninguna de las dos tenía voz en su destino.

—Paris es viejo y gordo, y no le amo —dijo Julieta asqueada—. Me mira como si fuera un pastel que quiere meterse en la boca.

Rosalina la abrazó.

—Si todo fracasa, no me faltan fuerzas para buscar

la muerte —continuó Julieta, pasándose la mano por la mejilla para enjugarse las lágrimas antes de que cayeran al suelo.

Rosalina sintió un escalofrío a pesar del calor de aquel día.

—¡No! ¿Eres tú o Romeo quien habla de esta guisa? Ya hemos tenido bastante muerte. Te lo ruego, no lo hagas.

Romeo era una plaga. Iba atrapando a las jóvenes y las infestaba con pensamientos de muerte e inmolación. Antes de conocerle, de amarle, Julieta jamás hablaba de ese modo.

—Antes de dar mi mano al conde Paris, me dejaré caer de las almenas de aquella torre —insistió Julieta—. O me encadenaré con osos furiosos, o me ocultaré en un osario rodeada de difuntos. Lo haría sin miedo ni duda.

Rosalina la abrazó con fuerza.

—Lo sé, pero mantengamos la esperanza de que no sea necesario.

277

Julieta se metió la mano en una manga y sacó una daga con el filo oxidado. La movió acercándola a Rosalina, mientras decía:

—O también tengo esta daga.

Rosalina intentó quitársela.

—¡Julieta, no!

Julieta volvió a esconderla en su vestido antes de que Rosalina pudiera cogerla.

—Eres demasiado joven y arrebatada para hablar de la muerte —dijo Rosalina, con tono suplicante—. ¿Tan poca estima por la vida tienes?

—Por una vida como esta, sí, prima.

—Eres la más dulce flor y me encargaré personalmente de que Paris no te arranque —insistió Rosalina—. Pero, te lo ruego, confía en mí, no en Romeo.

Julieta no contestó, pero Rosalina vio que su blanca mejilla recobraba algo de color.

Rosalina esperaba que Romeo la hubiera tratado bien en la noche de bodas, que durante esas horas, al menos, fuera amable y fingiera amarla lo mejor que podía. Al fin y al cabo, era un experto en la materia. De pronto, la daga se deslizó por la manga de Julieta y volvía a asomar, obligándola a ocultarla en su escondite, y Rosalina vio unos rasguños encarnados en la parte interior de sus muñecas.

Julieta vio que miraba la daga y se bajó las mangas. Rosalina no dijo nada, pero tenía el estómago hecho un nudo. No importaba que Romeo o la propia Julieta empuñaran la daga: aquellas heridas eran culpa de él.

Todo su ser, que un día rebosaba amor por Romeo, estaba ahora lleno de odio hacia él.

Justo antes del mediodía, Rosalina volvió a casa por las calles desiertas, con el corazón acelerado y su pensamiento atropellado. Julieta era la presa de Romeo y ella era la única que lo sabía. La soledad en esa certeza la aterraba. Sin embargo, no podía contarlo, pues, si la descubrían, Julieta también acabaría encerrada en el convento, ultrajada y rechazada.

Estaba segura de que Romeo sabía el peligro que corría Julieta. Igual que ocurriera con ella, la vulnerabilidad de su prima formaba parte de su atractivo para él. Romeo era un cazador avizor. Elegía jóvenes con diligencia, asegurándose de que, aunque Cupido disparara sus flechas a ciegas, jamás marrara. Romeo nunca caía en las garras del amor, andaba con sumo cuidado. Prefería muchachas jóvenes y sin amigos, fáciles de convencer con su lengua hábil y su asombroso atractivo. Las mujeres adultas no eran tan fáciles de persuadir con ingenio o belleza. Era la peor clase de depredador: bello, con una dentadura blanca y limpia, y una sonrisa perfecta que prometía vida, pero solo daba la muerte. El amor con él era carnal, delicioso y abrumador; no era solo un cazador, sino un ladrón, que arrebataba a las jóvenes su propio ser. Pensó en las marcas en las muñecas de Julieta. Tal vez ella no lo supiera aún, pero su destrucción ya había comenzado. Rosalina lo sentía en su propio ser, ahora estaba completamente vacía, hueca como una tumba saqueada.

Esta ciudad había permitido que Romeo medrara y pasara inadvertido. Los dignos ciudadanos, madres y padres, le habían permitido escabullirse, como las ratas y los perros salvajes. Esta buena gente se negaba a verlo como lo que realmente era, y, por culpa de su ceguera, Rosalina, Julieta y todas aquellas jóvenes se habían arrojado a sus brazos. Romeo ofrecía una vía de escape de la invisibilidad y la indiferencia, a un matrimonio por imposición paterna que era como los barrotes de una celda. Ahora mismo, Julieta se estaba empachando de Romeo. Y, hasta que no terminara de atiborrarse, no se daría cuenta de que el banquete estaba podrido. Pero ya sería demasiado tarde.

279

La amargura de Rosalina hacia los padres de Julieta se convirtió en ira. ¿Qué les pasaba a Lauretta, al *signor* Capuleto, hasta al ama? Debían de haber nacido bajo una estrella deforme. ¿Cómo podían obligarla a casarse con Paris? Julieta solo tenía trece años. Y estaba en lo cierto al decir que a Paris se le hacía la boca agua cuando la miraba. La deseaba con gula. Pero, si este era demasiado viejo para ella, también lo era Romeo. A Rosalina también le dolía que Julieta hubiera yacido con Romeo, que se hubiera casado con él. ¿Por qué la alentó el ama a hacerlo, facilitando aquel romance caprichoso, en lugar de disuadirla? Si los padres de Julieta supieran de su amor clandestino, se escandalizarían y la repudiarían, y, sin embargo, una alianza política y conveniente con Paris les satisfacía. Nada les distraería de ese propósito, ni siquiera el cadáver de Teobaldo, aún caliente, ni sus astutos ojos marrones enturbiados.

Por culpa de Lauretta, el ama y el señor Capuleto, y de los buenos y honrados hipócritas de Verona, Julieta creía que casarse con un hombre siendo una niña era correcto y adecuado. Al tratar de obligarla a casarse con Paris o alguien como él, su familia la había preparado para Romeo. Le esperaba con los brazos abiertos y dispuestos.

Perdida en su ensoñación furiosa, Rosalina estaba entrando en el patio de casa de su padre cuando Caterina se abalanzó sobre ella exclamando:

—Oh, ¡espantoso día! Teobaldo era tan buen muchacho... No, a qué engañarme, era el más travieso de ellos, pero le quería.

Rosalina asintió.

—También yo. Era mi mejor amigo. Y ahora debo vengarle.

Caterina se quedó en silencio y la miró con ojos hinchados y doloridos.

—¡Quia! Déjalo estar. La venganza no es para ti.

Rosalina apretó los puños. Estaba harta de que le dijeran lo que era y no era para ella, incluso aquellos que la querían. Si pudiera enfrentarse a Romeo personalmente, lo haría. Soltó una risilla: estaba casi tan exaltada como Teobaldo. Tal vez fuera aquel calor infernal, que le hacía hervir la sangre.

Siguió a Caterina hasta la cocina. Sin pensarlo, Caterina empezó a coger ingredientes y se puso a cocinar. Golpeada por la angustia, su mente no sabía qué hacer, pero sus manos sí.

Rosalina tomó asiento en un banco junto a los fogones y se quedó observando como había hecho mil veces mientras Caterina exprimía trozos de manteca transparente entre sus dedos y la mezclaba con montoncillos de harina nevada. Las lágrimas volvieron a inundar sus ojos. De niños, Teobaldo y ella se sentaban allí, agachados bajo la mesa de pino, acariciando las orejas de los *spaniels* de la cocina, viendo cocinar a Caterina, peleándose con los perros por los restos de comida que iban cayendo. Ahora sentía la ausencia de su amigo como un oscuro vacío a su lado. Quería el consuelo de su presencia fantasmal, un espectro infantil de Teobaldo niño lamiendo la cuchara o chupando una rama de canela azucarada, pero no había nada. Solo el canto de las chicharras y el polvo de la harina cayendo como la nieve sobre el suelo.

Caterina desenganchó un enorme rodillo que había colgado encima de la mesa desgastada y empezó a trabajar la masa y a meterla en una bandeja. Como siempre, había un montón de anguilas marrones en la tabla de cortar de madera. Olían a río fresco, a barro y a pescado, a veranos de niñez. Caterina las iba cogiendo una por una entre los dedos, las limpiaba con el cuchillo, quitándoles las espinas, y las arrojaba con el filo a gran velocidad, sin llegar a cortarse jamás, aumentando el montón de pieles negras y plateadas, babosas de río destripadas y desnudas, mientras iba colocando las anguilas troceadas sobre la base de la empanada. Finalmente, rallaba nuez moscada y la sellaba.

Rosalina soltó una risa melancólica. Era su última empanada de anguila en casa. Sus días estaban contados como las anguilas y también vaciados de cabo a rabo.

—Mañana parto, Cata —dijo suavemente—. Ha llegado la hora. Cuando me vaya, ¿vendrás conmigo?

Caterina metió la empanada en el horno y se irguió.

—Por mucho que te quiera, jamás he deseado ser monja.

Rosalina sonrió.

—No, a las cocinas de la abadía. Allí querrán a una cocinera como tú. ¿Lo harías?

Caterina la miró.

—Lo pensaré. Aunque tomes los votos, me temo que necesitarás algo de vigilancia.

—Seguro —contestó Rosalina. Se quedó mirándola, y

luego dijo—: Y tal vez, algún día, no ahora, pero dentro de un mes o un año, encontremos la manera de huir juntas del convento y buscar una nueva vida. Al fin y al cabo, yo no sé qué hacías antes de venir a nuestra casa, pero se me ocurre que tal vez podríamos cambiar de vida.

Caterina parecía abatida y no contestaba.

—Venga, es posible —insistió Rosalina—. Nos embarcaremos rumbo a Iliria, o incluso a Inglaterra.

En su día, soñaba con hacer aquel viaje con Teobaldo, pero eso ya no sucedería. Ofrecerle ahora esa aventura a Caterina le sabía amargo. La sirvienta contestó con silencio, nada más alejado del raudo entusiasmo de Teobaldo.

Por fin, dijo:

—Habla con tu abadesa, a ver si puedo entrar en sus cocinas. Lo pensaré, siempre y cuando las sirvientas tengan libertad para entrar y salir de allí. —El olor de la masa empezó a inundar la cocina, subiendo en espiral hacia el techo. Caterina se sentó junto a Rosalina y estiró las piernas—. Al menos te has librado de Romeo —dijo con cautela—. Ahora ya puede buscar a otra muchacha que haga el papel de su dama.

Rosalina se mordió el labio, avergonzada, recordando una vez más que había encontrado a Julieta por su culpa. De no ser por ella, Romeo no habría acudido a la fiesta de los Capuleto. Quisiera arrancarse el sentimiento de culpa, igual que Caterina quitaba la piel a las anguilas de la empanada, pero no lo lograba.

—Ya ha encontrado otra actriz para el papel —dijo Rosalina, con un hilo de voz—. Y se ha casado con ella.

—¡Pobre! Debemos sentir lástima por ella.

—Es Julieta. Romeo se ha casado con Julieta.

Caterina soltó un grito de turbación.

—Nadie lo sabe mas que nosotras y Teobaldo. Y él se ha llevado el secreto a la tumba. El ama también lo conoce, pero no lo contará.

Caterina sacudió la cabeza, asqueada.

—Esa es un capón. Nunca le ha gustado mi empanada.

—Siguió lamentándose—. ¡Ay, nuestra pobre y querida Julieta! Pero ¿no iba a casarse con Paris?

—Ese es el deseo de sus padres, pero ella asegura que preferiría morir. No sé qué hacer, Caterina.

Caterina se reclinó en el asiento y se quedó mirando la cruz de madera colgada en la pared.

—Rezaremos. Que la Virgen me perdone: debería haber impedido que fueras a esa mascarada. Y ahora Julieta... Menudo bribón. Si lo cuentas, no será bueno para Julieta. —Suspiró—. Sí, recemos por ella.

Rosalina sabía que orar no bastaría para combatir a Romeo, pero se consoló cuanto pudo en la comodidad familiar de la cocina de Caterina. En el olor a empanada. En el movimiento del cepillo de pluma de oca al levantarse a barrer. En el zumbido y el canto de las chicharras al otro lado de la ventana abierta.

283

A los pocos minutos, se oyeron unos golpes en la puerta y un muchacho harapiento asomó la cabeza.

—No tengo nada para ti —dijo bruscamente Caterina—. Hoy solo hay pieles de pescado y tendrás que pelearte con los perros por ellas.

—No quiero sus sobras. Vengo buscando a la señorita Rosalina Capuleto...

—¿Para qué? —preguntó Caterina.

—Debe venir conmigo, buena señora. Una sirvienta pregunta por ella. Está enferma. La señorita Rosalina debe venir cuanto antes.

Rosalina se quedó mirándole confundida, se puso en pie y se disponía a acompañarle cuando Caterina la agarró de la mano con firmeza.

—No. Otra vez no. No vas a ir sola con un vagabundo a quién sabe dónde.

Rosalina gruñó frustrada.

—Pues ven conmigo.

El muchacho esperaba con impaciencia. Iba descalzo y estaba dejando huellas de suciedad en los ladrillos del suelo.

—Una o las dos, pero vengan pronto.

Le siguieron.

Afuera, el día parecía más caluroso que el horno de la cocina. Rosalina sentía un cosquilleo abrasador en la piel. Siguiendo los pasos del muchacho, se alejaron de la parte acomodada y conocida de la ciudad, y bajaron hacia el otro lado del mercado de pescado, hasta las tenerías, donde acababan toda la suciedad y los efluvios de Verona.

Caminaban en silencio y, pasado un rato, Rosalina empezó a notar que había muchas puertas marcadas con la cruz roja de la peste. La plaga seguía reinando allí.

—¿Quién pregunta por mí? —inquirió por fin al muchacho, acelerando el paso para ponerse a su altura.

—Pronto lo verá.

Las casas estaban medio derruidas y destartaladas. Gran parte de las contraventanas estaban rotas. No había geranios en tiestos ni frescos de Madonnas decorando los muros; solo pescado seco colgado como serpentinas hediondas y esmirriadas. Varios de los edificios carecían de puerta y tenían el tejado medio derrumbado, como si estuvieran abandonados, pero Rosalina veía harapos tendidos en cuerdas que iban de balcón a balcón. Las calles estaban tranquilas y las pocas personas sentadas en los escalones limpiando lentejas estaban demasiado inmersas en sus preocupaciones como para percatarse de la presencia de Rosalina, Caterina o su escuálido guía de dientes irregulares.

El aire se le atragantaba. El hedor de la tenería inundaba las calles como una neblina, uniéndose al olor del viejo mercado de pescado que llevaba un siglo calando los adoquines, y del pis que fluía calle abajo hacia el río, donde se acababa alojando. No había carros de mulas ni elegantes caballos, solo algún grito de niño raquítico esperando alimento. La aguja de la basílica de San Pedro se veía muy lejos, y el tañido de sus campanas era altanero y distante. Estas pobres almas estaban fuera de su alcance.

—Aquí dentro —dijo el muchacho, señalando una puerta.

Rosalina le dio las gracias y le pagó. La casa tenía aún peor aspecto que las de su alrededor, si es que lo que quedaba de aquella cáscara destartalada podía llamarse una casa.

—Trabajo duro para no tener que venir a lugares como este —dijo Caterina, enfurruñada—. ¿Por qué no te olvidas? ¿Por qué tienes que irte con cualquier muchacho que llama a la puerta?

—No lo sé. Y lo siento, buena Caterina, pero tú no tenías por qué venir.

Rosalina empujó la puerta con el hombro.

El olor fue lo primero que la golpeó. Era aún peor que el tufo de la calle. Era un hedor a muerte, tan fuerte que apenas se veía. Algo debía de llevar varios días muerto allí dentro. Rosalina buscó el cadáver con la mirada, y encontró una alcoba pequeña, estrecha y lúgubre, con un agujero abierto haciendo las veces de chimenea. Sobre el suelo vio un montón de mantas y junto a él una cama improvisada y una diminuta cuna de madera cubierta de negro. Metida entre las mantas había una niña muerta.

Mientras contemplaba la escena, horrorizada, el cadáver pestañeó y, con gran esfuerzo, levantó un brazo. Rosalina se quedó mirándola asqueada. Entonces otra mujer apareció de entre las sombras en un rincón de la alcoba y secó con un trapo la frente de la figura postrada sobre la cama.

Rosalina se acercó un poco. Caterina seguía en la puerta, temerosa de abandonar la luz del día.

—Ha venido —dijo la niña, mirando a Rosalina.

Rosalina avanzó de puntillas, con las manos tensas y húmedas a ambos lados del cuerpo.

—Eres tú —dijo—, claro.

Aquella figura escuálida e infantil era la sirvienta a la que Romeo había seducido y abandonado. Al verla de cerca, Rosalina comprobó que las mantas estaban tiesas y negras de sangre. Intentó no mirar hacia la cuna silenciosa cubierta de negro. Algo se movió en el suelo.

—No se quede mucho tiempo, señora, o la cansará —dijo la mujer con el trapo.

—¿Qué importa? —dijo la niña—. De todos modos, voy a morir.

—Como quiera. No me escuche. Yo solo me quedo por caridad y por lástima. —Rosalina vio consternada cómo salía con paso airado y dando un portazo de la lúgubre alcoba.

—Ve tras ella, dale esto —dijo Rosalina, poniendo una moneda en la mano de Caterina. Aliviada de tener que salir de aquel lugar, Caterina se fue a toda prisa.

Rosalina se volvió de nuevo hacia la diminuta forma acurrucada en el nido de mantas manchadas.

—Dime tu nombre —dijo, agachándose junto a ella—. No te lo había preguntado.

—Laura. Yo era su Laura. Al menos, lo fui por un tiempo.

Rosalina cogió su mano. Sus huesos eran finos y frágiles como los de un pájaro. Si apretaba demasiado, se quebrarían.

Laura se reclinó sobre las mantas, con el estómago aún hinchado. Parecía a un tiempo una niña y una anciana demacrada.

Rosalina comprendió horrorizada que el olor a podredumbre y a muerte provenía de ella. Estaba pudriéndose por dentro. Ni la abadesa, con toda su sabiduría, podría haber salvado a aquella desgraciada niña. Nunca se levantaría del lecho de parto.

—Me alegro de que haya venido. Él no ha querido —dijo Laura.

—¿Enviaste a buscarle?

—Sí. Los dolores empezaron demasiado pronto. Y envié un mensajero a avisarle. Yo creo que no le importó mucho, porque mandó a fray Lorenzo. Se sentó aquí conmigo, rezó y me leyó.

Desviando la mirada a un lado de la cama, Rosalina vio otra hermosa Biblia encuadernada en cuero, con el mismo sello heráldico que tenía la del fraile y la que encontró en la celda de Cecilia.

—El fraile me dio un frasco de licor para que me lo bebiera cuando el dolor fuera insoportable —continuó Laura. Señaló una esquina de la alcoba cerca de la rejilla vacía, donde había un frasco.

Rosalina lo cogió y le dio la vuelta entre las manos. Era de cristal de Murano reluciente, del azul del cielo en junio. Era la única nota de color en una alcoba gris. Una gota de líquido destilado brillaba en el fondo.

—¿Te ayudó? —preguntó Rosalina.

—Mi hijo nació muerto. ¿Qué medicina puede ayudar con eso? Y ahora, yo voy a morir también. Se me ha quedado algo dentro, pudriéndose. No pueden sacarlo, y vive Dios que lo han intentado.

Rosalina volvió a apretar la mano de la niña y cerró los ojos. Sentía la muerte rodeándola en aquella diminuta y fétida habitación. Pero la muerte no tenía compasión. Esperaba, observando, y no se retractaba. Gotas de sudor febril cubrían la frente de Laura. Rosalina cogió su pañuelo para limpiárselas y Laura cerró los ojos, agotada.

Rosalina volvió a examinar el frasco en la palma de su mano.

—¿Puedo quedármelo?

—Lléveselo.

Se metió el frasco en la bolsita bordada que colgaba de su cintura.

—He oído que se ha librado de él —dijo Laura, abriendo los ojos para mirarla—. ¿Es cierto?

—Es cierto que no hay verdad en él —dijo Rosalina, incapaz de hablar sin amargura.

—Ah, es fiel cuando está enamorado, pero se enamora y desenamora con las mareas.

Rosalina asintió.

—Sus besos son los hijos de Judas.

—Pero saben más dulces —dijo Laura, apenada hasta el último momento. Cerró los ojos de nuevo y pareció quedarse dormida, pero entonces dijo con un susurro—: Sin verle a oscuras he de marchar. Rece por mí. Y llore cuando ya no esté.

—Juro por mi fe que así lo haré —dijo Rosalina, apartando un mechón de pelo apelmazado de su rostro.

Poco después, Rosalina salió de la alcoba fría y húmeda llena de tristeza y alivio, dejando la puerta abierta para que la mujer pudiera volver a entrar, una vez sobornada con su reluciente moneda de plata. Rosalina miró a la luz del sol el frasco de cristal azul que llevaba en la mano. ¿Sería una poción para aliviar el dolor o para acelerar la muerte? La abadesa lo sabría, sin duda.

Rosalina y Caterina emprendieron el regreso hacia casa de Masetto por las calles curtidas por el sol. El cansancio lastraba las piernas de Rosalina, que confesó a Caterina cómo había conocido a Laura y de quién era el hijo que había parido.

Caterina escuchó en silencio, asqueada al oír más crímenes de Romeo.

—Podríais haber sido tú o Julieta la que estaba en esa asquerosa alcoba —dijo por fin.

Siguieron andando sin hablar, inmersas en sus tristes pensamientos. Laura moriría sin haber tenido la oportunidad de vivir de verdad. Su hijo ni siquiera había llegado a respirar. Rosalina tan solo esperaba que no le quedara mucho tiempo de sufrimiento. Y, tal y como le había prometido, se encargaría de que la enterraran como era debido junto a su hijo, no en la tumba de un pobre.

Caminaban con la espalda ardiendo bajo el feroz sol de la tarde. Caterina se equivocaba. Rezar no bastaría para mantener a los vivos a salvo de Romeo.

12

Romeo…, caprichoso, loco, amante

Según se acercaban a casa del padre de Rosalina, vieron las verjas abiertas y a varios mozos esperando en la calle con caballos sudorosos. Asustada, Rosalina entró en el patio, con Caterina pegada a su lado. Estaban lavando y cepillando al caballo de su tío Capuleto en el abrevadero. ¿Qué había ocurrido y por qué había venido su tío? Cuando dejó a su prima hacía un rato, sus padres estaban inmersos en los preparativos para la boda de Julieta con Paris. ¿Había ocurrido algún accidente o acaso su padre había enfermado de repente? No era la peste, de lo contrario sus tíos se habrían mantenido alejados por miedo y por la guardia.

—¿Dónde está mi padre? ¿Y mi tío? —preguntó a un mozo con urgencia.

Este señaló la casa y Rosalina corrió adentro, dejando a Caterina en el patio. ¿Qué nueva catástrofe había golpeado a la familia? Los sirvientes corrían de un lado a otro del vestíbulo, apartando la mirada de ella. Las puertas de la alcoba de su padre estaban abiertas de par en par y finalmente le encontró sentado en su despacho, pálido y desaliñado, rodeado de papeles y libros desperdigados. Masetto alzó la vista hacia ella, con gesto desconcertado y perdido.

—¿Estáis malo, padre? —preguntó, al notar su estado desordenado y sus pálidas mejillas.

—Mala mi suerte. Se han llevado mis ducados y a mi esposa. Emilia ha vuelto a serme arrebatada.

Rosalina miró al lado de su padre, vio el arcón de dinero con la tapa abierta y al instante comprendió que su crimen había sido descubierto. ¿La descubrirían también a ella? Su corazón latía desbocado.

Masetto se pasó los dedos por el pelo, despeinando los pocos mechones que le quedaban.

—Me han robado. Todo el dinero que iba a enviar contigo al convento ha desaparecido, Rosalina —dijo—. Era una bonita cantidad y no está. Me han robado el dinero, la dignidad y a mi esposa.

Por su tono de voz, era evidente que no sabía que lo había robado ella. Rosalina volvió a respirar. Llevándose las manos a la cara, Masetto prosiguió:

—He sido un necio por no ser más escrupuloso. Debo pedirte perdón, pues cuando vayas al convento ya no será con las comodidades que quería para ti. Te enviaré con el dinero que pueda permitirme. ¿Podrás perdonar a este estúpido anciano?

—Por esto, sí —contestó ella lentamente—. Aunque, en realidad, tal vez sea una señal de que debería quedarme en casa.

Aquello casi desata una sonrisa en Masetto.

—Calla, o empezaré a creer que me lo has robado tú para que no te envíe.

Rosalina decidió no insistir. Sentía cierta culpabilidad por haber robado la miniatura de Emilia. Le ardía bajo el vestido al contacto con la piel.

Masetto se levantó y volvió a recorrer toda la habitación con la mirada, angustiado.

—Oh, es una pérdida tras otra. El ladrón se ha llevado tanto… Mi oro y a tu madre. Es imposible que quisiera su retrato: su adorado rostro no era la joya que buscaba, sino las esmeraldas, los rubíes y el oro que adornaban el marco.

Rosalina sintió un cosquilleo de vergüenza, como sudor cayendo por su espalda.

—Tus primos vienen a ofrecerme consuelo —dijo—. Mas, en realidad, están aquí para mofarse de mi senilidad. Maldicen pero se regocijan al mismo tiempo. No quiero su falsa lástima. No ha de haber satisfacción ni venganza. No encontraré al ladrón.

Viendo su profunda turbación por la pérdida, Rosalina sintió algo de remordimiento, pero no lo bastante como para confesar ninguno de los dos hurtos: si lo hacía, el castigo sería rotundo. En su lugar, le cogió de la mano.

—No estáis senil, padre. Los cabellos de mi tío son más blancos que los vuestros. No le escuchéis si su compasión no es auténtica, aunque yo creo que lo es. Y, en lo que a mí respecta, descuidad. No necesito comodidades en el convento. Tendré lo que merezco.

Su padre quedó sorprendido y complacido por su afectuosa preocupación, y le dio una palmadita en la mano, antes de ponerle un ducado brillante en ella.

—Abrí el arcón para coger dinero para la mortaja de Teobaldo. Al morir tu madre, no hubo tiempo para buscar morado u oro para envolver su cuerpo. Debes honrar a Teobaldo: no lo envíes a la tumba desfavorecido.

Rosalina miró a su padre con admiración, conmovida por su gesto de consideración hacia Teobaldo. Aquello era más que orgullo de Capuleto o temor de Dios; algo cercano a la ternura y de lo que no le creía capaz.

Cuando le estaba dando las gracias, su tío Capuleto en-

tró en la habitación apartándola de un empujón, ansioso
por hablar con su hermano.

—Ninguno de los sirvientes sabe nada, o eso dicen
—declaró. Empezó a soltar un carcaj de preguntas a su
padre, que escuchaba resignado, con la cabeza agachada de
humillación, aguantando el ataque—. ¿Siempre dejáis la
ventana abierta de esta guisa? ¿Y por qué no llevas la llave
colgada al cuello, hermano? ¿Acaso eres tan negligente
con tu riqueza?

El viejo Capuleto echó a Rosalina de la estancia, cerrando la puerta detrás de ella. Mientras iba hacia el vestíbulo, oyendo sus voces amortiguadas a su espalda, temió
que culparan a alguno de los sirvientes por sus pecados.

La moneda que su padre le había entregado era pesada
y cálida al contacto con la palma de su mano. Tenía una
triste misión. Los ducados que esperaba que le diera su
padre para escoger prendas para su ajuar ahora debían in-
vertirse en una mortaja. En el último acto de compasión
hacia el hombre que mejor la había amado.

Salió de la penumbra uterina del vestíbulo a la luz
abrasadora de la tarde. El aire olía dulce, a madreselva y
a jazmín, y resonaba con el denso zumbido de las abejas.
Pensó en Laura, en su alcoba mugrienta y oscura. A ella
nadie le compraría una mortaja dorada cuando llegara su
hora. Mirando hacia oriente, vio racimos de uvas hinchados por el calor en el porche, con la sombra de sus hojas
proyectadas sobre la terraza donde, para su sorpresa, estaba Julieta, contemplando el jardín.

Rosalina fue hacia ella y se sentó a su lado.

Su prima no pareció percatarse de su presencia y siguió observando, con la mirada perdida.

—¿Dónde estás, *signorina*? Me parece que aquí no
—dijo Rosalina.

Julieta se volvió sobresaltada.

—Han robado a mi padre —dijo Rosalina.

293

—Me ha llegado la noticia, sí.

—Ya lo sabías, pues yo te lo dije. La ladrona soy yo. Cogí treinta ducados de oro del arcón de mi padre. Y apostaría a que fue la misma cantidad que Romeo Montesco te mostró, proclamando triunfante que eran para vuestra nueva vida en Mantua.

Julieta se quedó muda e inmóvil.

—Tal vez me enseñara unos ducados. Mas no sé si era esa cantidad.

—Mientes.

Julieta se sonrojó.

—Tú no lo harías jamás, Ros. Sé que no robarías a tu padre.

—Pero lo hice. ¿Acaso no harías cualquier cosa que te pidiera Romeo? ¿No morirías por él, si te lo pidiera?

—Lo haría —contestó Julieta, con voz solemne.

—Entonces, dulce niña, lo que a mí me pidió no era tan valioso. No quería mi muerte, solo unas relucientes monedas. Me convenció de que eran mías y solo estaría robándome a mí misma. —Se levantó y arrancó una uva. Era pequeña y dura y tenía una capa de polvo blanquecino—. ¿Qué son treinta ducados comparados con una vida? El precio que tuve que pagar fue poco comparado con lo que temo que te pedirá a ti.

—No me importa. Le amo. Moriría por él, gustosa.

—En tal caso, no puedo hacerte cambiar de idea. Pero has de saber que el hombre por quien morirías es un vagabundo y un ladrón.

Julieta se enfadó al oír aquello.

—*Tú* fuiste quien robó. El pecado es tuyo.

—Eso no lo puedo discutir y cumpliré mi penitencia. Pero fui un mero instrumento de Romeo. Ya no tengo el oro. Él guarda el botín de mi crimen.

Julieta seguía enojada, con las mejillas encendidas.

—¿Acaso era perfecto Teobaldo? —dijo con tono inquisitivo—. ¿O era temerario, desmedido y raudo en odiar? Y, sin embargo, le amabas.

—Sí, pues él era mi amigo y mi otro yo. Y tal vez fuera todo eso que dices, pero sus defectos se paliaban con mi amor, o, al menos, eso parecía. Y también era bueno y leal, y su amor por mí tan inalterable como el sol y las estrellas. Tu Romeo es la luna. Cambiante y frío.

—No, conmigo no. —Julieta respiró hondo para templarse—. ¿No ves que no puedo casarme con Paris?

Las finas sombras de las vides parecían venas sobre la piel de las mejillas y las manos de Julieta, envejeciéndola. Rosalina reconoció la desolación de su prima y comprendió que su miedo la hacía temeraria. La punta de la daga volvió a asomar por su manga y, por un instante, Rosalina la imaginó exangüe en su tumba.

Julieta la miró a los ojos.

—Por mucho que digas, Ros, no puedes ayudarme. He ido a hablar con el fraile hoy. Es amigo de Romeo y mío también. Tiene un plan y espera reunirme con mi Romeo.

Con un sutil gesto triunfal, alzó un frasco de cristal de Murano azul, reluciente como un día de junio. Brillaba como el lapislázuli a la luz mientras Julieta agitaba su contenido, creando pequeñas burbujas.

—Esta noche, cuando esté encamada, beberé el licor de este pequeño frasco y sentiré que la sangre soñolienta se enfriará de súbito en mis venas, se detendrá el latido de mi pulso. ¡Como estaré helada y sin aliento, mi apariencia será la de una muerta!

—¡Julieta, no!

—Huirá el color de mis rosados labios y mejillas y le sucederá una palidez térrea. Mis párpados se cerrarán como puertas de la muerte, excluyendo la luz del día. Y mi cuerpo quedará rígido, inmóvil y frío, como si estuviera muerta.

—¿Como si lo estuvieras o lo estarás? Ah, Julieta, te lo ruego, no lo hagas.

Rosalina le puso las manos sobre los hombros mientras suplicaba, pero Julieta negó con la cabeza, resuelta. Ni siquiera estaba dispuesta a mirarla.

—Rosalina, me ha prometido que después de cuarenta y dos horas despertaré como de un dulce sueño. Y por la mañana, mi esposo vendrá a despertarme de mi tumba, me sacará y me llevará consigo a Mantua, hacia una nueva vida, ajena a toda esta vergüenza. El fraile va a enviar pronto a uno de sus hermanos franciscanos a Mantua, con una carta para Romeo, explicando nuestro plan.

Rosalina sacudió la cabeza lentamente.

—No creo que le envíe esa carta a Romeo. Quiere que esté a salvo en Mantua después del decreto del príncipe. Si Romeo regresa a Verona, su vida corre peligro y le aguarda una muerte espantosa. El fraile no se arriesgaría a hacerle venir. Por ti, no. No es tu amigo, solo lo es de Romeo. —Julieta se negaba a mirarla, pero Rosalina tampoco estaba dispuesta a callar—. Ese fraile es falso y te cuenta mentiras endulzadas. Es artero y cruel.

Abrió el bolsito que llevaba colgado a la cintura y sacó el frasco de Laura. Eran idénticos.

—Ese mismo fraile hizo una poción para otra de las amantes de Romeo, la que fuera su Laura. Esta tarde estuve con ella. Su lecho de parto lo será de muerte también. Puede que hubiera muerto sin su ayuda, pero no creo que ese santo padre tuyo, tu mal llamado amigo, mezclara ese brebaje para ayudarla con el dolor, sino para acelerar su muerte.

Julieta la miraba con incredulidad.

—No bebas este licor —dijo Rosalina—. ¿Y si es un veneno que el fraile ha mezclado diestramente para provocarte la muerte?

Julieta miró atentamente el frasco en sus manos, dudando.

—Si bebo y muero, al menos no tendré que casarme con Paris. Estaré con mi Romeo —dijo por fin.

—Ah, pero Romeo no morirá contigo. Ni siquiera acude a ver a Laura mientras agoniza, y, desde luego, no va a morir con ella. Laura morirá desdichada y sola, con una mujer que cobra por atenderla. Él seguirá vivo. —Rosalina respiró hondo—. Por favor, querida. No bebas esto.

Intentó quitárselo de las manos, pero Julieta cerró el puño. Rosalina temblaba de rabia y frustración.

—Hay más personas que te quieren aparte de Romeo. ¿O es que yo no soy nada?

—Claro que sí. Yo te quiero, Ros. —Julieta parecía afligida, pero se negaba a entregar el frasco. Se puso en pie—. He oído a mi padre llamándome desde la casa.

Nadie la llamaba. Lo único que se oía era el canto de un mirlo y el movimiento de las hojas de parra sobre sus cabezas.

Julieta echó a andar con paso acelerado.

—Esta noche debemos despedirnos, Ros. No nos queda elección. Debo confiarme al destino.

—¡Confíate al destino, entonces, pero no a Romeo! —exclamó Rosalina.

Julieta titubeó y siguió andando.

Rosalina sabía que había sembrado un destello de duda en la mente de su prima. Su amor por Romeo empezaba a deshilacharse y, por el momento, eso tendría que bastar. A partir de ahora, ella tiraría de ese hilo hasta que se deshiciera por completo. Pero quedaba muy poco tiempo. Rosalina se quedó mirándola atravesar el jardín hasta llegar a la casa y desaparecer.

Aquel frasco azul no contenía el sueño, sino la muerte. Rosalina ya había perdido demasiado. No estaba dispuesta a perder a Julieta. A ella no.

ᚱ

Rosalina estaba en el taller del marchante de telas junto a Livia, rodeadas de bobinas de seda abiertas. Su padre no quería que saliera sola. Decía que le preocupaba su seguridad con el ladrón todavía suelto en las calles. Ella estaba convencida de que era una excusa y, en realidad, temía que se escapara antes de enviarla al convento.

El marchante desplegó otro sucio arco iris de sedas grises ante ellas. Livia le apretó el brazo.

—Lo siento mucho, Rosalina. Teobaldo era como un hermano para ti.

Rosalina era incapaz de contestar. Tenía la voz anudada en la garganta.

Colocaron más y más telas sobre el mostrador, una asfixiante capa tras otra.

—¿Hay alguna que te guste, Ros? —preguntó Livia, con indecisión.

Rosalina negó con la cabeza. Tenía que ser algo glorioso para Teobaldo. Y entonces vio una al fondo de la tienda. Era una tela para un príncipe, la mortaja más fastuosa y bella que jamás había visto, hecha de terciopelo carmesí y forrada con el lino más delicado. En la parte delantera llevaba bordada, con la mejor seda, una calavera grande y blanca con dos tibias cruzadas, fémures rotos y dentados. La vida es efímera y breve, bajo el constante acecho de la muerte.

La señaló.

Livia llevó a Rosalina de vuelta a casa de su tío para prepararse para el entierro. El cuerpo de Teobaldo había sido lavado y dispuesto en el salón pequeño. Parecía más joven y delgado en la muerte. Sus heridas estaban limpias, pero los cortes solidificados creaban un cruel contraste con la suavidad de su piel. Sobre la chimenea habían colocado jarrones de romero, hinojo y rosas para enmascarar el olor a muerte. La mortaja era lo bastante grande como para envolverlos a los dos, pensó Rosalina. Podría meterse junto a él en la paz de la oscuridad, pero al instante comprendió que, si no estaba preparada para el convento, tampoco lo estaba para morir.

Acunándole con la mayor ternura posible, Rosalina, Julieta y Livia envolvieron el cuerpo rígido de Teobaldo, metiéndole en su mortaja para el sueño eterno. Eran los últimos momentos de Rosalina con él antes de que vinieran los hombres para llevárselo al mausoleo de los Capuleto, de modo que Julieta y Livia se retiraron instintivamente a un rincón para rezar en silencio, dejándola a solas con Teobaldo.

Al mirar su cuerpo envuelto en seda, Rosalina se dio cuenta de que no sabía qué decir. Ya no parecía Teobaldo: estaba más pálido y amarillento de lo que era en vida. Se sentía incómoda, como si estuviera ante un desconocido. No quería tocarle.

—¿Quién eres? —susurró—. Devuélveme a mi amoroso caballero de cejas oscuras. No te conozco.

El silencio se burlaba de ella.

Abrió un poco la mortaja y le puso un libro entre las manos; no era una Biblia ni un libro de horas, sino la copia de los relatos de Ovidio que Teobaldo robó a Valencio hacía ya tantos años.

—Para el viaje —susurró—. No quiero leerlo sin ti. ¿Qué son estas historias si no te tengo para compartirlas?

Julieta y Livia rezaban en voz alta tratando de darle intimidad, pero, de pronto, Rosalina oyó un sonido distinto, más procaz, que venía de otra estancia.

—¿Qué ruido es ese que nos interrumpe? —preguntó.

Julieta y Livia se miraron.

—Son los actores preparando una pieza teatral —dijo Livia, a regañadientes—. Habrá un espectáculo tras el banquete de boda de Julieta y Paris. Tu tío quiere que sea parte del festejo.

Rosalina se quedó boquiabierta.

—¿No podía esperar hasta enterrar a Teobaldo? —dijo, indignada—. Son intrusos aquí, ¡su presencia, una afrenta!

—Yo no quiero tener nada que ver —dijo Julieta—. No es mi culpa.

Livia fue hacia la puerta.

—Les diré que hablen más bajo.

—No, lo haré yo —dijo Rosalina.

Salió del salón, llena de amarga rabia. ¿Cómo se atrevía su tío a permitir que los actores ensayaran allí esta noche, con el cuerpo de Teobaldo aún dispuesto sobre la mesa? Era un insulto cruel. Las carcajadas de los actores sonaban cada vez más altas, estaban ebrios del buen vino de su tío.

Entonces oyó otra voz. Se detuvo a escuchar. «No puede ser».

—¡Ros! —dijo la voz. La conocía. Tanto como la suya propia.

—¡Teobaldo! —contestó, vacilante—. ¿Dónde estás?

Aún no le habían enterrado, así que tal vez su fantasma seguía merodeando en las sombras. Rosalina siguió su voz, que la condujo hasta el gran salón, donde varios actores estaban bebiendo, rodeados de decorados a medio montar, objetos de madera y cajas de vestuario. Uno de ellos hacía malabares mientras otro hacía de bufón: ni siquiera se percataron de su presencia.

Rosalina miró a su alrededor, confundida. Tal vez se había equivocado. Un actor estaba recitando un monólogo y eso debía ser lo que había oído. Respiró hondo, disponiéndose a reprender a los actores, cuando Teobaldo volvió a llamarla.

—Ros. Aquí.

Rosalina le buscó por todo el salón. Al principio no le vio, pero luego apareció sonriendo en las escaleras que llevaban a la galería. Tenía sangre y vísceras goteando del costado y sus blancos dientes estaban teñidos de rojo.

Rosalina corrió hacia él. Estaba pálido; no era de este mundo y, sin embargo, ella no sintió temor.

Tres actores entraron en el largo salón, uno de ellos con una peluca rizada y todos ellos con jarras de cerveza y farfullando versos de la obra.

—Buenas noches, señorita —dijo uno, descubriéndose y haciendo una reverencia.

Rosalina le ignoró, frustrada al ver que Teobaldo se volvía y subía las escaleras hasta desaparecer. ¿Por qué no asustaba a aquellos actores? Ninguno de ellos parecía interesado en un muerto. O no podían verle, o solo les importaban sus jarras de cerveza y repasar el texto.

Teobaldo saludó desde la galería y le hizo un gesto para que subiera. Ella corrió hacia él, preguntándose si se había vuelto loca, si estaba aturdida por el dolor, o tanto sol la había agostado. Sin embargo, su pulso era firme.

Él estaba sentado en el suelo, esperando. Rosalina se sentó a su lado.

—¿Teobaldo? —susurró.

—¿Cómo estás, Rosalina? —preguntó él, sonriendo tristemente con sus dientes ensangrentados.

—No lo sé. Feliz de tenerte aquí. Pero desdichada, porque estás muerto y parte de mi ser vive contigo.

—No puedes vivir en la muerte, Ros. No es posible.

Rosalina intentó tragar saliva y notó que era incapaz de hablar. Impaciente, trató de coger su mano, pero no estaba allí. Él la miró apenado sin decir nada.

Abajo, los actores empezaban a ensayar. Partes del texto llegaban a la galería.

Dos casas ambas en nobleza iguales
en Babilonia, donde esto sucede.

Rosalina recordó que estaba furiosa con los actores por su cruel falta de sensibilidad. Ahora, al mirar el adorado rostro de su Teobaldo, más pálido por la muerte, su ira se había desvanecido. Le miró con perplejidad.

—Estoy loca —dijo.

—¿Por qué?

—Porque veo tu fantasma. Estoy loca de dolor y de amor.

—Si así es, yo también lo estoy —contestó Teobaldo, sonriendo con dulzura—. Estamos juntos en la locura.

Se quedaron en silencio unos instantes, y Rosalina deseó sentir el fresco del bosque, el verde silvano y el olor a tierra mojada. Tal vez las huellas de Teobaldo aún pudieran verse a través de las capas de agujas de pino y ella lograra así seguirle hasta el más allá. Aún podía oler su sangre, y notaba su tacto cálido y pegajoso en las manos y los dedos. Sin embargo, ella quería recordarle tal y como era cuando iban al río, con el pelo echado hacia atrás como una nutria, empapado de agua, y no de sangre, hollando las piedras calientes con sus pasos, pestañeando para quitarse el agua, buscándola solamente a ella.

Se oyó un ruido en el salón y Rosalina miró a Teobaldo, preguntando:

—¿Qué pieza van a representar?

—La tragedia de los amantes de Ovidio, *Píramo y Tisbe*.

Rosalina pensó en el precioso libro que había colocado bajo las manos muertas de Teobaldo en el salón contiguo. Las historias que ya no volverían a leer juntos. Suspiró. Abajo, los actores ondeaban una luna sobre el escenario improvisado, que resplandecía bajo las luces. Uno de ellos empezó a tocar el laúd, y el sonido era atiplado y melifluo, como el viento a través de la ciénaga al atardecer.

—¿Estás aquí de verdad, Teobaldo?

—Sí y no —contestó.

«No está aquí —pensó—. Es parte de mí, la parte que ha muerto. De algún modo, le he hecho volver».

Centraron de nuevo su atención en lo que ocurría abajo. La obra era burda y los actores inexpertos, pero a Rosalina le resultaba asombrosamente familiar.

De odio antiguo a un nuevo motín…

«He leído esta historia mil veces, pero es más que eso: la conozco porque la he vivido. Y ahora, Julieta también», pensó Rosalina. La historia que estaban representando allá abajo era terriblemente familiar. Píramo y Tisbe. Romeo y Julieta. Rosalina y Romeo. Dos casas y un odio enconado. Dos amantes confesando su deseo secreto por el otro. «Estoy viendo una obra teatral y me estoy viendo a mí misma».

Miró a los actores con el ceño fruncido e incorporándose de rodillas para ver mejor.

303

Una pareja de amantes desafortunados se quitan la vida…

—Acaba en muerte. —Suspiró—. Siempre acaba en muerte. Píramo y Tisbe. Laura. Cecilia. Tú.

Teobaldo la miró con tristeza y dijo:

—Yo he muerto, Ros, pero tu final aún no está escrito. Aún hay más por venir. Aún queda esperanza.

Ella sacudió la cabeza y volvió a mirar a los actores.

—¿Y cómo es este Píramo? ¿Un amante o un tirano? —preguntó ella—. ¿Y qué es esta versión de la obra? —añadió, confundida—. No parece Ovidio.

—Porque cambia cada vez que se cuenta. Vive en su propio relato. La historia está escrita en el más exquisito italiano. Ahora, escucha —dijo Teobaldo, haciendo un gesto para que callara.

Se quedaron unos minutos mirando el ensayo en silencio, pero, en realidad, Rosalina solo observaba a Teobaldo, empapándose de su adorado rostro, la curva de su mejilla, su alta frente. El arco perfecto de su labio. Ay, ¿por qué no se fijó antes, cuando no era demasiado tarde para besarle?

—Las mejores son solo una sombra —susurró Teobaldo, sonriendo.

—Entonces, debe de estar en tu imaginación, no en la de ellos —dijo Rosalina.

Pero mientras lo decía, se preguntó cómo podía estar en su imaginación. ¿Soñaban los muertos? Rosalina miró atentamente a su precioso fantasma. A su amor. Sus sueños eran los de él. Si, como ella creía, parte de su ser había muerto con Teobaldo, lo que ahora veía a su lado era su propio ser, su alma.

Teobaldo la miró tristemente, sin llegar a decir nada.

Rosalina comprendió que la respuesta a todas aquellas preguntas estaba en aquel escenario: la parte de Teobaldo que residía en su corazón la había conducido hasta la galería para que asistiera a aquel ensayo. ¿Qué era lo que deseaba que viera y entendiera? Los ojos le picaban de la suciedad y el cansancio. ¿Por qué no era capaz de verlo? Tenía que hacerlo, por ella y por el fantasma de Teobaldo.

La obra llegó a su final, con la muerte de Píramo y Tisbe.

—¿Ves? —dijo Rosalina frustrada—. Siempre acaba en muerte.

—No —dijo Teobaldo—. ¿Lo ves ahora?

Acabado el ensayo, los actores se levantaron y se estiraron bostezando, resucitados. El final de Rosalina, y el de Julieta y su Romeo, también parecía inconcluso. Quedaban pocas páginas por delante.

Ovidio recreó la historia de Píramo y Tisbe, o, más bien, la recogió en tinta. ¿Quién había escrito la historia de amor de Rosalina y quién la había convertido en odio?

Rosalina pensó en cómo lo más insignificante, hasta una mota de polvo, podía decantar la balanza. Romeo había intentado moldearla y crearla como el artista da forma a su material, pero ella no encajaba en la horma que él deseaba que tuviera. Un día, pronto, Julieta tampoco lo haría. Y entonces se desataría la tragedia. Romeo se enamoraba de una idea de mujer y entonces, comprendiendo que era un error, la rechazaba. Rosalina intuía ahora la espantosa inevitabilidad de todo ello. Sus vidas seguían el arte de Ovidio igual que un vagón se corroe desgastado por la piedra de las calles de Verona y labrado en los senderos que atraviesan las montañas arboladas. Tenían que pasar por allí, no había otro camino.

Pero Rosalina no estaba dispuesta a conformarse. Ella forzaría la gran rueda de la fortuna para salirse de su surco rodado y cogería otro camino. Si Ovidio evocó su relato a través del poder de su imaginación, ella debía cambiar su historia con la suya. Ojalá pudiera simplemente coger una pluma y crear un final distinto para todos ellos. Ese era el arte del autor, y ella, Rosalina Capuleto, no escribía. Debía encontrar otro modo de hacerlo.

Ahora bien, ¿y si Teobaldo tenía razón y parte de lo que había ocurrido hasta ahora no era más que un ensayo? ¿Podría entonces cambiar el final de Rosalina para el estreno?

Ya era hora de que Julieta y Rosalina se liberaran de la historia. Tenía que separar la vida del arte, despegar la cáscara de la carne de la naranja y arrojar una de las dos a las llamas. No quería acabar como una sombra o un fantasma. Ella era carne, y viviría. Y Julieta también.

Ella misma debía crear un nuevo camino y un final nuevo.

Miró a su alrededor en busca de Teobaldo, diciendo:

—¡Teobaldo! ¡Un apunte, unas palabras pueden cambiar la balanza! Ya sé lo que tengo que hacer.

Teobaldo no contestaba. Tal vez Rosalina había liberado a su sombra al descubrir la verdad que él quería mostrarle. Sintió un vuelco en el corazón, quería despedirse por última vez antes de que él desapareciera en el más allá. Se levantó y le buscó por todas partes, asomándose cuanto se atrevía por el borde de la galería.

Teobaldo no estaba.

La campana dio las cinco y cuarto. Quedaba solo una hora para el entierro de Teobaldo. Los actores habían empezado a colocar los decorados y estaban desembalando piezas de atrezo y sirviéndose más bebida.

Rosalina bajó las escaleras y se quedó un momento observándoles.

—He disfrutado del ensayo. Les deseo lo mejor para la representación de *Píramo y Tisbe*. Por desgracia, no podré verla.

Si todo iba según su plan, la boda no se celebraría y su obra teatral tendría que cancelarse, pero Rosalina no lo dijo. Sin embargo, uno de los actores la miró extrañado.

—Gracias, buena señora, mas no es *Píramo y Tisbe* lo que representamos, sino una comedia de verano. *Píramo y Tisbe* sería una melancólica elección para una boda. —Hizo una pausa y luego añadió—: Y aún no hemos empezado a ensayar, señora. No hemos hecho más que desembalar nuestras cosas y montar el escenario. —Sacudió la cabeza—. Me temo que nos hemos entrometido en su reciente pérdida, y lo lamento.

Con una reverencia, se fue. Rosalina le siguió con la mirada. Entonces, aquella obra y Teobaldo ¿eran solo un sueño o una creación de su oscura imaginación? ¿Las había sacado de las tinieblas de su mente intranquila? Si realmente eran un sueño, a pesar de lo tenebroso, la habían conducido a una nueva esperanza.

Mientras los actores seguían con sus preparativos en el otro extremo del salón, Rosalina se acercó a una caja y cogió una capa lisa y un sombrero. Se los puso y, así disfrazada, salió por la puerta trasera de la casa, pasando inadvertida. Había algo que tenía que hacer antes de besar los verdes labios de Teobaldo y decirle adiós por última vez.

Julieta había dicho que el fraile iba a enviar a uno de sus hermanos a Mantua con una carta para Romeo. Despreciaba a fray Lorenzo casi tanto como a Romeo. Solo pensar en él era como el vinagre. Al hablar con él, su mirada y su sonrisa lasciva no eran las de un hombre santo, y cuando hablaba de Julieta, la lujuria se encendía en sus ojos. Sospechaba que los dos eran cómplices en aquel horrible plan, pero no sabía cómo. ¿Acabarían las muchachas rechazadas por Romeo en la cama del fraile, o no era más que un sueño lujurioso?

307

Apartó las negras moscas que la rondaban, mordisqueándole la cara y los brazos, multiplicándose en el calor y el polvo. Se caló el sombrero que había tomado prestado y emprendió el camino hacia San Pedro y la sala capitular.

Cuando llegó a la sala capitular, Rosalina miró el jardín botánico a su alrededor con inquietud. Los lechos de flores y la hierba en la primera parte del jardín estaban llenos de franciscanos trabajando descalzos, moviéndose cuidadosamente sobre tablones de madera. Comprobó aliviada que fray Lorenzo no estaba con ellos, ni en el primer jardín ni en el siguiente.

Calándose más el sombrero para ocultar su rostro, se acercó a un grupo de frailes que estaba quitando babosas de gruesas hojas de col en el segundo jardín.

—Padres, por favor, ¿cuál de ustedes va a viajar a Mantua en nombre de fray Lorenzo? Tengo una carta que enviar con ese buen hombre. Espero no llegar demasiado tarde.

Uno de los curas, un hombre corpulento con una nariz que parecía uno de los bulbos morados y finos como el papel que llevaba en su cesta de mimbre, se quedó mirándola atentamente.

—¿Quién eres, hija?

—*Madonna* Laura Montesco, prima del noble Romeo. Fray Lorenzo dijo que podría enviarle una carta a mi primo.

—El padre Juan es quien lleva la carta, pero ya se ha marchado.

—No, no —dijo otro—. Ha ido a visitar enfermos. Partirá a su regreso.

—En tal caso, puedes dejarme la carta para tu primo —dijo el cura de nariz bulbosa—. Yo la llevaré a la celda de fray Lorenzo. El padre Juan llevará las dos cuando vuelva.

Rosalina dibujó una sonrisa forzada y negó con la cabeza. Su plan no funcionaría si aquel amable fraile cogía la carta, pues ni siquiera estaba escrita. Debía ir personalmente a la celda del fraile y buscar su misiva para Romeo.

—Se lo agradezco, padre, pero no. No quiero importunarles con esto. Permítame que vaya yo misma.

El fraile no parecía convencido, pero, para su profundo alivio, la campana empezó a sonar llamando a la oración de la tarde. El fraile accedió a regañadientes.

—La celda de fray Lorenzo es la que tiene rosas en flor en la ventana —dijo, señalando hacia uno de los dormitorios.

Rosalina le dio las gracias y se fue con paso acelerado antes de que cambiara de idea. El dormitorio era un edificio de ladrillo rojo, de un solo piso, con un tejado bajo de pizarra. Había varias puertas de madera lisa y pequeñas ventanas con barrotes, pero en el alféizar de una de ellas vio un rosal marchito. Varios pétalos encorvados y con los bordes marrones habían caído al suelo por el calor, y el olor que emanaban era dulzón. Solo quedaba una rosa en flor, y sus pétalos no eran de un blanco puro, sino que estaban teñidos de rojo, como un pañuelo salpicado de sangre. Su macabra belleza intranquilizó a Rosalina.

Era el sello distintivo de la celda de fray Lorenzo. La puerta se abrió con solo tocarla. Así que aquella era la guarida del monstruo. No parecía siniestra. No había huesos amontonados ni una daga reluciente. Olía a ceniza y al perfume de las rosas en la ventana. La celda estaba desnuda. Solo había un fino colchón, un crucifijo de madera clavado en la pared, una jarra de agua con una taza de madera y un rosario. No tenía manta ni silla, comodidades terrenales e innecesarias. Le recordó a la celda de Cecilia en el convento, y ese dolor la devolvió al cometido que la había llevado hasta allí. Debía encontrar la carta para Romeo.

309

Al lado de la jarra, vio una Biblia azul, con un escudo idéntico al de la Biblia que encontró en la alcoba de Laura y en la celda de Cecilia. La cogió. Estaba manoseada, y la letra descolorida, como si las oraciones estuvieran desgastadas de tanto uso. Iba a dejarla de nuevo en su sitio para seguir buscando cuando vio un pedacito de papel, oculto en el borde de la cubierta de cuero. Al principio creyó que era un trozo de tela rasgada, pero, al tirar de él, salió un papel, doblado muchas veces y cubierto con una diminuta letra de araña. Por un instante pensó que había encontrado la carta dirigida a Romeo, pero ¿por qué iba a esconderla en una Biblia? Desdoblándola con sumo cuidado, vio dos columnas. Tardó un segundo en comprender que eran dos listas de nombres: a un lado había nombres de mujer y al otro, de hombres. Reconoció varios de ellos. Entre ellos estaban algunos de los ciudadanos más ricos e ilustres de Verona. Había miembros de la familia Capu-

leto y de la familia Montesco. *Signor* Martino. Baltasar
Montesco. Gregorio Capuleto. También estaba el conde
Paris. No vio el nombre de su hermano, aunque lo buscó
dos veces. Sintió alivio.

Entonces vio las líneas de puntos que unían los nombres de las mujeres con los hombres. El nombre de Romeo estaba escrito junto al de todas ellas: era el primero
en aparecer al lado de cada una. Algunas mujeres estaban
unidas con dos, tres o hasta cuatro o cinco hombres. Rosalina comprendió horrorizada que aquella debía ser la lista
que el fraile guardaba de las muchachas fallecidas, y de los
hombres que las habían usado para repugnantes propó-
sitos. Con una punzada nauseabunda, recordó haber oído
el nombre de algunas de ellas. Creía que habían muerto.
Y eso era lo que se había dicho a sus familias, o lo que
las propias familias habían querido que se pensara cuando
sus hijas se fugaron o desaparecieron.

Rosalina notó un sudor frío inundando su cuerpo y la
cabeza empezó a darle vueltas. Algunos de los nombres
que aparecían en la lista estaban tachados con tinta negra.
Aquellas muchachas, dedujo, eran las que habían fallecido,
aunque no podía saber si fue por causas naturales o no. Al
ver que eran la mitad de la lista, se le escapó un grito ahogado. Murmuró una oración por ellas y juró vengarlas a todas.

Secándose el sudor de las manos sobre el vestido, volvió a estudiar el papel. Encontró otros dos nombres que
conocía. «Cecilia. Laura». Ambos estaban tachados. Eso
significaba que Laura había muerto. «Que su descanso sea
más dulce que su final».

De repente, notó un zumbido en los oídos y sintió que
le fallaban las piernas.

A pesar de la infamia de todo aquello, no podía ceder
al miedo. ¿Era Romeo la miel para atraer a todas aquellas muchachas? Ese debía de ser el motivo de que su
nombre figurara el primero junto a todas ellas. Rosalina

estaba segura de que así era como lo hacían: al fin y al cabo, con ella había sido fácil. Las amara o no, Romeo tenía que saber que estaba dejando un rastro de mujeres destrozadas tras de sí. Y en cuanto la emoción del amor se disipaba y Romeo se cansaba de aquellas jóvenes, aparecía discretamente el fraile impío para liberarle de la carga y que así pudiera volver a amar sin obstáculo. La joven desaparecía, y empezaba a pasar de un rico veronés a otro, probablemente a cambio de un determinado precio. ¿Y cuando estos se cansaban de ellas o el asunto se volvía demasiado peligroso? ¿Qué ocurría con esas muchachas? Rosalina volvió a pensar en los frascos de cristal de Murano azul y en los nombres de muchachas tachados. Sintió un escalofrío. Ese podría haber sido su destino. Y aún podía ser el de Julieta.

Aquel fraile no era un hombre de Dios, sino un hombre sin conciencia ni respeto alguno por el alma humana. Un escorpión vestido con telas sagradas.

311

Sonó la campana de San Pedro. Tenía que darse prisa y marcharse antes de que los monjes y frailes terminaran sus plegarias. Se metió la lista en el bolsito que llevaba a la cintura, cerró la Biblia y la volvió a dejar junto a la jarra, con la esperanza de que el fraile no notara que la habían tocado y que su despreciable estrategia había sido descubierta.

Su corazón latía acelerado. Aún tenía que encontrar la carta. No creía que estuviera escondida, simplemente no la había buscado con atención. Volvió a mirar por toda la estancia y vio un pedazo de papel medio oculto bajo un aguamanil en el suelo, que había pasado desapercibido antes, porque solo asomaba una esquina. Lo cogió y leyó la dirección que había escrita. Romeo Montesco. Estaba cerrado y lacrado con cera. Dudó por un instante, y finalmente rompió el sello de lacra, abrió la carta y la leyó rápidamente.

Benedicite, mi buen hijo, Romeo:

El jueves por la mañana, Julieta ha de desposarse con el conde Paris. Te juro que haré todo cuanto esté en mi mano para evitar el enlace, mas no debes regresar a Verona. Tu presencia aquí sería la muerte. El príncipe está furioso con esta enemistad y no debes volver a la ciudad. La fiera de Rosalina ansía venganza y está llena de odio hacia ti. No vengas a morir por Julieta. Eres voluble en el amor. Recuerda, Romeo, que una vez vivías y penabas solamente por Rosalina. Y, en un solo día, cambiaste. Te ruego que permanezcas a salvo en Mantua. El amor volverá a aparecer.

Tu amigo,

FRAY LORENZO

Rosalina se reclinó contra el muro. El encalado era frío y se desconchaba bajo las yemas de sus dedos. Era evidente que fray Lorenzo había mentido a Julieta. Aquella carta no decía lo que le había prometido escribir. No urgía a Romeo a regresar pronto a Verona para despertar a Julieta de su tumba y llevársela consigo a Mantua. Y, aunque aseguraba a Romeo que evitaría su boda con el conde Paris, no explicaba cómo. Rosalina estaba casi segura ahora de que aquel frasco azul contenía la muerte, no el sueño.

¿Por qué no contaba su plan a Romeo? ¿Temía acaso que la carta cayera en manos equivocadas, o es que sabía que Romeo aún amaba a Julieta, al menos por ahora? Sin embargo, su pasión no duraría, nunca lo hacía. Se disolvería como el jabón en agua tibia. Y fray Lorenzo lo sabía: sus palabras estaban impregnadas de un tono acusador. Romeo el inconstante, el amante de corazón falso y voluble. Cuando se cansaba de las mujeres, el fraile se las quitaba de encima y las usaba para sus propios fines. Así funcionaba su diabólico acuerdo.

Para que su ardid funcionara, Rosalina necesitaba que Romeo volviera a Verona. Aquella carta no debía ser enviada. Si la robaba, el padre Juan pediría a fray Lorenzo que escribiera otra. Se quedó valorándolo un momento, con la carta colgando entre los dedos. ¿Dónde decían los otros frailes que estaba el padre Juan en aquel instante? Visitando enfermos. Eso era muy conveniente para ella. Rosalina volvió a dejar la carta bajo el aguamanil, cerrando el sello de lacre lo mejor que pudo.

Cogió el callejón que llevaba a la casa de su hermano Valencio, refugiándose en la sombra alargada de la torre de San Pedro. Echó a correr, con la respiración cada vez más irregular y entrecortada. Cuando llegó a la verja, golpeó con el puño y el vigilante abrió frunciendo el ceño.

—Llama a la nodriza de los niños —dijo, entre resuellos—. Pero, te lo ruego —añadió suplicando—, no digas a mi hermana ni a mi hermano que estoy aquí. Que salga la nodriza, no más.

El vigilante la miró confundido.

—¿Por qué no entráis vos misma, señorita?

Rosalina sacudió la cabeza.

—Ve aprisa, te lo ruego. —Le puso una moneda en la mano para zanjar su curiosidad y el hombre se fue con paso lento.

Rosalina se agachó, apretándose el pinchazo que notaba en las costillas. Pasados unos minutos, el vigilante volvió a la verja, junto a la nodriza. Parecía molesta por haber tenido que abandonar a los niños.

—¿Rosalina? —dijo la nodriza, desconcertada.

—Señora, antes de ser matrona y nodriza, erais rastreadora, ¿no es así? —preguntó Rosalina, con urgencia.

La nodriza se estremeció al recordar.

—Como creo que ya os he dicho, prefiero la vida a la muerte.

La nodriza iba a regresar hacia la casa, impaciente, pero Rosalina la agarró por la manga.

—Yo perdí a mi madre por la peste.

—Lo sé. Y lo lamento.

—Creo que sabéis dónde encontrar a la guardia. Y ellos os escuchan.

La nodriza frunció el ceño.

—Eso espero. Fui rastreadora durante doce meses y me aseguré de que nadie más se infectara tras una visita mía. Cumplí con mi deber.

—No me cabe duda, señora. Desde luego que no. —Rosalina agachó la cabeza—. Ese es el motivo de que haya venido. Acabo de oír en la sala capitular al padre Juan diciendo a sus hermanos frailes que venía de una casa afectada por la peste, donde ha estado visitando a los enfermos. Le oí describir con espantoso detalle cómo les supuraban los bubones alrededor de las axilas, y decía que había regresado raudo para evitar la cuarentena y verse encerrado en la casa infestada. Dijo que pronto partía hacia Mantua. Temo que lleve consigo la enfermedad.

La nodriza se tensó indignada.

—¡Esa gente que cree que las normas no se aplican a ellos! Jamás acabaremos con esta peste mientras sigan eludiendo la ley. Son de los peores, los clérigos. —Chasqueó la lengua enojada y miró a Rosalina—. Puede que ya no sea rastreadora, pero aún puedo enviar a un oficial a inspeccionar. ¿Podéis llevarme adonde está ese fraile?

—Si es necesario… —dijo Rosalina, mirando hacia abajo, fingiendo turbación.

La nodriza asintió en señal de aprobación y dijo:

—Vayamos pronto y buscaremos a la guardia de camino. Vamos a asegurarnos de que este fraile bribón sea encerrado en su celda en cuanto regrese y se pinte una cruz carmesí sobre su puerta.

Rosalina reprimió la sonrisa. Esperaría a que el padre Juan buscara la carta en la celda de fray Lorenzo y entonces le delataría. El pobre quedaría encerrado con la carta para Romeo y ninguno de los dos llegaría a Mantua.

13

El fin violento del placer violento

*L*os caballos tiraban del carruaje, resollando y escupiendo espuma por la boca. A pesar de lo avanzado de la tarde, el aire seguía siendo asfixiante. Rosalina iba quitándose mosquitos del pelo. El río se extendía, liso y límpido en su negrura, como metal fundido bajo la luz de la noche. Una uña de luna colgaba en lo alto del cielo sobre la ciudad, reflejándose en el agua.

Rosalina se alegraba de viajar sola al convento. Su padre se había ofrecido a acompañarla, pero ella se negó. El entierro era de Teobaldo, pero pareció el suyo también. Después de esta noche, ya no sería una verdadera Capuleto. Debía abandonar ese nombre como un lagarto pierde su cola, y dejar crecer uno nuevo. Rosalina Capuleto desaparecería y renacería como la hermana Rosalina. Teobaldo descansaba en su tumba ahora, con Rosalina Capuleto a su lado. Era novia de Cristo y, sin embargo, ella lo sentía como una muerte.

Tal vez pudiera encontrar el modo de huir de su destino. Si Caterina trabajaba en las cocinas, seguiría habiendo una posibilidad de escapar del convento, escondida entre barriles de vino o sacos de grano. No sería la primera novicia en tratar de buscar otra vida al otro lado del muro. Sería imposible en Verona, pero había otras ciudades. Podía volver a mudar de piel.

Las tristes despedidas de vivos y difuntos ya estaban hechas. Livia había llorado, besándola y abrazándola con tanta fuerza que le dejó los dedos marcados. Para Rosalina, aquellas señales rojas eran más valiosas que auténticos rubíes, y no quería que se borraran jamás. Livia y Julieta habían jurado ir a visitarla al convento y llevar a sus sobrinos. Pero a ella eso apenas le importaba, porque no volvería a tocarlos. No podría abrazarlos contra sí y besarlos, ni enjugar sus lágrimas, tampoco darles un codazo al oír sus bromas. Una pena fría y profunda la inundaba. Aunque fueran a verla, ella estaría encerrada detrás de un muro, no solo físico, sino metafísico. Ya no sería *su* Rosalina, sino la Rosalina de Dios, y esa pequeña palabra, «hermana», marcaría un límite entre ellos. Cada parte de ella le pertenecería a Él, ya no sería de este mundo, sino del otro. Y ella no quería. Las dichas celestiales no eran para ella. Ella anhelaba los placeres terrenales, por incoherentes que fueran. Toda ella chirriaba de amargura.

El ritmo de los caballos la meció hasta quedarse dormida. Soñó que unos dioses verdes bailaban junto a Teobaldo, llevándole hacia el más allá, donde le esperaba Hades con Emilia cogida de un brazo y Laura del otro. Rosalina intentaba llamarle, pero Teobaldo no la oía, pues ya no le pertenecía, y entonces veía a todos desaparecer en la oscuridad.

Cuando despertó estaba a punto de anochecer. Los caballos jadeaban quejumbrosos, y empezaron a avanzar más despacio, acuciados por el esfuerzo de tirar del carruaje cuesta arriba. El conductor canturreaba, arengán-

317

dolos con gruñidos y chascando la lengua. Rosalina se levantó del asiento para mirar. Pasaron junto a un escarpado risco inclinado sobre ellos, coronado por la enorme silueta de la abadía, que parecía surgir de la roca como si hubiera sido esculpida del granito por una mano divina en vez de erigida, ladrillo a ladrillo. En ese momento apareció un haz de luz naranja como el ámbar pulido. Según se acercaba el carruaje, la luz se hizo más fuerte y nítida. Los caballos seguían sudando y echando espuma por la boca. Las suaves palabras del conductor dieron paso al látigo. Y entonces, por fin, llegaron a las verjas abiertas de la abadía, los caballos ralentizaron el paso hasta detenerse y el carruaje empezó a traquetear hasta quedarse parado sobre los adoquines del patio.

El conductor ayudó a Rosalina a bajar del carruaje. Ella se rio. A no ser que escapara de aquella cárcel, ese hombre de dedos mugrientos sería lo último que tocaría.

La llama de una antorcha titilaba en la oscuridad. Una monja pálida de mediana edad salió a su encuentro, blandiendo la luz.

—¿Quién es? —inquirió.

—Soy yo, Rosalina.

—Ven, ven.

La monja despidió al conductor, diciéndole que diera de beber a sus caballos en los establos, y guio a Rosalina hacia las entrañas del convento. Esta vez, cuando atravesaron las enormes puertas de madera, no se dirigieron al *parlatorio*, pues Rosalina ya no era una visita, sino que fueron directamente a los claustros.

Nada más entrar, Rosalina volvió a sorprenderse del contraste entre el lúgubre y austero exterior y el encanto del interior del convento. Jazmín y madreselva cubrían los arcos de los pórticos, perfumando el aire con su denso perfume. Corrían entrelazados en una caótica maraña, que le recordaba a los cabellos despeinados de Julieta. Los jardines estaban salpicados de margaritas con los pétalos sujetos como pestañas y separados de los claustros por pequeños setos triangulares de boj, cuyas hojas parecían negras en la oscuridad. El cielo se llenó de alas batiendo aceleradas y volando tan raso que sintió una ráfaga de aire. El chirrido de los murciélagos se mezclaba con las voces femeninas entonando las completas.

—Por aquí —dijo la monja, jugando con el rosario que llevaba al cuello.

Rosalina la siguió rápidamente. La noche olía a lavanda y a albejana, mientras el canto de las mujeres se alzaba en el aire. Rosalina miró con impaciencia a su alrededor buscando a la abadesa. Las voces eran claras y fuertes al entonar la última oración del día, pero no reconocía la melodía. Las plegarias se hinchaban como un río convirtiéndose en un torrente. La melodía era extraña, rayando el límite de su recuerdo, tal vez fuera algo que su madre le cantaba en la cuna.

—Os lo ruego, tengo que ver a la abadesa —dijo Rosalina frunciendo el ceño y tirando de la manga de la monja.

Con un gruñido, esta la condujo a través de una puerta baja del claustro que las obligó a agachar la cabeza, llevándolas directamente al refectorio. Estaba vacío, pues todas las monjas se encontraban en la capilla.

Había un plato y un vaso de peltre sobre una de las impolutas y largas mesas.

—Ven, siéntate —dijo la monja—. Debes de tener hambre.

Rosalina tomó asiento en el banco, pero, a pesar de que el queso y los melocotones tenían un aspecto apetecible, era incapaz de comer.

—Disculpe —dijo—. De veras necesito hablar con la madre superiora.

La monja soltó una carcajada, pero, al ver que Rosalina no bromeaba, contestó:

—Aún está en las completas. Ella no sale a recibir a las novicias.

—Necesito audiencia con ella —dijo Rosalina, cogiéndola de la mano y apretándola con tal fuerza que la mujer se estremeció.

—¡Escucha! Mañana. Ahora cena y luego te buscaremos un hábito.

Rosalina empezaba a sentir pánico. Tenía que hablar con la abadesa esta misma noche, de lo contrario, todo estaría perdido. Metiéndose la mano en el vestido sacó un frasco de color azul, reluciente como el cielo de junio, lo puso en la palma de la mano de la monja y cerró bruscamente sus dedos alrededor de él.

—Llévele esto y dígale que quiero hablar con ella al instante. Os lo ruego.

La monja se quedó mirándola un momento y entonces, murmurando, hizo lo que decía.

Rosalina se quedó sola en el silencio del refectorio. La sala estaba iluminada por una sola vela de sebo barato, no de cera. Humeaba y escupía, echando un apestoso olor a grasa de cerdo. Era incapaz de comer o beber. Al otro extremo de la mesa había manojos de romero, salvia, orégano y lavanda secándose. Sobre otra mesa, habían metido en vinagre montones de conchas de caracol que parecían diminutas espirales de excrementos, junto a un mortero y un almirez. No sabía para qué pasta o ungüento estarían destinados, a Rosalina no le apetecía probarlo.

Pasado un rato, la abadesa entró en el refectorio. Rosalina se puso de pie torpemente y con las prisas a punto estuvo de tirar el banco.

—¿Por qué me envías un frasco manchado de beleño? —inquirió la abadesa.

—¿Beleño? —contestó Rosalina.

—Si echas unas gotas de esto a cualquier líquido y lo bebes, te tumbaría, aunque tuvieras la fuerza de veinte hombres —dijo la abadesa, levantando el frasco. Se acercó a Rosalina y la miró atentamente unos segundos—. ¿Qué desdicha ha pintado amargura en tus mejillas?

—Un villano llamado Romeo. Un asesino. Un seductor. Un tirano. Y, ahora, esposo de mi prima. Fue su amigo, un fraile, quien mezcló el contenido de ese frasco.

—Bastante desdicha es. ¿Un fraile? —La voz de la abadesa estaba llena de desdén.

Rosalina sacó del bolsito la lista del cura y la deslizó sobre la mesa. La abadesa la cogió y la leyó en silencio. Si su contenido le sorprendió, no lo parecía.

—¿Dónde has encontrado esto?

—La cogí de la celda de fray Lorenzo. Está escrita de su puño y letra. Aquí hay prueba suficiente para demostrar la maldad de fray Lorenzo, de Romeo Montesco y de la mitad de los hombres de Verona. Son unos depravados y sus almas están manchadas con los más bajos pecados.

La abadesa escuchaba a Rosalina con gesto serio. Volvió a mirar la lista.

—Las jóvenes cuyo nombre está tachado con tinta negra murieron. Yo misma enterré a algunas de ellas. Que Dios las salve y tenga en su gloria.

Rosalina respiró hondo y pasó a hablarle de Laura y su hijo muerto. La abadesa escuchó solemnemente, girando el frasco en su mano.

—Este brebaje haría que el niño naciera muerto y de ese modo evitaría la deshonra para Romeo y para la familia Montesco —dijo la abadesa—. La joven moriría pasado un tiempo, dependiendo de cuándo y cómo lo bebiera. Si le hubieran administrado un antídoto para detener el veneno, podría haberse salvado.

Rosalina escuchaba mareada y sudando. Lo imaginaba, pero ahora lo sabía con certeza. Se acordó de Laura moribunda en aquella mugrienta alcoba, sin amor y sola, con la cuna cubierta de negro.

—El fraile ha entregado otro frasco como este a mi prima Julieta. Dice que es un licor para hacerla dormir. Pero temo que ese sueño sea eterno.

La abadesa volvió a mirar el hermoso frasco en la palma de su mano.

—¿Y quieres que te ayude?

—Así es. Julieta no es la primera muchacha a la que seduce este villano, ni tampoco lo fui yo. Romeo nos ama y abandona cual flores de diente de león.

Rosalina trataba de mantener la compostura y no apartar la mirada de la abadesa, aunque la sangre le hervía por el sentimiento de humillación. Pues allí estaba, confesando un pecado mortal, cuando debería estar ingresando en el convento.

Por un momento, deseó que los ojos marrones de la abadesa no le recordaran tanto a su madre. Se obligó a sostenerle su atenta mirada y, sorprendida, descubrió que no la estaba juzgando. Suponía que la abadesa ya había oído más confesiones sórdidas.

—Te ayudaré a desarmar al fraile y a Romeo Montesco —dijo la abadesa—. Te daré la poción para hacer dormir a tu prima.

—¿Y el antídoto para el veneno?

—Si crees que lo vas a necesitar, podría… —dijo la abadesa.

Rosalina quería abrazarla.

—Es usted la encarnación de la bondad y la virtud del hombre —dijo, con la voz ardiendo de efusividad.

—De la mujer. Y mi ayuda tiene un precio —le advirtió la abadesa.

—Lo pagaré.

La abadesa se puso en pie y fue hacia el armario. Sacó una botella de vino y sirvió dos copas.

Bebió, observando serenamente a Rosalina.

—Aún no has jurado los votos, de modo que esta noche

podrás salir del convento. Te enviaré con un conductor y un carruaje a Verona. Puedes dar el frasco con la poción a tu prima para que quede dormida. Pero mañana, una vez concluido este asunto, debes volver aquí.

Rosalina asintió. Podía comprometerse a hacerlo.

La abadesa le hizo un gesto para que bebiera y prosiguió:

—Por si alguna vez has pensado en huir de este lugar, aquí y ahora debes jurarme que no lo harás. Que regresarás a jurar tus votos y pasarás el resto de tu vida terrenal en este convento.

—¿Por qué? —exclamó Rosalina—. ¿De qué os puedo servir yo?

—Te quiero aquí. Veo tu mente, rápida y astuta. Más allá de desenmascarar la maldad del fraile, has encontrado prueba de ello. Llevamos tiempo sospechando perversidades entre nuestros hermanos los curas, pero no habíamos descubierto cómo se hilaba la tela, a pesar de que tratábamos de escuchar.

Rosalina aceptó sus halagos, pero seguía intranquila.

La abadesa continuó:

—Con el tiempo aprenderás a ser feliz aquí dentro, o al menos, a no ser infeliz.

Rosalina se quedó en silencio.

La abadesa seguía pensando.

—Quizá podría enseñarte a escribir nuestras crónicas. Será bueno, tanto para ti como para nosotras. Veo que las plantas medicinales y los jardines no te interesan demasiado. Y también tocarás música para nosotras. Te ofreceremos conocimiento y sabiduría. No es una cárcel. Tu alma será libre.

—¿Y mi cuerpo? —preguntó Rosalina en voz baja.

La abadesa sonrió.

—Bueno, los muros del convento son porosos. Roma está muy lejos. No pueden ver todo lo que ocurre en

323

todas partes. A veces, pueden entrar visitas. No sería la primera vez.

Rosalina respiró hondo.

—Pero ¿yo podría salir? ¿Aunque fuera por un día?

—¿Una vez que hayas jurado los votos? Rosalina, siempre hay que sacrificar algo. Una vez que regreses mañana por la noche, no abandonarás este lugar hasta la muerte.

Rosalina no podía respirar. Por muy perfumada que oliera con el jazmín nocturno, y por muy cuidados que estuvieran sus jardines, seguía siendo una jaula. Jamás volvería a pertenecer al mundo terrenal, solo lo contemplaría como las cometas y las gaviotas que navegan el aire. Se convertiría en un eco, un canto en el viento.

Pero, si se negaba, Julieta moriría esta misma noche.

—¿Pagarás el precio? —dijo la abadesa suavemente.

Rosalina asintió.

—Lo haré. —Se quedó callada un largo instante y entonces habló, con palabras cargadas de angustia—. ¿Qué será del fraile y de los hombres que figuran en esa lista? ¿Es que no habrá venganza en esta vida para las muchachas a las que han ultrajado? ¿Tenemos que dejarlo en manos de Dios?

Una extraña expresión inundó el rostro de la abadesa. Miró las hileras de frascos con pociones que tenía a su espalda y se volvió de nuevo hacia Rosalina.

—Intuyo una nueva plaga a punto de cernirse sobre los hombres de Verona.

La ciudad estaba teñida de penumbras. Todo permanecía en silencio.

Al llegar al Ponte di Pietra, Rosalina ordenó al conductor que se detuviera y bajó del carruaje.

—Vaya a los establos de la ciudad. ¿Sabe lo que tiene que hacer después?

El conductor asintió.

—Enviaré a un mensajero cuando necesite que vuelva —dijo ella.

El conductor silbó a los caballos y desaparecieron por el puente. Rosalina se quedó sola en el silencio y se cubrió con la capa. Rozó con los dedos el diminuto frasco que llevaba en un bolsito colgado del cuello para cerciorarse de que seguía allí, palpando su forma, sólida y ligeramente curvada, como el hueso de un dedo. Luego miró el anillo de oro que la abadesa le había puesto en el dedo índice. Le quedaba grande y tenía miedo de perderlo.

La campana de la basílica tocó el cuarto de hora. Era casi medianoche. Murmuró una plegaria. Julieta estaría en su alcoba. «Por favor, que no haya bebido aún el frasco del fraile». Ignorando el ruido de las ratas que pasaban correteando por los canalones, se apresuró hacia casa de su tío por las calles vacías. Agradecía la oscuridad: era un disfraz más eficaz que el sencillo atuendo de viaje que le había prestado la abadesa.

Al llegar a la casa, dudó. Podía llamar y anunciar su presencia, y el vigilante la dejaría pasar, pero se armaría alboroto porque hubiera huido del convento. Mejor que todos creyeran que seguía encerrada allí.

Alzó los ojos recorriendo el sólido muro. Era liso e impenetrable y, sin embargo, Romeo había conseguido ir desde la calle hasta el balcón de Julieta. Si él lo había logrado, tenía que ser posible.

Rosalina empezó a recorrer el camino que iba por delante de la casa, pensando en las habitaciones que daban a la fachada exterior. Justo detrás estaba el gran salón donde se celebró el baile.

Las ventanas estaban en el otro lado, mirando hacia los jardines y el porche. Más allá del salón se encontraba la galería de los músicos y, justo encima, la alcoba de Julieta, con el balcón colgado sobre el huerto.

Tenía que dar con la manera de subir hasta ese balcón. Cuando Teobaldo y ella eran niños, trepaban a los árboles constantemente, pero no había ningún árbol pegado a la casa. Ni un plátano ni un fresno, ni siquiera un escuálido cerezo. Con el corazón acelerado, Rosalina llegó a la conclusión de que no le quedaba otra opción que trepar por el mismo muro.

Se alejó de donde estaba el vigilante y encontró un tramo de muro donde crecía la hiedra, gruesa como la muñeca de un hombre. Ese era el sitio. Alzó la vista hacia la basílica y vio que tenía que darse prisa: la luna brillaba sobre la esfera del reloj de la torre de San Pedro y la manecilla de la hora estaba a punto de tocar la medianoche. Estirando el brazo, buscó un lugar para agarrarse, tiró de él y empezó a trepar.

La piedra se deshacía bajo sus dedos, pero Rosalina no se soltó y siguió trepando, buscando con los pies un punto de apoyo en la hiedra. Escarbando y con la respiración entrecortada, siguió subiendo, centímetro a centímetro, unas veces agarrándose a la hiedra y otras buscando grietas en la superficie del muro para meter las yemas de los dedos.

Pasados unos minutos, sus dedos empezaron a sangrar y tenía las uñas rotas y enganchadas. La respiración le salía entrecortada y le caían gotas de sudor por la espalda. Maldijo la capa de viaje y las faldas. Romeo debió de hacerlo con calzas y camisa y una daga para hacer palanca y crear puntos de apoyo en la piedra.

La falda se le enganchaba en los tallos de la hiedra, obligándola a sujetarse con una mano para soltarla, y varias veces se resbaló y estuvo a punto de caer.

Jadeando y a varios metros del suelo ya, alcanzó la esquina del edificio, y siguió avanzando, escarbando en la piedra hasta dar con un grueso tronco de glicinia. Al subirse a él, se rasgó la piel de los muslos y tuvo que morderse el labio para no gritar de dolor. Al menos, ya estaba por encima de los jardines, fuera del alcance de la vista del vigilante y de la calle.

Las hojas temblaban y ondeaban, golpeando el plomo de una ventana. Había luz en todas ellas y la mayoría estaban abiertas para dejar entrar la brisa, de manera que la casa era como una torre de cuadraditos amarillos, y Rosalina no pudo evitar fijarse en lo hermosa que era la escena iluminada allá adentro.

Oyó voces a través de las ramas de glicinia.

—No bastará con estos preparativos. Ya es de noche.

Era su tía, Lauretta.

Aterrada, Rosalina se agachó bajo una rama, golpeándose la cabeza.

—Todo irá bien, mujer, seguro —dijo la voz de su tío—. Esta noche no me acostaré. Déjame solo y, por esta vez, yo haré de amo de la casa. Ve con Julieta.

Se oyó una puerta cerrándose, y Rosalina supuso que su tía se había ido. Estirándose para asomarse por el alféizar de la ventana, espió a su tío, el viejo Capuleto, que estaba solo en su alcoba. Él no podía verla en la oscuridad de la noche. Pero entonces, uno de sus puntos de apoyo cedió, resbaló y tuvo que agarrarse a la rama para no caer, agitando las hojas y haciendo crujir varias ramitas.

Su tío se acercó a la ventana.

—¿Quién va?

Rosalina se quedó inmóvil, segura de que la veía o al menos oía el latido de su corazón desbocado. Capuleto estuvo un minuto asomado a la ventana hasta que, por fin, dijo:

—Gatos, palomas, todos han salido. —Y se retiró.

En cuanto se hubo ido, Rosalina siguió trepando. Tenía que llegar a la alcoba de Julieta. Trepó y trepó hasta alcanzar el saliente de piedra donde estaba su balcón. Había

327

trozos de mortero arrancados aquí y allá, arañazos y marcas en el muro, y las ramas de la madreselva y el magnolio que lo cubrían tenían calvas de los agarrones y resbalones. No le gustaba la sensación de estar siguiendo el mismo camino de Romeo hacia Julieta.

Levantándose la falda, se subió a pulso al balcón, y cayó con un golpe seco sobre el suelo húmedo. Se agachó, conteniendo la respiración y con el corazón latiéndole a golpes, aterrada de que la hubieran visto.

Las puertas del balcón estaban entreabiertas, una vela ardía en el interior y se podía distinguir la oronda silueta del ama y también la de Julieta, por fortuna, sentada sobre la cama. Su atavío nupcial estaba dispuesto en el arcón a su lado: era un vestido de terciopelo verde con granadas de seda bordadas y, sobre una bandeja, las joyas deslumbrantes enviadas por el novio.

El ama estaba ocupada con el vestido, alisándolo y dejándolo de nuevo en su sitio. Luego cogió los pendientes, unos rubíes que parecían gotas de sangre, y se los acercó a la mejilla a Julieta, pero esta la apartó con la mano como si fuera un mosquito.

—Buen ama, te ruego que me dejes sola. Necesito hacer muchas oraciones, ¡pedir al cielo que me favorezca! ¡Tú sabes de mi aflicción y mis pecados!

Al oír aquello, el ama soltó una carcajada y la despeinó, protestando entre murmullos.

La puerta se abrió y Rosalina vio a Lauretta entrar sigilosamente. El ama y Julieta se quedaron calladas.

—¿Puedo ayudarte? ¿Estás muy ocupada? —preguntó Lauretta, casi sonriendo.

—No, señora —contestó Julieta—. ¡Te ruego que ahora me dejes sola y que el ama esta noche te acompañe, porque con el apremio que tenemos, se necesitarán todas las manos!

Lauretta asintió.

—Entonces, buenas noches. —Se agachó y besó a Julieta en la frente, tan rápido que sus labios apenas rozaron la piel de su hija.

—¡Adiós! —respondió Julieta.

A Rosalina no le gustó aquella respuesta. Era como si Julieta supiera que aquel frasco contenía una muerte que ansiaba y estaba dispuesta a abrazar.

Mientras miraba desde el balcón, el ama ayudó a Julieta a meterse en la cama, la arropó con la sábana y salió cerrando la puerta para dejarla sola.

—¡Solo Dios sabe cuándo nos veremos! —dijo Julieta al verla marchar, y al instante se destapó y se puso en pie—. Quiero llamarlos para que me ayuden. ¡Ama! —Se dejó caer al suelo y, abrazándose las rodillas, rompió a llorar—. ¿De qué me servirá? Debo estar sola en esa amarga escena. ¡Esta es la droga!

Rosalina se levantó y se disponía a entrar en la alcoba, pero su falda estaba enganchada en la barandilla del balcón. Aunque intentó soltarse con ambas manos, la tela estaba completamente cogida, y ella atrapada. Tiró con todas sus fuerzas y con la respiración entrecortada, pero era inútil. Los ojos le escocían con lágrimas de rabia y desesperación. Aquello era absurdo: había trepado un edificio arriesgando su vida en una caída para ahora ser derrotada por una falda.

—¡Julieta! —siseó.

Julieta no la oyó.

Tenía que alzar la voz, pero, si lo hacía, corría el riesgo de alertar a toda la casa de su presencia. Volvió a tirar de su estúpido vestido. La tela se rasgó un poco pero no llegó a soltarse. No le quedaba otra elección.

—¡Julieta! ¡Julieta!

Aún no la oía.

Julieta se llevó el frasco a los labios y volvió a bajarlo.

—¿Y si esta pócima no me hace efecto? ¿Tendría que casarme por la mañana? ¡No, no! Esto lo impedirá.

—¡Julieta! ¡Detente! ¡No!

Rosalina vio horrorizada cómo Julieta había dejado el frasco y cogía la pequeña daga. La apoyó contra su garganta, apretándola sobre la piel, pero, antes de que Rosalina pudiera gritar, la soltó y salió resbalando por el suelo. Julieta estaba sumida en una terrible angustia, pálida, con los ojos abiertos como platos, cegada, hasta el punto de que Rosalina creyó por un instante que ya era demasiado tarde y había bebido del frasco.

—O, si despierto antes de la llegada de Romeo —prosiguió Julieta—, ¿quedaré sofocada en el sepulcro donde yace Teobaldo aún ensangrentado, corrompiéndose en su mortaja?

Por fin, Rosalina logró soltar el vestido y empujó las puertas del balcón para entrar en la alcoba.

Julieta se quedó mirándola, desconcertada, con el rostro inquietantemente pálido y los ojos negros.

—¡Ay, sí, aquí está! Es su espectro persiguiendo a Romeo, cuya espada atravesó su cuerpo…

Rosalina estiró las manos y trató de agarrar las de Julieta, pero esta las apartó.

—¡No, Teobaldo, detente!

—¡Julieta! Prima. Soy yo, tu Rosalina.

Julieta tenía la mirada desenfocada, desbocada. Horrorizada y con la mente nublada por unos instantes, Rosalina avanzó otra vez hacia su prima, que esta vez no reculó.

—Eres tú, sí, querida Ros. ¿Te quedarás conmigo mientras bebo? —preguntó—. Aunque no creas que Romeo vaya a venir a redimirme.

—Me aseguraré de que lo hace, aunque no será para redimirte. Pero no temas, pues he encontrado la manera de salvarte.

Julieta la miraba fijamente.

—¿Es posible?

—Es cierto. ¿Confías en mí?

—Sí.

—Entonces, cuando despiertes, serás libre. Libre de Paris y de Romeo.

Se quedó mirando atentamente a Julieta, sin saber cómo reaccionaría a esto último, pero la duda había surcado el fondo de su mente, y parecía aliviada. Entonces volvió a fruncir el ceño y dijo:

—¿Y qué sucederá con mis padres y sus deseos? ¿Me libraré de ellos también?

—De toda atadura terrenal.

Julieta parecía asustada.

—Eso suena como la muerte.

—Será un sueño parecido a la muerte y luego despertarás para disfrutar una nueva vida, lo juro. Y yo me quedaré contigo en el sepulcro mientras descansas. No te abandonaré entre los difuntos, viejos y nuevos, ni con los espíritus de la noche.

Rosalina la ayudó a meterse en la cama otra vez, y alisó las sábanas a su alrededor, besándola con ternura y apartándole el pelo detrás de las orejas.

—No te dejaré, pequeña. Ni ahora ni nunca.

Miró intranquila a Julieta, pero el gesto de su prima se había suavizado y parecía serena.

—¿Dónde está el frasco? —preguntó Julieta.

Rosalina cogió el frasquito azul que llevaba en una cadena al cuello, del tamaño del dedo de un difunto.

—Aquí. Pero primero, bebamos esta copa de vino.

Rosalina giró el anillo de oro que llevaba en el dedo índice. En el diminuto compartimento había unos polvos. Los echó en el vino y se lo pasó a Julieta, que cogió la copa y bebió. Luego, destapó el frasco y se lo dio.

—Ven, cierra los ojos —dijo—. Te cantaré hasta que te duermas.

—Por ti bebo. —Y dicho eso, Julieta se tragó el contenido del frasco.

331

Rosalina se sentó a su lado y pensó en una canción. Era una vieja melodía que aprendió de su madre. Empezó a cantar.

—«Ni sierpes de lengua doble»… —Mientras cantaba, pensó en Romeo y sus palabras almibaradas.

Ni sierpes de lengua doble
ni un erizo se ha de ver,
salamandras y luciones
a mi reina no dañéis.

Tejedora araña, ¡lejos!
¡Vete, zanquilarga, atrás!
¡Fuera, escarabajo negro!
Y babosas, no hagáis mal.

Para cuando acabó la canción, Julieta tenía los ojos cerrados como si durmiera, aunque aquel sueño en realidad era como una muerte. Sus mejillas estaban pálidas, sin color alguno. Ahora era una desconocida en un país extranjero.

Rosalina sabía que eso era lo que debía ocurrir, pero sentía un nudo en el estómago. Inclinándose hacia ella, acercó la oreja a su nariz y no notó ni un atisbo de aire. ¿Le habría dado a beber del frasco equivocado? Comprobó que era el frasco de la abadesa el que estaba vacío sobre la almohada y volvió a metérselo en el bolsito. Todo iba bien. Luego, cogió el frasco del fraile y se lo ató a la cadena del cuello.

¿Podía estar segura de que Julieta despertaría? Confiaba en las buenas intenciones de la abadesa, pero las plantas medicinales y la destilación eran un arte y, si lo hubiera hecho demasiado potente, podía ser un veneno. «No, ese es el vicio del cura».

La pequeña daga atroz estaba medio escondida bajo la almohada, y Rosalina la cogió. Julieta no la necesitaba.

Salió al balcón y por un instante dudó si dejar a Julieta, que yacía quieta y silenciosa como una efigie durmiente.

Armándose de valor, volvió a trepar por la barandilla y empezó a avanzar por la balaustrada de piedra, tratando de no mirar a la oscuridad del abismo arremolinándose a sus pies. Las hojas le hacían cosquillas en los brazos y las ramas le arañaban la piel. La mayoría de las ventanas seguían iluminadas, y todas estaban abiertas, como bocas acezando, buscando aire. Al emprender la bajada, se asomó a las ventanas del gran salón, que los sirvientes estaban disponiendo para el banquete de bodas del día siguiente.

Su tío estaba allí, dando instrucciones con buen ánimo.

—¡Mi corazón es pura luz! —declaró.

Rosalina sintió un amargo rencor y rabia inundándola. ¿Cómo podía hablar de aquel modo? Teobaldo acababa de fallecer y ya le habían olvidado. Su pensamiento iba raudo de la muerte al amor. Maldijo para sí. Teobaldo y ella eran Capuletos de segunda clase, familiares pero solo por el nombre, fácilmente prescindibles y despreciables. ¿Acaso eran menos dignos o adorables, era menos roja su sangre?

Su tío volvió a exclamar:

—¡Ama! Toma estas llaves y saca especias.

El ama ya tenía las manos llenas y pasó delante de él refunfuñando.

—¡Me están pidiendo dátiles, membrillos!

Rosalina los dejó con sus preparativos, asqueada, y bajó al jardín oculta por la oscuridad. Quería vigilar a Julieta. Debía estar cerca cuando descubrieran su cadáver viviente.

Estaba tan cansada de tanto viaje y esfuerzo que ansiaba encontrar un rincón donde acurrucarse a dormir. Mañana buscaría a Caterina. Atravesó el jardín hasta

333

el huerto y se metió entre los manzanos, y allí, donde tantos ratos pasara con Teobaldo y Julieta, se escondió y cayó dormida.

El sol hizo girar la Tierra llevándose la oscuridad y asomando nuevo y reluciente, pero Rosalina seguía durmiendo. El gallo cantó una y otra vez, pero ella no despertaba. Por fin, los gritos de alarma y dolor penetraron sus sueños, desvelándola. Por un instante, no supo dónde estaba, y se incorporó bruscamente, golpeándose la cabeza con la rama de un manzano. Los gritos eran frenéticos y salvajes. A través de un entramado de ramas, vio al ama salir corriendo al balcón.

—¡Señora, señora, señora! ¡Ay, socorro! ¡Está muerta! —exclamó, volviendo adentro a toda prisa, y saliendo de nuevo—. Ay, que traigan *aqua vitae*. ¡Ay, mi señor, señora!

Rosalina necesitó toda su determinación para no salir de su escondite y presenciar abiertamente aquella espantosa escena, viendo cómo otros actores interpretaban el papel contra su voluntad. Allí tenía una vista privilegiada de la casa, desplegada ante ella como un escenario teatral. Vio a su tía Lauretta subir corriendo, con su rostro apareciendo brevemente por cada ventana de la escalera, a punto de hacer su entrada en escena como la madre que ha perdido a su hija.

—¿Qué alboroto es este? —Su voz salió de la alcoba de Julieta, fuerte e indignada.

Rosalina no pudo oír la respuesta del ama, pero, pasados unos minutos, Lauretta salió corriendo al balcón de Julieta, temblando y sin respiración, y se asomó tanto por la balaustrada que por un momento Rosalina creyó que iba a caer, balanceándose hacia delante y hacia atrás, exclamando:

—¡Ay de mí, ay de mí! ¡Mi hija, mi única vida!

Entonces se volvió y entró en la alcoba otra vez.

Rosalina se abrazó las piernas y espantó a una cochinilla de su rodilla, tratando de no pensar en la escena que se desarrollaba en la casa. Pues, aunque fuera falsa la muerte de Julieta, el dolor y la pérdida eran reales. Por primera vez, sentía lástima por su tía. En su mente, veía a Lauretta arrodillada junto a la cama, levantando el brazo inerte de su hija y tocando su gélida mejilla. Su plan era cruel y lo sentía en lo más profundo de sí. Aquellas personas habían hecho sufrir a Julieta, y también a ella, pero la venganza no le provocaba satisfacción alguna. Y tampoco podía salir y detenerla.

Para que Julieta viviera, antes tenía que morir.

Desde su escondite, Rosalina contempló entonces horrorizada cómo su tío subía por el camino que conducía a la casa acompañado de Paris, que llevaba una violeta en la solapa de la chaqueta y un ramo de esas flores en la mano. El novio sonreía, rebosante de alegría ante la mañana. Rosalina recordó su nombre en la sórdida lista del fraile. No sentía ninguna lástima por la angustia que le esperaba. Sin embargo, su corazón sufría por el resto y hubiera querido poder apartar la mirada.

Al llegar al porche, su tío alzó la vista hacia el balcón de Julieta y vio al ama allí de pie. Enojado, exclamó:

—Por pudor, a Julieta traigan. Vino su esposo.

—Ha muerto, está difunta, ¡se ha muerto! —contestó el ama, con la voz quebrándose, y una vez más empezó a llorar.

Lauretta se acercó al umbral del balcón, y su silueta se quedó allí, temblando y repitiendo:

—Ha muerto, ha muerto. ¡Ay, qué día funesto!

Capuleto se quedó mirando a su mujer. No dijo nada, pero pareció como si se encogiera, doblándose hacia dentro, con la cara gris y sudorosa. Rosalina le vio frágil y anciano de repente, creyó que iba a desplomarse. Sin decir una palabra a Paris, entró tambaleándose en la casa.

Rosalina veía su lento avance al subir las escaleras. Deseó ir a consolarle, decirle que no era cierto, pero, para él, sí lo era. A partir de aquel día, Julieta debía estar muerta para él. Todos ellos la habían matado. La habían vestido y perfumado, para luego servírsela especiada a Paris. Este seguía en el porche, estrangulando el ramo de violetas con tal fuerza que sus pequeños capullos se habían hecho añicos y caído al suelo.

Rosalina le despreciaba. Todo aquel sufrimiento era culpa suya en parte. Si no hubiera querido tener a Julieta, si no hubiera pagado un generoso precio por ella, tal vez no se habría precipitado en los brazos de Romeo. Y si Lauretta y Capuleto, llevados por la codicia, no la hubieran acicalado para él u otro como él, podría haber seguido siendo una niña, y sus oídos no habrían escuchado ansiosos y crédulos las mentiras de Romeo.

Paris cayó de rodillas en los escalones de piedra del porche, con la cabeza hundida entre las manos. Estaba lo bastante cerca como para que Rosalina pudiera ver las canas en sus sienes y las carnes blandas colgando de su cintura al agacharse. Era apuesto, pero demasiado maduro. Y Julieta no le había elegido. Ella prefería la muerte antes que a Paris.

Más sollozos salieron por las puertas abiertas del balcón. Eran los gritos del padre rasgando el aire, uniéndose a los lamentos de las mujeres en una canción rota que arañaba los oídos de Rosalina. «No es mi culpa. Lo hicisteis vosotros mismos». Julieta yacía como una muerta: tal vez fuera una muerte leve, pero para ellos era real. Su tío no dejaba de sollozar.

Rosalina se tapó las orejas con las manos, tratando de detener el ruido por todos los medios. Era demasiado patético, no podía soportarlo: por mucho que lo merecieran, no soportaba presenciar su tormento. Envidiaba a Julieta, dormida en aquella muerte ficticia, fría e indiferente como las esculturas de piedra de la cripta de los Capuleto. No era dulce la venganza, sino espantosa.

Entonces, desde su escondite entre los manzanos, Rosalina vio aparecer a fray Lorenzo avanzando hacia la casa por el jardín. Caminaba despacio, contemplando alegremente el cielo azul. El odio de Rosalina hacia él brotó como las plantas que cuidaba en su jardín botánico. Aquella actitud sonriente, sus aires desenvueltos eran una mentira hermosamente tejida. Él sabía que aquella casa estaba rota, su corazón arrancado de cuajo, y todo por su culpa.

—¿Está lista la novia para ir a la iglesia? —exclamó alegremente.

—Mentiroso —murmuró para sí Rosalina.

Su tío salió al porche. Había envejecido en media hora. Tenía la boca abierta, desencajada. Deambulaba de un lado al otro, perdido.

—¡Lista para ir, pero jamás regresar! —contestó.

El fraile reaccionó sorprendido, pero era una sorpresa estudiada, como si hubiera estado ensayando ante el espejo. Rosalina no vio verdadera pena en sus ojos.

Su tío avanzó tambaleándose y agarró a Paris por la muñeca.

—¡Ay, hijo, en la víspera de tu boda la Muerte se acostó con tu esposa! —Señaló la alcoba de Julieta con su dedo rechoncho—. Mírala ahí tendida, una flor como fue, por ella desflorada.

Paris trató de hacerle tomar asiento, pero el viejo le apartó, enojado.

—Oh, amor, vida… —comenzó a decir Paris, pero el viejo le interrumpió.

—Es mi yerno la Muerte. La Muerte mi heredero. —Se alejó por el porche, aplastando higos caídos—. A mi hija ha desposado. Y ahora quiero morir y dejárselo todo: vida, riquezas, todo. —Derrumbándose en un asiento, se quedó contemplando el jardín—. Con mi hija, entierro mi alegría.

El fraile se agachó a su lado y empezó a hablarle en un tono firme pero tierno, como si se dirigiera a un niño caprichoso, que hizo estremecer a Rosalina.

—Silencio, qué vergüenza. El cielo la tiene ahora. No podíais prevenir su muerte. La casada que vive largo tiempo casada no está mejor casada que la que muere joven. Secaos ya las lágrimas y adheridle el romero a este bello cadáver, y según la costumbre, y con sus mejores galas, llevadlo hasta la iglesia.

Mientras el padre de Julieta parpadeaba y asentía, dejando que el fraile lo bendijera ofreciéndole su falso consuelo, Rosalina ansiaba salir de su escondrijo y decirle que Julieta iba a ser otra víctima de aquel hombre impío. Pero delatarle sería arruinar su elaborada treta. Debía quedarse callada, quieta, y contener su odio.

338

14

Viene Romeo

Aún era temprano, y la niebla vendaba las agujas de la iglesia, pero no el corazón herido de los Capuleto. Rosalina sabía que las mujeres tardarían en preparar el cuerpo de Julieta para su entierro. Aprovechando el río de gente que entraba por las puertas de la desdichada casa a ofrecer sus condolencias y ramilletes de flores, Rosalina salió de su escondite sin que nadie la viera.

Se ocultó bajo la sombra del pino piñonero que había junto a la entrada de la casa y contempló a los dolientes entrando y saliendo. Llegó Caterina, pero iba junto a su padre, y no quiso llamar su atención. Una hora después, la vio salir sola, y, dejando su escondite, la agarró del brazo para llevársela a un lado, a la sombra del árbol, y le urgió que estuviera callada.

—Por favor, soy yo. Quieta.

—¿Qué haces aquí? Se supone que no debes huir de la abadía aún. ¡Ay, si te encuentran aquí, no quiero imaginar lo que pasaría! ¡Ay de mí, funesto día! —Caterina lloraba frotándose los ojos enrojecidos, nerviosa y confusa.

—La abadesa me ha dejado salir para salvar a Julieta —dijo Rosalina.

Caterina suspiró.

—Llegas tarde, pobrecita.

Rosalina sonrió aliviada de poder dar consuelo y esperanza, por fin.

—Julieta no está muerta, sino durmiendo.

Caterina sollozó desesperada.

—Oh, Rosalina, te han venido tan seguidos los sufrimientos y las penas que me temo que has perdido el sentido con esta última desdicha.

Rosalina estaba conmovida a la vez que frustrada por la preocupación de Caterina. Tardó un rato en convencerla de que había intercambiado los frascos, e, incluso entonces, la sirvienta parecía no querer creerla.

Con un suspiro, Rosalina intentó explicarle lo que debía hacer para liberar a Julieta de su destino.

—Esta noche iré a la tumba de los Capuleto. Debo esperarla allí antes de que la encierren en la cripta junto al resto de los difuntos.

Caterina sacudió la cabeza.

—No, Rosalina. No me gusta este plan tuyo. ¿Y si los vapores nocivos del cuerpo resultan fatales para ti también? Me cuesta creer que Julieta no esté muerta. He visto su cuerpo. No respiraba. Y no puedes pensar en quedarte a oscuras allí, con el cuerpo de Teobaldo, por mucho que le quisieras. Está empezando a… pudrirse.

Rosalina intentó parecer valiente, pero la idea la asustaba y asqueaba.

—No tengo elección. Hay que hacerlo. Pero he de pedirte dos favores, Caterina.

—Lo que sea —contestó, nerviosa.

—Primero, tráeme una palanca y velas, antorchas, todas las que puedas encontrar.

—¿Y el otro…?

—Es más complicado. ¿Puedes seguir a fray Lorenzo cuando salga de casa de mi tío, a ver adónde se dirige y qué hace? Escribió una carta a Romeo; he intentado evitar su entrega y tengo que saber si lo he logrado.

Caterina murmuró una oración.

—Haré lo que pueda y te veré en la cripta al anochecer.

Se abrazaron y partieron.

Agitada, Rosalina bajó hacia el río, donde los barcos subían y bajaban con la marea mientras los pescadores sacaban la pesca. El aire empezó a rugir de pronto con el graznido de las gaviotas, que pintaron el cielo de blanco con sus alas.

Al cruzar el puente, su boca se secó como el pescado en salmuera. Estaba en territorio de los Montesco. ¿Dónde solían reunirse sus hombres? Romeo se lo dijo un día, y trató de rebuscar entre sus recuerdos. Era un lugar del que solo había oído hablar: la arboleda de sicómoros al oeste de la ciudad. Rosalina aceleró el paso, evitando el sendero que pasaba por delante de la casa de los Montesco, donde habría demasiados ojos hambrientos, incluso a esas horas.

Un cuarto de hora después, pasó bajo la puerta oeste de la ciudad, por donde apenas había pasado antes, y tomó el camino vacío a las afueras de Verona. Exhausta por la falta de sueño, y con la urgencia de su misión como único impulso, siguió el camino que vadeaba las montañas, cobijada por la sombra de los cipreses. No tardó en ver el dosel de sicómoros al borde de un maizal, que lucía dorado bajo la primera luz del día. Dudó. Cualquier veronés respetable estaría dentro de sus murallas. Nadie con buenas intenciones estaba fuera. Aquel lugar no era seguro para ella, ni para ninguna mujer, y menos aún para una Capuleto.

—Julieta —murmuró Rosalina—. El poco honor que tengo te pertenece.

341

Al oír voces de hombres, atravesó el maizal, sintiendo los arañazos de las plantas en las piernas, y fue hacia los árboles. En un claro junto a los restos de una hoguera vio dos hombres, sucios y desaliñados, luchando entre la ceniza. A primera vista, ninguno parecía un caballero y, sin embargo, uno de ellos llevaba ropa elegante, unas calzas de terciopelo y botas de buen cuero, aunque cubiertas de polvo y mugrientas. Forcejeaban y se lanzaban puñetazos medio borrachos en la mugre.

—Bribón pustulante —dijo uno, intentando asestarle una dura patada.

—Un bubón en tu entrepierna, pecador —contestó el otro, dándole un rodillazo.

El de las calzas de terciopelo se retorció en el suelo con una mueca de dolor.

Rosalina se acercó a él. Al volverse boca arriba lo reconoció, a pesar de su aspecto asalvajado.

—¿Benvolio? Desafortunada postura en la que encontrar a un caballero... —dijo Rosalina. Esperaba que, al nombrarle, le recordaría sus obligaciones.

Benvolio alzó la mirada desde el suelo. Estaba sudando abundantemente, tenía un corte en la frente y apestaba a cerveza.

—Conozco tu cara —dijo arrastrando las palabras y mirándola.

—Pero no mi nombre —contestó Rosalina, aliviada de que estuviera demasiado ebrio como para acordarse de ella.

—Ya me vendrá —dijo él. Con un gemido, se incorporó—. ¡Eres Rosalina! La blanca prima de Julieta.

—Soy su prima. Blanca, no soy.

—No, cierto es que todos alaban su tez más que la de la dulce Rosalina. Dicen que es blanca y tú tienes demasiado color. Mas para ser morena, yo creo que eres bella.

Rosalina notaba que le subía el calor a las mejillas. Había venido con un propósito, no a que un borracho se mofara de ella. Para ser un Montesco, tenía buena opinión de Benvolio, pero ¿por qué le hablaba así ahora? La rabia y el resentimiento le escocían. Intuyendo que la había ofendido, Benvolio cambió de tema.

—¿Cómo está Julieta? Tengo que escribir a Romeo para decirle que todo está bien.

Rosalina se miró los pies, como si tratara de buscar las palabras.

—Esta mañana vi su bello cadáver. Su cuerpo ha de dormir en la cripta de los Capuleto y su ser inmortal está con los ángeles ya.

Benvolio la miró horrorizado.

—Siento traer tan malas noticias —dijo Rosalina.

Benvolio se puso en pie con dificultades y dio una patada a su compañero.

—Baltasar, tráeme tinta y papel. Tengo que escribir a Romeo pronto para informarle.

Se sentó sobre un tronco colocado como si lo hubieran preparado para escribir una carta en medio del bosque, con una rama como pluma y un tocón de escritorio.

Baltasar le observaba boquiabierto y tambaleándose.

Rosalina recordó que su nombre también estaba en la lista del fraile y se quedó mirándole asqueada. También entendió al instante que debía convencer a Benvolio, aún ebrio, del papel que debía interpretar. Se sentó en un tronco frente a él y le preguntó:

—¿No vas a ir a verle? Coge un caballo de postas y dale la noticia en persona. Con una carta no es suficiente.

Benvolio la miró con los ojos abiertos y llenos de lágrimas. Pasado un momento, asintió.

—Sí, tienes razón. Debo ir. —Se levantó y, haciéndole una reverencia, partió a través de los árboles y el maizal, hasta llegar al camino que conducía a la ciudad.

—Y asegúrate de decirle dónde está Julieta: en la tumba de los Capuleto —dijo Rosalina.

Benvolio alzó la mano.

—Allá voy. Baltasar, tú quédate y diles que me he ido.

Rosalina tenía una última labor que cumplir antes de que anocheciera.

Había prometido a Laura un entierro decente junto a su hijo. Antes de volver a la tumba de los Capuleto, se encargaría de darle sepultura. Con un suspiro, emprendió el regreso a la ciudad, con las monedas tintineando en su mano.

Las chicharras comenzaban su frenético canto vespertino; Rosalina las oía como golpecitos de un dedo acelerando el flujo de la arena en el reloj de cristal.

Se quedó a la entrada de la tumba, entre un círculo de tejos. El sol de la tarde bañaba el mármol de Carrara con su luz encarnada, pintando de rosa y naranja la piedra de las lápidas. Las gaviotas y los cuervos sobrevolaban el cementerio, haciendo latir el aire con sus graznidos. Rosalina odiaba aquel lugar y su hedor a muerte. Al cerrar los ojos, revivía el último combate de Teobaldo con Romeo, su macabra danza de la muerte entre las tumbas. Todos los caminos que cogía le llevaban de algún modo a aquel siniestro cementerio.

Oyó unos pasos y una respiración jadeante, y se escondió.

—¿Rosalina?

Salió de detrás de un sarcófago.

—Caterina..., has venido.

La sirvienta le puso bruscamente una cesta en las manos.

—Aquí están las velas y una caja de yesca para prenderlas. Y la palanca de hierro. No preguntaré para qué espantoso propósito las quieres.

—No preguntes. ¿Y qué hay del fraile?

Caterina se sentó sobre una lápida para recuperar el aliento, secándose la frente con la manga.

—He sabido por la criada que trabaja en el monasterio para los franciscanos que el padre Juan no ha podido llevar la carta a Mantua, ni tampoco enviar a un mensajero. Sospechando que había estado en una casa contagiada por la peste, los rastreadores de la ciudad han sellado las puertas de su celda y no le dejan salir.

—Bien —dijo Rosalina, dando una palmada, aliviada—. Algo ha salido bien. ¿Qué está haciendo ahora?

—Cuando salía del monasterio, estaba pidiendo una palanca para abrir su celda. El padre Juan había quedado encerrado dentro con la carta, sin poder partir rumbo a Mantua.

—Da igual. Será demasiado tarde. Pero es probable que fray Lorenzo esté de camino con la procesión funeraria de Julieta. Debo apresurarme y bajar a la tumba. Dame la cesta y la antorcha. Bésame y apártate.

—Tengo miedo de quedarme sola en el cementerio. No quiero que estés ahí abajo, Ros, en esa tumba. Pero me quedaré aquí a esperar.

—Gracias. No me sentiré tan sola, sabiendo que estás aquí.

Las voces de los portadores del féretro empezaron a resonar entre las lápidas. Con una última mirada anhelante hacia el sol de poniente, Rosalina entró en la tumba de los Capuleto.

Rosalina esperó a que se hubiera ido el último doliente antes de salir de su escondite. El ama y Lauretta fueron las últimas en marcharse abrazadas y llorando. Sus lamentos al alejarse se oían incluso después de cerrar la puerta de la tumba.

Era noche cerrada, pero, a través de la cúpula de vidrio, se veía el cielo tan perfecto como en un astrolabio.

Con manos temblorosas y tras varios intentos, Rosalina encendió una vela. Las sombras observaban con lascivia y las efigies de mármol parecían demasiado vivas en la penumbra. Sacó la palanca de la cesta y empezó a hacer fuerza para abrir la puerta de la cripta. Tenía que liberar a Julieta de su cárcel.

Olía a rancio y hacía calor, y Rosalina empezó a jadear mientras hacía palanca, aspirando fétidos tragos de aire. La herramienta de hierro se le resbalaba entre las manos húmedas y golpeaba contra la piedra, resonando demasiado alto en la oscuridad. Por fin, la puerta de la cripta se abrió.

Rosalina se quedó unos instantes mirando hacia el interior, desconcertada y demasiado asustada para entrar. La vela que llevaba en la mano se apagó. Temblando, volvió a prenderla.

No tenía elección. Julieta no podía quedarse sola en aquella cripta bajo tierra. El latido de su propio corazón en los oídos le recordaba que aún seguía viva. Aparentemente era la única, pues hasta los ratones y las ratas habían abandonado aquel lugar. Con la vela firmemente agarrada en el puño, bajó las escaleras hacia las entrañas de la muerte.

El olor era pútrido y olas nauseabundas no dejaban de subir por su garganta. Pero Rosalina no se detuvo y siguió bajando un peldaño tras otro. La candela chisporroteaba, iluminando los muros negros y verdes. Era como si estuviera descendiendo al mismo infierno. Por fin, llegó a la cripta, una caverna excavada en la roca donde yacían varias generaciones de Capuletos. Allí vio a los difuntos colocados en sus literas de madera, envueltos en sus mortajas. Esqueletos harapientos la observaban con sus ojos vacíos. Rosalina soltó un grito ahogado al reconocer a su madre por los cabellos negros. Su rostro había desaparecido, encogido y devorado por los gusanos, y tenía los ojos hundidos en el cráneo.

El peor olor provenía de Teobaldo. Rosalina reconoció el tajo rojo en su blanca mortaja. Pero no debía seguir mirando. No. Se obligó a apartar la vista.

Y allí estaba Julieta, durmiendo apaciblemente entre todos ellos, serena y perfecta. Rosalina dudó, acongojada. No soportaba la idea de quedarse allí con ella en medio de aquel horror. Corrió hacia ella e intentó levantarla, pero pesaba demasiado. No podría subirla por las angostas escaleras sin que ambas sufrieran daño. Tendría que esperar a que su prima despertara.

Se quedó sentada en la oscuridad y cerró los ojos, agarrando la vela con fuerza. Una gota de cera ardiendo se derramó sobre su piel haciéndole gritar de dolor. Los minutos avanzaban lentamente. Aunque lo intentara, no oía ningún ruido aparte de su propia respiración y el latido aterrado de su corazón. Julieta estaba muda como un auténtico cadáver. Rosalina pensó que, cuando todo aquello hubiera acabado, esperaba que la abadesa tuviera algún remedio para hacerle olvidar aquella noche, aquella cripta. De lo contrario, todos sus sueños la devolverían a aquella hora y aquel lugar.

De pronto se oyó un ruido arriba: era el eco de la puerta exterior de la tumba cerrándose, y luego unos pasos sobre el suelo de piedra. Los ojos de Rosalina se abrieron como platos. Estaba alerta, recelosa como un cachorro de zorra. Cogiendo la vela de nuevo, subió las escaleras para cerrar la puerta de la cripta. Nadie podía saber que estaba abierta, ni sospechar que había alguien dentro. ·

Al llegar a lo alto de la escalera, entornó la puerta, dejando una estrecha ranura abierta, para que Julieta y ella no quedaran encerradas. Tan solo pensar en esa posibilidad, se mareaba del miedo. Se agachó junto a la ranura para escuchar. Sus manos volvían a temblar. «Ay, que no adviertan que la cripta no está cerrada».

De pronto, vio que su vela derramaba un poco de luz sobre el suelo al otro lado de la puerta, así que la apagó y quedó sumergida en la oscuridad.

—Pobre de mí, tiritando de miedo entre las tumbas —murmuró una voz de hombre.

«Paris». A través de la ranura, Rosalina vio que había traído flores, las mismas violetas y pensamientos que debían formar el ramo de novia de Julieta. Su dulce olor herbal se mezclaba con el hedor a descomposición y a putrefacción, sin llegar a paliarlo.

—¡Oh, dulce flor, voy a cubrir con flores este lecho nupcial donde yaces! —dijo suavemente, enjugándose los ojos. Se arrodilló, dejando el ramillete a la entrada de la cripta, al lado de donde estaba agazapada Rosalina, conteniendo la respiración, y murmuró una oración.

Rosalina deseó que se diera prisa y partiera. Su presencia allí era un riesgo para los dos, podría ser catastrófica para todos. ¿Por qué había tenido que venir justo esta noche? No era amado ni deseado.

De pronto se oyó un estruendo seguido del ruido de la puerta exterior de la tumba abriéndose de nuevo. La luz de una antorcha iluminó las efigies de piedra, jugando con el mármol de su piel, de manera que por un instante parecieron despertar. Pero la luz siguió avanzando y volvieron a ser de piedra. Sonaron unos pasos sigilosos entrando en la tumba y uniéndose al pulso acelerado del corazón de Rosalina.

—¿Qué pies malditos llegan esta noche a interrumpir el rito de amor? —dijo Paris, levantándose.

Rosalina ahogó un murmullo de miedo y se encogió contra el muro al otro lado de la puerta de la cripta. Aquello no figuraba en sus planes. ¿Por qué no había regresado Paris con el resto del cortejo después del entierro?

—Amigo, márchate y vive feliz —dijo otra voz. La conocía perfectamente.

Romeo.

En cuanto le oyó hablar, se le cortó la respiración. Apenas podía verlos al otro lado de la puerta. Deseaba que Paris huyera. Romeo le estaba ofreciendo una oportunidad de salir con vida.

—¡Si es el desterrado de Verona, el soberbio Montesco! —exclamó Paris—. Asesino de Teobaldo. Y, según dicen, este dolor fue el que mató a mi Julieta.

—¿*Tu* Julieta? ¿Cómo osas llamarla así? ¡Me induces a la violencia con tu agravio! Ella es mía en la vida y en la muerte —dijo Romeo.

Se oyó un gruñido y un suspiro. Romeo había golpeado con fuerza a Paris, que cayó de espaldas contra el altar, tirando y haciendo rodar estrepitosamente por el suelo los candelabros. Volvieron a forcejear y Paris gritó:

—¡Detente, bandido!

Rosalina podía verlos a través de la pequeña ranura de la puerta. Romeo intentó apartar a Paris, pero este le empujó hacia atrás, buscando su arma.

Romeo soltó una carcajada.

—No desafíes a un desesperado. Vete y déjame solo. Sé bueno y huye de aquí. No agregues otra culpa a mis pecados.

—¡Bandido condenado! ¡Ven conmigo!

Romeo sacudió la cabeza.

—No te quedes. Márchate. ¡Vive y cuenta que un loco permitió que escaparas!

—¡Y bien, yo desafío tu mandato y te detengo como criminal!

—¿Me provocas? ¡Defiéndete, muchacho! —Romeo blandía una antorcha en una mano y su espada en la otra, esperando casi con languidez que Paris atacara. Cuando lo hizo, Romeo le esquivó con facilidad y destreza. Ninguno de los dos era joven, pero Paris estaba gordo y ya sudaba, y la espada resbalaba en su mano. Parecían un lobo ju-

349

gando con un perrillo por diversión. Aquello solo podía acabar de un modo.

Rosalina estaba paralizada por el miedo. Paris no le agradaba, pero tampoco quería verlo morir de aquel modo.

Romeo agitó su antorcha para distraer a Paris y le hizo un corte en la frente, que empezó a sangrar en abundancia, impidiéndole ver a través de un velo rojo y haciéndole ondear su espada sin control. Romeo empezó a reír para provocarle. Paris se tambaleaba, moviéndose cada vez más despacio, mientras el otro le acechaba por toda la tumba, hasta que por fin cayó junto a la entrada a la cripta.

Romeo se arrodilló sobre él, tocando su garganta con la punta de la espada.

—Por piedad —suplicó Paris—. Abre la tumba y déjame salir de este lugar.

—No. Te he ofrecido clemencia y no la has querido. Entonces era barata. Ahora vale demasiado para ti.

Romeo rajó el cuello de Paris ante la mirada horrorizada de Rosalina. La sangre empezó a salir en lazos negros, y se colaba bajo la rendija de la puerta donde estaba escondida, empapando el suelo y cayendo por la escalera que llevaba a la cripta. Rosalina se miró los pies, cubiertos de sangre.

Paris había muerto por su culpa. Ella había hecho que Romeo regresara a Verona. Había conseguido que el demonio saliera del infierno, y ahora Paris había pagado el precio. ¿Cuántas almas más debían perecer a manos de Romeo, o a las de su maldito cómplice, el fraile impío? Niñas, familias y hombres destrozados. Ella se encargaría de que todo acabara hoy.

En ese momento se oyó el grito horrorizado de otro hombre. Rosalina vio que Benvolio había entrado en la tumba, hallando el cuerpo mutilado de Paris. Estaba paralizado por el miedo. Vio cómo se apartaba de Romeo.

—¡Me voy, no te molestaré! —dijo.

—¡Así me probarás tu afecto! —contestó Romeo, pero luego se detuvo para coger las herramientas que traía su amigo—. ¡Aguarda! ¡Pásame el azadón y la palanca!

Benvolio no se movió durante unos segundos, entumecido por el pavor y el asco ante la escena que tenía delante.

Romeo cogió la palanca de hierro y empezó a hacer fuerza sobre la puerta de la cripta, que cedió. Se oyeron ruidos de metal golpeando contra la piedra, cada uno le acercaba más a Rosalina y a Julieta. Romeo se volvió hacia Benvolio.

—Te advierto por tu vida que, oigas lo que oigas, veas lo que veas, no se te ocurra interrumpirme. Voy a bajar a este lecho de muerte no solo a ver el rostro de mi amada, sino a quitar de su dedo muerto una sortija para mí, preciosa.

Consternada, Rosalina comprendió que hablaba del anillo que ahora tenía la esmeralda de su madre engastada. Sigilosamente, bajó las escaleras de vuelta a Julieta, tratando de no resbalar en los escalones cubiertos por la sangre de Paris. Con las manos temblando, encendió otra vela.

—¡Ándate! —oyó que decía Romeo a Benvolio.

Se preguntaba si Benvolio llamaría a la guardia o si honraría su vieja amistad con Romeo y se abstendría.

Julieta seguía dormida sobre su lecho de madera. Rosalina miró a su alrededor, vio la mortaja de un difunto Capuleto y se cubrió los hombros con ella. Aliviada, notó que solo olía a humedad, pero trató de evitar mirar detenidamente las manchas marrones y oxidadas que la cubrían.

—Entraña de la muerte, boca horrible: ¡voy a abrir tus mandíbulas podridas! —gritó Romeo, y entonces se oyó el chasquido de la puerta que sellaba la entrada a la cripta. Estaba dentro.

351

Rosalina se pegó al muro. Apagó la vela y quedó inmersa en la más absoluta oscuridad. Romeo estaba bajando.

Justo en ese momento, se pinchó con la punta de la daga que le había arrebatado a Julieta y llevaba escondida en la manga.

Primero, vio la luz amarilla del farol sobre el muro, luego a él. Romeo entró en la cripta, observando los lechos de difuntos apilados, los huesos de sus enemigos envueltos en mortajas como si fueran fajina.

—Ay, Teobaldo, ¿eres tú dormido en tu sudario ensangrentado? —dijo, tocando con un dedo la tela. Al instante reculó, sofocado por el hedor de los fétidos gases que emanaba el cadáver.

Empezó a buscar por la lúgubre cripta hasta que de pronto se detuvo, sobresaltado al ver a Julieta, perfecta, incólume a la muerte y la descomposición, con las mejillas casi rosadas. Rosalina temía que despertara en cualquier momento. Romeo estiró una mano y rozó sus labios y su cabello con los dedos. Dejó su farol y se arrodilló junto a ella, con la mirada enternecida de amor.

—Ah, Julieta, ¿por qué sigues tan bella? Tal vez te ama la inasible muerte y este monstruo te ha escondido aquí para que en esta oscuridad seas su amante. Los gusanos son tus sirvientes.

Se inclinó sobre ella y la besó en los labios, despacio y entregado, y cuando iba a incorporarse, decidió besarla de nuevo. Una vez que hubo acabado, tomó su mano.

—No necesitas esto, amor mío —dijo, y empezó a quitarle el anillo del dedo.

Sin embargo, ya fuera por el efecto de la droga o por el calor de la cripta, la sortija no salía. Romeo maldijo y empezó a frotar sebo de la vela en el dedo, pero no lograba quitársela.

—Es igual. Las puertas de tu aliento están selladas, esto no dolerá —dijo. Rosalina vio espantada cómo sacaba un cuchillo de su cinto y, cogiendo la mano de Julieta, iba a cortarle el dedo.

Rosalina gritó. Romeo soltó el arma del susto y cayó con estruendo al suelo. Rosalina salió de entre las sombras, envuelta con la mortaja como un macabro velo nupcial.

—¿Violarías el cuerpo de tu difunta esposa? Ruin vergüenza, incluso para ti —dijo furiosa.

Julieta seguía dormida, inmóvil. Romeo solo miraba a Rosalina.

—¿Rosalina? ¿Eres tú, o tu fantasma que se aparece, invocado por mi culpa?

Rosalina no contestó, solo dijo suavemente:

—Creía que venías llevado por los celos o la desdicha. Pero solo has venido a robar.

Romeo negó con la cabeza.

—De nada sirven el oro y las joyas a los muertos. Vuelvo por amor, sí, por un último beso.

—¿Qué amor es ese? Tu amor dura menos que el ala de una libélula. Las tumbas de Verona están llenas de amantes que has rechazado.

Romeo reculó y se quedó mirándola.

—¿Por qué se ha matado Julieta?

—Ella no lo ha hecho. Lo hizo tu fraile. Mezcló una pócima y se la hizo beber. Sabía que te cansarías de ella. Ella la tomó y aquí ves la consecuencia.

—No, el fraile no es un asesino.

—¡Ah, no dejas de engañarte! ¡Él es cómplice de tus crímenes! Gozas con la marea alta del amor y, cuando cae y muere, el fraile recoge los restos. Mira aquí la destrucción que has provocado.

Romeo se cubrió el rostro con ambas manos.

—No llores con falsa pena. Tu amor no tardará en secarse, y con él, tus lágrimas.

Romeo volvió a mirar a Rosalina y vio que blandía la daga de Julieta. Echó la cabeza hacia atrás y se rio.

353

—Ay, Ros. Por amor de Dios, no hagas que me enfrente a ti. Ya lo hemos hecho y no saliste demasiado bien parada.

Rosalina avanzó hacia él.

—Perro. Villano. Asesino.

Romeo dio un paso atrás, pero no desenvainó.

—¿Qué pretendes con esto? ¿No ha habido suficientes muertes para una noche? ¿Quieres llenar esta tumba con más difuntos? No puedes matarme, Ros.

—No. No puedo matar lo que ya está muerto.

Se quedó un instante mirándola, confundido.

Una sonrisa asomó a los labios de Rosalina.

—¿Te encuentras bien, dulce Romeo? Veo sudor en tu frente. Y tu mano empieza a temblar.

Por primera vez, Romeo parecía asustado.

—¿Qué has hecho, arpía?

—¿Yo? Nada. Tu muerte quedó sellada al besar a Julieta. Sus labios estaban impregnados con el veneno de fray Lorenzo.

Romeo se quedó observándola, con el gesto abatido de incredulidad. Rosalina no apartaba la mirada de él, resuelta. Ninguno de los dos se movió. Arriba, sonó la campana de la basílica, como un martillo golpeando un yunque.

Romeo volvió en sí y se abalanzó sobre Rosalina, que le esquivó con facilidad. De nuevo avanzó hacia ella con torpeza, y entonces empezó a toser, su expresión se volvió pálida y pavorosa. Rosalina reculó un poco más. Romeo trató de desenvainar, pero descubrió que no podía agarrar su espada. Cayó arrodillado e intentó coger otra vez a Rosalina.

Ella se alejó, pero esta vez no fue lo bastante rápida, Romeo la sujetó por el tobillo y tiró hacia sí. Rosalina cayó y Romeo le agarró la cabeza, sonriendo.

—Ven, te besaré en los labios por si queda algo de veneno en los míos —dijo, pero ella apartó la cabeza. Lo volvió a intentar, pero las fuerzas la abandonaban con enorme rapidez, como la luna al llegar el día. Rosalina se soltó.

—¡Amor mío, salud! Oh, Rosalina, eres buena boticaria, y rápido tu veneno —dijo, palideciendo más aún.

Las manos de Rosalina resbalaron entre los dedos de Romeo, que intentó aferrarse a ella y con los labios rozó sus nudillos por última vez.

—Con un beso, muero.

Se derrumbó a los pies de Rosalina, inmóvil.

Rosalina se quedó observándole un momento y corrió hacia Julieta. Los ojos de su prima comenzaban a parpadear y ya empezaba a doblar los dedos.

Acarició su mejilla y notó que volvía a estar tibia, con una tenue sonrisa jugueteando en sus labios. Ya no parecía muerta, sino dormida. Rosalina mesó sus cabellos enredados.

—¿Dónde está Rosalina? —dijo Julieta, abriendo los ojos.

Rosalina cogió su mano y le besó la palma.

—Estoy aquí.

355

Apenas despuntaba el alba entre los árboles cuando salieron de la ciudad por última vez, con la luz amarilla salpicando los troncos de los cipreses. Caterina viajaba al frente del carruaje junto al conductor, mientras Rosalina y Julieta iban detrás. Julieta tenía la cabeza apoyada en el hombro de su prima y saltaba con cada tirón de los caballos por los baches y las irregularidades del camino.

Juntas habían dispuesto el escenario antes de que llegara la guardia, advertida por Benvolio. Era una escena escrita con sangre y cadáveres en el suelo. Un duelo entre dos pretendientes, enloquecidos por el amor y el dolor. Paris muerto en un charco de sangre, ensartado en la punta de la espada de Romeo. Y Romeo, envenenado por su propia mano, al lado de su joven esposa, incapaz de soportar la vida sin su amada, y un frasco roto de cristal azul a sus pies.

Rosalina se había asegurado de que el veneno que tan rápido actuó sobre Romeo no hiciera daño a Julieta, mezclando el antídoto que le había dado la abadesa con el vino de su prima la noche anterior. Así, al manchar los labios de Julieta con el veneno del fraile a la espera de que llegara Romeo, sabía que a ella no la mataría.

Nadie se dio cuenta de que el cuerpo envuelto en el sudario de los Capuleto no era el de Julieta, sino el de otra joven, una tal Laura, junto a su hijo, que habían sido trasladados a la cripta para su eterno descanso en lugar de aquella. El mozo del convento había llevado los dos cadáveres hasta allí siguiendo las órdenes de Rosalina, y se había asegurado de que el cuerpo de Laura yaciera en lugar del de Julieta antes de que llegase la guardia. El hedor era tan espantoso que nadie quiso examinarla con detenimiento y no se descubrió el engaño. Rosalina había prometido a Laura que no serían enterrados en la tumba de un pobre. Ahora, descansaba en una mortaja de seda con su hijo oculto en sus brazos. Uno de los amores de Romeo en lugar de otro.

Y nada sabían de esto los ciudadanos de Verona. Ellos solo habían visto la escena que se les había mostrado. Rosalina esperaba que el pueblo veronés transmitiera la historia descubierta en la tumba, la de Romeo y su Julieta, y suponía que, con el tiempo y conforme pasaran los años, el relato crecería y cambiaría con la urdimbre y la trama de la historia.

A medida que subían la montaña, empezó a oler a pino y a alerce, a lluvia inminente. Motas de polvo bailaban en la luz a su alrededor, pero, para su sorpresa, Rosalina no notaba calor alguno, solo veía ascender las nubes bulbosas, oscuras y negras, disponiéndose a descargar. Por fin, el calor se partió en dos. Las mujeres se pusieron en pie en el carruaje al notar la fuerza de la lluvia azotándolas, con sus gotas arando la tierra a su alrededor y convirtiendo el camino en un barrizal. Verona se hizo más y más pequeña hasta que desapareció en la nube, para nunca volver a aparecer.

Rosalina y Julieta rieron levantando las manos, caladas en un instante, con la melena hecha serpientes trenzadas por el agua. «Te he salvado —pensó Rosalina al mirar a Julieta—. Un día, si lo deseas, podrás salir al mundo y vivir. Vivirás por las dos. Esto es lo que te he dado». Nadie podía salvarla a ella y, sin embargo con aquel logro, había salvado parte de sí misma. Había dolor en su sacrificio, y miraba los remolinos de agujas de pino en el viento con ojos sedientos, pero también había dicha.

Cuando por fin llegaron al convento, el aire era fresco y limpio. Los caballos se detuvieron sobre los adoquines del patio, resollando, con el lomo humeante. La abadesa había salido a recibirlas.

357

Nota de la autora

Antes de que Romeo amara a Julieta, amaba a Rosalina, pero en la obra Rosalina nunca llega a hablar. Solo sabemos de ella a través del filtro de los hombres: Romeo, sus amigos y el perverso fraile. Lo más parecido a una descripción suya es la invitación al baile en el que se hace referencia a ella como la «preciosa sobrina» de Capuleto. Romeo, perdidamente enamorado, se cuela en la mascarada para verla. Sus amigos, especialmente Mercucio, hablan de ella con lascivia, pero no llegamos a verla directamente ni a oír su voz. Queda oculta entre la multitud, o escondida en las finas extravagancias de Romeo o las obscenidades descaradas de sus amigos. Por ello, para construir el personaje de Rosalina en este libro, decidí centrarme en las otras Rosalinas de Shakespeare.

Hay una Rosalinda en *Como gustéis* (el nombre es esencialmente el mismo, la ortografía cambiaba en esta época) y también en *Trabajos de amor perdidos,* y he utilizado a ambos personajes para crear mi versión de Rosalina, para darle una voz e imaginar su aspecto. En *Como gustéis,* Rosalin(d)a es tenaz, ingeniosa y se define por su intenso amor por su prima Celia. Rosalin(d)a es desterrada y las dos se refugian en los bosques de Ardenne, un territorio de fantasía a las afueras de la ciudad, que yo he tomado prestado y situado a las afueras de Verona. Como muchas mujeres shakespearianas, Rosalin(d)a viste pantalones para disfrazarse.

La Rosalina de *Trabajos de amor perdidos* es una de las mujeres más brillantes, poderosas e inteligentes de Shakespeare. Se trata de una obra extraña y triste en la que vida y arte se confunden, donde Rosalina es sin duda una mujer de color. «Bella como la tinta», esta «oscura belleza» nace «para hacer bello el negro, su favor (hermosura) transforma la moda de la época». Shakespeare creó varios icónicos personajes de color y judíos. Mi Rosalina se inspira en la extraordinaria Rosalina de *Trabajos de amor perdidos* tanto en su temperamento y su deleite con las palabras como en su apariencia.

Romeo y Julieta tiene una obra hermana, la comedia *El sueño de una noche de verano*. El planteamiento es prácticamente idéntico: una joven se niega a casarse con el hombre que su padre ha escogido para ella, y el castigo, si persiste en su negativa, es ingresar en un convento o morir. En ambas obras se percibe la sombra de la otra: la oscuridad del *Sueño* y el eco de Romeo y Julieta presente en la obra dentro de la obra de *Píramo y Tisbe* de Ovidio. Los amantes se vuelven locos en el bosque. En *Romeo y Julieta*, el intenso calor de julio (la obra tiene lugar en cuatro días a final de ese mes), las altas temperaturas encienden la sangre, provocando comportamientos «alocados», reyertas y pasiones.

A Shakespeare le encantaba el concepto ideal de Italia y situó trece de sus obras en ese país, aunque aparentemente nunca llegó a visitarlo. En una Inglaterra ya protestante, Italia resultaba exótica y distinta, y con ella, la Iglesia católica y sus monjes, frailes y sus referencias a santos y fantasmas sagrados. Sin embargo, a pesar de que la obra se emplaza en «Verona», se puede reconocer la Inglaterra isabelina. Shakespeare quería que su público se identificara y viera sus preocupaciones en los personajes: no intentaba crear una visión histórica exacta de la Italia del siglo XIV, sino una atractiva referencia a Verona. Los nombres de lugares, como San Pedro, y de los personajes se ven anglizados: Romeus y Giuletta se convierten en Romeo y Juliet, y los Montecchi y los Cappelletti se transforman en los Montague y los Capulet, Montescos y Capuletos.

Mi novela tiene lugar también en Verona-Upon-Avon. Es un paisaje imaginario o un escenario de la mente, como si lo hubiera creado alguien fascinado por la idea de Italia que jamás ha estado allí. El jardín monstruoso que he dado a los Montesco en su casa de campo, por ejemplo, se creó en el Renacimiento, pero se encuentra en Viterbo, en la región del Lazio.

La juventud de Julieta es un motivo de preocupación incluso en el mundo de la obra; es la única pieza de Shakespeare donde se detalla la edad de una mujer, y se nos dice no una vez, sino cinco, que aún no ha cumplido catorce años. Se trata de un detalle importante que no deberíamos pasar por alto. En las fuentes que inspiraron a Shakespeare, Julieta era mayor (apenas ha cumplido los dieciséis en el poema de Arthur Brook), pero Shakespeare la hizo aún más joven. El ama y la madre de Julieta temen que se case tan joven, por la posibilidad de que muera durante el parto al ser su cuerpo pubescente aún. Shakespeare quiere que la relación nos desasosiegue. No es la historia de amor que aparenta ser. Las acciones de Romeo siempre fueron transgresoras, hasta en tiempos isabelinos.

Sin embargo, a lo largo de muchas generaciones, la historia de Romeo y Julieta se ha venido usando para definir la idea del amor para los jóvenes. Fue la primera obra de Shakespeare que leí y, al ser adolescente, definió mi idea del amor romántico. Creí que así era como deberían ser las relaciones: furtivas y condenadas al fracaso, y no pasaba nada si los chicos nos avasallaban con una pizca de violencia, presionándonos para mantener relaciones sexuales.

361

Pero es que Romeo no es un adolescente, como nos lo han pintado en las versiones modernas. En los textos de Shakespeare, no hay evidencia alguna de que fuera un muchacho. Shakespeare no precisa su edad. Podría tener veintitantos, incluso treinta y tantos años (los hombres cortejaban y se casaban mucho más tarde que las mujeres). Simplemente le gustan las chicas jóvenes. En esta obra, la palabra «muchacho» a menudo se emplea como un insulto. Los personajes masculinos se lo llaman entre ellos para denigrarse mientras pelean. No significa necesariamente que lo sean.

Cuando era una adolescente, pensaba que el amor condenado al fracaso entre Romeo y Julieta era lo que hacía de la historia una tragedia. Al releer la obra hoy siendo ya adulta, junto a mi hermana, que trabaja en protección de menores, lo veo de manera muy distinta. La verdadera tragedia es que ninguno de estos adultos proteja a los niños. Todos los Capuleto son culpables. Como todos los acosadores de menores, Romeo tiene un patrón, una predilección por las chicas muy jovencitas, y Julieta es la más pequeña de todas ellas. Elige chicas vulnerables que ansían escapar, y llena su necesidad de sexo, promesas vacías y, en última instancia, violencia.

Rosalina es la chica que hubiera querido ser cuando era adolescente. Una chica preparada para plantar cara a Romeo, la única dispuesta a defender a Julieta.

Agradecimientos

*E*mpecé a escribir *Bella Rosalina* durante el último confinamiento. Mientras la mayoría del Reino Unido estaba atrapado en la llovizna, yo deambulaba por Verona. Pero no escribí este libro sola en mi estudio. Escribir suele ser algo muy íntimo para mí. Escucho música, observo el viento peinando las copas de los sauces a través de la ventana y trabajo. Hago todo lo posible por ignorar a todo el mundo. Sin embargo, en esta ocasión fue distinto. Tenía un compañero de oficina pequeño y ruidoso en forma de mi hija de cinco años, Lara. Se suponía que debía estar en clases en Zoom con el resto de sus compañeros, pero los auriculares «le quemaban las orejas» (y la ponían de mal humor), así que se sentaba en su mesita a mi lado, gritando fonemas a la pantalla. Buena parte de este libro no la escribí escuchando a Eric Satie o a Brahms, sino a veinticinco niños conectados a Zoom gritando mientras la profesora les hacía señales para que se callasen.

No pretendo fingir que fue fácil. No lo fuc. Lara y yo nos peleábamos. Yo quería trabajar y ella no quería que ninguna de las dos lo hiciéramos: el mundo es grande y no hay suficiente tiempo para jugar. Sin embargo, es especial trabajar en una habitación donde hay amor. Mi hija es salvaje, valiente y tierna. Rosalina se impregnó de su personalidad y de mi amor por ella. No es de extrañar que el libro sea una celebración y una exploración del poder de las jóvenes.

Mi hermana Jo me ayudó mucho con este libro y estuvo dispuesta a hablar sobre la obra una y otra vez, desde su perspectiva y experiencia trabajando en protección de menores. Contestó a un sinfín de preguntas sobre acosadores de menores y me aconsejó lecturas. Estoy llena de agradecimiento y admiración por ella. Como siempre, gracias a mis padres, Carol y Clive, por su paciencia y por hacer de canguro. Gracias a mi Rosalin(d)a, Rosa Champan, por ser la mejor amiga que se puede tener. Mi agente literaria Sue Armstrong: eres una maravilla, calmada, paciente y sensata. Todo aquello que yo no soy. Tengo una suerte inmensa de tenerte a mi lado. Y muchas gracias a mis fantásticos agentes para el cine y la televisión, Elinor y Anthony de Casarotto.

Esta no es mi primera novela y, como la mayoría de los autores, he vivido unas cuantas borrascas. También he aprendido a no dar nada por sentado; ¡ah, por Dios!, el equipo de Bonnier, sois los mejores: ¡qué pasión, qué entusiasmo y qué ideas tan maravillosas! Me siento afortunada por cada día que trabajo con vosotros. Gracias a mi increíble editora, Sophie Orme. Eres la mejor paladina y me encanta discutir ideas contigo: me encanta que trabajemos juntas. Gracias a Shana Drehs y al extraordinario equipo de Sourcesbooks en Estados Unidos. Justine, gracias por ser tan paciente y leer el libro una y otra vez con tanto mimo. Gracias al fabuloso equipo de publicidad y marketing: Ellie, Eleanor, Vicky y Clare, es una gozada trabajar con vosotras. Y gracias al infatigable equipo de ventas: Stuart, Mark, Stacey, Vincent, Jeff y todos los representantes de ventas por todo el país. Gracias a Ruth, Stella, Ilaria y Nick por defender a Rosalina en todo el mundo. Gracias a Emily Rough y a Holly Ovenden por la portada más bonita que he tenido nunca.

Y estoy extremadamente agradecida a mi brillante amigo Edward Hall, que leyó los primeros borradores de este libro, escuchó pacientemente todos mis miedos y los difuminó con gran amabilidad y sabiduría. También quiero expresar mi enorme agradecimiento a todos los libreros que he conocido en la gira con mi última novela. Estaba sensiblera cuando arrancamos, y vuestra amabilidad, entusiasmo y cariño me ayudaron a volver a conectar.

Por último, gracias y un gran abrazo a mi familia, David, Luke y Lara. Gracias por aguantarme. Siento si a veces se me olvida hacer la cena. Os quiero.

Este libro utiliza el tipo Aldus, que toma su nombre
del vanguardista impresor del Renacimiento
italiano, Aldus Manutius. Hermann Zapf
diseñó el tipo Aldus para la imprenta
Stempel en 1954, como una réplica
más ligera y elegante del
popular tipo
Palatino

Bella Rosalina
se acabó de imprimir
un día de otoño de 2023,
en los talleres gráficos de Liberdúplex, s. l. u.
Ctra. BV-2249, km 7,4, Pol. Ind. Torrentfondo
Sant Llorenç d'Hortons (Barcelona)